KB077037

서풍기연담

西風奇緣談

一

글 청령

MM NOVEL

표지 조은아 **편집** 정다움 **마케팅** 김정훈 **주간** 김선림

목차

1장

천지가 개벽함에 하늘에는 신神, 땅에는 인人, 명부冥府에는 요妖가 있어 혼원混元의 정하심에 따라 한데 어우러져 번성하는도다.

―이렇게, 신과 인과 요가 함께 살아가는 대륙이 있었다.

그 모든 것을 다스리는 것은 세 사람의 군주. 하늘에는 천지 만물을 주재하는 옥제. 땅에는 인간을 다스리는 황제. 명부에는 죄를 심판하는 대제.

각기 다른 세상에 세 명의 주인이 군림하여 다스리는 평화는, 무구하게 이어질 거라 믿었다. 그러나.

'화하華夏 25대 황제 지명제至明帝. 참람함이 극에 달해 법도와 이치를 무시하고 백성을 도륙하니 그 수가 기십만이라. 가뭄과 홍수가 번갈아 크게 일고 변방에는 호인胡人이 발호하여 북산에서 남해까지 한가지로 황무지가 되었더라.

이때 의분을 느껴 일어난 자 있으니 성은 건乾이요 이름은 백伯, 자는 진경珍鏡. 황통의 먼 방계로 어릴 적부터 영명하기로 이름을 사해에 떨쳐, 하늘은 그 뜻을 알고 상서로운 징조를 보이고 명부에서는 그 뜻을 가상히 여겨 요괴를 복종케 하다. 마침내 지명제를 치고 대위大衛 3년 보위에 올라 창궁제蒼穹帝라 칭하다.

창궁제 평통平通 1년. 바다 건너 서국西國과 친교 있으니, 서국 공주가

나라에 와 황제와 혼례를 맺다. 서국 공주를 황후로 책봉하고 호를 여금
如金이라 하다.'

이때부터 시대는 변하기 시작한다.

바다 건너에 또 다른 나라가 있고, 그곳에 피부색도, 눈도, 머리색마저
다른 이인異人이 있다는 사실. 그것만으로도 커다란 충격이었을진대.

지금까지 사람보다 못해, 가축보다 조금 나은 정도라 여겼던 호인胡人
—황제의 권위를 무시하고 북방 변경에서 떠돌아다니며 사는 야만족이
지명제 연간의 혼란을 틈타 엄청난 세력을 결성하였던 것이다.

변방을 어지럽히는 혼란에 나라의 뿌리가 흔들릴 지경에 이르러, 궁여
지책으로 호족의 공주를 첩비妾妃로 맞아들이니 그것만으로도 엄청난 굴
욕이었다. 조정이 정비되자 곧 군사를 내어 호족을 쳤지만, 패해 흩어진
것은 그때 주 도적이었던 호족의 한 갈래 호장胡長족뿐이었다.

수년 후, 배후에 온전히 남아있던 호족의 다른 갈래—호기胡騎족이라
고 칭하는 호족의 무리가 국경을 덮쳤다.

조정은 황급히 군사를 내어 토벌하였으나 호기족의 기병은 결코 호락
호락하지 않았다. 그러기는커녕 일당백이라 할 정도의 강인한 군사와 지
휘자의 기상천외한 계략으로 토벌군은 패배를 면치 못하였다.

그러나 놀랍게도, 협상이라는 명목으로 호기족이 요구한 것은 지금까
지의 호족 도적 무리처럼 황금과 비단, 곡식이 아니었다.

호기족도 하나의 나라로 대접하여 동등하게 화해와 교섭을 할 것. 그
들의 땅을 보장하고, 중원의 호족 백성 중 원하는 자가 있으면 북으로 돌
려보내 줄 것.

짐승과 같은 호족의 무리의 말은 들을 가치도 없다—조정에서는 격론
이 일었다.

그러나 마침내 황제의 용단에 의해 호기족과 화평을 맺고—호기족의 맹주와 그 수행원이 도읍을 방문한 것은 바야흐로 평통 20년 봄의 일이었다.

⋙⋘◯⋙⋘

　때는 봄이지만 나뭇가지를 스치는 것은 삭풍이었다.
　가을이 되어도 결실을 기대할 수 없는 황량한 땅. 열매를 맺는 것도 힘겨워 보이는 메마른 나무.
　이곳이 바로 중원에 발을 붙이게 된 호족의 삶의 터전이었다.
　역대 황제들은 내외로 군사를 쓸 필요가 있을 때, 군역을 감당할 수 있는 양민이 없으면 북방 변경의 호족을 강제로 이주시켰다.
　이주한 호족의 삶은 처참한 것이었다. 오로지 군역을 위해서 끌려와 전쟁터에 내몰리고, 살아서 돌아와도 주어진 것은 황무지뿐. 익숙하지 않은 농사일로 근근이 수확해도 대부분을 조세로 빼앗겼다. 뿐만 아니라, 양민이 호족에게 위해를 가하는 것은 죄의 축에도 들지 않았다. 살인까지도 묵인되는 경우조차 있었다.
　두 다리로 걷는 짐승—그것이 이 땅에서의 호족의 삶이었다.
　그러나 지금 이 호인촌胡人村에는 아무도 살지 않았다. 호기족과의 화평이 성립하면서 그 조건에 따라 고향으로 돌아간 것이다. 극히 특별한 경우를 제외하고는 대부분의 호인이 태어난 땅으로 돌아가길 원했다.
　그 폐허를 한 사내가 말을 탄 채 거닐고 있었다. 색색으로 수놓은 높은 안장, 가죽 갑옷과 바지, 모직물로 만들어진 호포胡袍. 이 땅에서는 결코 볼 수 없는 완벽한 호기족의 모습이었다. 눈에 띄는 것이 있다면 장대한 체구. 작달막한 편인 호기족으로서는 독보적일 만큼 큰 남자였다. 그러나 말을 모는 독특한 손놀림, 호족답게 분방하게 풀어헤친 새카만 머리카락, 거무스레한 피부는 호기족 그 자체였다.

동행들은 물었다. 이젠 아무도 없는 곳에 왜 가려는 거냐?

청년은 굳이 대답하지 않았다. 왜냐고? 그렇게 물으면 본인도 할 말이 없었다. 단지 변덕이었을까. 아니면….

청년은 마을을 한 바퀴 둘러본 뒤, 숲으로 향하는 샛길로 말머리를 돌렸다. 가족 단위로 초원을 방랑하는 호기족에게 본래 마을이란 없다. 그러나 호기족이 자리 잡은 땅이라면 반드시 있는 것이 그곳에 있음을, 청년은 직감했다.

숲은 마을과 마찬가지로 다만 황량해서 주의를 기울일 것이라곤 아무것도 없었다.

휘————이…….

피리 소리가 적막을 뚫고 울려 퍼질 때까지는.

휘이이 휘이이 휘이이…….

예악禮樂을 모르는 야만이라고 일컬어져도, 호기족에게도 귀는 있다. 악기도 있고 노래도 있다. 그러나 저 피리 소리는 정갈하게 다듬어진 중원의 소리였다. 호인촌에서 풍악을 울리고 노는 것이라면 실로 감탄할 만한 악취미라 하겠지만—그 소리는 참으로 슬픔이 드리워 있어서, 중원의 악곡에 무지한 청년에게도 어떤 애도의 뜻을 분명하게 전해주었다.

청년은 말을 독려하여 걸음을 빨리 했다. 자신이 당초 목적했던 곳. 그리고 피리 소리가 들려오는 바로 그곳을 향하여. 단숨에 달려 숲을 지나 나무가 드물어지는 공터로 나오자—.

휘이이이이이….

바로 그가, 그 사람이 있었다.

하늘을 향해 높이 세운 장대. 푸른색의 천을 가닥가닥 잡아맨 그 밑에,

호기족 사람들은 돌을 쌓는다. 축하할 일이나 기원할 일이 생기면 음식, 금은 자투리, 옷가지나 생활용품까지 온갖 자질구레한 것을 죄다 놓지만 —주로 놓는 것은 돌이다. 돌을 놓으면서 호기족의 사람들은 소원을 빈다. 무슨 소원이든지 전부. 이것이 호기족의 사당.

그 앞에 흰 도포를 걸친 사람이 피리를 불고 있었다.

휘이이… 리리리리리….

정말로 사람인 걸까? 청년은 눈을 깜박일 수밖에 없었다. 그만큼 눈앞의 사람 주위에는 속세를 떠난 청량한 공기가 감돌고 있었다. 어림잡아서 청년의 연배, 혹은 조금 아래일까. 그러나 흰 도포를 걸친 몸은 소년처럼 호리호리했다. 섬세한 선을 그리는 얼굴은 백자와도 같은 깨끗한 흰색. 단정히 틀어 올리는 중원의 법도를 무시한 채 늘어뜨린 머리카락은, 신기하게도 나무껍질처럼 윤기 도는 갈색이었다. 살짝 내리뜬 눈동자는 정오의 햇살 속에서 틀림없는 새파란 색을 띠고 있었다.

"…해인海人?"

금발벽안金髮碧眼—기이한 눈색과 머리색을 가진 이들을 바다 건너에서 왔다 하여 해인이라고 부른다. 비로소 기척을 느끼기라도 한 양 그는 천천히 피리에서 입을 떼고 청년 쪽을 돌아보았다. 피리를 거두는 그 손가락이 아쉬울 정도로 화사했다.

"…실례했습니다. 유감이지만, 바다를 건너온 기억은 없군요."

그러나 산호 같은 그 입술에서 흘러나온 것은 온전한 중원의 말이었다. 청년이 판단할 수 있는 것은 그 정도였지만. 그 우아한 거동과 청아한 목소리, 그리고 바다처럼 깊은 푸른 눈이 더해져 청년은 거의 제정신을 차릴 수 없었다. 전장에서도 결코 말에서 떨어져 본 적 없는데 이곳에서 추태를 보이는구나 싶을 정도로.

"그렇다면 하늘에서 내려온 건가?"

"신선이냐고요? 그런 과찬을. 저는 단순한 도사입니다. 그쪽 분이야말로, 기족의 옛 영웅이 나타났는가 했습니다만."

그것이 자신을 가리키는 말임을 인지하자 청년은 얼굴이 뜨거워지는 것을 느꼈다. 대담하고 뻔뻔하기로 둘째가라면 서러울 그가 부끄럼 타는 어린애처럼 말문이 막힌 것을 본다면 그를 아는 사람들 사이에는 야단법석이 나리라.

"그런데 그쪽 분께서는 무슨 일로 이 '호인촌'에 오셨는지요?"

피리를 소매 속에 넣고, 미모의 젊은 도사는 궁금한 듯이 물었다. 청수한 이목구비가 정면으로 향하자 청년으로서는 대답할 말을 찾아내는 것조차 굉장히 힘든 일이 되어버렸다.

"…뭐라고 할까… 우리가 뭘 했는지 실감이 나지 않아서 말이지."

"실감?"

"마침내 황제라는 자까지 만날 수 있게 되었지만, 왠지 농담 같지 않나. 우리 부족 누구도 그런 인간 얼굴을 보려고 싸운 게 아닌데. 본래는 이런 것을 위해서 싸운 걸 텐데…."

"이런 것… 이라면?"

"이 근방은 쓸쓸해져 버린 것 같지만, 그래도 잘된 일 아닌가? 모두 태어난 땅, 씻은 물로 돌아갈 수 있었다는 이야기니까."

"……."

"—아, 중원 사람인 그대에게는 기분 나쁜 말이었을까?"

"그렇지 않습니다. 사려가 깊으신 분이군요."

도사는 빙긋 미소를 지었다. 누군가가 청년을 두고 사려가 깊니 어쨌느니 했다면 다른 누구도 아닌 청년 자신이 폭소했을 것이다. 그러나 젊은 도사의 얼굴은 더없이 진지했다. 무엇보다도 청년을 마주 보는 얼굴에 중원인 특유의 경멸과 오만은 찾아볼 수 없었다. 여태 지나온 숱한 관문과 성에서 질릴 정도로 본, 혐오감 깃든 얼굴과는 너무나도 달랐다.

"그, 그런데… 너는 이곳에서 뭘 하는 거지?"

젊은 도사는 시선을 돌려 사당을 바라보았다. 푸른 눈에 깃든 것은 한없는 슬픔.

느닷없이 그가, 청년 앞에서 무릎을 꿇었다. 몸을 숙여 엎드리자 갈색 머리채가 어깨로 흘러내려 하얀 목덜미가 드러났다.

"—이봐?"

"기만이라 여기실지도 모르겠습니다만… 들어주십시오. 죄송합니다."

"어이, 잠깐…"

"이곳 사람들이 당신들 가족에게 한 일은 지독했습니다. 무어라 이유를 붙여도 그 사실만큼은 변하지 않겠지요. 억지로 끌고 와 무자비하게 착취하고, 웃으면서 '호인 주제에 중원의 물을 마시는 것만으로도 얼마나 복된 일이냐'라고 깎아내렸습니다. 그건 중원 사람들 모두가 고개를 숙여 용서를 빌어야 할 일이겠지요. …하지만 이것이 제가 할 수 있는 일의 전부입니다."

"그만둬. 네가 한 일도 아닌데…."

청년은 눈 깜박할 사이에 말에서 뛰어내려 도사를 일으켜 세웠다. 청년의 큰 손에 그 어깨는 안타까울 만큼 가늘었다. 도사는 웅크리듯이 고개를 숙인 채, 괴로운 기색으로 중얼거렸다.

"그것만으로는 용서받을 수 있는 이유가 되지 않습니다…."

"그럼, 내가 용서하지."

청년은 딱 잘라 말했다. 그제야 도사는 고개를 들었다.

"조잘거리는 녀석이 있으면 내가 두들겨 패줄 테니까."

"…그렇게까지는 하지 않으셔도."

그는 난처한 듯이 미소를 지었다. 너무나 단정하여 입을 꾹 닫고 있으면 냉정해 보이기까지 하는 얼굴이 웃음 하나로 봄바람처럼 온화하게 바뀌었다.

"그, 그보다─여기서 무얼 하고 있지? 설마 사과하기 위해 여기에 있는 것은 아니겠지?"

청년으로서는 어떻게든 말을 이어보기 위해 생각 없이 내뱉은 것에 불과했다. 그러나 젊은 도사의 얼굴에 그늘이 지게 만들기는 충분했다.

"…그럴지도 모릅니다."

"어어?"

"숨어서 지켜보는 것밖에 할 수 없었습니다만… 이 앞까지 나온 것은 이번이 처음입니다."

도사는 슬픈 듯한 시선으로 호기족의 사당을 올려다보았다. 비바람에 닿고 헤져 그 색깔을 분간하기도 힘들어진 푸른 천이 바람에 나부꼈다.

"전에도 왔었다는 건가?"

"처음에는 스승님께서 데려다 주셨지요. 무슨 생각으로 그리하셨는지는 가르쳐 주지 않으셨습니다만…."

이 땅에 아직 호기족이 있어 비참한 생을 영위하고 있을 무렵. 도사의 수행을 받고 있을 때, 기인으로 이름이 난 스승의 손에 이끌려서 아직 어린 소년이었던 그는 이곳을 방문했다.

마을 사람 모두가 잠들어 있던 시간. 밤과 숲의 그늘에 몸을 감추고 장대를 올려다보는 그에게 노老스승은 단 하나를 물었다.

'무엇을 느꼈느냐?'

'…야만스럽다는 호인에게도 하늘을 공경하는 마음이 있다는 것을 알았습니다.'

ㄱ 뒤로 종종, 수행하는 동안 짬을 내어 ㄱ는 ㅎ인촌에 들렀다. 여전히 도술로 모습을 가린 채. 그들의 야만스러운 습속, 천하고 무지한 언행,

그리고 그들을 천시하는 중원인의 태도, 모든 것을 빠지지 않고 보았다.

모두가 다 한가지로 사람일진대.
어째서 호인만 저렇게 전락하여 살아야 하는 것인가.
애당초 호인의 본디 모습이란 어떤 것이란 말인가—.

오랫동안 품었던 의문 중의 하나가 이제야 비로소 풀렸다.
젊은 도사 앞에 있는 사내는, 그야말로 호방한 북방 사람 그대로였다.
"…떠나버린 지금으로선 우스운 것이겠지만… 지금이라도 무엇인가
하고 싶었습니다. 이 땅에 뼈를 묻어 돌아가지 못하게 된 이들도 있으니
까요. 이 곡조가 위로가 될까 싶어서… 역시 모독이었을까요?"
"그렇지 않아. 우리 부족은 노래를 좋아한다. 틀림없이 기뻐하면서 들
었을걸."
열심히 말하는 그 어조에, 젊은 도사는 다시금 미소를 지었다. 그것이
상대방에게 어떻게 여겨질지 알지 못한 채. 전혀 다른 의미에서였지만,
젊은 도사 또한 이 호족 청년이 마음에 들었다.
…호의가 있으니까 더욱 숨길 수 없다고, 그는 생각했다.
"그쪽 분께서는 기족의 사절단에 속한 분인가요?"
"알고 있었어?"
"그렇지 않다면 중원의 한가운데에서 만나 뵐 수 있었을 리가 없으니
까요. 먼 길에 고생이 많으시군요."
"아니 뭐, 그다지. 먼 길을 가는 건 우리들에게는 늘 있는 일인걸."
"그렇군요."
도사는 잠시 사이를 두었다. 어린애처럼 얼굴을 상기시킨 청년은 그
입술에서 말이 흘러나오기만을 기다렸다. 그러나 다시 이어진 도사의 목

소리는 다만 어두웠다.

"아마 기대 이하의 여행이 될 거라 생각합니다."

"어엉? 무슨 말이야?"

"말 그대로입니다. 설령 목적한 바를 이룬다고 해도, 그 길은 험난할 것입니다."

"그건 점복인가?"

"아니요. 중원의 사실을 말씀드린 것뿐입니다. 중원인은 아직도, 그리고 필시 앞으로도 한동안 호족을 낮추어 볼 테니까요. 황제 폐하의 결단은 엄청난 반발을 불러왔습니다. 지금 이 순간에도 호족이 당당한 사절로서 도읍을 방문한다는 사실에 대해 못마땅한 이상으로 수치스러워하는 이들이 있습니다. 부끄러운 일입니다만…."

그것은 인간의 추할 정도로 어리석은 일면이었다.

중원인이 호족을 멸시하는 것은 호족의 도덕적 결함이나 문란한 악습에 기인한 것이 아니다—만약 그것이 단지 잘못이었다면 고쳐주려고 노력하는 것이 올바를 터였다. 그러나 비난은 멸시와 폄하에서 끝났다. 우매하고 야만적이라 말하면서 짓밟고 착취하고 강요한다.

그 업신여기는 시선 속에서 이 선량한 호족의 사내가 무엇을 느낄지, 젊은 도사는 생각하고 싶지 않았다.

"…죄송합니다."

그러나 지금 당장 그가 할 수 있는 것은 작은 목소리로 건네는 사죄뿐이었다.

"그런 건 조금도 신경 쓰지 않는데. 그러니까 더 사과할 필요는 없어."

하지만 돌아온 것은 시원시원한 목소리였다.

"네?"

"황제가 주기로 한 것만 받을 수 있다면 상관없어. 게다가 그건 벌써 받았고. 그러니까 다른 중원인들이 뭐라고 씨부렁거려도 좋은 거야. 애초에—적의 기분 같은 거 일일이 생각하면서 죽인 것도 아니니까."

"……."

도사는 마지막 말을 들으며 할 말을 잊었다. 고양이로 알았던 것이 호랑이란 사실을 깨달은 사람의 얼굴이었다.

호기족은 타고난 전사—토벌하러 온 중원의 군대를 깡그리 몰살시켜 초원의 까마귀밥으로 주어버린 자가 바로 그들이었던 것이다.

"아, 역시 기분 나쁘게 만들어버린 거야? 미안해. 멋대로 지껄여서…."

그러나 이어진 것은 진심 어린 염려의 목소리였다. 초원의 야수는 또다시 사람 좋은 평범한 청년으로 돌아왔다. 젊은 도사는 그를 올려다보고—다시 웃음을 지었다.

"…기족의 다른 분들도 당신과 같을지 궁금합니다."

"어, 그렇다면 같이 갈래? 야영지가 여기서 가깝거든. 말에 태워줄 테니까 보러 가자."

"그런 고마운 말씀을. 하지만—."

체온조차 느껴질 것만 같던 가까운 거리가 돌연 훌쩍 멀어졌다. 떼어 놓는 것을 잊었던 청년의 손아귀에서, 마치 요술처럼 도사의 몸뚱이는 사라져 있었다. 그때야 비로소 청년은 기억해냈다. 호기족이 '뷔'라고 일컫는 무당처럼, 중원의 도사라는 자들도 사람의 수준을 넘어선 신기한 술법을 쓴다는 것을.

"그럼 이만… 안녕히 계십시오."

"이, 이봐? 잠깐만!"

"인연이 있다면 다시 뵙게 되겠지요."

그 어조에는 희미한 거절 같은 것이 담겨 있었다. 거리를 두는 듯한—이 만남을 바로 여기에서 끝내고 싶어 하는 듯한 쓸쓸한 여운.

어째서?

그러나 청년은 그것을 생각할 여유가 없었다. 그는 몇 걸음 떨어진 곳에 서 있는 젊은이를 붙잡기라도 하려는 듯 양손을 뻗었다.

"이름만! 이름만이라도 가르쳐줘!"

젊은 도사는 그 절박함을 외면할 것 같았다. 망설이지 않고 잡은 손을 뿌리치고, 홀연히 사라져버릴 것 같았다. 그러나—마지막 순간에 그는 머뭇거렸다.

"정엽貞葉이라고 합니다."

"난 소그드라고 한다. 기억—"

다음 순간 도사의 모습은 사라져 있었다. 마치 바람이 휘몰아간 것처럼.

청년—소그드의 손에 남겨져 있는 것은 하얀 도포의 끝자락뿐이었다.

천막의 안팎은 다만 조용했다.

호기족의 사절단은 성 밖의 공터에서 천막을 쳤다. 겔이라고 불리는, 그들의 이동 주택이었다. 호기족의 맹주가 인솔하는, 황제의 인가를 받은 대대적인 행렬이었지만 그들은 지나치는 읍성의 관아를 이용하지 않았다. 역참의 말을 빌리거나 노비를 부리지도 않았다. 마치 그들의 고향—변경의 초원에서 이동할 때와 마찬가지로 행렬은 조용히 중원의 산과 들을 지났다.

본디 구이이 사신이 지날 때에는 성대하게 대접하는 것이 관례이건만, 읍성의 관리는 어설픈 환영의 말로 모든 것을 끝냈다. 사절단도 얼마간의 식량과 말먹이를 받는 것뿐으로 홀대를 묵과했다.

그래서 사절단의 우두머리—호기족 맹주가 머무는 천막 속에서, 그
주인은 홀로 술을 따르고 있었다. 어두운 실내를 밝히는 것은 오로지 천
막 한가운데 있는 화로의 불그레한 불빛뿐이었다. 그는 산해진미도, 시
중드는 미녀도 없이 육포를 씹으며 마유주를 나무잔에 따랐다. 위대한
맹주의 술자리치곤 너무나 초라했다.

"소그드. 있는가?"

문득 입구의 휘장이 젖혀졌다. 그러나 사내는 고개도 들지 않았다. 가
라앉은 나른한 어조로 인사처럼 대꾸했을 뿐이었다.

"없다면 찾아오지도 않았을 거잖아, 하스."

하스라고 불린 노인은 성성한 흰수염 속에서 쓴웃음을 지었다.

이다지도 젊은—20대 중반이나 됨직한 청년이 호기족의 맹주라 하면
중원인들은 놀라서 입을 딱 벌린다. 그러나 이것은 대단찮은 안전책일
뿐이었다. 호기족의 진짜 족장은 북방의 초원에서 한 걸음도 나가지 않
았다—호랑이굴에 머리부터 밀어 넣는 사냥꾼은 없다. 이 자리에 있는
소그드는 단순히 족장의 장자일 뿐, 실제로 교섭과 모든 책임을 맡은 자
는 부족의 원로인 하스였다.

그러나 호기족은 중원인에게 거짓말을 하지도 않았다. 실제로 소그드
야말로 이 사절이 가능케 만든 인물—난립하는 부족들을 모아 규율을
세우고, 호기족이 그 맹주가 되게끔 했으며, 그들을 지휘하여 중원의 군
대와 맞서 싸운 이가 바로 그였다. 아라카드 늪지에 중원의 기병을 수장
시켰으며, 제브 산에서 보병을 묻었다. 토벌군이 놓은 불을 교묘하게 피
하고, 그 뒤를 쳐서 자기네가 놓은 불에 스스로 타죽도록 몰아간 계략도
모두 소그드의 머리에서 나온 것이었다.

이번 사절에 소그드가 앞장서는 것도 실은 무모하긴 매한가지였다. 그

러나 그것을 완강히 주장한 사람은 다름 아닌 소그드 본인이었다. 그리고 소그드가 '하겠다'고 말한 일은, 지금까지 그랬듯이 이루어지고야 말았다.

"앞으로 2, 3일이면 중원인의 수도에 도착한다. 그런데 너는 술이나 마시고 있구나. 맹주가 말에서 떨어지면 체면이 안 선다는 것은 알고 있겠지?"

"잔소리는 다른 때에 해줘. 오늘 밤이 아닌 때에 말이야."

호기족은 본연 가족 단위로 초원을 방랑하며 말과 양을 먹이는 부족이다. 그런 그들이 결집하게 되면, 다른 어떤 부족보다도 가족적인 분위기가 집단을 지배한다. 소그드의 아버지—족장 일루베신이 젊었을 적, 호장족을 비롯한 적대적인 다른 부족과 맞서 싸우기 위한 전사 집단을 형성하면서 하스는 자못 할아버지와 같은 심정으로 소그드를 돌보아 왔다. 소그드가 어떤 표정을 지으면 어떤 기분인지는 누구보다도 잘 알았다.

"기분이 나쁜가 보구나. 호인촌에서 불쾌한 일이라도 보았느냐?"

"천만에. 어느 쪽이냐면 정반대지."

"뭐?"

하스의 어리둥절한 시선도 개의치 않고, 소그드는 술잔을 쥐지 않은 오른쪽 손을 들어 들여다보았다. 그 수중에는 소중하게 하얀 천 조각이 들려 있었다. 소그드는 오른손을 입으로 가져갔다—천 조각에 남은 향기를 맡으려는 듯이. 혹은 입 맞추기라도 하는 양.

"…중원의 미녀라도 만났나?"

그렇게 말하는 하스의 얼굴은 이상하게도 기기묘묘한 표정을 짓고 있었다.

"아름다웠지, 꿈처럼—여자인지 남자인지 구분을 할 수 없을 정도로."

"…말을 들어보니 알겠군…."

하스는 주름진 이마에 손을 가져다 대었다. 호기족의 실질적 맹주, 족장의 장자, 중원의 병사들로부터 '미친 호랑이'라고 불릴 정도로 눈부신 무예와 용력을 가진, 호기족의 자랑스러운 전사—그에게 단 하나의 결점이 있다면, 밤의 쾌락을 탐닉하기 위한 상대로 결코 여자를 택하지 않는다는 데에 있었다.

하스로서는 천추의 한이었지만, 소그드가 아직 소년이었을 적 남쪽 바다를 건너온 해인의 상인 하나가 앳된 소그드에게 눈독을 들여 자신의 잠자리로 끌어들였던 것이다. 불행 중 다행이랄까, 그 경험은 소그드에게 아무런 상처를 주지 않았다. 하지만 압도적으로 큰 불행이라면 역시 소그드가 그 해인의 풍습을 충실하게 자신의 것으로 소화했다는 점이리라. 부족 사람들은 처음에는 몹시 기막혀했지만, 지금에 와서는 모두 하스와 비슷한 반응을 보이며 한숨을 쉬는 것으로 모든 것을 정리해버렸다.

"다시 만나고 싶은데."

그러나 술잔을 단숨에 비우고 중얼거리는 소그드의 말을 듣고 하스는 놀라고 말았다.

소그드는 기본적으로 잠자리 상대에게 애착을 갖지 않는 기질이었다. 얼굴이 그럭저럭 반반하다면, 그리고 적당히 마음이 맞는다면 쉽게 어울렸고 다음 날 아무렇지도 않은 얼굴로 대했다. 부족의 원로들이나 다른 부족들이 미인을 바치기도 했지만, 소그드는 가정을 꾸리려고도 하지 않았다. 족장조차도 소그드가 무슨 생각을 하는지 알지 못했다. 그러나 하스만큼은 그가 단지 '귀찮다'라는 이유로 그렇게 행동하고 있다는 사실을 짐작했다.

그런 소그드가 누군가를 대상으로 저토록 강한 의사를 표시하는 것을, 하스는 처음 보았다.

"…네가 잊어버릴 수 없을 정도의 미인이었나?"

"글쎄…. 얼굴이 예쁜 것뿐이라면 부족 중에서도 그 정도의 미인은 있을지도 모르지. 그렇지만 원래 미인이란 생김새만으로 결정되는 게 아니잖아? 아무리 미녀라도 쿠잘네 다섯째 아들같이 굴고 있으면 오만 정이 다 떨어지겠지. 하지만 그는… 달랐어."

…그는 틀림없이 소그드가 지금까지 만난 적 없는, 하물며 앞으로도 만나기 힘들 종류의 사람이었다.

참혹한 일에 진심으로 슬퍼하고, 잘못된 일에 진정으로 노여워하며— 사소한 일로도 마음을 다해 기쁜 표정을 짓는 사람. 그리고 그 맑은 마음의 깊이는 측량할 수 없을 정도로 깊은 사람.

미인을 두고 꽃이니 달이니 보석이니 여러 가지로 칭하는 말은 많지만, 그 사람을 표현하는 말 같은 것을 소그드는 찾을 수 없었다.

그 덕분에 이렇게 몇 번째인지 모르는 한숨을 쉬는 것이었지만—.

"역시, 사과하고 싶다면 내 것이 되어라! 라고 말할 것을 그랬어…."

"…무슨 영문인지 알 도리는 없지만 중원까지 와서 소동을 피우는 것은 그만둬라."

하스는 기가 막힌다는 얼굴로 쏘아붙였다. 망설이지 않고 원하는 것을 취하는 소그드의 됨됨이를 모르는 바 아니지만, 그것도 호기족의 고향 대초원에 있을 적에나 용인되는 일이었다. 중원인이 자기네들에게 호의적이지 않다는 것은 뼛속 깊이 알고 있는 사실이다. 그럼에도 불구하고 중원인의 본거지와 같은 황제의 도시를 방문한 일촉즉발의 상황에서 다른 누구도 아닌 소그드가 문제를 일으킨다면, 자칫 지금까지의 모든 노력이 물거품이 되어버릴 수도 있는 것이었다. 뿐만 아니라—사절단으로 방문한 호기족 모두의 목숨조차 보장할 수 없다.

"알아들었나? 그만두라고 말했다."

하스는 안심이 되지 않는 듯이 말을 엄중한 경고로 바꾸어 되풀이했다. 소그드는 고소를 머금었다.

"일을 치르려고 해도, 어디 사는 누구인지조차 모르는걸."

비할 데 없이 아름다운 깃털의 새를 발견하여 활시위에 화살을 놓았을 때 새가 날아가 버린—그런 때와 흡사한 기분.

하지만 그것과는 비교할 수 없는 씁쓸한 덩어리를 어금니로 씹으며, 소그드는 소리 없이 말을 읊조렸다.

'다음에는 절대로 놓치지 않아.'

옥제가 거하는 곳을 천궁天宮. 대제가 거하는 곳을 태산泰山. 그리고 인간의 황제가 거하는 도읍은 상경常京이라고 일컬어지고 있었다.

인간의 목숨은 유한하여 천명을 받은 무수한 황제가 숱하게 많은 왕조를 열고 천하명승 여러 곳에 도읍을 정했지만, 언제 어디서나 하나의 법칙을 따르고 있었다. 천공의 중심에 극성極星이 있듯이 천하만물 삼라만상의 중심에 도읍이 있다—도읍의 중심에는 황성이, 그리고 황성의 중심에는 황제가 천지에 제사 지내고 제실의 의례를 주관하며 국정을 다스리는 대전大殿을 둔다. 이것이 불변의 진리.

그 존귀한 장소를 지키기 위하여, 황성은 더할 나위 없이 엄중한 방비로 지켜지고 있었다. 도읍 밖에서 내성에 이르기까지 몇 겹이나 존재하는 벽壁과 곽郭은 말할 것도 없고, 뒤에 산을 두고 앞에 강을 둔 산수지리조차 황성을 지키기 위하여 천지의 조화에 합치하는 오묘한 계산속에 들어가 있었다.

그러나 황제의 존재를 위협하는 것은 외적이나 반역뿐이 아니었다. 요괴와 사술. 인간의 힘을 뛰어넘는 모든 삿된 것. 그것으로부터 황제를 지키기 위해 엄선된 도사들이 국사의 칭호를 받아 궁내의 도관道觀에 머무르며 길흉화복을 점치고 천지음양의 조화를 기원하는 등 무엇보다 황제를 수호하는 소임을 맡고 있었다.

그리고 황성의 북쪽에 면한 산…, 후원산後元山은 아름답게 꾸며진 황실의 정원인 동시에, 세세토록 종사하였던 국사들이 포박한 요괴 무리를 풀어놓고 부리는 장소이기도 했다.

그 후원산과 통하는 황성의 북문, 현무문玄武門은 그러한 연유로 황성 사대문 중에서 가장 인적이 드문 장소였다. 이따금 황실 가족의 행차가 있을 때라면 모를까, 외국의 큰 사신을 맞이하는 중대사로 바쁜 이즈음의 황성에서는 가장 한가로운 곳이었다.

"…그렇다고는 하나 해이해져서는 안 된다. 우리는 황성을 지키는 막중한 임무를 띠고 있다. 그 점을 항시 잊지 말고…."

"에이, 부장 나으리. 호족이라도 이 문은 피해갈 텐뎁쇼. 여느 때라면 태자 전하 행차다 황후 마마 행차다 분주하니까요. 쉴 수 있을 때 쉬어 둬얍죠. 부장 나으리도 여기 와서 앉으시지요."

"어흠!"

수문장의 호통이 터지기 직전 군졸들은 애써 웃음을 감추며 제자리를 찾아 도열해 섰다. 많이 해 본 솜씨인지 놀이 패짝 무더기는 누군가의 주머니에 들어가 사라지고 없었다. 공식 행사가 벌어지는 주작문은 물론이고 조신백관이 출입하는 청룡문, 황성의 기물이 들어오는 백호문의 근위병이라면 용서받을 수 없는 방종. 그러나 달리 말하면 그만큼 한직이라는 이야기두 된다. 과연 줄 선 병졸든 무두가 퇴역이 가까워 귀밑머리가 희끗희끗한 백전노장. 수문장은 아직 젊었다. 그러나 그 또한 지방 읍성의 일개 병졸로, 호족과의 싸움에서 공을 세워 궁성의 근위로 승진하였지만 미천한 출신과 젊음을 흠으로 잡혀 이와 같이 허울만 좋은 한직으로 내몰린 것이었다. 부하 병졸들도 그것을 알고 있었기에 나이 어린 상사의 서투른 고압적인 태도를 웃음으로 넘겨주었다.

"이렇게 기강이 흐트러져서야! 황제 폐하가 계시는 황성에 만약의 일이라도 벌어지면 어쩔 셈인가?"

"그렇게 말씀하셔도… 이 현무문까지 수고로이 쳐들어오는 역도가 있다는 이야기는 듣지 못했습죠. 후원산 북쪽 기슭의 병영에도 일군이 주둔하고 있고…. 우리가 힘쓸 일은 없을 겝니다. 요괴라도 나타나면 모를까. 게다가 상대가 요괴라면…."

"요괴라면 어떤가! 황성을 범하려고 하는 자가 있다면 목숨도 내던져서 막는 것이 당연한 것 아닌가!"

젊은 부장은 마치 그런 무도한 무리를 찾기라도 하는 양 시선을 돌려 정면을 바라보았다. 그곳에 펼쳐진 것은 사시사철 아름다운 모습으로 자리한 후원산의 정경. 이 풍경을 망가뜨리는 것은 지난 수 세기 동안 존재하지 않았다.

그때 청년 군인의 눈에 생소한 것이 비쳤다.

그것은 사람의 모습…, 오로지 한 사람의 그림자였다.

먼빛으로 보기에 그는 도포를 걸친 도사. 그러나 선도仙道에 몸담은 자들이 아무리 기행을 일삼는다고 해도 황성의 권위까지 더럽히려는 자는 좀처럼 없다. 그리고 황성 가까이를 거리낌 없이 드나들 정도로 지체 높은 귀인이라면 필시 시종을 거느릴 터. 소박한 흰 도포를 걸쳤을 뿐인 젊은이의 모습에서 그 정체를 짐작하게 하는 것은 전혀 없었다. 오히려 의혹만 깊게 할 뿐…. 무엇보다, 중원의 사람에게서는 찾아볼 수 없는 기이한 갈색 머리카락, 그리고 청옥과 같은 빛을 띤 눈동자─화창한 봄날임에도 불구하고 수문장은 소름이 끼치는 것을 느꼈다.

비록 인간의 모습을 가장하고 있다 해도 인간이 아니니까 요괴. 인간의 힘이 미치지 못하니까 요괴. 여느 사람에 불과하다면 짐승의 피를 뿌려 힘을 약하게 하는 것이라면 모를까, 요괴를 퇴치할 수 있는 수단이란 존재하지 않는다. 눈 깜빡할 사이에 목숨을 잃는 것은 일도 아니다.

그러나 젊은 부장은 땀이 밴 손으로 허리에 찬 검을 꼬나 잡았다.

황성 안에는 천하제일의 도사들이 있다. 요괴가 침범하려고 하면 반드시 이변을 느끼고 온다. 그때까지는 단지 목숨을 버리는 것에 불과할지라도—.

"가서 경종을 울려라. …서라! 거기 누구냐!"

수문장은 뒤를 돌아보지도 않고 부하들에게 말을 던진 뒤, 억지로 목소리를 높여 눈앞의 젊은이에게 고했다. 떨리는 것을 억누르고 있더라도 그것이 허세임은 본인이 가장 잘 알고 있었다.

"부, 부장…."

당황한 부하들이 뒤에서 뭐라고 말하려 했다. 똑같이 오금이 저려 움직일 수 없는 것일까? 그러나 수문장은 눈치채지 못하고 있었다. 부하들의 목소리에서 자신이 느끼고 있는 압도적인 감정은 찾아볼 수 없다는 것을.

"……."

도대체 무슨 술수를 쓴 것인지 젊은이는 벌써 얼굴을 알아볼 수 있을 정도로 다가와 있었다. 놀란 표정을 담은 그 얼굴은, 틀림없이 사내의 것임에도 불구하고 평생 촌 아낙만 보고 살아온 수문장에게는 다른 의미로 오금이 저릴 정도로 아름다웠다. 그러나 젊은 무장에게는 그에 대해 감탄한 여유 따위 남아있지 않았다. 도를 넘어선 정도로 아름답다는 것 또한 요사스러움에 속하는 것.

"말이 들리지 않는가! 이곳은 존귀하신 황제 폐하가 거하시는 황성이다! 당장 신분과 성명을 고하거라!"

그 말 역시 제대로 된 정신으로 나온다기보다, 만에 하나의 경우를 위해 생각해 두었던 말이 부지불식간에 나오는 것에 불과했다. 백옥을 아로새긴 것 같은 얼굴의 기인이 푸른 물빛의 눈동자로 가만히 응시하고 있으니 더욱 혼이 빠지는 듯했다. 그러나 놀랍게도 그 맥없는 호령은 상대방으로부터 확실한 반응을 끌어내었다. 이상한 도사는 품속에 손을 가져가더니, 옷자락과 분간할 수 없을 정도로 흰 손으로 뭔가를 끄집어내었다. 그것은 한 덩이 금으로 만든 패찰이었다. 황성에 드나드는 자들이 그 신분을 증명하기 위해 지니는 패찰—황금에 은문자를 상감한 것은, 가장 존귀한 혈통의 증거.

"아, 그, 저……."

수문장의 뒤에서 병졸 한 사람이 붉게 칠한 쟁반을 들고 허둥지둥 달려나왔다. 도사는 두 손으로 정중하게 금패를 쟁반 위에 올려놓았다. 황성을 들어오는 이가 있을 때에 행하는 절차. 물론 금패를 올리는 것은 시종이 하는 일이지만.

떨리지 않는 손으로—수문장에게 이것은 굉장히 이상하게 여겨지는 일이었다—부하가 가져온 쟁반 위의 것을, 수문장은 커다랗게 뜬 눈으로 보았다.

"…아……."

벌린 입을 다물지 못하는 수문장을 대신해서, 젊은 도사가 조용히 읊조렸다. 그 외모에 걸맞은 청아한 음성으로.

"불초한 이 몸은 황이자皇二子, 영명왕永明王, 성은 건乾이며 이름은 영瑛—자는 정엽貞葉. 삼가 황성에 들고자 함을 청하오."

"……."

이번에야말로 수문장은 벼락에라도 맞은 듯이 굳어버렸다.

제대로 움직일 수 있는 사람은—수문장을 빼면 전부 다였지만.

"에이, 황자님, 그렇게 뻣뻣하게 말씀하지 마십쇼."

"죄송합니다. 부장 나으리한테 미리 귀띔하질 못해서….'

형언할 수 없는 분위기를 환기시키기 위해 병졸들은 한층 가벼운 말투로 떠들어대기 시작했다. 오래 보아서 친숙한 것일까, 황자 건영—정엽은 부드러운 미소를 지었다. 일개 백성 출신의 근위병을 대하는 데에도 그 어조는 어디까지나 정중했다.

"아닙니다. 이것이 오히려 당연한 일. …이번 수문장께서는 위엄이 추상같으시군요."

진지한 목소리였음에도 불구하고 뜻밖의 말을 들은 수문장의 정수리에는—비유컨대 두 번째로 벼락이 내렸다. 수문장은 시뻘건 얼굴이 되어선 입을 꽉 다물더니, 힘들여 목소리를 가다듬고 호령을 내렸다.

"화, 황제 폐하의 명을 받들고, 통행을 허락한다!"

황자는 공손한 태도로 예를 표하고, 가마도 말도 타지 않은 채 가벼운 발걸음으로 현무문의 장대한 누각 아래를 지나 안으로 사라졌다.

그 등 뒤로 털썩 하는 소리가 울려 퍼졌지만 그것을 황자가 들었는지는 알 수 없었다.

하늘에 속한 것과 지부地府에 속한 것, 그리고 인간이라고 불리는 것. 천지 사이에는 그들 모두가 함께 어우러져 살아간다—그렇게 전해지고 있었다. 그러나 평온하게 살아가는 인간에게 있어서 천신天神과 요괴를 접할 기회는 거의 없다고 보아도 좋았다. 천신이라는 길조와 요괴라는 흉조를, 인간은 동경하고 또 두려워하지만 그것이 인세에 간섭하지 않는 것이 하늘이 정한 도리였다.

그러나 인간 중에서도 뜻밖에 그 경계를 넘나드는 자가 있다. 인간의 몸으로 천신의 지위에 오르고, 인간의 몸으로 요괴와 접하는 자들. 인세의 이치를 뛰어넘는 법과 술을 부리고, 요괴를 복종시키고 천지음양의 조화를 헤아리는 자들. 인간의 법규에 속박되지 않는 그들은 도사道士라고 일컬어진다―.

그러나 인세에 얽매이지 않는다고 해도, 천선天仙으로 승천하거나 지선地仙으로 화하지 않는 이상 인세에 인연을 지니는 법.

무엇보다 흔치 않은 일이라고는 하나 삿된 요괴가 황제의 존위를 범하는 일도 왕왕 있는 법. 그것을 방비하고 황성의 안위를 비는 목적으로, 황성의 전조前朝에는 선원궁仙元宮이라고 이름하는 도관道觀이 자리하고 있었다.

그 도관에 거하는 도사들은 천하에 이름이 높은 인물로 구성되어, 국사國師라고 칭해지면서 경외를 받았다. 속세의 권세영달과는 다른 의미에서였지만.

그 선원궁의 궁주―형식상 최고위의 자리에 있는 인물은, 기이한 행적으로 명성이 높은 국사 중에서도 특히 기이한 인물이었다.

황이자, 영명왕 건영, 자는 정엽―선원궁의 궁주는 상천궁上天宮의 문을 천천히 걸어나왔다.

황궁에 입궁한 그가 가장 먼저 한 일은 옷을 갈아입는 것, 그리고 선도에서 가장 존숭하는 상천의 제신을 모신 사당에 올라 향불을 올리는 것이었다.

황자로서 조정에 관직을 받는 다른 이들이라면 마땅히 조의에 입조하여 그 책무를 다하였겠지만, 선도에 들어 천지음양의 이치에 봉사하는 직분을 자처한 정엽은 대전으로 향하지 않았다.

늘 입어 익숙한 흰 면직 도포가 아닌, 비단으로 지어진 도포. 은실로 은은하게 자수를 놓은 그것은 천하에 보기 드문 명품이었다. 장소가 장소이니만큼 머리카락도 어느 정도 거두어 틀어 올렸는데, 그것을 고정시키는 짧은 비녀도 옥을 정교하게 세공한 절품이었다.

딱히 꾸미고자 해서가 아니라 황궁의 법도를 따른 것뿐이었으나―그 모습은 오색 비단옷을 걸치고 화려한 금은옥잠으로 장식한 절세미인에 견줄 만했다. 거기에 매끄러운 갈색 머리카락과 푸른 눈동자가 더해지니 그 아름다움은 요사하게 느껴질 정도였다.

정엽의 모습이 나타나자 청정해야 할 도관에는 가벼운 소란이 일었다. 그러나 그 속삭임 속에는 감탄과 경의만 포함되어 있는 것이 아니었다. 그보다는 불쾌한 악의 쪽이 압도적으로 많았다.

황제의 황이자. 그리고 황후 여금의 유일한 적자. 세상의 영달 중에서도 으뜸일 자리이며―심지어 황태자의 자리에 올라도 이상할 것이 없는 신분. 실제로 황제의 총애로 인해 황태자 위가 바뀔 뻔한 일도 있었다.

그러나 황자 영이 자처한 것은 그러한 영달과는 무관한, 일개 도사라는 직분이었다. 뿐만 아니라 거느리는 사람도 없이 황성을 나가 천하명승과 도관을 단신으로 떠도는 일도 비일비재했다.

그러한 기행을 두고 조정의 대신백관은 근엄하게 눈살을 찌푸렸다. 황성의 왕후장상은 수군거렸다. 결백하다고 칭송하는 목소리는 작았다. 권세영달을 갈망하는 속세의 무리의 경멸과 조롱, 냉소의 말이 황자의 주위에서 끊이지 않았다.

그러나 정작 당사자인 정엽은 얼굴빛을 바꾸지 않았다. 마치 들려도 들리지 않는 것처럼, 보여도 보이지 않는 것처럼. 언제나 심산유곡의 맑은 물처럼 고요한 표정을 짓고 있을 따름이었다. 면전에서 모욕하는 무례를 방관하진 않았지만, 자신의 처신에 대해 변명의 말을 늘어놓거나 의중을 입 밖에 내는 일은 결코 없었다.

선원궁의 중정은 그윽한 향기가 맴돌고 있었다. 최상품의 백단향이 중정을 꾸미는 소나무의 냄새와 어울려 한없는 정취를 선사하였다. 민간의 도관이었다면 참례객이 피운 값싼 향으로 사당 앞이 매캐하게 흐려졌으련만.

정엽은 그 광경을 상상하는 것처럼 중정을 내려다보았다. 어딘지 그리워하는 듯한 빛을 띠고…. 그때 문득, 그 눈이 휘둥그레졌다. 중정의 향로 앞에서 향을 피우는 사람이 있었다. 선원궁의 흔치 않은 참례객인 그 사람은 향 피우던 손을 거두고 얼굴을 들었다. 그 시선이 계단 위의 정엽과 마주쳤다.

정엽은 천천히 몸을 굽혔다.

"황태자 전하. 그간 강녕하셨습니까."

"삼재ㄷㅋ!"

예를 다한 정엽과는 대조적으로 스스럼없는 목소리가 중정을 울렸다. 황태자―창궁제의 장자이며 다음 보위를 이어받도록 결정되어 있는 인물은 간신히 궁중의 예법에 어긋나지 않을 정도로 친근하게 정엽에게로 걸어왔다.

"…황태자 전하."

"형제끼리 그렇게 예의를 차릴 필요 없다고 몇 번이나 말해야 하느냐? 이곳이 대전인 것도 아니잖느냐. 사적인 곳에서만이라도 편하게 대해주려무나."

"죄송합니다… 형님."

그제야 젊은 태자의 얼굴이 환하게 펴졌다. 몸에 걸친 것은 용을 수놓은 황태자의 의관—그러나 그것을 제외하면 저잣거리에서든 시골관청에서든 어디에서 보아도 눈에 띄지 않을, 지극히 평범한 청년. 다만 사람 좋아 보이는 그 얼굴로 웃음을 지으면, 마주 보고 있는 사람은 저도 모르게 미소를 떠올리고 마는 것이다.

황태자—건乾 집輯, 자는 현성玄成—는 정답게 동생의 어깨에 팔을 두르고 도관의 중정을 가로질러 갔다. 중정의 동쪽 문을 지나면 자리 잡은 것은 아름답게 꾸며진 원림園林. 주위의 뭇 관청 사이에서 선원궁은 원림이 딸린 몇 안 되는 황성 전조의 건물이었다. 녹음의 아름다움은 천신도 즐겁게 한다는 암묵적인 관습 때문이었다.

"황 노사는 어떠하시더냐. 건강하신가?"

"아쉽게도 뵙지 못했습니다. 자리를 비우셔서…."

"신출귀몰하시구나. 꼭 너처럼 말이다. 자, 바람을 좀 쐬자꾸나. 괜찮겠지?"

"물론입니다."

원림의 문 밖으로 시종을 물리고서 이복의 형제는 함께 거닐었다. 그 사이에 감도는 공기에 어색함은 찾아볼 수 없었다.

"어째서 후침後寢부터 들리지 않았지? 황후 폐하께서 섭섭해 하시지 않느냐."

"죄송합니다. 미력한 몸으로 주어진 임무를 조금이라도 다하기 위해서…."

"나에게 사과할 일이 아니야. 황제 폐하와 황후 폐하께 사죄할 일이지. 충신과 효자는 함께 할 수 없다는 속설도 있지만, 황제 폐하께서는 오랫동안 너를 보지 못해서 염려가 크신 듯하다."

"송구스럽습니다, 첩비 전하는 강녕하시지요?"

"아아, 어머님께서는 무강하시다. 미안하지만 네가 한번 찾아뵌다면 어머님께서도 기뻐하실 것 같은데….”

“첩비 전하께서 기뻐하신다면 무엇을 못하겠습니까. 근일 간에 백로白
露궁으로 찾아가겠습니다.”

“고맙다. 네겐 늘 수고를 끼치는구나, 삼재.”

“…그 이름은 제게 과분합니다.”

부드럽게 누그러졌던 정엽의 얼굴에 돌연 수심이 드리웠다.

삼재—‘삼재三才의 보寶’. 5년 전, 정엽이 막 관례를 치렀을 무렵 황성
의 대전에서는 성대한 신년 축하연이 열렸다. 그 자리에 참석한 아직 어
린 황자에게, 당시 선원궁의 궁주였던 황 국사가 문득 질문을 던졌다. 수
염이 하얗게 세도록 학문에 정진한 학사들도 답하기 힘든, 신묘한 천하
만물의 도리에 관한 것이었다. 허나 정엽은 대답했던 것이다. 청아한 목
소리로, 막힘없이.

뒤이어 흥미가 동한 기라성 같은 학사들이 잇달아 질문을 던졌다. 치
세의 법도. 고대로부터 전래한 예악禮樂의 이치. 군사를 부리는 병법에 이
르기까지, 어느 것도 정엽이 대답하지 못하는 질문은 없었다. 연회가 한
껏 고조되었을 때 황 국사는 박장대소하며 정엽을 향해 말했다. 치세와
선도와 예악에 두루 능통하니 이것이야말로 삼재의 보배니라, 하고.

황자 영, 정엽이 세간에 삼재라고 불리게 된 것은 그 무렵부터였다.
그리고 전도양양하던 황자가 갑자기 머리를 풀고 도사가 되기로 결정한
것도.

기꺼워하지 않는 이복동생의 마음을 아는지 모르는지, 황태자는 그저
벙글벙글 웃을 따름이었다.

“무슨 말을 하는 거냐. 너에게 아주 어울리는 별호別號라고 생각하
는데.”

“저로선 그 이름으로 불릴 때마다 얼굴을 가리고 달아나고 싶은 마음

뿐입니다만….”

“하하하. 어쨌든 덕분에 한시름 덜었구나. 앞으로 한동안 눈코 뜰 새 없이 바쁠 터라 나도 황제 폐하도 어머님을 찾아갈 여유가 없을 것 같지 뭐냐. 너라면 나보다 훨씬 더 어머님을 기쁘게 할 수 있을 테지. 괜한 수고를 끼치는 것 같아 면목이 없다만….”

“무슨 말씀을 하십니까. 장 첩비 전하는 제게도 어머님이나 마찬가지인 것을. 한데 바쁜 일이라면… 기족의 알현을 말씀하시는지요?”

“아아, 그렇지. 황제 폐하의 칙명이 내렸는데도 불구하고 불평이 그치지 않아서… 사절단이 들기 전까지는 어떻게든 해야 할 텐데 큰일이란다.”

“기운 내십시오. 저도 무사히 일이 마무리되길 기원하겠습니다.”

“너라면, 도관에서 기도하는 것보다 내가 할 일을 하는 편이 훨씬 나았을 터인데.”

황태자는 대단치 않은 일을 말하는 양 가볍게 중얼거렸다. 그러나 그 말이 떨어지자마자 분위기가 일변했다―봄의 정원에 서릿발이라도 내린 양. 현성은 날카로운 얼음, 차가운 불꽃으로 화한 이복동생의 눈을 보고 황급히 입을 다물었다.

“그런 말씀은―아니, 그런 생각조차 품으셔선 안 됩니다.”

“아… 미, 미안하다….”

그러나 얼음 조상처럼 굳어버린 정엽의 얼굴에 깃든 감정은 분노뿐만이 아니었다. 거기에 섞여 있는 것은, 지울 수 없는 슬픔.

본래 황태자의 친모 장씨는 지명제가 진경―지금의 황제에게 우격다짐으로 혼례를 맺게 한 여성이었다. 처음부터 애정이 생길 수 없었던 혼인이었다. 장씨가 아들을 낳고 나서도 부부 간의 정은 생기지 않았다. 그리고 제위에 오르자, 황제는 어떤 반론도 무시하고서 여금을 황후로 삼았다.

　장씨도 본래 심약한 성품은 아니었다. 그러나 혼인을 맺고 수년에 이르기까지 남편은 돌아보기는커녕 눈길 한 번 주지 않았다. 마침내 정실 자리를 빼앗기고 첩의 자리로 쫓겨나자, 그녀는 자신은 물론이고 어린 아들의 장래도 보장할 수 없게 되었다고 생각했다. 마음의 병이 극도로 심해진 장 첩비는 어린 아들을 붙잡고 함께 죽자 권했다고 하였다.

　'차라리 내세에 필부의 집안에서 태어날지언정 천자의 집안에서 태어나진 말아라'—그렇게 울부짖었다고 했었다.

　친모의 말은 아직도 현성에게 주문처럼 새겨져 있다.

　이론대로라면 적장자는 정엽. 현성은 어디까지나 서자에 불과했다. 정엽이 황태자로서 책봉된다 해도 이상할 것이 없다. 그러나…….

　모후의 주문에 걸려있는 것은 정엽도 마찬가지였다.

　장 첩비를 가엾게 여기고 현성을 친자식처럼 사랑한 여금은, 정엽을 낳기 전부터 현성을 황태자로 책봉하도록 강력하게 권하였다. 그 보람이 있어 현성은 무사히 태자위에 올랐다. 그러나 얼마 지나지 않아 여금도 아들을 낳았다. 그녀는 아들의 자를 정엽이라고 지었다. 그 의미는 언제나 푸른 잎. 겨울이 와도 색이 변하지 않는 상록수의 잎은 신하의 절개를 상징한다.

　결코 신하의 도리를 잊어서는 안 된다고—여금은 아들에게 주박처럼 그런 이름을 지어주었던 것이다.

　정엽은 어머니의 뜻에 불만이 없었다. 성실하고 후덕한 현성은, 동서 고금의 학문에 두루 통달한 그의 눈에도 충분히 명군의 자질이 보였다.

　그러나 세간의 눈은 똑같이 봐주지 않았다. 무엇보다도 파벌을 나누는 조정의 신하들이, 황태자파에 대항하여 세울 명분으로 정엽을 노리고 있었다.

그래서 정엽은 가능한 한 일개 도사로 머무르도록 줄곧 자신을 낮추어 왔다. 되도록 궁성을 비우고, 모후와의 대면도 줄이고, 의견 한마디 입에 올리는 것을 삼가며, 아버지인 황제와 이야기를 나누는 것조차 꺼리고 또 꺼렸다. 사람들이 뭐라고 구설수에 올리더라도 돌아보지 않았다.

그런데도 불구하고 가장 중요한 황태자가 이야기하고 있다. '나보다도 삼재 쪽이 더….'

……차라리 형이 야심만만한 자였더라면 좋았을지도 모른다. 그랬다면 정말로, 뒤도 돌아보지 않고 궁성을 떠난 뒤 은거할 수 있었을 것이다. 사랑하는 어머니와 누이들을 떠나는 것은 괴롭겠지만 그것이 최선이라면.

그러나 현실은 그렇지 못했다. 선량하고 올곧은 형. 그의 부족하고 무른 점을 떠받칠 수 있도록, 정엽은 그의 곁에 머물러 있어야 하는 것이었다. 자신을 짓누르는 무게를 견디고 또 견디면서.

황성의 본업─황제와, 또 황제를 보좌하는 대신백관들이 천하를 경영하는 의무를 수행하는 전조前朝는 황성의 남쪽 절반을 차지하고 있었다. 나머지 북쪽 절반은 황제의 사생활을 위한 공간이었다. 이를 후침後寢이라고 부른다. 그곳에는 황제의 자녀와 황후비빈들이 거처하는 궁이 자리 잡고 있었다.

황후─창궁제의 정부인 여금황후의 궁이 있는 곳도 이 후침이었다.

정엽은 자신의 생모 여금황후를 방문하기 위하여 환관을 앞세운 채 후침의 주랑을 걷고 있었다. 관청이 주를 이루고 있는 전조에 비하여 후침의 풍경은 녹음으로 꾸며져 훨씬 아름다웠다. 중정도 원림도 화사한 꽃이 만발하며 새가 지저귀고 있었다.

그러나 이곳의 공기는 정체되어 있었다─깊은 숲 속의 못처럼. 후침을 드나들 수 있는 사내는 황제와, 남성으로서의 기관을 제거한 환관뿐이었다. 동궁에 거주하는 황태자가 아닌 이상에는 황자인 정엽조차 한 번 더 허락을 받아야만 출입할 수 있었다. 그리고 이곳에 거주하는 여성들의 대부분이 황제 한 사람을 위해 전 생애를 바치고 있는 것이다. 황제의 총애를 얼마나 받느냐에 따라, 그리고 황제에게 얼마나 자식을 낳아 주느냐에 따라 일신은 물론 일족의 영달까지 좌우된다. 그것을 위해 얼마나 무수한 가인들이 이곳에서 피고 졌는가. 수정처럼 맑고 투명한 물 밑바닥에는 나뭇잎이 썩은 진흙이 침전해 있는 것이다.

사람의 왕래가 잦은 전조의 주랑과는 달리 후침의 주랑은 인적이 드물었다. 오가는 궁녀들도 사내의 모습이 보이면 당 안이나 기둥 뒤로 숨어 버리곤 했다. 속삭이는 소리만이 바람결에 전해져 왔다. 그 웃음소리는 아름다운 소리로 노래하는 새의 그것과 흡사했지만, 이 새들은 날개깃이 잘리고 다리가 부러진 불구의 새였다.

"영명왕, 황이자, 건영 님 납셨사옵니다―."

앞서 가던 시종이 문득 허리를 굽히며 크게 외쳤다. 정엽이 상념에 빠진 사이에 어느덧 도착한 걸까. 이미 전갈을 받은 안쪽으로부터 그 말을 복창하는 소리가 울리더니, 궁으로 통하는 대문이 스르륵 열리었다.

"―별고 없으셨는지요, 정엽 님!"

"강녕하신 것 같아 무엇보다 다행이와요."

일제히 반가운 목소리가 쏟아졌다. 환하게 웃는 얼굴들이 그를 맞이하였다. 누구나 웃음 짓고 있다. 장성한 황자 앞에서도 얼굴을 가리지 않는다. 이따금 정엽과 같이 중원의 여느 머리카락과 눈동자 빛깔을 지니지 않은 궁녀도 있었다. 그늘진 후침 가운데서 이곳만은 햇살이 들이비치는 것 같았다.

그중에서도 가장 눈부신 사람이 겹겹이 걸친 능라 주단의 예복도 개의치 않고 가벼운 걸음걸이로 계단을 달려 내려왔다. 분칠하지 않아도 고운 얼굴은 아직도 소녀의 앳됨을 간직하고 있었다. 우아하게 틀어 올린 머리채는 여전히 빛을 잃지 않은 황금색. 그리고 빛나는 눈동자는 정엽의 그것과 꼭 같은 선명한 파랑이었다.

"다녀왔습니다, 어머님."

"어서 오렴, 정엽!"

그녀는 거리낌 없이 팔을 벌려 자신의 아들의 어깨를 끌어안았다─그 아이가 자신보다 머리 하나는 자라 버린 지 오래였는데도. 이 나라의 법도는 장성한 아들과 모친 사이의 예의 또한 엄중하게 규정되어 있었지만, 후침에서는 물론이고 천하의 존경을 한 몸에 받는 국모라도 고향에서의 이 버릇만은 버리지 못했다. 고지식하고 까다로운 학사들이 후침에 드나들지 못하는 것이 다행이랄까.

"집도 잊어버린 줄 알았는데 용케도 돌아왔구나. 이번에는 어디까지 갔니? 서국까지 간 게 아닌가 했었어."

"사신으로서 칙명을 받지 않는 한 무리겠지요."

"어머나, 조금은 웃으면서 대답해보렴. 자아, 어서 차라도 마시며 이번 여행에 대해서 이야기를 해다오. 오래간만에 정엽의 연주도 듣고….".

여금황후는 마냥 즐거워하며 정엽을 당 위로 이끌었다. 당 안은 여금황후의 취미에 맞추어 소박하고도 우아하게 꾸며져 있었다. 황궁의 건물이라기보다는 호젓한 별당의 당실 같았다. 후침의 답답한 세계 속에서도 이곳에서만큼은 정엽도 편안한 마음이 되는 것이었다.

"하나하나 천천히 하도록 하지요. 어머님께서는 그간 어떠하셨습니까? 금란과 청옥은 어떻게 지내는지요?"

"가아 대단한 일이 있겠니. 네 누이들은 계례(笄禮)를 올렸는데도 말괄량이 버릇을 고치지 않아서 큰일이란다. 혼사는 어떻게 올릴는지. 폐하도

참, 그 아이들을 익애하셔서 마땅한 혼처도 찾으려 하지 않으시고…. 이번 대사만 마무리 지어지면 결판을 보아야지. 그래, 이 기회에 너도 가정을 꾸려야 하지 않겠어?"

"저는 수행 중인 몸이지 않습니까."

"…서국의 사제도 아니고, 상관없는 일이잖니? 도사가 처자를 두는 것은 빈번하게 있는 일일 터인데…."

"걱정하지 마십시오, 어머님. 모두를 위해서 좋은 일이니까요."

여금황후는 무엇인가 말하려 했지만 곧 입을 다물었다. 16세의 한창 천진난만할 나이에 이역만리로 시집을 왔음에도 때 묻지 않은 모습 그대로를 간직하고 있었지만, 그 내면에는 일국의 국모 되는 현명함이 넘치고 있었다. 그런 그녀가 아들의 의중을 짐작하지 못할 리 없다.

처자를 가지면 반드시 그 처가와 인연을 맺게 된다. 본래 됨됨이야 어쨌든 간에 황이자라는 지위에 있는 사위를 두게 되면 성인군자가 아닌 이상 욕심이 생기는 것이 다반사. 그리고 설령 아무 욕심을 품지 않더라도, 백척간두의 권력의 소용돌이에 휘말리게 되면 어떤 운명과 맞닥뜨릴지는 삼재라고 불리는 정엽도 짐작할 수 없었다.

그렇기에 결심한 것이다. 일생을 고독하게 살기로.

"…그럼 목도 축였으니 한 곡조 들려드릴까요."

"그래… 부탁하마."

정엽은 늘 지니고 다니는 옥피리를 꺼내 입술로 가져갔다. 나뭇잎을 어루만지는 바람, 깊은 산에 수정과도 같은 샘물이 흘러내리는 듯한 맑은 소리가 당 안을 울리었다. 탁자 맞은편에 앉은 여금황후는 가만히 귀를 기울였다. 그림과도 같은 광경.

본디 여금황후는 창궁제의 황후로서 시집온 것이 아니었다. 그때만 해도 천하는 지명제의 세상. 지명제의 분별없는 요구에도 불구하고 사해로 뻗어나가고자 했던 서국에서는 금지옥엽으로 자라던 그녀를 머나먼 중원까지 보내었다. 그녀가 탄 배가 개인의 항구에 닿기 직전, 창궁제의 칙명에 의해 지명제는 목숨을 잃었다. 조카의 손에 의하여.

이때 새로이 즉위를 기다리던 창궁제가 그녀를 만났고―천하의 법도를 무시하고 그녀와 혼례를 치러, 황후로 삼았던 것이다. 천하의 도리에 의하면 혼례란 신성한 것. 일순간에 결정하고 치를 수도 없을 뿐더러, 하물며 창궁제 자신에게 오래전 혼례를 치렀던 정부인이 있음에야. 또한 장유유서의 법도가 분명한데도 불구하고 숙부의 혼약자를 자신의 처로 맞이한다는 것은 변방의 호족이나 자행할 무례비도.

그럼에도, 그러잖아도 아직 공고하지 않았던 제위가 흔들린다는 것을 알고 있으면서도 창궁제는 여금을 아내로 맞이했다. 그리고 그것은 정엽이 약관의 나이가 된 지금에 와서도 파문처럼 영향을 끼치고 있다.

그것이 아무리 자신을 옭아맨다 해도―정엽은 부친의 결정을 납득할 수 있었다. 이다지도 사랑스러운 사람에게 매료될 수밖에 없는 그 마음을, 이해할 수는 없어도 수긍할 수는 있다. 비록 그 비도非道의 대가를 자신이 짊어진다 해도.

…문득 정엽의 뇌리에 어느 풍경이 떠올랐다.

황량하고 메마른 바람 속에서―푸른 하늘을 향해 세워진 긴 장대. 바람에 나부끼는 낡아빠진 푸른 천.

그리고 그 아래에 서 있던 사람―.

어느 것에도 애착하지 않으려고 했다. 사람은 물론이고 어떤 장소에조차도. 그러나 그 풍경만큼은 어쩐지 그리웠다.

2장

기족은 뿌리내리지 않고 양과 말을 치며 살아가는 일족. 그들 눈에 중
원의 도성은 참으로 어마어마한 것이었다. 우선 그곳으로 향하는 도로조
차 포석이 깔려 훌륭하게 정비되어 있었다. 이런 빈틈없는 길이라면 말
이 둥근 돌이나 구멍을 밟아 미끄러지고 다리가 부러질 염려는 전혀 없
으리라.

그리고 까마득히 먼 곳에서부터 눈에 들어오기 시작한 도성의 성곽은,
그것이 성곽임을 알아차릴 즈음에는 시야의 끝에서 다른 쪽 끝에 다다를
정도로 장대한 것이었다.

그 밖에도 엄청난 양의 물자가 부려지는 나루터, 오고 가는 무지무지
한 수의 인파. 높고 호화로운 건물의 숲. 초원에서 전포를 세우고 이리저
리 떠돌며 살아가는 기족에게는 참으로 생소하고도 현란하여 눈이 어지
러워지는 것이었다.

"허어, 이거 엄청난데⋯."

"눈을 어디에 두면 좋을지⋯."

"다들 진정해라. 중원 놈들이 보고 비웃잖아⋯! 소그드를 보고 배우
라구!"

"소그드를?"

우왕좌왕하던 기족의 사내들은 일제히 그들의 우두머리를 쳐다보
았다.

분명 소그드는 중원의 웅장한 도성을 보면서도 눈썹 하나 까딱하지 않

앉다. 훌륭한 비단옷을 걸치고 정성 들여 꾸민 애마에 올라 자연스레 어깨를 늘어뜨린 모습은 참으로 당당해보였다. 무엇보다 그의 외모는 중원인 중에서도 보기 힘든 늠름한 대장부의 면모였기 때문에, 아무리 냉랭한 눈으로 바라보는 사람이라도 시선이 소그드에 이르면 얼마간 넋을 잃고 바라보기 마련이었다.

"…뭐야, 시끄러워."

허나 막상 그 위장부의 입에서 흘러나온 목소리는 턱없이 맥 빠진 것이었다. 그는 분명 동행들만큼 긴장하고 위축되어 있지는 않았지만, 그 이상으로 흥미는커녕 관심도 보이려 하지 않았다. 요컨대 중원의 도성 따위는 아예 안중에도 없었다.

나이와 관록 덕분으로 다른 이들과 달리 당황하지 않을 수 있었던 하스가 이상하다는 듯 물어보았다.

"너무 침착한데, 너. 신기한 것을 보면 펄쩍 뛰지 않았던가?"

"신기하기는 하지만 펄펄 뛸 정도인가? 중원인들은 한자리에 붙박여 사니까 저렇게 커다란 것을 지어놓고 좋아하기도 하겠지. 그렇지만 저건 접어서 말 등에 실을 수도 없는 거잖아? 그럼 이 부근의 풀을 양떼가 모조리 뜯어먹어 버리면 어떻게 하겠어? 우리는 목민牧民이다. 목민이라면 목민답게 사는 편이 좋아. 나는 하늘을 나는 매가 코끼리를 부러워한다는 말은 듣지 못했어."

"……."

"호오, 오래간만에 그럴싸한 말을 하는군."

"어쨌든 간에 떠들지 말라고. 생각하는 데 방해되잖아."

"생각? 네가?"

소그드는 손을 가슴께로 가져갔다. 비단으로 지어지고 금실로 수놓은 기족 전통 예복의 가슴팍에는 가죽으로 만든 주머니가 매달려 있었다.

그 표면을 장식하고 있는 기묘한 무늬는 기족 주술의 문양. 소그드는 그 부적을 소중하게 감싸 쥐었다.

"그 사람을 어떻게 찾을지 생각하는 것만으로도 정신이 없다구."

"…아직도 그건가."

하스는 한심하기 그지없어하는 얼굴이 되었다. 주위의 동행들도 거의 비슷한 표정을 지었다. 소그드가 요 며칠 '그 일'에 정신없이 빠져있는 것은 그들도 잘 알고 있었다. 그런 꼴불견은 보기 드문 것이었으니까.

"보고 배우라고 하지만, 저 취향만큼은 배우고 싶지 않아…."

"거기다가 앞뒤 없이 홀떡 빠져들어선…."

"차라리 절조 없었던 예전이 더 나았지…."

"뭐야, 구시렁구시렁! 네놈들도 그 사람을 봤다면 그렇게 나불대진 못할걸!"

발칵 화를 내려던 소그드를, 하스는 갖은 수를 써서 겨우 말렸다. 소동이 가라앉은 후에도 소그드는 간혹 한숨을 내쉬면서 침울해졌고, 주위의 동행들은 그 모습을 보고 고개를 내젓느라 도성의 위용을 보면서 경탄할 겨를이 없었다. 도성 사람들만이 의연한 기세를 지닌(그렇게 보이는) 기족의 사절단을 보고 놀랐을 따름이었다.

도성의 남문을 지나자, 돌연 일단의 근위병이 사절단 주위를 둘러쌌다. 칼부림이 나지 않은 것이 다행이었다. 그러나 그들은 말 그대로의 호위. 길을 트고, 대로 좌우를 빽빽이 메운 군중들로부터 사절단을 갈라놓았다.

황도의 거리는 번화했다. 황도의 남과 북을 잇는 주작대로는 주위의 화려한 건물들과 어우러져 중원의 가장 존귀한 도읍다운 면모를 과시했다. 그러나 이 부귀영화와 맞닿아 사는 도성의 주민들이 사절단을 맞이하는 얼굴에는 그다지 웃음이 머물지 않았다. 전란과 도적떼에 시달린 것이 고작 10여 년 전. 더군다나 호장족과 호기족의 소요가 잇달아, 중원의 민가에서는 두세 집에 하나쯤은 군역軍役 나간 젊은이를 잃어버린 기억이 있었다.

환영받지 못하는 곳. 그러나 소그드는 태연하게 그 사이를 걸어 들어갔다. 광대한 도성을 반 이상 가로지르자, 마침내 황성의 정문격인 주작문에 도달했다. 황성은 도성의 북쪽 중앙에 자리하고 있었다. 황제는 남쪽을 향해 앉고 신사는 북쪽을 향해 엎드린다는 고대의 예법에 따른 것. 북의 현무문은 물론이고 동의 청룡문, 서의 백호문은 대신백관을 비롯한 황성을 드나드는 이들이 일상적으로 이용하는 문이다. 그러나 남으로 향한 이 주작문은 개선하는 장군이며 외국의 사신이 드나들고, 새로이 법령을 선포하거나 대역죄인을 처형하는 등 황제의 위엄을 내보이는 장소. 그 규모는 황성의 네 군데 커다란 문 중에서도 특출했다.

형태는 위에서 내려다보면 뒤집어진 요凹 자를 연상시켰다. 본래의 성문 양쪽에 벽을 더한 것으로, 벽 위에는 장대한 누각이 세워져 있었다. 문 앞에 선 이들은 삼면의 누각에서 자신들을 내려다보는 장군과 병사, 고관대작의 시선을 느끼며 입성 절차가 끝나길 기다려야 했다.

"하아. 중원 놈들은 어지간히 귀찮은 것을 좋아하는군….."

누각 위에서 큰 소리로 어지御旨를 읽는 재상과, 정중하게 답례의 서찰을 받든 하스를 번갈아 바라보며 소그드는 기족의 말로 중얼거렸다. 방약무인한 그로서는 중원의 말로 크게 떠들지 않는 것이 상당한 양보였다. 하스가 게거품을 물고 쓰러지는 것은 그도 바라는 바가 아니었으니까.

무엇보다 이곳은 적진—누각 위에서 내려다보는 어느 누구도 호의적인 눈길로 바라보고 있지 않은 것이다. 조금이라도 실수를 저지르면 용서 없이 규탄하겠다는 의지로 가득한, 경멸과 미움의 눈길.

"피곤하게 사는 녀석들이라니까."

"쉿, 소그드!"

하스의 질타에도 아랑곳없이 그는 재차 중얼거렸다.

상대가 적국이었다면 증오할 이유는 얼마든지 있을 것이다. 그런 원망으로 대한다면 기족도 얼마든지 담담하게 받아들일 수 있었을 터였다. 하지만 중원인들, 특히 저 고귀한 지위에 있는 자들이 호족에 대하여 품는 감상은 오랜 싸움으로 인한 원한만은 아니었다. 상궤를 벗어난 행동으로 지탄받을 때가 많지만, 본디 영민한 성품인 소그드는 그 이유를 대강 짐작할 수 있었다.

'…남을 낮추지 않고는 자신을 높이지 못한다니, 얄팍한 자존심이다.'

소그드는 그렇게 생각하며 실소를 머금었다. 그는 언제나 자신의 손발로 모든 것을 해왔다. 스스로 키운 말을 타고 자기 손으로 깎아 만든 활과 화살을 쓰며, 자신의 의지로 복종하는 동족을 수하로 가지고 자신의 목숨을 걸고 전장에 나섰다. 그 이외에는 모두 하늘이 준 것—끝없는 하늘의 신 텡그리가 주는 것.

때문에 소그드에게 있어서 그런 경멸은 아무래도 좋았다. 타인을 경멸할 만한 충분한 근거도 없는 자들의 의미 없는 허세 같은 것을. 물론, 그만큼의 자격을 갖춘 이가 똑같은 표정을 지었다면 지금 자신의 기분은 달랐을까.

그래, 만약 저곳에 서 있는 사람들 중에 그 아름다운 사람이 있었다면—.

그는 그런 생각을 하면서 까다로운 절차가 끝나길 기다렸다.

"……?"

그때, 문득 소그드는 이상한 것을 느꼈다. 그는 고개를 쳐들어 누각 위를 올려다보았다. 누대의 한가운데, 기족의 눈으로도 간신히 분별할 만큼 저만치 높은 곳에 소그드의 주의를 끄는 인물이 한 사람 있었다. 소그드는 눈을 가늘게 떴다. 붉은색과 금색이 섞인 호화로운 예복을 걸친 남자. 평범하기 그지없는 그 얼굴은 어디에서도 본 기억이 없었다. 도대체 무엇이 신경 쓰였던 것일까—다만 소그드가 당장 깨달을 수 있었던 것은, 주위의 모든 사람들이 얼굴에 드러나는 불쾌감을 굳이 감추려고 하지 않는 데 반해 그는 혼자 초연히 기족을 내려다보고 있었다.

"어이, 하스. 저 녀석 뭐야?"

"쉬잇—! 조용히 해라. 손가락질하는 것도 그만둬!"

"쳇….."

소그드는 툴툴거리면서 입을 다물었다. 힐끗 올려다보자 누대 위의 사내는 사라지고 없었다.

주의를 끄는 것이 사라지자, 견디기 힘든 지루한 시간만이 남았다. 소그드는 태연하게 자세를 유지하기 위해 필사의 노력을 다했다. 차라리 벌판에서 중원의 군사를 일이백 명 상대하는 것이 훨씬 편하겠다고 여겨질 정도였다.

얼마나 기다렸을까, 비로소 육중한 성문이 열렸다. 중원의 셀 수 없이 많은 백성들 위에 군림하는—그러나 그들 중 들여다볼 수 있는 이는 극히 소수인 장소의 안쪽이 기족의 눈앞에 드러나기 시작했다. 사절단은 모두 말에서 내렸다. 광대한 황성 안에서 말을 타고 들어갈 수 있는 자는 거의 없는 것이다.

주작문을 들어섰지만 아직도 궁전은 보이지 않았다. 나온 것은 사면이 벽으로 둘러싸인 광활한 석조의 공간. 단지 인공 수로가 활 모양을 그리면서 눈앞을 가로지르고 있었다. 소그드는 내심 재미있게 여겼다. 물이 적은 북방의 초원에서는 물을 소중하게 여기지만 그 이상의 의미는 두지 않는다. 하지만 중원의 성과 마을은 거의 반드시 그 앞에 강물을 두고 자리하고 있다. 강이 흐르지 않는다면 도랑을 파서라도 흐르게 만든다. 몇 겹의 벽으로 둘러싸인 중원의 도읍은, 그들의 세계관을 충실하게 대변하고 있었다.

인공 강 건너편에는 문무관복을 입은 대신들이 몇 줄이나 도열해 있었다. 사절단이 모두 입성하고 주작문이 무거운 소리를 내며 닫히자, 그 선두에 있는 사람이 다리를 건너서 다가오기 시작했다.

"어어―."

엄숙해야 할 순간 느닷없이 소그드의 입에서 얼빠진 소리가 흘러나왔다. 하스는 수명이 뭉텅뭉텅 깎이는 것을 느끼며 소그드를 말리려고 했지만, 장소가 장소인 만큼 여의치 않았다. 일촉즉발의 상황인 것을 모르는 붉은 옷의 청년은 소그드의 바로 앞으로 걸어왔다.

일순의 침묵을 여지없이 깨뜨리고, 소그드는 말했다.

"저기, 넌 누구야?"

하스가 그렇게나 두려워하던 일이 벌어지고야 말았다. 덕분에 노老장로는 간신히 발을 디디고 있을 뿐이지 얼굴만 봐서는 벌써 관에 들어간 사람처럼 되고 말았다.

그러나 소그드는 태연했다. 또한 붉은 옷의 사내도 마찬가지로 태연했다. 그는 사람 좋은 얼굴에 조금 놀란 표정을 띠더니, 곧 웃음을 지었다.

"건 짐. 자는 현성이라고 하오. 그냥 현성이라고 부르면 좋겠군."

"아아, 나는 소그드다."

허나 소그드도 누울 자리 보고 발 뻗는 재간은 있다. 이런 대화도 문무대신의 무리가 아직 강을 건너오지 않아 거리가 있으니까 할 수 있는 모험이었으나―한 호흡 뒤에, 사내는 목소리를 돋우어 낭랑하게 말했다.

"대덕창궁 황제 폐하의 이름으로 환영하노라. 이 몸은 황태자 짐. 그대들의 내방을 허락한다."

―황태자라는 인물에게 거는 모험치곤 상당히 아슬아슬했다는 것을, 그도 비로소 깨달았다.

정엽은 몇 권째인지 알 수 없는 책을 덮었다. 궁중의 공방에서 기예와 정성을 다하여 제작한 서책에서는 희미한 먼지 냄새밖에 나지 않았다. 이 문연각文淵閣에 비치되어 있는 장서는 기십만 권. 그 유래를 따진다면 만들어진 후 수백 년에 이르는 것도 왕왕 있을 터이지만, 좀이 슬거나 상한 것은 단 한 권도 없었다. 아마 왕조가 뒤바뀌고 황성이 불길에 휩싸이지 않는 한 이곳은 유구하리라.

정엽이 다음 책으로 손을 뻗었을 때, 문득 발 너머에서 시종의 목소리가 울리었다.

"영명왕 전하. 서규왕瑞赳王 전하가 부디 왕림해 주시길 청하시옵나이다."

"아아… 곧 가겠다고 전해주십시오."

정엽은 조금 아쉬운 듯이 책을 제 위치로 돌려놓았다. 가지런히 서책 더미를 정리해놓고, 그는 학사들과 예를 나누며 문연각을 나섰다.

아무리 엄중하게 경계되는 황성이라도 실화로 인한 화재는 일어날 수 있다. 그러나 문연각만큼은 그 화재의 영향을 받을 리 없다. 정엽은 주랑을 걸으며 뒤를 돌아보았다. 금빛으로 칠해진 황성의 지붕 속에서 유독 문연각만은 먹빛 같은 검은색을 칠한 기와를 이고 있었다.

선도에 있어서 검은색은 물은 의미한다―검은 칠은 물로 불에서 구제한다는 의미를 담은 술법의 한 가지. 문연각이라는 이름에 들어가 있는 물 수 변氵 또한 같은 의미를 지니고 있어 문연각을 화재로부터 보호한다. 선도의 술이란 모습을 감추고 비와 바람을 내리며 온갖 기이한 술법을 부리는 것에 한하지 않는다.

서규왕—황삼자皇三子, 주株—정엽의 이복동생은 전조에 면한 후침에서 기다리고 있었다. 정자에 기대 서 있던 그는 정엽의 모습을 발견하자마자 거의 달리는 기세로 다가왔다.

"오래간만입니다, 형님!"

"그렇구나, 청해. 그간 잘 지냈느냐?"

만면에 웃음을 띤 동생을 향해, 정엽은 부드러운 미소로 답했다.

부친은 지고의 황제 한 사람. 허나 형제의 외모는 각기 달랐다. 모친도, 모친의 지위도, 궁에서의 지위도 달랐지만 그럼에도 불구하고 두 사람은 친밀했다. 황태자와 정엽의 의가 좋은 것에 준할 정도였다.

황태자와 정엽의 우애는 이상하게 여겨지지 않았으나, 정엽과 청해의 형제애는 구설수에 오르곤 했다. 청해의 모친은 호 첩빈—과거 기족이 변방을 주름잡기 전 세력을 떨쳤던 장족의 여인이었다. 애초 장족이 위세를 넓히기 위한 발판으로 혼례를 맺고자 했을 때, 여금황후는 드물게도 강력히 반대했다. 속사정은 모르지만 그 무렵 장 첩비의 일을 비롯하여 후침의 일이 어지러웠던 것이 원인이었으리라. 어쨌든 난처한 일이 겹치는 가운데 혼담은 깨어졌다. 그러나 호장족이 쇠망하자, 호 씨는 호장족의 잔당을 안정시킨다는 명목으로 일개 첩빈으로서 궁에 들어오게 되었다.

그녀가 여금황후에게 노골적으로 반발하게 된 것은 어찌 보면 필연이었다. 그러나 서열로나 황제의 총애로나 황후의 권위는 절대적. 오랫동안 호 첩빈의 존재는 후침을 술렁이게 했지만, 그로부터 십수 년이 흐른 지금에 와서는 그마저도 퇴색한 형편이었다.

그러나 그러한 냉랭한 분위기에도 불구하고 정엽과 청해는 친근해졌던 것이다. 아주 어렸을 때, 후침에서도 겉돌았던 청해를 정엽이 이모저모 돌봐주었던 덕일까. 황후 또한 예전의 일에 대해 얼마간 자책하는 마음을 품고 있었기 때문에, 아들의 배려를 칭찬해줄망정 막으려고 하지는 않았다. 청해의 친모 쪽에서는 맹렬하게 적의를 표했으나—청해가 머리가 굵어질수록 황후 모자와 청해 사이를 갈라놓는 것은 무용해질 따름이었다.

지금도 청해는 정엽과 어깨를 나란히 하여 정자를 향해 걸으며 명랑하게 말하고 있었다.

"별고 없으셨습니까, 형님? 굉장히 오래간만에 뵙는군요. 불초한 동생 얼굴은 벌써 잊으셨지요?"

"그럴 리가 있겠니, 청해. 너야말로 아무 탈 없었겠지?"

"저야 튼튼한 것을 제하면 자랑거리도 없는데요. 한데, 거짓말을 하시는 거지요? 그러잖으면 제가 이토록 찾기 전에 먼저 찾아와주실 수도 있을 텐데요."

"그건 미안하게 되었구나. 그럼, 그간 정진했느냐?"

청해는 웃음을 지으며 어깨를 으쓱해보였다. 현성과도 정엽과도 닮지 않은 그의 모습은 어디에 내놓아도 흠이 없을 헌헌장부軒軒丈夫. 그러나 시종일관 싱글거리고 있는 것이 어쩐지 가벼워보인다는 점이 유일한 결점이었다. 몸이 둔한 것도 아니고 명석하지 않은 것도 아닌데, 명산대천을 찾아다니며 풍류를 즐기고 주색잡기로 소일하여 궁중에서는 평판이 나빴다. 그나마 청해가 성실한 모습을 보이는 것은 이복형인 정엽 앞에서뿐이었다.

"워낙 좋은 계절이어서 말이지요. 형님은 서풍릉에 피는 봄꽃을 보셨습니까? 기가 막히답니다. 언제 한번 함께 가시지요."

그러나 정엽은 선뜻 고개를 끄덕일 수 없었다. 아무것도 구하지 않는 동생의 모습에—다른 어떤 감정보다 안타까움을 느껴버린 탓이다. 청해가 마치 쓸모없는 한량처럼 행동하는 이유를 정엽은 어느 정도 짐작하고 있었다. 무엇보다 스스로 선도에 투신한 그가 모를 리가 없는 것이다.

　"아직도 관직에 나아가 폐하를 보필할 생각이 없는 거냐?"

　"저에겐 벅찬 일입니다. 형님도 아시면서."

　"……."

　짐짓 쾌활하게 말하고 있으나, 궁중의 누구나 알고 있다. 기질이 세고 분란을 왕왕 일으키던 호 첩빈의 아들은 이미 오래전에 황제의 눈 밖에 나 있다는 것을. 설령 근면하게 변모하여 글월을 읽고 무예를 수련한다고 해도, 그것이 황제와 태자에게 봉사하려는 의도에서 시작되었다고는 아무도 믿어주지 않을 것이다. 흠을 잡히어 반역의 죄를 뒤집어쓰지나 않으면 다행인 것을….

　"…만약 궁중에 있는 것이 불편하다면 굳이 무리해서 머무르지 않아도 된다. 너도 봉지封地가 있는 입장이지 않느냐? 비록 일개 현에 불과한 땅이지만 체면을 차리지 않는다면 그곳에서 얼마든지 편히 지낼 수 있을 텐데."

　"그야 그렇겠지요. 한데 형님은 왜 그리하지 않으십니까?"

　청해는 뚱딴지처럼 되물었다. 정엽은 의아한 얼굴이 되어 답했다.

　"나야 궁중에 직분이 있지 않니. 일개 도사에게는 과분한 지위이다만…."

　"내팽개쳐도 아무도 뭐라 하진 않을 겁니다. 궁주라고는 하나 선원궁의 도사들은 조금도 형님을 따르고 있지 않잖습니까? 그들에게 궁주는 여전히 황 노사입니다. 옥좌의 위명을 빌려 얻은 지위라고 수군거리는 것을 형님도 알고 계시잖아요?"

미소 짓는 입에서 흘러나오는 신랄한 말에, 정엽은 잠시 말문을 잃었다. 그것은 어디까지나 사실—그리고 그 사실을 여과 없이 내뱉는 입. 그는 이복동생을 물끄러미 바라보았다. 청해는 짐짓 시선을 내리깐 채 정자의 난간에 방종한 자세로 기대었다. 한가로운 그 표정에서 의중을 읽어내는 것은 힘들었다.

벌써 십수 년 전의 일. 처음 만났을 때에, 청해는 결코 명랑한 아이가 못 되었다. 정원의 구석진 곳에 서 있던 소년은 나이에 어울리지 않게 그늘진 눈에 적의를 담고 상대방을 쏘아보고 있었다. 현성이 아무리 어르고 달래고 상냥하게 불러도, 대답하지도 다가오지도 않았다. 정엽이 서툰 도술로 꽃과 나비의 환상을 만들어 이끌었을 때야 비로소 소년은 어린아이다운 표정을 되찾았던 것이다.

황제의 후궁들이 거처하는 서궁에서도 가장 고즈넉한 곳, 국향궁의 주인 호 첩빈의 슬하에서 청해가 무슨 말을 들으며 어떻게 자란 것인지 정엽으로서는 상상도 할 수 없었다. 돌아갈 곳을 잃고, 몰락한 일족의 추억을 끌어안고, 황제와 그 정처에 대한 반감만 품고 있는 모친의 아래서— 햇살같이 밝게 웃음 짓는 어머니만 알고 있는 정엽은, 상상하지 못했다.

비록 정엽과 어울리게 되고, 국향궁을 나와 동궁에 들어가 황자로서의 교육을 받으며, 청해는 예전의 일이 거짓말이었던 것처럼 바뀌었지만— 아직도 청해의 마음속 어딘가에는 미처 햇빛이 들지 못한 그늘이 있는 것만 같아, 정엽은 염려스러웠다.

"…말을 삼가서 하려무나. 그들이 나를 어떻게 생각하든 그들의 자유겠지. 그에 노여워한다고 해서 그들의 마음까지 뜯어고치는 것은 더욱 불가하지 않느냐? 폐하의 이름을 빌려 억지로 굴종시킨다 한들 바뀌는 것이 있을까? 내가 할 수 있는 일은 열과 성은 다해 지분을 다하는 것뿐이란다. 그것이 선원궁 궁주의 이름에 합당하다면 그들도 자연히 따라와

주지 않겠니?"

"그거 참 훌륭한… 성현의 말이 적힌 책에 나올 것 같은 말씀이시
군요."

"청해. 성현의 말이란 그만한 가치가 있으니 새겨두는 거란다."

"알고 있습니다. 형님이 좋아하시니 외우는 것입니다만. ―그래서 형
님은, 그런 자들을 수발하기 위해 돌아오는 것입니까?"

"그것뿐만은 아니겠지. 황후 폐하도, 너도 있고… 또 태자 전하께서도
부족한 재주이나마 나를 필요로 하고 계시니…."

"그렇습니까. 질투 나는데요."

"음?"

청해의 입술이 깊은 미소를 그렸다. 의미를 알 수 없는―결코 장난조
로만 들리지는 않는 어조. 그 뜻을 분별하지 못해 정엽이 고개를 갸웃거
린 사이에, 청해는 미소를 거두고 여느 때의 웃는 얼굴로 돌아왔다.

"선소리입니다. 그보다, 핀잔은 그만 주시고 이번 여행 이야기를 해주
십시오. 언제까지나 혼자 다니지 마시고 다음에는 저도 데려가시고요."

"놀러 가는 것이 아니란다, 유감이지만."

"가끔은 놀아도 괜찮잖습니까? 형님은 너무 성실하시니까요. 그렇잖
아요?"

청해는 어린 시절로 돌아간 양 정엽의 팔을 잡아 끌어당겨 다기茶器가
차려진 탁자로 다가갔다. 이미 정엽의 머리 위로 훌쩍 자라버린 대장부
가 할 만한 일은 아니었지만. 해인은 대개 키가 크고 기골이 장대하다 일
컬어지지만, 작고 호리호리한 체구의 정엽을 보면 그런 것도 아닌 듯했
다. 그리고 호인이 작고 땅딸막하다 전해져도 호족의 피를 이은 청해가
훤칠하니 큰 것을 보면 그 또한 풍문이 반드시 진실이 아님을 확인할 수
있었다.

그러고 보니 그 사람도 당당한 체격의 소유자였다. 모든 호족이 그러한 것일까. 아니면 그가 특출한 것일까. 아마 다시 얼굴을 마주할 일은 없을 테니, 이 의문을 풀 길은 없지만—.

찻종을 앞에 두고 정엽은 덧없는 상념에 잠겼다. 그 모습을 바라보는 청해의 미간에 미미하게 주름이 잡히는 것을 알지 못하고서.

황궁 내의 대객전待客殿은 그것이 위치한 곳에 어울리게 장중했다. 황궁을 방문하여 이곳을 이용하는 것이 허락된 자는 결코 많지 않다. 황성의 주인이자 지고한 존재인 황제의 환대를 받을 만한 자격은 아무에게나 주어지는 것이 아닌 탓이다.

그러나 정작 그 대객전에 머물게 된 소그드는 어떤 감동도 황송함도 느끼지 않았다. 어느 친절한 이가 있어 그가 묵는 곳의 의미와 가치를 자상하게 설명해 준다 해도 그는 그 말을 귓등으로 흘려버릴 터였다. 옻칠한 가구와 능라 주단의 휘장, 금과 은으로 상감한 식기 일체도 그를 감동시키진 못했다. 황제의 이름으로 내려진, 대륙 각지의 진귀한 재료로 만든 산해진미도 입에 맞지 않으면 별 수 없는 것이다.

소그드는 술잔 하나만 손에 든 채 떠들썩한 연회장을 뒤로했다. 넓고 호화로운 전당의 한쪽 벽은 훤히 트여 밖으로 면해 있었는데, 소그드는 바로 그곳으로 걸음을 옮겼다. 난간 너머로 밤의 중정이 내려다보였다.

도읍의 봄밤은 선선한 편이었다. 가볍게 걸친 옷으로는 조금 선뜻하게 느껴질 바람이 불어오지만, 소그드는 눈썹 하나 까딱하지 않았다. 그는 흥겨워하는 소리를 흘려들으며 난간에 기대었다. 어깨 너머에 펼쳐진 것은 무수한 등롱으로 밝혀진 밤의 황궁, 그리고 이곳을 감싸는 높디높은 벽. 그 너머에는 중원의 번영하는 큰 도읍이 황성을 둘러싸고 펼쳐져 있다. 아무리 큰 벽과 엄중한 병사로 가리워져 있어도 알 수 있다. 무엇보다도 별조차 흐려질 정도로 찬란한 불야성의 불빛이 밤하늘을 환하게 밝히고 있었다.

"……."

그러나 그 광경을 바라보는 소그드의 눈빛은 무심했다. 거의 냉랭함에 가까울 정도로. 황홀한 대접에 흥청망청 즐기고 있는 일행과는 사뭇 대조되는 태도였다.

"—무엇인가 마음에 들지 않는 것이라도?"

소그드는 놀라는 기색도 없이 시선을 정면으로 되돌렸다. 대청으로 걸어 나오는, 화려한 붉은 옷의 사람. 그의 얼굴을 잊는 이는 있어도 그 옷의 붉은색을 무시할 수 있는 이는 이 황궁에 없다—소그드로서는 이해할 수 없는 일이지만, 붉은색의 비단 옷감은 이 황궁에서는 오로지 황태자와 황후 같은 지고한 존재에게만 허락된 것이다. 허나 기족을 대하면 비꼬고 깔보는 말이 나오기 일쑤인 중원인이었지만 그것이 저 사내의 입에서 나오면 한 치의 의심도 불식하는 진실. 존귀한 존재라기에는 너무나 사람 좋은 그에게 소그드는 웃음을 지어 보였다.

"아니, 전혀. 왜 그렇게 생각하는데?"

"연회를 그다지 즐기지 못하는 듯하여 말이오."

"그렇지도 않아. 어쩔 수 없잖아, 우리와는 다른 것이 너무나 많으니까. 좀 얼떨떨해하는 것뿐이야. 너도 술자리에 우리가 먹는 타락駝酪과 마유주가 나온다면 마음껏 먹고 마시기는 힘들겠지?"

황태자 현성은 빙긋 미소 지었다. 어떤 가시도 저의도 품지 않고 솔직하게 떠오르는 종류의 웃음.

"사절단을 이끄는 분이 이렇게 도량이 넓은 분이어서 다행이외다."

"도량? 내가?"

어쩐지 중원에 와서 듣는 평판이 난생 처음 듣는 말뿐이로군. 그렇게 생각하면서 소그드는 술 한 모금을 삼켜 웃음을 참았다. 황태자의 말이 하스와 다른 동료들의 귀에 들어갈 때엔 어떤 반응이 튀어나올지 그로서는 대강 짐작이 갔던 것이다.

소그드의 의중을 모르는 현성은 가벼운 걸음걸이로 청을 가로질러 소그드에게 다가왔다. 그리고 거리낌 없이 소그드의 옆자리를 차지하여 난간에 팔꿈치를 괴었다. 소그드도 스스럼없이 구는 편이었지만 현성의 경우에는 너무나도 신분에 걸맞지 않았다.

"여기서 이렇게 놀고 있어도 돼?"

"음? 어… 혹시 방해가 되었소이까? 그렇다면 죄송하오."

"아니, 난 상관없지만…. 그쪽 뒤를 졸졸 따라다니는 녀석들은 그렇게 생각하지 않을 것 같아서 말야."

현성은 싱긋 웃으면서 연회장 안을 힐끗 돌아보았다. 시종과 관리들을 어떻게든 따돌리고 살짝 빠져나온 것일까. 시선이 다시 소그드에게로 향했을 때, 웃음 짓는 얼굴은 그대로였지만 그 눈만큼은 더할 나위 없이 진지했다.

"무례라고 하면 그리 말할 수 있을지도 모르겠소. 하지만 기족과는 오랫동안 불화했었지요. 비로소 화목해진 때에 언제까지나 마음을 닫고 호의를 저울질하면, 그만큼 기족과 평화롭게 지내는 일이 힘들 것이라고 여겨지오만…."

"…신기한데."

"음? 어디가 신기하오?"

현성은 의아한 얼굴을 했다. 어느 때에도 놀라는 기색이 없던 이민족의 사내가, 눈을 조금 크게 뜨고 자신을 바라보고 있었던 것이다.

"우리 부족 이름에 업신여기는 글자를 붙이지 않는 건, 네가 두 번째야."

호胡―변방의 야만스러운 민족을 일컫는 말. 아무리 화친을 했다 하지만 나라의 공문서나 공식 석상에서 이 글자가 빠지지는 않았다. 현성의 얼굴이 흐려졌다.

"그것이… 역시 불쾌했던 것이오?"

"됐어됐어. 그런 건 신경 쓰지 않아. 그것보다는 황태자씩이나 되는 녀석이 앞장서서 그렇게 말해도 돼?"

"그런 오만한 행동이 옳지 않은 거라는 사실은 알고 있다오. 그야, 영민한 아우를 둔 덕이지만…. 기족에게는 미안한 일이오."

"상관없다니까. 너도 고생이군. 이 녀석 저 녀석 비위 맞추느라 말이야."

황성에 발을 들인 지 한나절도 되지 않았지만 소그드는 자연스레 현성의 입장을 깨달았다. 위대한 중원이라는 환상에서 벗어나지 못하는 조정 대신들을 구슬리기 위해서는, 악습과 폐단일지언정 당장 일소하지 못하는 것이 있다. 그리고 그들과 같은 허영이 없었기에 소그드는 글자로 표현될 뿐인 일에는 관심을 두지 않았다.

"배려해주셔서 감사하오."

"인사치레는 됐다니까. 중원의 술도 그럭저럭 마실 만하군."

고마움과 미안함이 뒤섞인 현성의 얼굴을 무시하고, 소그드는 술잔을 기울여 내용물을 삼켰다.

잠시 침묵이 흘렀다. 소그드는 그저 바람을 쐬고 있는 것뿐이었지만, 현성에게는 어색한 침묵이었다. 뜨거운 차가 차갑게 식어 입에 대기 좋게 될 정도의 시간이 흐른 뒤에, 비로소 현성은 힘겹게 입을 열었다.

"공은… 이 나라를 어떻게 생각하시오?"

젊은 태자는 주위로부터 상하를 분별하지 않는다고 질책을 들을 정도로 솔직담백한 성품이었다. 이복동생이 일러준 교훈이 없더라도, 그는 편견으로 사람을 재는 법이 없었다. 무엇보다 그 자신이 황제의 권위에 의지할 수 없었던 만큼 그는 중원의 권위에도 집착하지 않았다.

그런 덕분에 현성은 기족이라는 초원의 사람들이 마음에 들었다. 눈앞의, 거침없고 시원스러운 사내를 포함해서.

그러나 그렇기 때문에, 그들에게 이 옹졸한 중원의 사람들이 어떻게 비칠까 생각하면 가슴이 답답해졌던 것이다.

"꽤 마음에 들어."

그러나 겉치레를 하지 않는 남자의 대답은 뜻밖의 것이었다. 황태자의 눈은 휘둥그레졌다.

"에…?"

"나쁘지 않아. 뭣보다 미인이 많은걸."

소그드는 호색한이나 할 법한 능글맞은 대사를 지극히 담백한 어조로 뇌까렸다. 현성은 어안이 벙벙한 채 되물었다.

"그 말은 혹시… 마음에 든 규수라도 있단 말씀이오?"

"규수인가…. 반한 녀석이라면 있지만."

겨우 현성의 얼굴이 펴졌다. 그런 이유에서라도 기족이 중원에 호감을 가진다면 그것만으로도 살얼음판을 걷는 듯한 양자의 관계에 있어서는 좋은 것이다. 여차하면 미인계가 되어버릴지도 모를 일이지마는, 일단 현성은 운을 떼기로 했다.

"호오. 어디 사는 어느 댁 규수이기에?"

"그게… 그냥 스쳐 지나간 거라서 말야. 얼굴밖에 몰라."

"그거 참 안타깝게도…."

"그러고 보니 너 말야, 황제 다음으로 높지 않아? 혹시 사람 하나쯤 찾아줄 수 없을까?"

돌연 소그드가 기대감에 눈을 빛내며 현성을 돌아보았다. 현성은 그 열성에 놀랐지만 성심을 다하여 궁리해보았다.

"그 정도로 잘난 몸은 아니지만… 허나 사람을 찾으려고 하면 얼굴생김만으로는 안 된다오. 호적에 기입된 성과 명을 알아야만… 그것뿐이라면 또 대단한 수고가 되지요. 역시 출신지와 부모 성명 정도는 알아야 용이하게 찾을 수 있소만."

"모르는데. 유감이군."

소그드는 혀를 찼다. 사실, 찾고 있는 사람이 대단히 특이한 외모와 직업의 소유자인 만큼 그쪽을 지적하면 뭔가 나올지도 모르나―초면에 가까운 중원의 황태자에게 마음에 둔 '남자'에 대해 흉금을 털어놓고 이야기할 만큼 소그드는 막무가내가 아니었다.

그러나 소그드가 기대했던 것 이상으로, 황태자는 배려심이 깊은 성품이었다. 그는 옳거니 하고 손바닥을 내리쳤다.

"어쩌면 내 아우라면 찾을 수 있을지도 모르겠소. 재주가 뛰어난 도사인지라…."

"도사라고? 내가 찾는 사람도 그거야!"

"오호, 여도사인가 보구료."

"에… 뭐."

소그드는 말을 얼버무렸다. 다행히 현성은 눈치채지 못했다. 그는 자신의 발상이 마음에 든 듯 연신 고개를 주억거렸다.

"그러면 더욱 잘되었소. 도사들은 서로 교제하는 일도 있고, 여느 사람들이 알 수 없는 일을 감쪽같이 알아내니까. 폐하를 알현할 때까지는 여유가 있을 테니, 그때까지는 어떻게든 짬을 내어 아우를 소개시켜 드리리다."

"아아—고마워!"

그리고 다음 순간 현성은 발밑이 꺼지는 듯한 충격을 맛보아야 했다. 소그드가 비싼 술잔을 던져버리고 양손으로 현성의 어깨를 팡 두드려서 기쁨을 표했던 것이다. 유연하고 기민한 몸놀림에서는 상상도 못했던 힘에, 현성은 간신히 웃는 얼굴을 유지할 수 있었다.

그러나 수백 보 앞의 쥐새끼를 분별하는 눈을 가진 소그드도, 지금만큼은 눈앞의 사내의 고통을 눈치채지 못했다. 그의 시야를 차지하고 있는 것은 부풀어 오르는 희망뿐이었다. 눈을 가린 천을 단숨에 치워버리는 듯한, 이루 말할 수 없는 기쁨.

만날 수 있어.

—그 희망이 기대 이상으로 빨리 이루어지리란 것을, 도사도 무당도 아닌 소그드는 알 수 없었다.

한길은 쥐 죽은 듯이 고요하였다.

도성에서 얼마간 떨어진 들판, 초가가 옹기종기 모여 앉은 그림 속의 그것과 꼭 같은 마을. 그러나 소를 끌고 오는 아이도 물동이를 인 아낙도 보이지 않고, 한창 농사일에 분주할 때인 들에는 인적이 없었다. 불안감만이 보이지 않는 휘장처럼 사방에 드리워져 있었다.

"……."

그 가운데를 흰 옷 입은 사람이 가로질러 걷고 있었다. 몸에 걸친 것은 비단의 흰 도포. 아무렇게나 늘어뜨린 머리카락이 봄바람을 타고 살랑거렸다. 그 걸음걸이에서는 고귀한 신분으로 태어난 자의 기품과 동시에, 오랫동안 걸어 버릇한 소박한 거동이 느껴졌다.

그러나 그가 마을 입구에 들어서자, 마을에 흘러넘치는 불안감은 한층 더해졌다. 인기척이 아예 없었던 것은 아니다. 하지만 집집마다 들창 혹은 와실의 미닫이문이 빼꼼 열렸다가 황황히 다시 닫히는 것이 눈에 비칠 따름이었다.

그 적막을 깨고, 들릴 듯 말 듯한 목소리가 젊은이의 귀에 닿았다.

"거기 계신 분은… 관아에서 보낸 도사 나으리이십니까?"

한길 한쪽에서 사람의 그림자가 어른거렸다―얼굴에 주름이 자글자글하고 등이 굽은 노인이 헛간 그늘에 반쯤 몸을 감춘 채 겁에 질린 표정으로 이방인을 훔쳐보고 있었다. 그 결례에 노여움을 표할 법도 하건만, 그는 담담하게 고개를 끄덕였다.

"그렇습니다."

"호… 혹시, 증명할 방법이 있는지…."

"……."

이 또한 무례하기 그지없는 말. 그러나 도사는 일언반구도 없이 허리춤에서 인끈을 풀어 앞으로 내밀었다. 붉은 명주실을 꼬아 만든 인끈, 그리고 거기에 달려 있는 인새印璽―관아에서 서류를 결재할 때 쓰는 도장은 관리의 증표. 그제야 노인의 얼굴에는 화색 비슷한 것이 돌았다.

"저, 정말이었구료. 죄송합니다… 결례를 용서하시옵소서."

"아닙니다. 흔히 있는 일이니."

바다 건너에나 있을 머리카락 색과 눈동자의 빛깔. 해인을 한 번도 보지 못한 여느 백성이라면 요괴로 오인하는 일도 부지기수이다. 정엽은 그 사실을 잘 알고 있었기에 화내지 않았다.

"거기 있는 분은 이 마을의 부로父老이시겠지요?"

"아, 예, 옙."

"퇴치하기를 청하였던 요괴는 어디에 있습니까?"

"예, 예! 안내하겠사옵니다. 여부가 있겠습니까."

높으신 분임에도 정중한 말투에 놀란 것일까. 노인은 필요 이상으로 굽실거리며 정엽을 산으로 인도했다. 황성이 그러하듯 민간의 촌락에서도 산을 뒤에 두고 물을 앞에 두는 것을 고집한다. 물론 이 촌락의 뒷산이란 황성의 후원산과는 비교조차 할 수 없는 야트막한 야산이었지만. 심산유곡도 아닌 이런 촌락에, 관아에 청을 올릴 정도로 무시무시한 요괴가 살고 있으리라곤 생각하기 힘들었다.

─괴이怪異가 활보하는 것은 도리에 위배되는 일. 그러나 삼세三世의 법칙은 서로 감응하는 법. 인간세상의 질서가 바로 세워지면 하늘은 상서로운 징조를 내보이고, 인간세상의 법칙이 흔들리면 땅은 요괴를 내보낸다.

"여, 여, 여기가…."

노인이 마침내 발을 멈춘 곳은 낡아빠진 사당 앞이었다. 대체 언제 세워진 것일까. 글씨조차 알아볼 수 없게 퇴색해버린 현판으로는 도저히 짐작할 수 없었다. 허물어지기 직전처럼 보였지만 낡은 건물은 문과 창문을 꼭 닫고 무엇인가를 감춘 듯이 우뚝 서 있었다.

"그렇군요. 그럼 잠시 자리를 비켜주시겠습니까."

"예, 예!"

노인은 허겁지겁 줄행랑을 쳤다. 혼자 남겨진 정엽은 조용히 몸을 돌려 사당을 정면으로 바라보았다.

연지를 바르지 않아도 꽃잎 같은 색을 띤 입술이 움직여, 칼날 같은 말을 자아내었다.

"요망한 짐승은 썩 나오지 못하겠느냐."

마치 그 말에 반응한 것처럼 숲이 이상스레 술렁이기 시작했다. 그러나 사당만은 굳게 침묵을 지키고 있었다.

"양민의 재물을 강탈하고 그 몸을 상해한 죄. 부녀자를 납치 살해한 죄. 그 행각이 극히 무도하여 백성의 괴로움이 끝이 없으니 이 몸이 대신하여 논죄하러 왔노라. 썩 나와서 포박을 받으면 목숨을 떨구는 일은 없으리라."

스산한 바람이 불고 숲의 어둠이 깊어지는데도 불구하고 정엽은 한 치도 물러나지 않았다. 두 번째로 고했을 때, 어디선가 불길한 웃음소리가 울려 퍼졌다. 아니… 그것은 틀림없이 사당 안에서.

—…뭐가 무도하다는 거냐.

"어찌하여 그런 것을 묻는가? 정녕 모르는 것인가?"

—무도한 세상에서 무도한 일을 하는 것이 정말로 무도이냐?

"무도한 세상이라고? 나라는 평화롭고 오곡이 순조롭게 자라는데 무엇이 무도란 말이지?"

—야만족이 금상의 위엄을 범하고 백성은 불안에 떨고 있다. 그것을 무도라고 이르지 않으면 대관절 무엇이 무도이냐.

정엽은 무표정하게 듣고 있었다. 온 데를 알 수 없는 목소리가 조소가 되어 울려 퍼질 때까지도 백자 같은 그 얼굴에 변화는 없었다. 그러나 새파란 눈동자는 얼음같이 차가운 빛을 띠어갔다.

"…한낱 요괴이리라곤 생각했지만, 이렇게 우매할 줄은."

그는 하얀 손가락을 들어 사당 문을 가리켰다. 쾅! 마치 부서질 듯한 기세로 문이 열렸다. 이어서 정엽은 낙낙한 소매 속에 손을 넣었다. 사당 안에서부터 어둠이—어둠을 두르고 독의 손톱과 이빨을 지닌 요괴가 쏜살같이 튀어나온 것을 보면서도.

—우매한 것은 너다, 도사…!

긴 손톱이 지척에 닥치는 것과 동시에, 정엽은 소매 속에서 한 다발의 종이를 꺼내어 뿌렸다. 누런 종이가 눈발처럼 흩날렸다. 그리고 그는 낭랑하게 외쳤다.

"급급여율령急急如律令!"

콰광! 비도 구름도 없는데 번개의 섬광이 허공을 태웠다. 하나가 아니라 둘, 셋… 마치 뇌광으로 된 꽃이 피어나듯 흩뿌려진 종이에서 빛이 솟구쳤다.

—빌어먹을! 뇌전부雷電符인가!

요괴는 털을 곤두세우며 이리저리 몸을 피했다. 그러나 뇌광으로 화한 부적은 요괴를 노리고 뻗어나가는 한편, 빛의 이빨을 감추고 광구光球의 형태로 요괴의 주위를 맴돌고 있었다.

"어째서 어리석다고 칭해지는지 전혀 깨닫지 못하는군요."

정엽은 요괴를 응시하면서 싸늘하게 중얼거렸다. 요괴는 이빨을 드러내며 노여움을 표했다. 그 형상은 10척이나 되는 거인이었다. 그러나 얼굴의 생김은 인간보다는 살코기를 먹는 야수의 그것. 입술을 비집고 나온 송곳니는 턱에 닿았고, 손끝에서 서슬 퍼렇게 빛나는 손톱이 몇 뼘은 됨직했다. 그리고 실오라기 하나 걸치지 않은 나신은 털이 숭숭하게 덮여 있었다. 얼마나 추한 모습인가.

—머리에 피도 안 마른 도사 주제에 주둥이만큼은 잘도 놀리는구나!

"분명히 잘난 것은 없습니다. 단지 도리란 것이 무엇인지 알고 있을 뿐이지요."

—헛소리…!

수십 개의 뇌광이 요괴에게로 닥쳐왔다. 콰과광! 눈이 멀 것 같은 섬광과 귀가 멀 것 같은 폭음이 사방을 메웠다. 정엽은 휘 소매로 얼굴을 가렸다. 그 머리 위로부터 기쁨에 찬 광소가 떨어졌다.

─그러니까 그쪽이야말로 어리석다고 하는 거다!

껍질을 벗고 날아올라─가죽이 벗겨진 시뻘건 몸뚱이로 피를 뚝뚝 떨어뜨리면서도, 요괴는 기쁨에 차 웃었다.

요괴의 본성은 원래부터 흉폭하고 흉악하다. 그러나 이 요괴는 같은 족속 중에서도 특히 일그러져 있었다. 평화로운 풍경을 박살 내는 것이 좋다. 깨끗한 것을 더럽히는 것이 좋다. 무엇보다도 눈앞의 젊은 도사처럼 청정하고 아름다운 것을 유린하는 일은, 요괴에게는 지고의 기쁨이었다.

눈부시리만큼 화사한 육체를 짓밟아 철저하게 범하고 갈가리 찢어버릴 희망에 불타서, 요괴는 정엽의 바로 코앞으로 뛰어내렸다.

그러나 그 열망에 답한 것은 도사의 맑고 차디찬 목소리였다.

"무도를 바로잡는 것만이 도리가 아닌 것을… 무도를 바로잡기 위해 노력하는 것이, 필멸하는 인간의 도리. 그것을 알지 못한 채 자신의 부덕의 이유를 세상의 무도에 둔다면 억겁을 다시 태어나도 우매한 요괴일 것입니다."

정엽은 손을 들어올렸다. 그 손에 쥐어진 것은 너무나 어울리지 않는, 혹은 너무나 어울려 위화감이 없는 물건. 그것은 한 자루의 검이었다. 그러나 그 손잡이는 보옥으로 섬세하게 꾸며지고, 그 날에 새겨져 있는 것은 천상의 북두.

그것은 살과 뼈를 가르기 위해서 만들어진 것이 아닌, 온갖 사특한 것을 베기 위해 만들어진 선도의 보물. 그 이름은 참사검斬邪劍이라고 한다.

"천지무은이대생 신뢰열풍 막부준연天之無恩而大恩生 迅雷烈風 莫不蠢然!"

검으로부터 치솟아 오른 섬광이 요괴의 몸을 찢었다.

"어떻게 된 거냐? 궁주나 되는 사람이 요괴 퇴치를 위해 몸소 나서 다니?"

정엽이 선원궁의 사실私室로 돌아왔을 때, 뜻밖의 사람이 그를 기다리 고 있었다.

"백성을 도탄에 빠뜨리는 무리를 어찌 일각이라도 두어두겠습니까. 다른 이를 부리는 것보다 제가 나서는 것이 빠르답니다. 한데… 태자 전 하께서 어인 일로 이런 곳에?"

"사사로이 만나러 온 것이니 제발 태자 소린 빼다오. 다친 곳은 없 느냐?"

"예에… 폐하와 형님의 홍복 덕분이지요."

어린애 같은 얼굴로 투덜거리는 현성을 바라보면서 정엽은 어쩔 수 없 이 미소를 지었다. 그리고 탁자 앞의 옻칠한 걸상에 조심스레 앉았다. 맞 은편에 앉은 현성의 얼굴에는 함박웃음이 피어올라 있었다.

"…그래서, 무슨 일이십니까?"

태어났을 때부터 알아왔다. 그 웃음 뒤에 무엇인가가 숨어있다면 정엽 이 눈치채지 못하는 일은 없었다. 현성은 멋쩍은 듯이 뒷머리를 긁었다.

"가차가 없구나. 실은 부탁이 하나 있단다. 들어줄 수 있겠느냐?"

"제가 할 수 있는 것이라면."

"사람을 찾는 일이란다. 하는 일과 얼굴만으로 말이다."

"어떤 분을 찾으시기에 그러십니까?"

"그게 말이다… 나도 부탁을 받은 거라서, 기족의 추장 아드님과 안면 을 텄는데, 중원에서 찾고 싶은 사람이 있다 하지 뭐냐. 가급적 도와주고 싶단다. 분란이 일어날 염려는 하지 않아도 될 게다. 좋은 사람이니까."

현성은 탁자 가장자리를 붙잡고 열성적으로 말을 쏟아내었다. 그 앞에서 정엽은 아연한 얼굴이 되고 말았다.

"기족의… 사절단 분인가요?"

"아아, 괜찮은 친구니까 말이다. 너도 마음에 들 게다."

"……."

"여, 역시 곤란한 건가? 폐가 되는 거냐?"

현성은 당황했다. 어찌 된 일인지 동생의 아미에 수심과도 같은 그늘이 드리워진 것이다. 정엽은 어두운 눈으로 무릎 위에 떨어뜨린 손을 내려다보았다.

"…폐라니오, 천만의 말씀을."

"그렇다면 어째서 그런…."

그러나 곧, 씻어 내린 듯이 태연한 얼굴로 정엽은 현성을 마주 보았다.

"아무 일도 아닙니다. 염려하지 말아주십시오. 자세한 이야기는 그쪽 분에게 들으면 될까요?"

"들어주는 거로구나!"

"형님의 분부시라면 얼마든지."

"고맙다. 사절단이 폐하를 알현하기 전까지는 시간이 있으니, 그 전에 내 처소로 그 사람을 초대하마. 그때 만나면 되겠지."

"예에."

"아차, 피곤하겠구나. 좀 쉬거라. 나는 일정을 알아봐야…."

"예. 나중에 뵙겠습니다."

시끌벅적했던 사실은 평화를 되찾았다. 현성을 배웅하고 돌아온 정엽은 그 침묵과 평화 속에 남겨졌다.

문득, 그는 방 한구석의 옷궤로 다가갔다. 궤를 열고 꺼낸 것은 오래

입어 길이 든 한 벌의 무명 도포. 정엽이 신분을 숨기고 민간을 다닐 때에 즐겨 걸치는 것이었다. 그러나 공교롭게도, 지금 그 소맷부리는 커다랗게 뜯기어 있었다.

정엽은 생각에 잠긴 얼굴로 뜯겨진 곳을 내려다보았다.

기족의… 사내. 설마, 하지만….

…그 사람일 리 없다.

그 사람이어서도 안 된다.

그 인연을 내버린 것은, 다름 아닌 자신이었으니까.

음모와 암투가 횡행하는 궁중에서 자라온 정엽은 자신의 생각이 어디까지가 이상이고 어디까지가 현실인지 잘 알고 있었다. 그리고 이 이상을 함께 할 수 있는 사람은 아마도 없으리라는 사실도.

…그러나 이해와는 무관한 꿈과 같은 말을 진심으로 듣고—긍정해준 사람.

그것이, 마냥 기뻤다.

언제까지나 그곳에 머물러 있을 수 있었다면 얼마나 좋았을까. 메마른 숲, 작은 돌 더미, 하늘을 향해 솟아있는 대, 그리고 그 사람과 함께.

하지만 그것은 불가능한 꿈.

정엽이 누군가와 친밀하게 지내기 시작하면, 반드시라고 해도 좋을 만큼 구설수에 오른다. '황자 영이 흑심을 품고 세력을 모으기 시작한다'라고. 그것이 외국의 사절이라면 두말할 나위 없다. 외국의 세력을 등에 업고 역모를 꾀한다고 수군거리는 자들이 필시 생긴다.

…그러니까, 답할 수 없다.

거리낌 없는 말투, 시원스레 웃는 얼굴에도.

한 번도 만난 적 없는 사람처럼 외면해야 한다.

내가 이렇게 추하게 세상에 얽매여 있는 사람인 것을 안다면, 당신은 어떤 표정을 지을까.

―허나… 그 진흙탕 너머의 도리에 바친 것이다, 이 육신은….

정엽은 어스름이 내리는 방 안에서 다짐의 말을 되뇌었다.

자신의 손이 하얀 무명천을 하염없이 어루만지고 있는 것을 깨닫지 못한 채.

황성에 들어온 지 며칠―소그드는 생각했던 것 이상으로 지루한 나날을 보내고 있었다.

사실 이 단계에서 소그드가 할 수 있는 일이란 없는 거나 진배없었다. 이미 동맹은 체결되었다. 세부적인 사안의 결정은 실무자의 몫이다. 황제의 인가까지 받은 지금, 남은 것이라곤 단지 의례에 불과한 황제와의 대면.

"…그런데 그게 길일이니 뭐니 해서 끝도 없이 늦어지고 있단 말이지…."

중원의 격식과 의례의 장황함은 소그드로서는 이해가 불가능한 지경이었다. 알현뿐만이 아니다. 귀인이 문을 나설 때에 필요한 절차라든가, 연회의 자리에도 앉는 사람의 연배와 지위를 고려해야 한다든가, 사람 간의 교제이며 자기 집에 있을 때조차 따르는 예법이 있다. 그 사실에 소그드는 아주 넌덜머리를 내었다.

"그래서, 그건 시위인가?"

아르지는 소그드의 머리맡에 서서, 자신들의 수장이 마치 떼쓰는 어린애처럼 사지를 쫙 펴고 드러누워 있는 모습을 담담하게 내려다보았다.

소그드가 엉뚱한 짓을 하지 않을까 늘 노심초사하는 하스나, 마침내 일을 벌였을 때에 '결국 했구나' 하고 뇌까리며 고개를 내젓는 부족의 다른 사람들과는 사뭇 다른 반응이다. 아르지는 소그드 또래의 청년들 중에서도 그 침착함과 사려 깊음으로 이름이 나 있었다. 달리 파란이 없다면, 틀림없이 장래 부족에서도 높은 지위에 오르리라.

"뭐야. 빙빙 돌려 잔소리 하지 말라구."

"별로 설교를 늘어놓을 생각은 없어. 이곳에는 어차피 우리 부족 사람들밖에 없으니까."

"그렇다면 왜?"

"그렇게 지루하다면 하스에게 부탁해서 사냥이든 뭐든 하는 편이 좋지 않을까 권하러 왔어. 다른 사람들도 너와 똑같이 느끼는 것 같으니…."

"아아. 하지만 그건 안 돼."

"왜? 이유가 있어?"

"현성이 초대해준다고 했단 말이야. 자리를 비울 수가 없다구."

너무나 가볍게 내뱉은 이름이었기에, 아르지가 그 이름의 주인을 떠올리는 데에는 조금 시간을 필요로 했다.

"…황태자가?"

"응, 그래."

"어째서 중원의 황태자가 너를 개인적으로 초대한 거지?"

아르지의 머릿속에는 얼마 전까지만 해도 적이었던 나라에 체제하는 사람이 떠올릴 법한 갖가지 흉흉한 단어가 오갔다. 음모라든가, 암살이라든가. 그러나 소그드는 그런 걱정을 일축하는 양 시원스레 말을 이었다.

"그 녀석 꽤 좋은 녀석이야. 나는 마음에 드는데."

"……."

이번에 아르지의 뇌리를 지배한 것은 다른 의미의 염려였다. 딱딱하게 굳어버린 아르지의 얼굴을 올려다보며 소그드는 이상하다는 듯 물었다.

"엉? 표정이 왜 그래?"

"…이봐, 소그드. 설마 하지만… 너 혹시, 그 황태자를….'

소그드는 팔다리를 쭉 뻗더니 그 반동으로 상반신을 일으켰다. 그리고 몸을 돌려 아르지를 바라보며, 말로 표현 못 할 기묘한 표정을 지어주었다.

"그거 무지하게 억측인데."

"정말이야?"

"당연하지. 신분이니 외교니 하는 고리타분한 소리 끼워 넣지 않고도 절대로 아냐. 무엇보다 난 '그 녀석' 생각 때문에 정신이 하나도 없다구. 다른 녀석이 눈에 들어올 것 같아?"

"그런가….'

그 이야기라면 아르지도 알고 있었다. 요즈음의 소그드는 그 생각밖에 하지 않았으니까. 지금도 반쯤 벗은 맨가슴에 자리 잡고 있는 부적이 그 사실을 증명하고 있었다.

"……."

그것을 바라보는 아르지의 심정은 복잡했다. 이미 오래전에 끝나버려서 지금은 단순한 벗이라고는 하나, 한때 아르지도 소그드와 잠자리를 같이 했던 시절이 있었던 것이다.

…연인 같은 것이 아니었다. 소그드는 장난이라도 치는 양 아르지를 끌어들인 것이고, 아르지 쪽에서도 달리 거절할 명분이 없어서 묵과한 것이나 다름없는 관계였다. 비록 한 번에 여러 명에게 손을 뻗는 일은 없다 해도, 아르지처럼 단순한 잠자리 상대라면 소그드는 몇 사람이나 두었다. 아르지의 경우가 이례적으로 오래 끌긴 했지만—단지 밤을 달

랠 뿐인 관계는 아르지가 책임져야 할 여성이 생기고 가정을 이루게 되자 담백하게 끝을 맺었다.

그래서 이상하다고 여겼다. 그리고 동시에, 아주 조금 쓸쓸한 기분이 되기도 했다.

아르지는 자신을 포함해 어느 누구에게도 소그드가 지금처럼 집착하는 것을 보지 못했다.

"어―이! 소그드! 밖에 사람이 왔는데―."

"드디어 왔구만!"

소그드는 눈 깜짝할 사이에 벌떡 일어나, 바깥문을 향해 달려나갔다. 아르지는 그 자리에 우두커니 서서 시선으로만 그 모습을 좇았다.

나라의 황태자는 본디 황성의 후궁에 거하는 것이 원칙이었다. 후궁의 동편에 위치한 그곳은 동궁東宮이라고 하며 그 이름은 황태자를 일컫는 말로도 쓰이곤 한다.

그러나 황태자가 본격적으로 정무를 배우고 황제를 대신해서 나라 안팎의 일을 두루 살피게 되면 후궁의 울타리 안을 들락거리는 것도 불편이 많아진다. 무엇보다 후궁에 드나들 수 있는 것은 극히 한정된 사람들뿐이었으니까―그래서 귀인들과의 교제를 겸하여 황태자는 황궁 밖에 사저私邸를 하나 가지곤 했다. 역대 황태자들이 거쳐 간 이 저택도 현성의 대에서는 그의 기호에 맞게 소박한 모습으로 치장되어 있었다.

그 문전에 두 대의 수레가 멈추어 선 것은 봄날도 한창일 때, 아직 도성에 수런거림이 가시지 않을 무렵이었다.

"잘 와주었다! 한창 바쁠 때 불러내서 미안하구나."

"천만에요. 요즘은 한가롭습니다. 형님께서도 그간 강녕하셨는지요?"

동생이자 황자라는 지위 덕분에 바로 내당으로 안내받은 정엽은 늘 그러하듯이 따뜻한 환대를 받았다. 사저에 있는지라 현성은 한층 스스럼없이 친밀하게 손을 맞잡으며 맞이하였다.

"분주해서 얼른 시간을 내지 못했단다. 너와 그분 양쪽으로 폐를 끼치는구나. 마침 그분도 이제 막 도착했는데 지금 당장 만나 뵙겠느냐?"

"기다리게 하는 것도 예의가 아니니, 형님 뜻대로 하겠습니다."

형제는 앞서거니 뒤서거니 내정을 가로질러 외당으로 향했다. 수목이 우거진 정원은 봄이 만발한 참이었다. 연홍과 담황, 햇살에 녹아들 것 같은 백색. 화사한 빛깔의 꽃잎이 어지러이 어우러져 있었다.

…사실 정엽은 봄을 그다지 좋아하지 않았다. 그는 적막한 겨울 쪽이 오히려 마음이 편했다.

현성이 부리는 몇 안 되는 시종이 자리를 준비하러 이리저리 뛰어다녔다. 그런 허둥지둥한 모습을 보고도 현성은 전혀 개의치 않았다. 경망스럽다고 얼굴을 찌푸릴 만큼은 아니었지만, 애초 주위에 사람을 거의 두지 않는 정엽으로서는 익숙지 않은 소란이었다.

…봄은 까닭 없이 사람을 들뜨게 한다.

그 걷잡을 수 없는 미열은, 다스릴 수 없는 것이기에 불쾌하다.

차츰 손님이 기다리는 외당이 가까워졌다. 그 문간에 사람의 모습이 비치었다. 명백히 시종의 옷차림과는 다른 이국적인 모습은 그가 기다리던 손님이라는 사실을 쉽게 짐작할 수 있게 했다.

"이런, 마음이 급하시군. 저런 곳에서 기다리고 있다니."

"……."

눈이 밝은 정엽은 곧 알아보았다. 그리고 자신이 해야 할, 결코 달갑지 않은 일을 상기했다.

…이런 식으로 재회하고 싶지 않았는데.

차라리 처음부터 만나지 않았던 편이 좋았으련만.

정엽은 애써 쓸쓸한 표정을 지우고, 무표정한 얼굴을 가장했다. 어떤 호소를 듣더라도, 어떤 책망을 받더라도 바뀌지 않을 차갑게 굳은 가면. 자신이 서 있는 곳이 어디인지, 자신이 짊어지고 있는 것이 무엇인지 잊지 않으려 애쓰며.

'그'가 이쪽을 돌아보는 것이 보인다.

…가슴이 뛰었다.

다음 순간, 중정이 쩌렁쩌렁 울릴 정도로 커다란 목소리가 울려 퍼졌다.

"정엽…!"

정엽이 하려고 마음먹었던 그 모든 차갑고 예의 바른 말들을 끼워놓을 사이조차 없었다. 누구도 말릴 수 없을 정도로 순식간에 '그'는 다가와서 ―있는 힘껏, 정엽을 부둥켜안았다.

대체 이렇게 어리둥절한 것은 생애 몇 년 만일까.

단단한 팔과 두꺼운 가슴팍에 둘러싸여―정엽은 막연히 그렇게 생각했다.

콰광―하고, 중정에 폭음이 울려 퍼진 것은 직후였다.

"…사람에게 도술을 쓰는 것은 처음 보았다."

현성은 아직도 놀람에서 채 깨어나지 못한 듯이 얼떨떨한 어조로 중얼거렸다. 맞은편에 앉아있는 정엽은 몸 둘 바를 모르고 더욱 고개를 깊이 숙였다.

"송구스러울 따름입니다…."

"아니, 나에게 사죄할 일은 아니지만….'

현성은 눈길을 옮겨, 외당의 탁자 앞에 앉아 있는 다른 한 사람을 바라보았다. 그는 정엽을 쳐다보는 데에 정신이 팔려 있었지만 현성의 시선을 느끼자 씨익 시원스러운 웃음을 되돌려주었다.

"나도 괜찮아. 어디 크게 다친 것도 아니고. 조금 놀랐을 뿐이니까."

"…조금 놀란 데에서 끝났다니 다행이구료…."

도술 중에서도 요마를 퇴치하고 물리적인 영향력을 행사하는 데 있어 가장 강력하고 즉각적인 효과를 발휘하는 부주술符呪術—그중에서도 특출한 뇌전부의 일격을 맞고도 조금 그을렸을 뿐인 사내는 아무렇지도 않게 손을 휘저었다. 정말이지 구릿빛 살갗이 좀 더 거무스레해진 것밖에는 말짱하기 그지없었다. 피해라고 할 만한 것은 훌륭한 예복이 그을려 버린 정도일까. 그러나 소그드는 현성의 장포를 빌려 입은 채 그 또한 어떤 유감도 표시하지 않았다. 그래서 현성과 정엽 형제는 그가 숙소로 돌아갔을 때 어떤 난리 법석이 날지 짐작하지 못했다.

"다른 뜻에서이지만 나도 놀랐다오. 글쎄, 정엽과 소그드 공이 아는 사이였다니…."

"아아, 정말이지 이런 곳에서 만나다니. 그에 비하면 아까 그 펑—하는 것은 놀라는 축에도 못 들어."

"그, 그렇습니까…."

이렇게 되어버린 이상 어떤 교활한 말이나 계략도 소용없다—생각한 바가 이런 식으로 무산되는 것은 정엽으로서는 처음 겪는 일이었다. 그러나 언제까지나 낭패스러워하고 있는 것도 어리석은 짓. 정엽은 살짝 고개를 내젓고는, 조용히 수긍의 말을 입에 담았다.

"요행이라기에는 참으로 이만저만한 요행이 아니군요…."

"잘됐지 뭐. 애써서 찾아다니지 않아서."

"그러고 보니 용건이 있으시다고 들었는데… 자, 형님. 개인적인 일이니…."

"아, 아아! 그렇지. 내 정신이 어떻게 되었나 보구나. 그럼 두 사람이서 천천히 이야기를 나누시도록. 이쪽은 밀린 일이라도 손댈 테니까…."

"일을 밀리시다니 곤란하군요."

"손님 앞인데 혼내는 건 조금 봐다오."

현성이 사라지자 객당에는 정엽과 소그드 둘만이 남았다. 정엽은 한숨을 한 번 내쉰 다음 소그드 쪽을 돌아보았다. 일각이라도 용무를 빨리 끝낼 요량이었다.

"그렇다면 말씀을 들어보기로 할까요."

"—응? 무슨 말?"

"제가 알기로 소그드 공께서는 찾는 분이 있다고…."

"아니, 잠깐잠깐. 왜 그렇게 생판 모르는 사람처럼 부르는 거야?"

"예?"

그러나 정엽의 의중과는 달리 소그드는 자신의 용무에 대해선 일말도 염두에 두고 있지 않았다. 그의 시선은 온통 정엽에게만 쏠려 있었다. 주목을 받는 것이 드문 일은 아니라고는 하나, 보통 이상의 열의를 담은 그 눈빛이 정엽은 어쩐지 거북스러웠다.

"그러니까 '소그드 공'이니 뭐니 하고 부르는 거 이상하다고. 나 그렇게 대단한 사람 아냐. 이름만 번드르르했지, 사실 하는 일은 하스나 아르지가 훨씬 많지. 아무튼 간에 나는 그렇게 부르는 거 싫어. 너는 그렇게 부르지 않으면 안 돼?"

"…상대방에 따라 다르지요."

"그럼 나한테는 어느 쪽이지?"

"그쪽이 좋으신 대로 하지요… 소그드."

소그드의 얼굴이 활짝 펴졌다. 너무나도 기쁜 듯이 웃고 있는 그 얼굴을 바라보면서 정엽은 스스로에게 의문을 가질 수밖에 없었다. 자신이 누구든, 상대가 황태자이든 뭐든 그는 달라지지 않는다. 그러나 이다지도 예의에 어긋나는 태도를 보면서, 자신은 어째서 불쾌해지지 않는 것일까.

"그건 그렇고… 찾는다는 분은 어느 분이십니까?"

"엉? 찾았는데?"

"…네?"

이번에야말로 정엽은 진정 아연해할 수밖에 없었다. 소그드가 대꾸한 말이 너무나 뜻밖이었던 것이다.

"하, 하아… 그렇습니까… 다행이군요?"

"그렇지, 다행히 내 앞까지 찾아와 주었으니까."

싱글거리는 그 얼굴, 한시도 정엽에게서 떨어지지 않는 그 눈빛에는, 오해할 수 없는 것이 깃들어 있었다.

"…혹시 찾는 분이란…."

"너지."

"…저입니까?"

"응."

"…여자분이라고 들은 것 같았는데…."

"응? 여자를 찾는다고는 한마디도 안 했는데?"

말을 전하는 과정에서 뭔가 실수가 있었던 것 같다. 정엽은 내심 그렇게 결론지었다. 정인情人을 찾는다고 들었는데, 틀림없이 굉장한 오해였던 모양이다.

"그래… 정말로, 다시 만나서 다행이야."

문득 소그드의 목소리가 낮고 진지해졌다. 조금 기울인 채 정엽을 주시하는 눈동자는 까맣게 타오르는 불꽃과도 같았다. 정엽은 당황했다. 그리 길지도 않은 생애를 도리를 추구하는 데에 보내었던 정엽은, 소그드의 눈에 담긴 감정과 같은 것은 결코 본 적이 없었다.

"…소그드?"

"그대로 만나지 못했다면 어쩔 뻔했을까…."

소그드는 채색한 걸상에 앉은 채 꼼짝도 하지 않았다. 그러나 정엽은 두 사람의 거리가 너무 가깝다는 느낌을 받았으며, 좀 더 거리를 두고 싶다는 충동마저 느꼈다. 하지만 한편으로 이성은 어째서 그래야 하는지, 당치도 않다고 선언하고 있었다.

—무엇을 두려워하는 거지?

이 사람의 마음은 부정할 수 없는 진실이다. 이것을 부정하고 외면하려 한 쪽은 오히려 이쪽이 아니던가—.

"그렇군요. 다시 만나게 되어서 기쁩니다."

정엽은 차분하게 미소를 지었다. 그러자 구름이 걷히고 해가 드러나는 것처럼 소그드의 얼굴이 밝아졌다. 그는 자신이 사로잡혀 있던 어두운 생각을 떨쳐버리고선 환하게 웃음 지었다.

"기뻐? 너도?"

"아아… 그렇습니다."

"그렇게 생각해주니 나도 어쩐지 기분이 좋은데… 참, 그런데 어째서 그때는 부리나케 가버린 거야? 그 덕분에 하마터면 영영 만나지 못할 뻔 했잖아."

"그때는 정말로 실례가 많았습니다."

"사과를 듣고 싶은 것이 아니라고. 왜 그랬던 거야?"

정엽은 다시 한번 미소를 지었다. 그러나 그 입술에 떠오른 것은 그림이나 조각상의 웃음이 훨씬 웃음 같아 보일… 속마음을 전혀 짐작할 수 없는 돌 같은 미소였다.

"그건 제가 부덕하기 때문이겠지요."

"엥? 무슨 말….'

"말씀 나누시는 중에 죄송하지만 긴히 여쭐 것이 있습니다….'

그때 갑자기 객당의 문간에 시종의 모습이 나타났다.

"무슨 일입니까?"

"하스 공께서 소그드 공께 어서 급히 돌아오시라는 전갈을 보내셨습니다. 가급적 서둘러주셨으면 한다고….'

"급한 일인 것 같군요. 소그드. …소그드?"

정엽이 돌아보았을 때 소그드는 두통이라도 난 듯 머리를 받치고 있었다. 그는 끄응 하고 신음 소리를 흘리더니 마지못해 일어났다.

"이 늙은이가… 하필 이런 때에….'

"그렇게 말씀하실 것까진….'

"하지만 겨우 만났잖아?"

"다음에 여유가 있으실 때 뵈면 되지 않습니까."

"…이제 도망가지 않을 거지?"

"도망이라니오….'

정엽이 눈을 깜박거리며 대답할 말을 찾지 못한 사이 소그드는 성큼성큼 걸어 밖으로 향했다. 정엽은 당황해서 작별인사를 하기 위해 몸을 일으켰다. 그런 정엽을 스쳐 지나가기 직전—소그드는 발을 멈추고 손을 뻗어 정엽의 손을 쥐어 올렸다.

"약속은 꼭 지키기야."

그는 그 손을 입가로 가져갔다. 간신히 닿았다고 할 수 있을 가벼운 접촉—.

찰나의 시간이 흐른 후 소그드는 손을 놓고 다시 발걸음을 옮겼다. 그의 모습은 곧 문밖으로 사라져 보이지 않았다. 정엽은 잠시 서서 객당의 문을 바라보았다. 부지불식간에 다른 한 손으로 소그드가 잡았던 손을 감싸 잡은 채.

　단지 닿았을 뿐인 손끝에는 지워지지 않는 미열이 언제까지나 남아있
었다.

3장

중원 화하華夏에 사는 백성들은 누구나 믿고 있다. 천하 사해의 중심에 있는 것이야말로 중원 화하. 하늘의 도리를 받은 복된 땅. 그리고 그 울타리를 넘은 곳에는 야만과 무도가 판친다고.

그 이치를 본떠 일개 필부의 집조차 울타리 안쪽 중앙에 중당을 두어, 조상의 위패를 모시고 일가의 큰일을 정하는 곳으로 삼곤 했다. 그러함에 하물며 천하의 주인이라는 황제의 집은 어떠하랴. 황성의 중심, 전조前朝의 중앙에는 황제가 거하는 건원궁乾元宮이 있었다.

광활하기까지 한 웅장한 크기, 빈틈없이 깔린 백석의 바다. 몇 아름인지 어림조차 가지 않는, 용이 휘감긴 모양이 아로새겨진 장대한 기둥. 사방 벽에는 기린을 비롯한 도리와 길조를 상징하는 환수가 금은으로 아로새겨져 있으며, 천장은 옥가루를 섞은 단청이 정교하게 칠해져 있었다. 단지 번드르르하게 치장한 것만이 아니다. 글월이나 깨친 자라면 알 수 있다. 이 대전에 있는 어느 것 하나 의미를 담지 않은 것이 없다는 사실을—이 대전 자체가 고대로부터 전해져 온, 천하를 편안케 하는 이치를 담은 그릇임을 알아볼 것이다.

이곳에 여느 사람이 쓰는 기물은 어울리지 않았다. 애초에 살아있는 인간의 편의를 위해서 만들어진 장소가 아니었다. 일면 사당과도 같은 이곳에 앉을 자격이 있는 이는 오직 한 사람, 이곳의 주인뿐. 그 밖의 모두는 시중드는 자요, 빈객에 불과할 뿐.

전각의 북쪽 면, 층층의 단 위, 수십 명의 장인이 몇 년이나 걸려서 짠 주렴 휘장이 쳐진 너머에, 세상의 권세를 오로지한 자리가 있다. 용상龍床. 그리고 그 자리에 앉은 사람이야말로 중원 화하를 다스리는 황제인 것이다.

"……."

소그드는 그곳을 향해서 걸었다. 좌우로 벌려 엎드려 있는 문무 대신의 한가운데를, 어깨에 힘도 주지 않고 자연스레.

엎드려 이마를 돌바닥에 대고 눈을 들 생각조차 하지 못하는 대신들은 상상도 하지 못할 것이다. 오랑캐의 우두머리 신분으로 도리도 예법도 모른 채 변방의 먼지구덩이에서 뒹굴던 저 사내가 이 존엄한 장소에 대해 가지는 감상이 얼마나 단순한 것인지. 그들이 갖는 한없는 충심과 경애의 몇 백분의 일조차, 그런 감동 비슷한 것조차 품지 않는다는 사실을 그들은 모를 터였다. 심지어 소그드는 이 장소의 휘황찬란함과 장엄함에 대해서도 아무것도 느끼지 않았다. 황성 화하전에 켜켜이 쌓여 있는 역사와 전통의 무게는 소그드에게 있어 아무런 의미도 없었다.

그가 느끼는 것이 있다면 그것은 그저 지루함뿐이었다. 이 알현에서 소그드가 할 일은 아무것도 없다. 알현이라고는 해도 황제와 소그드 사이에 대화가 오갈 일은 결코 없다. 황제에게 기족의 족장이 경의를 표한다고 하는, 중원인들의 허영을 만족시키기 위한 것 이상도 이하도 아닌 예식. 소그드에게 있어서 이 의례는 변경 도시의 저자 바닥에서 광대가 원숭이를 부려서 하는 한바탕 놀이보다도 시시한 무대였다.

'이거라면 지푸라기 한 묶음을 가져다 놓는 편이 더 그럴싸하겠군. 아니, 움직이기는 해야 하려나? 로그모가 대신하면 딱이겠다.'

소그드는 자신이 아끼는 암말이 엄숙한 이 장소에서 점잖게 걸어가는 모습을 상상하고, 우음을 겨우 참았다.

단의 가장 아랫단에서 몇 걸음 남긴 즈음에 도달했을 때, 박이라는 악기가 딱 하고 울리는 소리가 났다. 의례의 시작을 알리는 소리. 그리고 맨 윗단에서 한 단 아래, 휘장 바로 옆에 서 있는 근시近侍가 견책을 들고 소리 높이 외쳤다.

"호기족 족장 소昭 공이 배알을 청함을 아뢰오!"

아무 말도 안했는데, 하고 생각했지만 생각만으로 두었다. 소그드가 해야 하는 일은 하스와 아르지가 침이 마르도록 설명했다. 그것은 단 두 가지. 첫째로 무슨 말을 하든 조용히 듣고 있어야 한다는 것이고, 둘째는 절하라고 시킬 때에 얌전히 따르면 된다는 것이다. 굳이 말로 할 것도 없이, 자신에게 향하는 시선에서 소그드는 지금이 절할 때라는 것을 깨달았다. 바로 지금 중원의 예절대로 절을 하면 되는 것일까. 그런데 그것이, 어지간한 것은 참기로 마음먹은 소그드조차 견디기 힘든 것이었다.

삼궤구고두三跪九叩頭의 예. 황제만이 받을 수 있고 황제 이외에는 누구도 받을 자격이 없는 최상의 배례. 한 번 무릎을 꿇고 세 번 머리를 조아리는 것을 세 번 반복한다는 이것이, 소그드로서는 우스꽝스럽게밖엔 느껴지지 않았다. 하는 것도 그렇지만 누가 자신에게 이렇게 절한다고 하면 두들겨 패서 그만두게 할 판이다.

물론 이 광대놀음에 어울리기 위해 여기까지 왔고, 자칫이라도 저쪽의 기분을 거스르면 일족 모두가 위험에 빠진다는 것을 모르는 바는 아니었지만—.

소그드는 엎드리지 않았다.

무릎을 꿇었을 뿐. 그것도 한쪽 무릎을 세운 이상한 자세였다.

누구도 감히 입을 열지 않았으나 동요는 파문처럼 번져나갔다. 침묵과 긴장이 뒤얽혀 숨 막힐 것 같은 공기. 그 속에서, 누구의 허락도 받지 않고 움직일 수 있는 유일한 사람이 움직였다. 멀찍이 단 아래 있는 소그드는 휘장에 비친 그림자가 근시를 향해 몸을 기울이는 것밖에 알아보지 못했지만.

곧 근시가—거의 떨리려고 하는 목소리를 간신히 가다듬으며 황제의 말을 되풀이해 전했다.

"경은 어찌하여 마땅한 예의를 갖추지 않는가? 짐을 능멸하고자 함인가?"

"천만의 말씀입니다."

소그드의 목소리는 근시가 전할 필요 없을 정도로 크고 낭랑하게 울려 퍼졌다.

"그런 뜻이 아니라면 까닭을 고하라."

"변방 새지塞地의 촌놈이라서요. 중원의 예의는 서투릅니다."

휘장 건너편은 다시 침묵에 잠겼다. 당황한 기색이 커지는 가운데 소그드만이 즐거운 기분으로 기다렸다. 어떤 반응이 돌아올까? 화를 내며 펄펄 뛸까? 나를 끌어낼까? 수백 년 만에 일구어낸 북방의 평화와 호기족의 운명까지 천길 낭떠러지에 올려놓았으면서도 소그드의 심경에는 변화가 없었다.

그러나 근시의 입을 통해 고한 황제의 뜻은 소그드의 생각조차 초월하는 것이었다.

"짐이 화하를 이어받은 지 어언 수십 년. 그간 변경의 소란스러움이 그치지 않으니 백성의 고초는 말로 다할 수 없었다. 오늘에 이르러 호기족과 형제의 맹약을 맺으니 비로소 변방이 평안해졌느니라. 이렇듯 각별한 때이니 호기족의 예를 경에게 특별히 허하노라."

이번에는 정말로 술렁거림이 흘러나왔다. 소리 죽인 탄식이라도 여럿이서 이구동성으로 내지르면 걷잡을 수 없는 법이다.

의례는 다시 시작되었다. 소그드라고 하는, 형언할 수 없는 이질異質을 품은 채.

알현식을 마치고 소그드는 곧장 객관으로 돌아가려 했다. 그러나 뒤돌아선 그의 앞을 한 무리의 내관이 둘러쌌다. 거의 설명도 하지 않고 끌고 가는 그 기세에, 소그드는 깊게 수긍했다.

'드디어 본론인가?'

병사들이라든가, 감옥이라든가, 고문이라든가, 형벌이라든가. 너무나도 흉흉한 본론이라 아니할 수 없으나 소그드는 마음껏 넘겨짚었다. 물론 순순히 당하는 기질은 아니다. 무기가 없는 것은 문제가 되지 않았다. 소그드에게는 타고난 힘과 싸움에 대한 본능적인 감각이 있어 맨손으로 목뼈를 꺾는 일쯤은 대수가 아니었다. 그것만으로 철통같은 황성에서 탈출할 수 있다는 가능성은 없다고 해도, 무릇 세상일은 부딪혀봐야 하는 것 아닌가?

그러나 넘겨짚어도 한참 넘겨짚었다. 큰 문, 작은 문, 몇 번이나 내벽을 지나고, 벽과 벽 사이에 있는 통로를 거쳐, 이곳이 어디인지 가물가물해질 즈음 소그드가 안내된 곳은 감옥도 망나니 앞도 아니었다. 화하전과 비슷한 크고 웅장한 전각. 그러나 그 규모는 훨씬 작고 위치도 비교적 한적한 곳이었다. 소그드로서는 알 리 없었지만, 지금 그가 다다른 곳은 여느 인간은 드나들기 어려운 황성에서도 더욱 은밀한 후침에 가까운 곳이었다.

"드십시오."

"여기가 뭐하는 곳인데?"

전각 안은 방과 복도가 있는, 여느 집이나 다름없는 구조였다. 물론 기물의 화려함이나 장식 같은 것은 비교도 할 수 없었지만. 내관들은 그중 어느 한 내실 앞에 소그드를 데려다놓고, 깊이 머리를 숙였다. 소그드의 물음에도 대답하지 않고, 말이 통하는 사람이 아니라 무슨 목각인형이라도 되는 양 굳게 입을 다물고 있었다.

'뭐, 상관없지. 여차하면 날려버리자.'

극히 불온한 생각을 하면서 소그드는 대범하게 내실에 한 발을 내딛었다.

"어서 오시게."

낮고 건조한 목소리가 울려 퍼졌다. 나이 든 남자의 목소리. 중년이라 하기에는 나이가 있고, 노인이라고 하기에는 젊은 편. 금은보석으로 장식한 병풍이며 주렴, 수천 번 옻칠을 한 위에 부조한 정교한 조각장식…. 한없이 값지고 우아한 기물들 속에서 너무나 자연스럽고 편안하게 홀로 앉아있는 사내가 소그드를 맞이하였다.

"……"

소그드는 물끄러미 그를 바라보았다. 그는 상 위에 앉아 팔걸이에 몸을 기대고, 앞에 있는 작은 안案에는 책을 펴놓고 있었다. 늙은 문관과 같은 모습이었다. 호화찬란한 방 안의 풍경에 비해 시시할 정도로 평범한 사내였다. 조금 마른 편인 주름진 얼굴에도, 가느다란 눈에도, 이 모든 일련의 광대놀음에 무슨 중요한 역할을 하고 있다고는 믿어지지 않았다.

"호기족의 땅에서는 초대한 사람에게 인사를 하는 예절이 없는 것인가?"

조용히 지적하는 말에 조롱의 감정은 섞여 있지 않았다. 기족 사람들이 잘하건 못하건 조소를 쏟아부었던 다른 중원인 관리들에 비하면 확실히 다른 데가 있었다. 소그드는 멋쩍게 머리를 긁적였다.

"개를 묶어둔다는 이야기는 듣지 않았는걸."

"개를 묶어둔다고?"

"손님이 찾아오면 주인은 그렇게 이야기하지. '개는 묶어두었소'라고. 뜻밖으로 방문한 사람도 말에서 내리면 우선 소리치거든. '개는 묶여 있소?' 하고."

"과연. 그대에게는 뜻밖이겠구료. 이렇게 돌연 초대하게 된 것을 용서하시오."

그는 고개를 끄덕였다. 흥미를 가지고 들은 듯하나 얼굴에는 그다지 표정이 떠오르지 않았다. 소그드는 내심 재미없다고 생각했다. 정엽에게 이 이야기를 한다면 훨씬 열심히 들어줬을 텐데.

소그드가 딴 생각중이라는 것을 아는지 모르는지, 사내는 자신의 말을 이었다.

"초대한 경위를 이야기하기 전에 우선 자기 소개부터 해야겠구료. 이 몸의 이름은 건乾 백伯. 자는 진경珍鏡이라 하오."

"음, 나는 소그드."

잠깐 침묵이 흘렀다. 사내는 별말 없이 소그드를 응시했다. 어째서 그러는지 소그드가 알 도리는 없었으나—.

"…아."

생각하는 것보다 손이 먼저 나가서 바보라고 힐난당하는 때도 있지만, 소그드는 그렇게 머리가 둔한 편이 아니었다. 비록 저자의 상인이나 전란을 피해 달아나는 유랑민에게 주워들은 이야기이긴 해도 중원의 황제라는 것이 어떤 인간인지는 들어 알고 있었다. 중원에 전해지는 고사인 '지피지기면 백전백승'을 소그드가 알 리 만무하지만—싸워서 이기기 위해서는 우선 상대방을 염탐해야 한다는 것을, 그는 다른 무엇보다 자신의 본능으로 알고 있었다.

그러나 황제같이 귀하신 몸이 직접 전선으로 나올 리는 없고, 마침내 화친을 이루게 되었을 때에도 그 인물이 전면에 나서는 일은 없었다. 그야말로 신기루와 같은 것이 '황제'라는 존재였다.

다만 그 이름자만큼은 머릿속에서 용케 증발하지 않고 있었다—.

"…황제?"

"그런 직분을 맡고 있다네."

중원 화하에서 가장 존엄한 자는 메마른 목소리로 대답했다.

"……."

천하의 소그드도 말을 잃을 때가 있다. 그러나 그것은 놀라되 전율하거나 경도되어서가 아니었다.

'이 녀석이 정엽과 태자의 아버지로군….'

아들 둘은 어느 쪽도 부친을 닮지 않았다. 태자의 동생이 정엽이라는 것을 알았을 때에도 제법 놀랐지만 두 사람의 부친을 눈앞에 둔 지금에 비하면 아무것도 아니다. '여자들이 바람피워서 낳은 거 아냐?' 하는 생각도 했지만 그것을 입에 담지 않을 주변머리쯤은 소그드도 가지고 있다. 물론 그 생각을 입 밖에 냈다간, 꽤나 관대하신 것 같은 황제 폐하도 가만있지 않을 터.

"알현식에서의 거동을 보았을 때 담대한 인물이라고 생각했지만, 짐의 생각이 과한 것인가?"

"가혹한 평가인데요—이런 데에서 부르실 줄은 누가 상상이나 했겠습니까."

웃음기 하나 없는 얼굴로 뇌까려도 농담이라는 것은 알 수 있었다. 소그드는 넉살 좋게 맞받았다. 일단 황제니까, 존대하고는 있었지만. 그러나 곧이어 황제는 진지한 눈빛을 했다.

"방금 전은 짐도 대단히 놀랐다. 중원 화하의 역사가 길지만 오랑캐족이 용상 앞에서 그런 무례를 범한 적은 없었지. 물론 칠략하여 두성을 분태웠을 때에는 또 이야기가 다르다만."

"꾸지람하시러 부른 겁니까?"

"묻고 싶은 것이 있을 뿐이다. 알현식에서처럼 적당히 둘러대지 말고 흉금을 털어놓길 바라네. 그대는 총기도 있어 보이는데, 어째서 그런 무모한 행동을 한 것인가? 비난이 두렵지 않았는가?"

"…그건 제가 묻고 싶습니다."

틀림없이 그자들은 내 욕을 신나게 하고 있겠지. 어쩐지 근지러운 귓구멍을 손가락으로 쑤시고 싶은 것을 참으며, 소그드는 오히려 되물었다.

"그게 아무 의미도 없다는 걸 아는데 중원에서는 어째서 그것 없이는 죽고 못 사는 겁니까?"

"이를테면 명분… 말인가? 그것은 도리의 산물이다. 어찌 섬기지 않을 수 있겠는가."

"도리. 도리라…."

도리든, 명분이든, 겉치레이든―이 나라 사람들은 거기에 매달린다. 한시도 소그드의 머릿속에서 떠나지 않는 사람, 정엽도.

…알고 있어?

도리인지 뭔지 그렇게 끌어안고 있어도―너, 조금도 기뻐 보이지 않는다는 거.

"그게 모두를 행복하게 해주지 못한다면, 무슨 의미가 있는지 모르겠군요."

"……."

황제는 다시 입을 다물었다. 소그드는 시선을 피하지도 않은 채 오연하게 고개를 들었다. 조금 사이를 둔 후, 황제가 물었다.

"생각한 대로… 아니, 기대 이상이로군."

"생각했던 것보다 더 망나니라는 뜻입니까?"

주름진 입이 벌어지고 웃음소리가 흘러나왔다.

"그런 의미가 아닐세. 애당초… 짐이 그대를 벌할 자격은 없는 것인지도 모르니까."

"하아?"

"만약 도리를 섬겼다면, 과연 숙부를 죽이고 황위를 이어받을 수 있었을까?"

"……."

이번에야말로 소그드는 얼마간의 경의를 담아 침묵했다. 눈앞에 있는 사내는, 결코 허투루 황제가 된 것이 아니었다. 난세를 제압하고 중원 화하의 전토를 평정한 사내에게는 그만큼의 자질이 있는 법이었다.

"그래서인지 짐은 대신들이 늘 부르짖는 명분론이 마음에 들지 않아. 마치 그들이 섬기는 것이 명분처럼 느껴진다. 그들이 섬겨야 하는 것은 이 짐과, 짐이 다스리는 백성임에도."

"헤에…."

"고로 이때야말로 분명히 하겠다는 것이네. 중원이 어떻고 오랑캐가 어떻고 하는 부질없는 명분보다도, 백성의 이로움과 사해의 평안이 더 중하다는 것을."

"그렇군요. 그런데 왜 그것을 저에게 이야기하시는 겁니까?"

"그대가 명분이나 이득에 좌우되지 않는 인물임은 잘 알았네. 그대 같은 인물이 가까이에 있다면 짐의 일은 훨씬 수월하게 이루어지겠지. 짐의 가신이 되기를 요구하는 것이 아닐세. 짐을 도울 생각이 있는가?"

중원 화하의 황제가 오랑캐에게 하는 것으로는 이보다 더 높이는 대우가 없으리라.

그러나 소그드는 말 속에 들어있는 것을 간파할 수 있었다. 황제가 필요로 하는 것은 명분에 좌우되지 않는 신하에 불과하다―그래서 자신을 이용해서 변방의 평안과 조정에서의 주도권을 동시에 얻으려는 의도라는 것을.

하지만 아무리 순수한 인정에서 비롯하지 않았다고 해도, 그것이 기만이라는 것은 아니었다.

황제의 그릇은 여간 크다고 하지 않을 수 없다—그 안에 교활함과 냉혹함, 그리고 생면부지의 오랑캐족 청년에게 흉금을 털어놓는 진솔함을 모두 담을 수 있는 것이라면.

소그드는 그것이 제법 마음에 든다고 생각했다. 그리고 '마음에 든다'라는 것은 소그드에게 있어서는 결정적인 행동원리였다.

"다루기 까다로운 번견일 텐데요. 괜찮으시겠습니까?"

황제는 미소를 지었다.

객관으로 돌아온 소그드는 문지방을 넘어서자마자 하스와 아르지 두 사람에게 습격당했다. 알현식에서 벌어진 돌발 상황이 촉각을 곤두세우고 있던 둘에게 당연히 접수된 것이다. 노기충천하여 잘게 다질 기세인 둘을 진정시키기 위해 소그드는 '비밀로 하랬어, 그 사람이' 라는 단서를 붙여 후침에서 있었던 일을 설명했다.

하스와 아르지는 우선 안도의 한숨부터 내쉬었다. 일촉즉발의 위기를 넘겼을 뿐더러, 앞으로 소그드가 무슨 엉뚱한 일을 저질러도 어느 정도는 용인받을 수 있는 보루를 얻은 셈이었으니까.

"그나저나… 참으로 별난 분이로구먼."

"중원인답지 않아. 어느 쪽이냐면 소그드 같은 인물이랄까…."

"설마. 무리야. 난 모든 걸 손바닥에 올려놓고 요리조리 셈하는 그런 성격은 못 되는걸."

"하하, 틀린 말은 아니군. 이제 한시름 놓았으니—늙은이는 낮잠이라도 주무실까?"

하스는 몸을 쭉 뻗으며 객관의 내당으로 어기적어기적 걸어갔다. 고향 땅이라면 겨울을 무사히 이겨낸 가축들을 살찌우기 위해 온종일 가축 떼를 몰고 풀이 새로 돋은 목초지를 돌아다니고 있을 무렵이나, 중원이라는 동네에서는 도무지 할 일이 없었던 것이다. 아르지 역시 집의 기물을 손질하거나 천막을 수선하는 등의 일을 할 필요가 없었으니 한가로웠지만, 딱히 그래서가 아닌 이유로 그는 소그드의 뒤를 따랐다.

뭐라 말할 수 없는 예감이 들었다. 모든 것이 끝나 안심할 수 있는 상황이 아닌 것 같은 느낌.

소그드는 중정으로 내려가 풀밭에 대뜸 드러누웠다. 재미있어하며 황제의 인품을 묘사하던 직전과는 달리, 지금 소그드의 얼굴은 감정을 완전히 배제한 것처럼 무표정했다. 소그드를 오랫동안 알아왔던 아르지조차 그다지 볼 수 없는 얼굴. 가령, 전장에 섰을 때의 그야말로 찰나라든가―.

"소그드. 무슨 일 있나?"

"너야말로 무슨 일인데? 그런 것을 묻고."

"아니… 기분이 나빠 보여서."

"나쁘지 않아. 나쁠 일이 없잖아?"

"……."

아르지는 잠시 머리맡에 서서 기다렸다. 그러나 잠이라도 잘 것처럼 감아버린 소그드의 눈은 아르지를 보지 않았다. 곧, 아르지는 발길을 돌렸다.

힘이 되어주지는 못한다고 생각한다. 아르지가 무력한 것이 아니라 소그드가 걸출한 것이다. 지금껏 어떤 큰일이 닥쳐와도 소그드는 아무렇지도 않게 해치웠다.

…하지만 그 사실을 안다고 해도, 무엇이든 해주고 싶은 마음은 있다.

만약 자신이 억지로라도 속내를 캐묻고 매달리며 짐이 되었더라면—
소그드와 자신의 관계는 지금과 달라졌을까.

내당 안으로 들어서서 뒤를 돌아보며 아르지는 막연하게 그런 것을 생
각했다. 그리고 부질없는 상념을 끊어내듯이, 문을 닫았다.

아름답게 손질된 초목 속에 아무렇게나 드러누운 소그드는, 아르지의
고민을 헤아리지 못했다. 설령 알아챘더라도 지금만큼은 어찌할 수 없었
을 것이다.

후우. 소그드는 한숨을 내쉬었다. 어지간한 일은 눈썹 하나 까닥하지
않고 넘겨버리는 그도 아주 가끔은 어찌할 수 없는 현실의 무거움을 느
낄 때가 있다. 그런 때에는 그 역시 늘 지니고 다니는 낙천적인 기분을
내던져버리는 것이다.

"…실은 기분이 나쁜데."

뇌리 한구석에서 불쾌감이 가시지 않는다.

황제와의 알현이 원인은 아니다. 그건 나쁜 기억이 아닐뿐더러, 벌써
아무래도 좋은 일이 되었으니까.

그를 고심하게 하는 것은 얼마 전부터 단 하나. 비할 데 없이 아름다운
사람.

'…정엽.'

만나기 전에는 만날 수 있는 방법을 생각하느라 골머리를 앓았다. 그
러나 이렇게 뜻밖에 재회하게 되니, 그것은 그것대로 새로운 고민을 낳
았다.

'황제의 아들이라고?'

있는 곳이 있는 곳이다 보니 굳이 귀를 기울이는 수고를 하지 않아도
들을 수 있다. 황태자에 대한 것. 그리고 황제의 적장자에 대한 것. 장남

임에도 정실 소생이 아니기에 그 지위가 불안한 황태자와, 지고의 자리를 구할 수 있음에도 모든 것을 사양하고 물러나 버린 황자. 그 이야기를 귀동냥할 때에는 그 두 사람 모두 자신이 아는 사람이 되리란 것을 상상도 못 했지만—.

거기까지는 소그드와 무관하다. 그러나 궁중의 금지옥엽인 그 황자에게, 소그드가 여느 우정을 넘어선 마음을 품고 있다면 그것은 큰 문제가 된다.

사내가 사내에게 품는 그 마음을, 더군다나 오랑캐족이 존엄한 신분에게 품는 그것을 용납할 중원인은 없으리라. 황제 앞에서 범한 무례는 비교도 안 된다. 그들은 소그드의 일신을 갈가리 찢는 것만으로 참지 못하고 기족의 씨를 말려버리려 들지도 모른다.

빠득 하고 소그드의 어금니가 소리를 내었다.

"…그따위 것은 아무래도 좋다구."

지금까지 줄곧 원하는 대로 해왔다. 기족의 전사들을 이끌고 전장을 누빈 것도, 족장의 아들이라는 의무나 동포에 대한 애정에서 한 일이 아니었다. 다만 마음에 들지 않았을 뿐. 장족과 중원인 사이에 끼여 가축을 잃고 굶어 죽을 지경에 이른 현실이 불쾌했을 뿐. 그러니까 싸운 것이다. 적과 싸우고 바라는 것은 모두 차지해 왔다. 애당초 소그드는 물욕이 적은 편이었지만.

바라는 것… 바라는 사람.

그런 소그드가 지금까지 이렇게 갈망한 적은 없었다. 이다지도 한 사람을 생각해 본 일은 없었다. 보고 싶다. 만나고 싶다. 꼭 끌어안아 그 몸을, 체취를 느끼고 싶다. 흰 피부를 드러내고 단정한 얼굴이 흐트러지는 것을 마끽하고 싶다 억지로라도—

"…하지만 그렇게 해버리면…."

그 얼굴이 자신을 향해 웃어주는 것은 다시는 보지 못하겠지.

수천 명의 병사들에게 단신으로 포위당해 있을 때에도 의연했던 소그드지만, 그것을 생각하면 못 견디게 무서웠다.

아름답다고 생각했다. 그 모습이, 그 몸이. 그러나 바라는 것은 그뿐만이 아니다. 푸른 하늘과 같은 눈빛 안쪽에 머물러 있는 것—그 마음, 그 웃음을, 고스란히 갖고 싶다.

하지만 어떻게 하면?

어떻게 하면 온전히 손에 넣을 수 있을까?

이런 치졸한 바람을 품은 적은 단 한 번도 없었는데.

소그드는 오후의 햇살 속으로 한 팔을 뻗었다. 화창한 날씨. 하늘에는 구름 몇 점이 떠서 흘러가고 있었다. 그는 사람의 힘으로는 결코 가질 수 없는 그것을 움켜쥐려는 듯이 주먹을 꽉 쥐었다.

그날 이후로 황성에서는 많은 것이 변했다.

가장 대표적인 것을 들라면 황성에 호기족의 모습이 자주 보이게 되었다는 점이다. 흡사 구금이라고도 할 수 있는 호기족의 처우가 대폭 바뀌었다. 이제 그들은 바라는 것이 있거나 가고 싶은 곳이 있으면 대부분 뜻대로 할 수 있었다. 물론 이런 파격적인 대우에 익숙지 않은 호기족 사절 대부분은 객관에 그대로 머물러 있는 쪽을 택했지만. 그리고 세태의 변화에 민감한 이들은 사절들을 연회에 초대하는 용단도 발휘했다. 그 덕분에 한가해질 것을 기대했던 하스나 아르지는 더욱 분주해졌다.

그 점은 소그드의 책임도 있었다. 소그드는 어떤 명사의 초청이나 방문도 가볍게 거절해버렸으니까. 그가 환대하는 사람은 황태자뿐이었다. 그리고… 어째서인지 초청한 사람의 이름을 물으며 찾는 사람이 있기라도 하는 양 번거롭게 굴었지만, 대답을 들으면 예외 없이 흥이 깨진 듯 사실로 들어가 버리곤 하는 것이다.

이렇게 대부분의 동행으로서는 영문을 알 수 없는 나날이 보름 남짓 지났을 즈음.

소그드는 별스런 방문을 받았다.

"누구냐니까?"

고향 변방의 천막에 있을 때처럼 옷깃의 여밈끈을 풀어헤친 모습으로 소그드는 추궁했다. 귀인에게 편지를 받을 때조차 옷매무새를 가다듬는 중원인으로서는 기막힌 꼴이다. 그러나 전령을 맡은 시동은 용케도 내색하지 않은 얼굴로 다시금 되풀이했다.

"모시는 분의 성함은 여쭐 수 없사오만… 모쪼록 왕림해주셨으면 하고 청하옵나이다."

"너, 혀 안 꼬이냐?"

"네?"

"아니, 됐어. 어쨌든… 너의 주인이라는 놈은 도대체, 아무도 모르는 곳에 날 불러내서 어쩔 셈이지? 재미라도 볼 참인가? 지금이야 어쨌든 이 나라는 전에는 적이었어. 선뜻 따라가리라고 생각해?"

"마음에 걸리시면 거절하셔도 좋사옵나이다."

"……."

너무나 산뜻하게 받아들이는 것이 이 또한 울화가 치민다.

"뭐, 좋겠지. 여차하면 운동도 될 테고, 기분도 조금은 풀리겠지… 앞 장서라."

"…그대로 괜찮으시오니까?"

소그드의 외출 준비란 여밈끈을 제대로 채우는 것이 다였다. 물론 옷차림새도 기족 전통의 옷. 하스와 아르지가 초대를 받아들이고 익숙지 않은 중원의 의상을 걸치느라 하는 고생에 비추어볼 때 성의가 부족한 것도 이만저만이 아니다.

"상관없어. 불만이라도?"

"아니요… 그럼 부디."

소년은 소그드를 이끌고 객관을 나섰다.

객관이라고 해도 황성의 울타리 안에 있는 전각. 틀림없이 외문을 나설 것이라고 여겼지만—기묘하게도 소년이 소그드를 인도한 곳은 황성의 더욱 안쪽이었다. 황성 내부를 여러 구역으로 나누는 벽과 문도, 무슨 수를 쓴 것인지 작은 패를 보여주고 짧게 몇 마디만 해도 통과되었다. 그리고 나아가 황성 외벽에 접한, 오로지 벽으로 둘러싸인 복도를 걸어 황성 북쪽의 현무문으로 나왔다. "또 별난 손님일세…" 하는 수문 병사의 군소리를 뒤로하고.

그리하여 도달한 곳은 황성의 북면을 둘러싸듯 솟아있는 후원산. 산이라고는 해도 황족들이 드나드는 곳이니만큼 올라가는 길은 돌로 번듯하게 계단이 마련되어 있었다. 성큼성큼 안내역을 앞질러 올라가는 소그드의 등을 향해, 시동은 평연한 어조로 말했다.

"조심하시옵소서. 이 산에는 황실을 수호하는 요괴들이 배회하고 있사옵니다. 길에서 잘못 벗어났다간 해를 입사옵니다."

"그거 협박이야?"

"그럴 리가 있겠사옵니까."

얼마간 올라가던 길은 갈림길에서 꺾어졌다. 곧, 경사가 완만한 구릉에 조성된 아름다운 화원이 나왔다. 우거진 꽃나무, 그리고 그 속에 그림같이 마련된 인공의 시내와 정자. 중원인이 도원향이라고 부르며 동경하는 풍경. 그러나 무수한 시와 글에서 칭송되는 그것도 소그드에게는 아무런 의미가 없다.

의미가 있는 것은, 오직 하나뿐.

"…정엽!"

소그드는 날기라도 할 기세로 달려갔다. 정자의 난간에 기대어 있던 정엽이 돌아보았을 때는 이미 소그드가 눈앞에 다가와 있었다.

"안녕하셨습니까. 수고했습니다, 수서."

"천만의 말씀이시옵니다, 전하."

정엽은 시동의 수고를 치하하고 배웅까지 하고 난 다음에야 소그드 쪽을 향했다. 그 짧은 순간이 소그드에게는 죽도록 초조했다는 것도 모른 채.

"무용담은 들었습니다. 온 도읍에 소문이 자자하더군요."

"왜 이제야 부른 거야?"

"네?"

"만나러 가려 해도 내관 녀석들은 딴소리나 하고… 약속했었잖아!"

체격도 풍채도 나무랄 데 없는 소그드가 어린아이처럼 떼쓰는 광경에 정엽은 어리둥절해질 수밖에 없었다. 그러나 우스꽝스러운 기분이 들지 않는 것은 그것대로 이상했다.

"죄송합니다. 바쁘시리라 생각해서…."

"그런 일은 없어! 귀찮은 일은 전부 다 하스랑 아르지의 몫인걸. 계속 기다리고 있었는데…."

"그런… 정말로 죄송하게 되었습니다."

당사자들이 봤으면 두들겨 패는 정도로는 끝나지 않을 발언이라는 것을 모른 채, 정엽은 달래듯이 웃었다. 그는 알지 못했다. 그 자신도 복잡한 생각으로 머릿속을 채우고 있었으니까.

소그드가 당장에라도 끌어안고 입술을 빼앗고 싶은 것을 겨우 참고 있다든지.

인적이 없는 것이 다시 없는 기회처럼 느껴져서 갈등하고 있다든지.

"…뭐. 앞으로 자주 만날 수 있다면 용서해줄게."

소그드는 생전 처음이라 할 수 있는 뼈를 깎는 인내심으로 그렇게만 말했다. 그러나 대답하는 정엽의 얼굴은 살짝 흐려졌다.

"그것은… 힘들지도 모르겠습니다."

"어째서?"

"그야 물론… 앞으로는 소그드도 더욱 바빠질 테고, 저도….'

"나는 너를 만나는 것 이상으로 중요한 일은 없어."

소그드는 세상의 진리를 말하는 양 확고하게 단언했다. 정엽은 일순 말을 잊었다.

도리며 이해타산. 그 모든 것을 무시하는 태도.

그것이 옳다고 생각하지 않는다. 자신의 길과 명백히 괴리되어 있다는 것도 알고 있다.

이 만남도 만약의 경우 절연까지 불사할 마음으로 마련했다―그러나 자신은 왜 소그드의 순수한 마음이 이토록 기쁜 것일까.

"그런 송구스런 말씀을…."

그래서 이렇게밖에 대답하지 못했다.

"계속 내 상대만 하라고 말하진 않을 테니까… 좀 부탁해. 응?"

내면의 갈등과 혈전을 벌이고 있는 소그드의 내심을 모른 채, 정엽은 불에 기름을 부을 것이 틀림없는 온화한 웃음을 지었다.

"예. 노력하겠습니다."

"그렇게 해준다면 기쁜데. 하하하하하….'

"여기까지 오느라 피곤하셨을 텐데, 우선 차로 목이라도 축이십시오.

변변치는 않습니다만…."

"아아. 고마워."

"알현식 때에는 굉장하셨다지요. 폐하를 뵌 소감은 어떻습니까?"

"폐하라면, 네 아버지지? 안 닮아서 놀랐어."

아직은 괜찮아. 이것만으로도. 그렇게 생각하며 소그드는 안심했다.

그리고 점을 쳐서 미래를 읽는 도사이지만, 흉조를 찾지 못했던 정엽은 이때는 알지 못했다—이 만남이 없었던 편이 좋았을 거라는 사실을.

당사자이면서도 부외자였던 소그드로서는 알 도리가 없었지만, 알현식에서의 일은 조정을 벌집 쑤셔놓다시피 소란스럽게 했다. 몰려드는 상소와 탄원. 중원 화하의 상식—아니 오히려 자존을 위협하는 황제의 처사에 대해 식자인 양하는 자들은 모두 반대의 목소리를 높였다.

녹록한 군주였다면 도저히 감당하지 못했으리라. 무엇보다도 맹렬한 것은 초야에 묻혀 지내는 선비들—이른바 청류의 목소리. 글줄 읽는 자들은 모두 한 번쯤 청류를 동경한다. 권력과 세태에 어울리지 않고 바른 목소리를 내는 그들은, 수천 년간 화하의 도리를 지켜낸 것을 자랑으로 여기고 있었다. 일면 지금의 황제가 황위를 손에 넣을 수 있었던 것도 그들의 지지를 받음이 컸다.

그러나 황제의 위의는 결코 타인의 힘에 의지해서 나오는 것이 아니었다. 일견 유약한 문사처럼 보이는 그가 황제의 자리에 설 수 있었던 것은, 천명에 매달려서도 인덕에 의지해서도 아니었다. 그런 것들이 없다면 대신할 것이라도 마련했으리라—간사하기까지 한 빈틈없는 계책과 추상과도 같은 위엄. 이번에도 황제는 그것들을 십분 활용했다. 황성 오문에서 읍소하는 자들을 엄히 처벌하고, 황제의 뜻에 순종하는 자들을 교묘하게 풀어 중론을 조성한다. 그리하여 맹렬하게 들끓던 반론도 차츰 기세가 수그러들었다.

그러나 이것만으로는 안 된다.

기족이 중원 화하의 백성이 되기 위해서는 이 이상으로 필요한 것이 있다.

대국의 사신을 영접하고 공식 행사의 주연을 위한 만경루에서, 호기족 사절을 환대하기 위한 어전 연회를 열기로 결정된 것은 얼마 후였다.

"이거 몹시 귀찮다…."

소그드는 신음했다. 특정 인물의 일을 제외하면 어지간한 일에는 눈썹 까딱하지 않는 그이지만 이번 일은 힘에 부쳤다. 신변에 위협을 느꼈을 지경이다.

"뭐라고 불평해도 안 돼. 이제 와 갈아입는다는 생각은 하들랑 마라."

"하스와 나는 몇 번이나 입었다고. 너도 황제 앞에서만은 구색을 갖춰야지."

"으윽…."

소그드와 그의 동행들이 입고 있는 것은 중원의 대신들이 조의에 참석할 때 입는 조복이었다. 기본은 심의深衣. 완전히 몸을 감싸는, 자락이 땅에 끌리고 소매가 길게 드리워지는 옷. 그 생김이 우주의 이치를 대변한다고 해서 고대로부터 조복으로 쓰는 것이 전통이었다. 그러나 그것이 다가 아니다. 소그드는 이름도 기억할 수 없는, 덧입는 수놓은 조끼며 허리에 두르는 대며 늘어뜨리는 장식이며 허리끈….

최소한 칼에 찔려도 이 겹겹의 의상을 뚫을 순 없을 테니 그 점은 이득이겠다. 그 전에 몸이 무거워 제대로 싸울 수 있는가는 의문이지만.

"옷자락 밟지 않느라 신경 쓰는 것만으로도 머리털이 다 빠지겠어…."

"자, 자, 금방 앉을 테니까. 조금만 참아."

"돌아갈 때에도 이 꼴 아냐? 넘어져도 나는 몰라."

그러나 다행히 지금 당장 그런 불상사는 일어나지 않았다. 소그드는 무사히—간신히 자신의 자리를 찾아 앉았다. 기족 사람들은 몰랐지만, 그들이 배석한 자리는 황제가 앉는 상석에서 대단히 가까운 특석이었다.

연회장은 이미 사람들로 가득 차 있었다. 조복 차림 그대로인 대신들이, 술상을 앞에 두고도 조의에 참석할 때와 다름없는 엄숙한 얼굴로 앉아 있었다.

'술맛 떨어지는군.'

소그드는 무례하기 짝이 없는 생각을 하며 익숙하지 않은 옷 속에서 어깨를 으쓱했다. 그때.

"황제 폐하 납시오!"

근시의 호령이 조용한 좌중을 더욱 때렸다.

'또 지루하겠는데.'

아마 예의를 따지는 중원의 선비들이 소그드의 마음을 고스란히 들여다볼 수 있다면 반은 사색이 되고 반은 펄펄 뛸 것이다. 그러나 바다 건너의 해인이라면 모를까, 마음속을 손바닥 들여다보듯 간파하는 비술은 이 땅에는 없다.

그러나 소그드도 이유는 있었다. 이런 의식은 으레 근시의 장광설로 시작한다. 시조 황제가 어떻고 나라의 시작이 어떻고 도리와 예의가 어떻게 내려왔으며… 그런 이야기를 한참 늘어놓다가 말미에서 간신히 본론으로 들어가는 것이다. 그 본론도 미사여구와 난해한 비유가 판을 치기 때문에 능숙하게 중원 말을 구사하는 소그드조차 알아듣지 못하고 넘기는 말이 태반이었다. 더군다나 그것이 소그드에게는 아무짝에도 쓸모 없게 느껴지는 문장의 나열임에야. 그래서 소그드는 눈치껏 듣는 척하다 가 중요한 때에만 주의를 기울이는 수법을 이미 터득한 다음이었다.

황송스럽다는 듯이 고개를 숙인 대신들과 달리, 소그드는 슬쩍 시선을 들어 좌중을 둘러보았다. 흥미 있는 것은 황제의 자리. 왕의 예복—면복 을 걸친 면식 있는 사내가 상좌에 앉아 있다. 그 면복도 지금은 훨씬 간 소한 것이고, 주위에 휘장을 둘러치지도 않았으나 황제라는 위엄은 변함 이 없다. 그 옆에 앉은 이는 낯익은 사람인 황태자. 평소에는 괜찮은 사 내이지만 이런 공식 석상에서 보니 말 시장에 내다 놓은 소같이 위축된 듯 보여 조금 안쓰러웠다. 그리고 얼굴도 모르는 서너 명의 젊은이들이 황태자의 옆으로 잇따라 자리 잡고 있다. 희미하게나마 황제 부자의 혈 연이라는 감은 오지만, 감돌고 있는 분위기는 정엽과 현성이 함께 있을 때와는 완전히 딴판이었다. 남보다도 냉랭한 공기.

'황족이라는 것도 고생이구만.'

내심 생각하며 찬찬히 관찰하던 소그드의 눈에 이상한 것이 비쳤다.

약간 거무스레한 얼굴. 입고 있는 것은 틀림없이 호사스러운 중원의 예복이나… 태어나서 여태껏 수많은 부족과 민족을 보아온 소그드의 눈 은 비껴가는 법이 없었다. 황태자 다음 자리에 앉아 있는 젊은이. 그 얼 굴 생김은 틀림없이 소그드의 민족—아니, 장족이다.

'장족 여자가 중원으로 시집갔다는 이야기는 들었지만….'

혼자 생각하고 혼자 납득하고 있던 소그드의 시선과 젊은이의 시선이 일순간 마주쳤다.

담겨있는 것은, 명확한 적의.

기족과 장족의 관계는 아무리 겉치레하여 형용한다고 해도 숙적 이상 은 되지 못했다. 소그드만 해도 장족 전사의 피로 손을 흠뻑 적신 일이라면 얼마든지 있다. 그러나 눈앞의 젊은이는 장족의 아들이라기보다는 황제의 아들. 어머니가 태어난 땅은 한 번도 밟지 못했을 것이다. 그리고 소그드의 견해로는 부족을 가름 짓는 것은 혈연이 아니라, 그 땅을 걷고 그 물을 마시는 데에 있었다.

그렇다면—오랜 원한과 무관하다면, 왜 저 사내는 자신을 배척하고 있는 것일까.

'뭐, 상관없지만.'

소그드는 가볍게 결론 내리고 눈을 떼었다. 그 순간 황제가 몸을 일으켰다.

침묵이 흘렀다.

이곳에서 황제의 말을 가로챌 배짱이 있는 자는 없다. 소그드 역시 하스와 아르지의 격노에 대한 뒷수습을 상상하고는 입을 다물고 있었다.

좀 넉넉하다 싶을 정도로 뜸을 들인 뒤, 황제는 천천히 입을 열었다.

"오늘은 실로 경사스러운 날이다. 이 기쁨을 경들과 나누고 싶어서 이 자리를 마련하였노라."

난간 밖에서 나뭇잎이 살랑거리는 소리마저 들릴 것만 같이, 좌중은 숨을 죽이고 황제의 옥음이 이어지기를 기다렸다.

"경들에게 이미 알린 바 있으나… 짐은 변방의 오랜 마찰로 인해 백성이 도탄에 빠지는 것이 안타까워 결단을 내렸다. 이것이 중원 화하의 광휘를 어둡게 하는 것과 같은 무도한 처사라고 생각하여 근심을 그치지 못한 이가 경들 중에도 있으리라 여긴다."

바로 본론인가.

조정의 분위기를 염탐하지 않아도, 대신들 사이에 떠도는 놀란 공기로 소그드는 대충 상황을 파악했다.

"경들의 근심하는 바는 익히 알고 있다. 호기족은 중원 화하의 광휘를 입지 못한 자들. 어떻게 해도 도리를 가르칠 수 없으니, 설령 일시의 동맹을 맺는다 해도 곧 배반하여 변방을 유린한 예는 사서에서 셀 수도 없이 많다. 이 같은 탓이겠지?"

'어—이. 우리 앞에서 우리 이야기 하는 거야?'

좌중의 시선을 남김없이 받다시피 했으나 소그드는 어디까지나 태연했다. 얼굴빛이 변하는 것을 감추지 못하는 하스와 아르지와는 실로 대조적이었다. 아니, 오히려 재미있어하고 있었다. 이 이야기극의 결말은 어떻게 될까?

"하지만 화하의 찬란한 광휘가 어찌 중원 천하만 비추고 끝나겠는가. 높여지고 싶다면 상대를 높이라는 것은 경들도 잘 아는 천하의 도리인 터. 고로—짐은 이 자리에 초대받은 호기족의 족장 소 공을, 짐의 친자식과 같이 대할 것이노라. 그리하여 화하가 호기족과 형제의 의를 맺게 되면 응당 화하의 도리가 변방 널리 퍼지리니, 변방이 평안하기가 만세에 이어지기를 바라노라."

어전에 벼락이 떨어져도 이보다 놀랐을까.

대신들의 얼굴은 경악에 물들었다.

인질이나 다름없는 여자를 혼인이랍시고 보내는 일은 과거에도 종종 있었다. 그러나 이것은 그 성격이 달랐다. 어떤 의미로 양자를 들이는 것이나 마찬가지…. 물론 어디까지나 구두로 한 것이니만큼 소그드가 황실의 일원이 되는 것은 아니다. 그러나 황제의 말마디의 무게는 호적의 얇은 종이와는 비교할 수 없었다.

황제는 다시 자리에 앉았다. 그리고 가득 찬 술잔을 집어 들었다.

"소 공, 이 술잔을 받으라. 이것이 짐의 마음이니라."

"……."

소그드는 일어나 앞으로 나갔다. 소그드보다 무용이 덜하다고는 해도 역전의 용사였던 하스와 아르지는, 이 순간 소그드가 옷자락을 밟고 고꾸라지지 않기만을 간절히 빌었다. 기도가 신령에게 통했는지 소그드는 무사히 어전 앞으로 나아갔다. 그러나 술잔을 받아들기 직전, 소그드의 목소리가 울려 퍼졌다.

"송구스럽습니다만 폐하. 미천한 것이지만 저희들의 예법대로 술잔을 받아도 좋겠습니까?"

"뜻대로 하라."

소그드는 왼손으로 술잔을 들고 오른손 약지를 들어 올려 찰랑거리는 잔 위로 가져갔다. 그리고 들어 올린 손가락으로 술을 튕겼다.

"불초하다고 하는 저희들이지만 공경하는 마음은 있습니다. 모처럼 받은 귀한 술을 이리 하는 것은, 첫 번은 하늘에 이 잔을 바치고, 두 번째는 땅에 이 잔을 바치고, 세 번째는 폐하의 성덕에 감사하면서 잔을 바친다는 의미입니다."

그리고 소그드는 단숨에 술을 들이켰다.

"어때, 나쁘진 않았지?"

"…끝이 좋으니 다 좋은 것이겠지만, 놀래키는 일은 슬슬 그만두어라…"

하스의 안색은 아무래도 좋아지지 않았다. 그것은 아르지도 마찬가지였다. 어쨌든 좌중의 반응은 나쁘지 않았으니, 소그드로서는 성공이라 할 수 있었다. 하늘이 내린 도리를 무릅다고 일컫어지는 기족이 하늘을 공경하는 모습을 보인 것은 도리에 매달리는 중원의 식자들에게 인상이 깊을 터였다. 물론 그렇게 술을 튕겨 손가락에 흘러내리게 하는 것이, 손가락에 낀 은반지를 술에 적셔 색이 변색되는지를 보고 독의 유무를 검사하려는 의도에서 행해지는 바도 있지만, 그 사실은 묻어두는 것이 예의이리라.

그렇다고는 해도 연이어서 벌어지는 너무나 뜻밖의 일에 놀라, 하스와 아르지는 연회를 즐길 기분이 들지 않았다. 사실 연회라고는 해도 황제의 앞이니 즐거운 음률을 울리거나 요염한 기녀가 시중을 드는 것도 아니다. 몸가짐이 흐트러질까 눈치를 보면서 담소를 즐기는 대신들의 모습도 소그드 말마따나 술맛이 떨어지는 풍경이었다.

"훌륭했네, 소그드…!"

그런 하스와 아르지를 추격이라도 하는 듯이 황태자가 그들의 자리로 다가왔다. 본인의 인품이야 어쨌든 다음 황제라는 사실은 변함이 없다. 하스와 아르지에게는 거북한 상대였다. 소그드야 뭐, 이미 벗이라는 분류를 해둔 상태였지만.

"칭찬받을 일은 아닌데. 하스나 아르지는 날 혼내고 있어."

"하하하, 무엇을 했다고 그러시오. 오늘 연회는 두고두고 이야깃거리가 될 거요."

"광대의 이야깃거리?"

"시인의 소재가 될 걸세. 꽉 막힌 저치들도 조금은 보는 눈이 달라졌을 게 틀림없어."

소그드는 흥미가 식은 눈으로 좌중을 둘러보았다. 중원의 예복도 편리한 점은 하나 있다. 문관과 무관, 황족, 황태자, 황제의 복식과 빛깔이 모두 달라서 신분을 알아보기가 편하다. 그게 왜 이점이 되는지 평소의 소그드라면 몰랐을 테지만, 지금의 그는 판단을 끝낸 상태였다.

"그러고 보니 여기, 전하의 동생들도 온 거야?"

"아아, 그렇다네. 소개할까? 우선 저쪽은 남각왕 우. 그리고 저쪽이 서규왕….."

"정엽은 어디에 있어?"

소그드는 황태자의 말을 자르고 물었다. 황태자의 얼굴에 놀란 기색이 깃들었다.

"아마 자신의 거처에 있을 걸세. 이런 자리를 싫어하는 아이니까. 그런데 왜 그러나?"

"…혼자서 동떨어져 있다니 그거 어쩐지…."

"경은 불편함이 없는가?"

때마침 자신의 자리를 지키고 있던 황제가 그들 쪽을 돌아보았다. 이번은 공식적인 발언이 아니고 주연 중의 잡담에 불과했지만. 그 순간 소그드는 말하길 망설이지 않았다.

"불편함은 없습니다. 다만 폐하의 둘째 아드님을 뵙지 못한 것이 아쉽군요."

…이번에야말로.

희미한 술렁임이 좌중에 번져나갔다.

어떤 불길한 것, 꺼려지는 것을 말한 듯이.

"호오. 만나고 싶은가?"

그러나 그와 대조적으로 황제는 뜻밖으로 흡족한 듯했다. 이렇게 감정을 드러내는 것은 소그드로서는 처음 보았다 싶을 정도였다.

"예에. 뵙기야 했습니다만, 여기서 뵙지 못하니 또 아쉽군요."

"그런가. 그럼 짐의 명으로 부르겠노라. 그 아이도 짐의 명을 거절할 수야 없지."

소그드는 그저 기뻤다.

만나고 싶었으니까. 언제든, 어디서든.

같이 있고 싶다. 이야기를 하고 싶다. 목소리를 듣고 싶다. 만약 칭찬을 받는 거라면, 중원의 누구의 것도 필요 없다. 정엽의 말이면 그걸로 족하다. 그러니까—.

그러나.

"…불초 소생을 이렇게 불러주셔서 황송하나이다. 폐하."

나타난 정엽의 얼굴은 형언할 수 없이 싸늘했다.

부친인 황제를 대할 때에는 정말로 송구스러운 표정을 지었지만, 황제의 눈길이 닿지 않는 연석으로 내려간 정엽은 얼음으로 깎아낸 것처럼 홀로 앉아 있었다.

소그드와 눈도 마주치려 하지 않고.

단 한 번 시선이 스쳤을 때—소그드는 생판 모르는 남보다도 차가운 눈동자를 봐야만 했다.

어째서?

소그드에게는 그것밖에 보이지 않았다.

동료들과 황태자가 당혹스러운 표정을 지은 것도, 가끔 자신을 쳐다보는 대신들의 속내를 감춘 얼굴도, 그리고 황삼자가 증오에 가까운 눈길을 보내는 것도—.

보이지 않았다.

처음에는 단지 불안할 뿐이었다.

만나서, 얼굴을 마주하고 이야기하면 이 초조한 기분은 눈 녹듯이 사라질 것이라고 믿었다.

하지만—만날 수가 없었다. 만날 수조차 없었다.

아무리 말을 전해도 답이 돌아오지 않았다. 애초에 전할 사람을 찾을 수도 없었다. 가느다랗게 이어진 실이 모조리 끊어져 버린 것처럼.

거의 윽박지르다시피 황태자에게 호소해 보아도, 궁중의 일 때문에 자신도 만날 수 없다며 곤혹스러워하는 대답이 돌아올 뿐이었다.

소그드의 고향, 저 망망한 초원에서라면 차라리 희망이 있을지도 모른다. 해 뜨는 곳에서 지는 곳에 이르기까지 넘실거리는 풀밖에 없다고 해도, 풀뿌리를 더듬어 자취를 찾아 끝에서 끝까지 헤맨다면 어쩌면.

그러나 손님이라는 이름으로 객관에 감금되어 있다시피 한 지금은 그마저 불가능하다. 벽 하나를 넘는 것조차 자의로 할 수 없다. 그러니 자신의 발로 찾아 헤매는 것조차 꿈이다.

손발이 잘린 채 어둠 속에 내버려진 것만 같았다. 비로소 만났는데─ 그렇기에 고통은 더욱 컸다.

날이 지날수록 소그드는 사로잡힌 야수로 탈바꿈했다. 하스나 아르지마저 말을 붙이지 못할 정도였다. 조정에서는 '은혜를 입으러 온 오랑캐'가 아니라 제대로 사절을 예우하는 뜻에서 빈번히 연회를 베풀었지만, 하스가 대리출석을 함으로써 간신히 무마했다. 온갖 소문이 돌았으나 그들이 할 수 있는 일은 없었다.

소그드는 그 모든 일이 아무래도 좋았다. 그가 생각하는 것은, 오로지 하나였다.

정엽은 가볍게 한숨을 쉬며 책을 덮었다. 그토록 책을 좋아하여 고금의 저작을 두루 읽은 그이지만, 지금만은 글이 머리에 들어오지 않았다.

태평천하가 무궁하게 이어지고 요사스러운 것이 도읍을 침범하는 일은 막기 위해, 선원궁에서는 전기마다 하늘에 제를 올린다. 이런 때에 선원궁 궁주가 바빠지는 것은 당연한 일이다. 그러나 눈코 뜰 새 없이 바쁠

리가 없다—실제로 지금 정엽은 책을 뒤적거릴 만큼 한가했다. 이와 같이 정엽처럼 완고한 칩거를 행한 궁주는 이전에는 없었을 터였다.

막연하게 창밖의 봄에 시선을 헤매면서, 정엽은 재차 한숨을 내쉬었다.

소그드는 지금 자신을 어떻게 생각할까.

자신이 일부러 피하고 있다고 생각할까.

사실이다. 정엽은 사절단이 돌아갈 때까지 이곳을 떠나지 않으리라고 굳게 결심하고 있었다.

계기는 물론, 어전 연회의 그 일이었다.

호의로 한 것임은 알고 있다. 소그드가 연회석상에서 자신의 이름을 들먹인 것은…. 그러나 그 파급은 정엽에게는 독을 삼키는 것보다 더 괴로웠다.

단지 그것만으로, 의심하기 좋아하는 무리들은 정엽을 백안시한다. 어떤 이는 둘째 황자가 마침내 야심을 품고 오랑캐와 결탁하여 힘을 기르려 한다고 수군거리고, 또 어떤 이는 지레짐작하여 떡고물이라도 받아먹고자 정엽의 주위를 맴돌 것이다. 정엽은 손바닥 들여다보듯 환히 알 수 있었다. 줄곧 겪어온 일이었으니까.

오랫동안 정엽은 긴 시간을 들여 누구도 그런 생각을 하지 못하게끔 처신해왔다. 황태자의 자리는 꿈에도 바란 적 없으며, 충신으로 살아가는 것이 그에게 있어 지고의 기쁨임을, 누구나 믿도록 애써 왔다. 그것이 사실이었으니까. 그러니 더욱, 그 노력이 무위로 돌아갈 지경에 이르러 정엽은 소그드를 초연하게 대할 수 없었다. 또한 사사로이 어울리는 일이 잦을수록 그것은 곧 세간의 소문에 불을 붙이는 격이 될 터였다.

하지만—자신의 마음은?

소그드의 말로 인하여 연회장에 억지로 끌려 나왔을 때, 정엽이 느낀 것은 무엇이었던가?

정엽의 처지를 헤아리지 않고 경솔하게 행동한 그에게 노여움을 품지 않는다면 거짓말이다. 그러나 단순한 세계를 살고 있었을 소그드에게 궁중의 어둡고 질척질척한 암투를 이해해주길 바라는 것도 우스운 일일 터였다. 소그드의 잘못은 아니라고, 정엽은 본시부터 납득하고 있었다.

화가 난다. 그렇지만 그의 잘못은 아니다. 그러니까 화가 난 대상은, 누구도 아닌 정엽 자신일 것이다. 자신이 모질게 인연을 끊지 못해서, 어찌 보면 당연하다고 할 수 있는 일이 벌어졌다.

이제 여기서 끝내버리면 과오도 함께 끝난다.

"……."

문득 갈피를 잃고 방황하던 정엽의 눈이, 사실私室의 한 구석으로 향했다. 그곳에 자리 잡고 있는 것은 오래 써서 길이 든 옷궤. 그러나 정엽은 한동안—한 손으로는 헤아릴 수 없는 햇수가 지나기 전에는 그것을 열지 않을 심산이었다. 그렇게 결심한 이상 자물쇠를 몇이나 달고 부적으로 봉한 것이나 다름없다.

그곳에 감추어져 있는 것은 찢어진 옷으로 남아있는 추억.

처음 만났던 그날이, 차라리 사라져 버린다면 좋을까.

그날 만나지 않았던 편이 좋았다. 그것은 정엽도 알고 있었다.

—허나 정말로 없었던 일이 되어버린다면, 가장 슬퍼할 이는 누구일까.

노여움. 자책. 체념.

하지만 정엽이 느끼는 것은 그것이 전부가 아니었다.

선원궁의 도동道童─수서는 재빠른 걸음걸이로 황성의 포도鋪道를 걸어갔다.

본디 미천한 출신이었던 아들이 황성을 제집처럼 활보하는 모습을 보면 그 부모는 혼비백산할 것이다. 그러나 놀라야 할 수서의 부모는 없다.

수서가 태어난 곳은 북쪽 지방의 가난한 농가였다. 아무 일도 없었다면 언제까지나 흙을 파고 결국에는 흙으로 돌아갔으리라. 그러나 수서의 집을 요마가 덮쳐, 아이는 부모를 잃었다. 가난한 마을의 천덕꾸러기가 된 아이를 때마침 거두어 선원궁으로 데려온 것이 정엽이었다. 본시 도관은 도를 구하는 곳이지 자비를 베푸는 곳이 아니다. 정엽은 수서를 제자로 받아들임으로써 이를 해결했다.

아직 옥패와 어깨걸이를 받지 못해 정식으로 도사가 된 것은 아니지만 정엽의 시중을 들며 도사의 수행을 하는 덕에 수서는 황성에서 허락된 장소는 얼마든지 드나들 수 있었다.

심부름을 가는 수서의 발걸음은 가벼웠다. 어렵고 난해한 경전을 공부하는 것보다 정엽이 시키는 이런저런 자질구레한 일을 하는 편이 훨씬 마음에 들었다. 존경하는 스승을 흡족하게 한다는 기쁨도 있었다. 현명함과 놀라운 도력을 지닌 데다 신분까지 지극히 고귀하니, 수서는 정엽을 자못 신처럼 떠받들고 있었다. 이따금 별난 일을 시켜도 의아해하는 일 없이 복종할 정도로.

목적지가 가까워지자, 수서는 주위를 면밀하게 살폈다. 비록 외곽이라고는 하나 엄연한 황성의 일각이고, 황성의 기강을 바르게 하기 위해 숱한 문마다 보초가 서고 금군 황위대가 수시로 순라를 돌지만, 인적이 뜸해지는 찰나는 있는 법이다. 그 순간이 오자 소년은 서투르게 주문을 외우며 품 안의 부적을 만졌다.

수서는 아무것도 느끼지 못했지만, 도동의 모습은 포도 위에서 싹 사라졌다.

은형의 부적. 선원궁의 궁주가 베푸는 도술의 한 가지였다. 그렇게 모습을 감춘 수서는 발소리가 날까 조심하며 문 안으로 살짝 걸음을 옮겼다.

수서가 숨다시피 들어온 곳은 대객전이었다.

호기족의 족장이 사람들 앞에 모습을 드러내지 않기로 며칠. 그 뜻밖의 두문불출을 두고 갖은 구설수가 떠돌았다. 제일 유력한 것은 '죽을병에 걸렸다'. 사절 일행은 그것을 부정했지만, 해명하는 말도 모호해서 오히려 확신을 주었다. 황제가 당사자를 불렀다면 더 이상 변명의 여지도 없이 모든 것이 명확해지련만, 공교롭게도 황제는 대신과 선비들을 달래는 데에 여념이 없었다. 처음부터 짐작하고 있었겠지만 야만족에게 관직을 주고 작위를 봉하는 것을 반대하는 목소리가 사방에서 일었던 탓이다.

'하지만… 스승님께서 직접 병문안을 오시면 될 텐데. 어찌하여 이렇게 밤도둑처럼 안부를 알아 오라고 하신 걸까.'

지금까지 스승이 그 족장에게 호의를 보였던 만큼, 근래에 멀리하는 태도를 수서는 이해할 수가 없었다. 다른 이들이 그렇게 생각하듯 근본 없는 야만인의 출세가 불쾌한 것일까? 아니, 그럴 리는 없다. 황제의 칙령이 내린 직후, 궁주의 이름으로 정엽은 선원궁의 도사들을 엄히 단속했다. 하늘의 도리를 멋대로 재어 이번 일에 대해 왈가왈부하는 것은 용서하지 않겠다는 명이었다. 이번 일이 도리에 어긋난 일이라면 마땅히 하늘의 징응이 있을 것이니 경거망동하지 말라. 도술에서도 청담에서도 정엽에게 뒤떨어지는 뭇 도사들은 입을 다물었지만, 부친인 황제의 뜻을 비호할 요량이라고 수군거리는 소리까지 침묵시킬 수는 없었다.

한숨을 내쉬고 싶은 것을 억누르며, 수서는 객전 안을 둘러보았다. 별

스런 광경이었다. 거무스레한 얼굴의 호기족이 몇 사람이나 우글거리고
있다. 그들이 입은 호복도 아주 이상야릇했다. 그것만으로도 충분히 다
른 세상 같은 광경이련만, 중원에 머무르는 기간이 길어져서인지 중원의
옷을 가져다가 자기네 옷과 적당히 맞춰 입은 듯한 모양이 뭐라 말할 수
없을 정도로 기이했다.

　어쨌든 일없이 소요하는 그 무리들 속에, 족장의 얼굴은 보이지 않
았다.

　정말로 와병한 것일까? 수서는 사람들의 낯빛을 살폈다. 그들의 족장
이 이역만리 타향에서 죽어가고 있다면 응당 근심이 짙게 드리워져 있을
터였다. 그러나 그들의 얼굴에 병자를 간호하는 사람의 지치고 괴로운
기색은 찾을 수 없었다. 그 대신 그들의 표정은, 말로 설명하기 힘든 곤
혹함이 장악하고 있었다.

　치명적인 사태처럼 보이진 않았다. 그렇다고 아무 일 없는 것 같지도
않다. 안타깝게도 주고받는 말에서 단서를 찾을 수는 없었다. 그들은 모
두 수서가 모르는 호족의 말로 이야기하고 있었으니까.

　하지만 수서는 이대로 돌아가고 싶지 않았다. 스승의 명을 완수하지
못하고 돌아가는 것도 자존심이 상하고, 무엇보다 자신이 처한 상황이
재미나기도 했으니까. 담벼락 옆에 가만히 서 있는 것만으로도 아무도
소년의 존재를 눈치채지 못한다. 실수로 몸이라도 부딪히지 않는 한 들
킬 염려도 없을뿐더러, 재빨리 물러나 버린다면 부딪힌 사람조차 고개를
갸웃거리고 곧 잊어버릴 것이다. 선원궁의 궁주가 은형부에 건 주법은
보이지 않게 하는 것 이상이었다. 부적을 지닌 자의 존재를 분명히 자각
하지 않는 한 주법은 깨지지 않는다.

　그 사실은 소년을 더욱 대담하게 만들었다. 스승에게 받은 명을 완전
하게 수행하기 위해, 그리고 어린아이 특유의 모험심과 호기심으로, 수

서는 내당 깊숙이 걸음을 옮겨 보기로 결정했다. 서두를 것은 조금도 없었다. 스승은 수서에게 명을 내리고 산으로 들어가 버렸으니까. 하루나 이틀 뒤에 돌아올 때까지 궁으로 되돌아가면 되는 것이다. 임무를 완전하게 끝낸 후에는 여가를 즐겨도 좋으리라.

내당으로 향하는 길은 고요했다.

아니, 걸음을 더할수록, 가까워져 갈수록 적막은 밀도를 더하는 것 같았다. 객전의 다른 인물들은, 하인들까지도 약속한 양 내당에 접근하지 않았다. 새나 짐승의 기척마저 느낄 수 없는 것은 기분 탓일까.

처음의 기세는 잊고서, 수서는 조금 머뭇거리며 나아가기 시작했다. 인적이 없으니 발소리를 죽이는 최소한의 주의만 기울이면 얼마든지 활보할 수 있건만, 가라앉아 있는 내당의 공기는 소년을 위축하게 만드는 뭔가가 있었다.

'정말로 중병에… 혹시 역질은 아니겠지….'

수서는 질겁했다. 그럼에도 불구하고 뒤로 돌아 달아나지 않은 것은, 스승이 어떤 지독한 역질도 치유할 힘이 있는 도사였기 때문이었다.

그때 수서는 족장을 발견했다.

그는 내당 안에 있는 것이 아니었다. 내당 문의 댓돌에 걸터앉아 고개를 숙이고 있었다. 수서가 서 있는 곳에서는 얼굴을 볼 수 없었지만, 호복을 걸친 채 앉아 있는 그 모습 어디에서도 병색은 찾아볼 수 없었다. 먼 길을 다녀와서 신발이라도 벗고 있는 듯한 모습이었다.

…그러나 실상은 그게 아니라는 분위기가, 그 부동不動과 침묵 속에 감돌고 있었다.

수서는 침을 꼴깍 삼켰다. 그리고 발을 지면에서 뗄 듯 말 듯하며 옆으로 걸음을 옮겼다. 스스로도 이해할 수 없는 저 상태를 스승에게 전할 수는 없다. 안색이라도 확인하고—.

그 순간 족장이 벌떡 일어났다.

그것만으로도 수서는 심장이 멎는다 싶을 만큼 놀랐다. 그러나 거기에 그치지 않고 족장은 손을 뻗었다. 그 손은 분명히 수서를 향하고 있었다.

커다란 손이 거칠게 도포 자락을 움켜쥐었다.

찌익. 품속에서 부적이 찢어지는 것을 수서는 느낄 수 있었다. 은형부의 주법이 파해된 것이다.

소그드는 허공에서 새하얗게 질린 얼굴이 나타나는 것을 담담하게 쳐다봤다.

"…어… 어…."

"정엽의 시종이지?"

"…어… 예…. 대체 어떻게…."

"감이다. 그보다 정엽은 어디 있지?"

수서는 대답할 수가 없었다. 눈에 띄어선 안 된다는 스승의 당부를 어겨서 두려워진 것이 아니다. 소년은, 눈앞의 사내에게 형언할 수 없는 공포를 느꼈다. 처음 만났을 때에는 결코 이런 무서운 사람으로 보이지 않았는데. 저자에 가면 어디에나 있는, 예의를 모르는 한량 정도로밖에 여기지 않았다.

그러나 지금 수서는 당장에 살해당할 거라고 생각했다. 그렇게 여길 만한 근거조차 없음에도 불구하고. 무표정한 얼굴에도, 딱딱한 어조에도 사람을 벌레처럼 죽여 버릴 포악성은 보이지 않았지만, 그럼에도 수서는 무서웠다. 견딜 수 없이.

—어딘지 요마와 닮았다.

처음으로 본 요마와, 그 의미를 알 수 없는 살의와, 지금 눈앞에 있는 남자는 닮아 있다고.

공포로 아우성치는 머릿속 한 구석에서 소년은 생각했다.

부들부들 떨고 있는 소년은 개의치 않고, 소그드는 혼잣말처럼 중얼거렸다.

"이런 식으로 숨어서 살펴보려 들다니. 정말로 거짓말을 할 참이군."

그리고 그는 웃는 표정을 지었다. 그러나 그를 올려다보고 있는 수서에게 그 웃음은 사냥감에게 다가가는 호랑이가 이빨을 드러내는 것과 차이가 없었다.

"세 번은 묻지 않아. 정엽은 어디에 있지?"

결국 수서는 입을 열었다. 이빨을 딱딱 부딪치면서.

"거, 가, 갈 수 없어요."

"왜?"

"그, 그곳은… 사, 사람이 드나들 수 어, 없는 곳….'

"그따위 일은 상관없어."

산의 밤공기는 고즈넉했다.

황제의 거처 중에 가장 사람이 없는 곳이 이 후원산이었다. 황성의 뒤뜰이나 다름없는 데다 절기마다 황제의 행차가 있는 만큼 으리으리한 전각도, 아름답게 꾸며진 정원과 길도 갖추어져 있지만 단 하나, 인적만이 없었다.

…아무리 주법이 얽매고 있다 해도 요괴가 득시글거리는 산중에 머물고 싶어 하는 사람은 없다.

역대의 어느 황제라도 그 점은 감안했다. 그래서 후원산에 머무르고 싶어 하지 않는 근시近侍와 가기歌妓들의 마음을 불충이라 여기지 않고,

황제가 행차하는 일이 있을 때에만 행렬에 사용인을 따르게 하는 것으로 문제를 해결했다.

그 덕분에 후원산은 요괴가 득시글거리는 어둠 속에 홀로 남겨지는 것을 두려워하지 않는 사람에게라면 황성에서 단 한 군데, 고독을 즐길 수 있는 곳이 되어주었다.

그 때문일까. 도문에 든 뒤부터 정엽이 틈만 나면 이곳을 찾게 된 것은.

산에 오를 때 정엽이 거처하는 곳은 도사를 위해 주어진 당. 모든 것이 숨 막히도록 으리으리한 황성의 건물에 비추어 볼 때 교외의 오막살이로나 여겨질 단촐한 건물이었다. 오래 쓰지 않아 싸늘한 기운이 도는 방은, 그마저도 반가웠다. 딸린 사람도 없어 화로에 불을 붙이는 데서부터 등불을 가져오는 일이며 하나부터 열까지 자기 손으로 하지 않으면 안 되었지만 그것도 싫지 않았다.

정엽은 언제나 이곳에서 책과 자연을 벗 삼아 며칠을 보내면 한결 마음이 편해졌다.

…그러나 지금만큼은 도무지 마음이 가라앉지 않았다.

철저하게 무관심을 가장하고 사태를 파악하는 것은 그의 특기였다. 그러니까 그 소식이 귀에 들리지 않을 리가 없다. 사절단의 가장 중요한 인물이 병에 걸렸다는 소문.

정엽이 신경 쓸 일은 아니었다. 사절단에 병자가 생긴다면 그에 해당하는 소임을 맡은 관아에서 의원을 수배하든가 약을 마련하든가 할 것이었다. 요괴의 소행이라거나 사술에 침범당한 경우라면 곧 조짐이 보일 것이고, 관아에서 선원궁에 도술을 베풀어주십사고 요청할 터였다. 그때까지 정엽이 해야 할 일은 아무것도 없다.

'친구'라는, 진심 어린 관계조차 저버린 그가 할 수 있는 일은 아무것도 없을 터였다.

알고 있다. 알고 있는데도.

정엽은 하나뿐인 제자에게 정탐 같은 일을 시킬 수밖에 없었다.

어스름이 내리는 때.

정엽은 이 방에 들어서서 벽에 기대앉았을 때의 자세 그대로, 멍하니 눈길을 옮겨 창밖을 바라보았다. 열린 창 너머 숲의 가지 끝에는 달이 걸려 있었다. 이곳을 드나들면서 몇 번이나 본 풍경이었다.

세파에 시달리면서 참기 어려울 정도로 괴롭고 진절머리 나는 때가 있으면 정엽은 곧잘 이 풍경을 떠올리면서 마음을 달래곤 했다.

괴로운 때는 많았다. 격노한 기억도 있었다. 누구에게도 속을 털어놓지 못하고, 하염없이 쓸쓸한 적도 있었다.

—그러나 지금처럼, 저릿한 아픔이 가슴을 움켜쥐는 때는 여태껏 한 번도 없었다.

정엽은 벌떡 일어났다. 그리고 거추장스러운 비단 도포를 벗어던졌다. 침의로 입는 얇은 무명옷 한 장만 걸치고, 그는 방문을 열었다.

황성에 사는 시종들뿐만 아니다. 산전수전 다 겪은 도읍의 주민들에게도 후원산은 두려운 존재였다. 우거진 녹음 속, 나무그늘 밑에서 배회하는 것들이 무엇인지 그들은 들어 알고 있었으니까.

—길은 괜찮다. 포석이 깔린 버젓한 길은.

그러나 그곳을 벗어나게 되면 그들은 알게 된다.

그들—명부에서 와서 인간 세상을 헤매다가 선원궁의 도사들에게 사로잡히고 만 것들.

이 산에 잡아매였을 때 그들이 받은 명령은 이러했다. '황제의 거처를 침범하는 자를 용서치 말라'. 길이 아닌 곳을 걷는 것은 곧 허락을 받지 않고 들어왔다는 뜻. 그런 자들이 있다는 것은 곧… 그들 요괴에게 오랫동안 맛보지 못했던 특식이 주어진다는 의미였다.

소그드는 도읍에 떠도는 그런 흉흉한 이야기를 들은 적이 없었다. 그러나 들었다고 해도, 지금 하고 있는 행동은 바뀌지 않았을 것이다.

약속을 지키지 않은 대가는 단단히 받아내고야 말겠다고 맹세했으니까.

소그드는 낙엽이 수북하게 쌓인 산비탈을 성큼성큼 걸어 올라갔다.

그로서는 이치에 맞는 행동이었다. 몇 겹이나 되는 황성의 엄중한 경비를 뚫고, 심지어 후궁까지 가로질러서 현무문을 나가는 것보다, 기분 전환을 명목으로 황성을 나와 도읍의 북쪽에서 후원산으로 다가가는 것이 훨씬 수월했으니까. 교외에서 하루 자고 오겠다는 요청을 거들어준 것은 황태자였다. 뜬금없는 부탁이라고 어안이 벙벙해진 듯했으나, 소문과 달리 건강해 보이는 소그드의 모습을 보고 기뻐서인지 흔쾌히 들어주었다. 혹시나 낌새를 눈치채고 달아나 버리기라도 하면 안 되니, 염탐하러 온 꼬마도 붙잡아서 객전의 사실에 가두어 두었다.

무지가 두려움을 지워준 것은 아니다.

소그드는 알지 못했지만—알았다, 라기보다 느꼈다. 이 숲의 어둠에 숨은 요妖를. 은형부로 감춘 인간의 기척까지도 감지하는 그가 모를 리가 없다.

그러나 소그드의 고향 초원에도 '인간이 아닌 것'쯤은 있다. 소그드는 어린 시절 화로의 불을 쬐면서 부족의 노인들에게서 그런 것들에 대한 이야기를 들으며 자랐고—장성하여 초원을 활개치고 나다니게 된 뒤에도, 그것들을 접할 기회는 있었다.

그런 존재에 대한 인식만큼은 묘하게도 초원의 사람들과 중원인 양자 모두 거의 비슷했다.

불길하다. 꺼림칙하다. 위험하다. 접하지 않는 편이 좋다.

—하지만 소그드는 자신 외의 것은 모두 공평하게 대하는 성격이었다.

친구는 지킨다. 적은, 죽인다.

어스름은 더욱 깊어졌다. 그리고 그에 이끌리는 것처럼, 어둠 속에서 살기가 부풀어 올랐다. 코를 스치는 것은 짐승의 냄새.

소그드는 단검을 뽑았다.

쏴….

물은 시원한 소리를 내면서 쏟아져 거품이 이는 용소를 이루었다.

제례에 쓰이는, 후원산 산중에 숨겨진 일곱 군데의 샘. 이 샘에서 흘러넘친 물은 한 군데로 모여 계곡물을 이룬다. 굽이쳐 흘러내리던 물은 절벽에 도달하여 쏟아지는 폭포수가 된다. 한여름에도 오싹하리만큼 차갑고 정결한 물.

도문에서 물은 청정한 기를 지니고 있다고 말한다. 불과 물과 바람과 흙. 자연의 기는 모두 청정하다. 불은 그 타오름으로 사물을 정화하고, 바람은 이리저리 불어대며 대기를 정화한다. 그리고 흙에 뿌리박고 자라난 푸성귀 등속도 청정하기 때문에 도를 수양하는 이들은 채식을 고수한다. 반대로 오탁汚濁한 기도 있다. 하늘의 도리를 따르지 않고 여색을 밝히거나, 고기를 탐식하면서 자신의 욕망대로 행동하면 오탁한 기에 더럽혀진다고 한다.

그렇기에 도문에서 행하는 가장 기초적인 수행법으로, 흐르는 정결한 물에 몸을 담그는 것이 있다.

정엽은 용소로 걸어 들어갔다.

물은 허리 부근까지밖에 이르지 않았다. 실수로라도 빠져서 허우적거릴 염려는 없다. 여느 산야의 계곡과는 다르게, 둥근 자갈이 빈틈없이 깔린 바닥은 맨발로 밟아도 아프지 않다. 흰 옷자락이 흐름을 타고 정엽의 몸을 휘감았으나, 물속이라 거추장스럽게 느껴지진 않았다.

인간을 씻어 정화하는 물.

이 물에 몸을 담그면, 천도를 무시하는 헛된 생각에 빠져있는 자신도 씻어낼 수 있을까.

선도에 그 누구보다 정진하기에 궁주의 위까지 받은 정엽이었지만 지금은 아무런 감응도 느껴지지 않았다. 봄이라 해도 밤은 선뜻하여 얼음장 같은 물에 정신이 바짝 차려지는 기분은 들었지만.

그래도 화상과 같은 아픔이 느껴지는 가슴은, 도무지 식지 않았다.

"……."

정엽은 몸을 구부려 발밑의 어두운 물속을 바라보았다. 맑디맑아 바닥까지 환히 들여다 볼 수 있는 물이라도 밤이 깊어가는 이때에는 물에 뜬 달밖에 보이지 않았다.

인적 없는 산중에 있는 것만으로는 그가 원하는 만큼 세상과의 단절을 이루어낼 수 없다.

이 차가운 물에 머리끝까지 잠기면, 모든 것을 끊어낼 수 있을까―.

"……!"

그때 돌연 정엽은 확 하고 몸을 일으켰다.

어디에서 왔는지 알 수 없는, 등골을 훑는 오싹한 감각. 요괴를 대적할 때나 느꼈던 위기감이, 갑자기….

처음에는 알 수 없었다. 그러나 고개를 돌려 사방을 둘러본 순간, 정엽은 발견했다.

"…소그드?"

절벽 건너편의 숲 가장자리. 그곳에 소그드가 서 있었다. 달빛을 받으면서.

옷차림은 늘 걸치는 호복. 중원의 사내들처럼 상투를 틀거나 관을 쓰지 않고 마냥 늘어뜨린 머리카락은 밤바람에 가볍게 날리고 있었다.

경악해서 거의 아무 생각도 못 하게 된 채 바라보고 있던 정엽은, 문득 위화감을 깨달았다.

손에는 단검. 옷자락에는 피.

어째서 저런 모습으로―그보다, 어떻게 이곳에?

"소그드… 어떻게 된 겁니까? 대체 무슨 수로 이곳에… 설마, 다쳤나요?"

놀라서 묻는 정엽을 소그드는 말없이 내려다보았다.

한 장의 얇은 옷감으로 가렸을 뿐인 몸은 물에 젖어 그 윤곽이 적나라하게 들여다보인다. 하얀 목덜미도, 관자놀이에 흘러내린 머리카락도, 물기를 머금고 두드러지게 빛났다. 한밤중에 몸을 씻는다는 엉뚱한 행동을 한 탓인지 여느 때보다도 상기된 얼굴은 달빛을 의지하고서도 뚜렷하게 볼 수 있었다.

소그드는 처음으로 생각했다. 자신이 어떤 마음으로 그 모습을 바라보고 있는지, 그는 알까―만약 모른다면, 알게 해줄 뿐이라고.

"스스로 안부조차 묻지 않으면서, 내가 다친 것은 걱정하나?"

밤바람, 아니 겨울의 삭풍보다도 싸늘한 소그드의 목소리에 정엽은 흠

칫 몸을 떨었다.

책망… 하는 것은 당연하다고 생각했다. 자신은 진심으로 우정을 나눌 듯이 행동하고선, 곧바로 손바닥 뒤집듯이 그 마음을 내버렸다.

허나.

정엽에게는 자신이 옳은 일을 한다는 확신이 있었다.

자신을 깎아내어 가면서, 도리에 맞는 일을 다하기 위해 최선을 기울였다.

책망받는 것은 당연하다. 하지만―책망까지 받는 것은, 견딜 수가….

정엽이 입을 다물고 침묵을 고수하자, 소그드는 눈살을 찌푸렸다. 그리고 씹어뱉는 듯이 말을 이었다.

"약속했었지. 다시 만난다고. 말도 전하지 않고, 내 전언은 들은 척도 하지 않고, 만나러 오기는커녕 염탐꾼이나 보내는 것은, 약속을 안 지키려는 것으로 봐도 돼?"

"…부정하지는 않겠습니다."

"할 말 있어?"

"죄송합니다."

정엽은 시선을 물 위에 떨어뜨린 채, 조용히 사죄의 말을 입에 담았다.

일견 소그드의 표정은 변하지 않았다. 그러나 정엽이 그 눈을 들여다보고 있었다면 소스라쳤을 것이다. 그 눈은 밤에도 확연하게 알 수 있을 정도로 불타오르고 있었다.

그런 말을.

사과 따위를 듣고 싶은 것이 아니었는데.

입을 다물고 있으면 어떻게 되어버릴 것 같아서, 소그드는 별로 궁금하지도 않은 질문을 마구잡이로 꺼냈다.

"왜 그랬지?"

"변명… 해도 괜찮겠습니까?"

"해."

지금까지 정엽은 자신의 행동에 이유를 붙여 남을 설득할 필요성을 느끼지 못했다. 자신이 옳다고 여기는 것, 이치에 맞는 것만을 추구했으니까. 처음으로 이런 구차한 일을 해야 함에 직면하여, 그는 서투르게 말을 꺼냈다.

"…모두가 제 신분을 높다고 말합니다만, 저는 이루 말할 수 없이 부자유한 처지입니다. 제가 어떻게 처신하기에 따라서 형님의 걸림돌이 되니까요."

"현성의?"

"네…. 소그드도 혹시 그런 일이 있지는 않던가요? 당신이 춘부장의 지위를 계승하는 것 때문에 손아래 형제들과 원치 않는 다툼이 생기거나… 설령 우애가 좋다고 해도, 싸움을 바라지 않는다고 해도…."

"우리들은 장자가 아버지의 천막을 받지 않아."

"네?"

"다 큰 자식들은 자신의 천막을 만들어 부모의 천막을 떠나지. 부모의 천막과 조상의 신상을 물려받는 것은 마지막으로 태어난 자식의 몫이야."

정엽은 멍한 얼굴로 중원과는 전혀 다른 풍습의 이야기를 듣다가, 문득 웃음을 지을 뻔했다. 본디 정엽과 소그드가 얼굴을 맞대고 이야기를 나눈 시간은 그리 길지 않았다. 막역지우라는 이름이 붙기에는 터무니없이 짧은 시간이리라. 그러나 그 시간 동안, 기족의 재미있는 풍습이나 중원의 신기한 이야기를 나누는 것이 얼마나 즐거웠던지.

―그것이 즐거웠던 만큼, 버려야 하는 현실을 생각하면 더욱 마음이 쓰라려 온다.

"그렇다면 더욱 이해하기 힘들겠군요… 아아, 중원인들이 멋대로 기족을 멸시하고 폄하하는데도, 당신은 중원에 잡혀있는 사람들을 고향에 돌려보내기 위해 억지로 고개를 숙여야 했지요. 제 처지는 굳이 이를테면 그런 것입니다."

"……."

소그드는 대꾸하지 않았다. 창칼 같은 눈초리로 정엽을 주시할 뿐. 정엽은 마치 속죄라도 하려는 양 용소에 선 채 튀어 오르는 폭포수를 등으로 느끼며 괴로이 말을 이었다.

"형님은 분명히 제위의 적법한 후계자이십니다. 하지만… 부차적으로 저에게도 자격이 있습니다. 저는 형님이 훌륭한 후계자라고 생각하지만, 터무니없게도 형님과 저의 기량을 재는 무리들이 있습니다…. 결국 자신들의 출세를 바라기 때문일 터입니다만, 그런 자들은 제가 원하든 원하지 않든 저를 내세워 형님을 끌어내리려고 하고 있습니다. 저는 그런 자들에게 틈을 보여선 안 됩니다. …그것에는, 이름난 사람들과 교분을 나누는 일까지 포함되어 있습니다. 무리를 짓는 것이 되니까요."

한심스러울 만큼 어설픈 설명이었다. 정엽과 정엽을 둘러싼 상황은 빈약한 몇 마디 말로 설명되는 것이 아니었다. 하지만 그 모든 것을 털어놓는다면 역효과만 날 것이라고 정엽은 판단했다.

"…저는 형님이 합당한 제위를 받기 위해서라면 뭐든지 할 수 있습니다."

말이 끝나는 순간까지, 소그드는 정엽의 목소리에 귀 기울이고 있었다. 내용이 아닌, 목소리를. 밤의 산속을 청아하게 울리는 정엽의 목소리는 무척 아름답게 느껴졌기에. 게다가—그 자신도 중요하게 생각하지 않는 듯한 설명은 듣고 싶지 않다.

그는 판결을 기다리는 죄인처럼 고개를 떨군 정엽을 내려다보며, 마침내 입을 열었다.

"고작 그까짓 것 때문에 약속을 내팽개친 거로군."

정엽은 획 고개를 쳐들었다. '그까짓 것'이라고 매도된 탓인지 그 얼굴에는 노여움이 서려 있었다. 하지만 그 입에서 흘러나온 말은 애처롭게 느껴질 정도로 힘이 없었다.

"…제게는 소중한 일입니다."

"사람 기분을 짓밟는 일이 소중한 일이라고?"

"소그드… 이것은 제 잘못이고, 당신에게 용서를 구해야 한다는 것은 잘 알고 있습니다. 그러니 욕하는 것은 저 하나만으로 해주십시오. 어리석은 것은 과오를 범한 저이지 형님이 아니니까요."

"과오? 약속을 어긴 것 말인가?"

─그것은 아니다. 약속을 어긴 것은, 틈을 보이지 않기 위해 정엽이 행한 어쩔 수 없는 일이었으니까. 그렇다면 과오란….

"아니면, 처음부터 나한테 아는 척을 한 것부터가 실수였다고, 그렇게 생각하는 거야?"

정엽은 다시 고개를 떨어뜨렸다. 그 행동이, 소그드가 알고 싶어 하던 모든 것을 설명해주었다.

갑자기 소그드가 걸음을 옮겼다. 서슴없이 가파른 언덕바지를 뛰어내려와 성큼성큼 물속으로 걸어 들어왔다. 정엽과의 거리는 순식간에 줄어들었다. 첨벙첨벙 커다랗게 울리는 물 헤치는 소리에 정엽은 무심코 한 걸음 뒤로 물러났다.

소그드는 정엽 앞에 섰다.

정엽은 주먹을 꽉 쥔 채 눈을 감고 있었다. 얻어맞을 각오라도 하고 있는 것일까. 살짝 떨리는 속눈썹이, 핏기를 잃어가는 입술이, 시시각각 소그드의 이성을 벗겨가는 줄도 모른 채. 소그드는 이를 악물고 주먹질보다도 치명적인 것을 준비했다.

"너, 소중하다고 말하고 있지만 그게 널 행복하게 해주진 못해."

정엽의 눈이 번쩍 떠졌다. 새파란 눈동자가 무서운 빛을 담고 소그드를 응시했다.

"무슨 말을 하는 겁니까?"

"진짜로 기뻐서 하는 게 아니잖아. 싫어하는 일을 억지로 참는 거잖아."

"설마 사람이 좋아하는 일만 하고 살아간다는, 어린애나 꿀 꿈같은 말씀을 하시는 건 아니겠지요?"

이번에야말로 정엽은 화가 났다.

소그드가 아무것도 몰라서가 아니다. 그가 한 말은 너무나도 정곡을 찌르고 있었다.

도리에 얽매인 20여 년. 삼가고 삼가는 것으로 보내던 시간이, 정말로 만족스러운 때가 있었는지. 그 대답에 정엽은 도저히 긍정을 표할 수가 없었다.

—하지만 그것을, 도리에는 전혀 문외한인 소그드에게 지적당하는 것은 견딜 수 없다—.

소그드는 정엽에 못지않게 노기를 띠었다. 그의 목소리는 오랫동안 참았던 것을 티뜨리는 양 빠르게 거칠어졌다.

"그런 소리가 아냐. 어쨌든 나는 싫어. 거슬린다구! 왜 네가 전부 떠맡으려고 하는 거야? 황제의 일 같은 건 네 아버지와 현성의 일이잖아? 왜 네가 발끝을 들고 걸어야 하는 건데?"

"설령 제가 즐겁지 않더라도, 기쁘지 않더라도, 그게 제 도리입니다!"

"그 도리가 뭔데? 네가 해주는 만큼 너한테 뭘 해주는 거야? 네 얼굴을 보면 조금도 그런 거 같지 않아!"

"저에게 답례를 하기 때문에 도리를 고수하는 것이 아니겠지요. 소그드, 당신이 모르는 것에 대해서 말씀하지 말아주세요!"

"분통 터지니까 그렇지!"

"제가 약속을 어긴 것에 대해서는 화내시는 게 당연합니다. 하지만 제가 뭘 기뻐하고 뭘 괴로워하건 그건 당신과는 상관없—."

"상관없지 않아."

정엽은 자신의 팔을 움켜쥐는 소그드의 손을 느꼈다. 이번에야말로 얻어맞을 거라고 생각했지만, 정엽은 오연히 얼굴을 쳐들었다. 그것은 일종의 고집이었다. 맞을 짓이긴 하지만, 옳은 일을 했다는 고집.

하지만 아무리 눈을 뜨고 보고 있다고 해도, 소그드의 얼굴이 불쑥 다가오는 상황을 이해할 수는 없었다.

입술이 겹쳐졌다.

잠시의 시간을 둔 뒤, 소그드의 입술은 천천히 움직였다. 진정 귀중한 것을 맛보는 듯 조심스럽게. 나무랄 데 없는 그 형태를, 한없이 부드러운 그 감촉을, 남김없이 확인하려는 양.

정엽은 즉각 반응하지 못했다. 머릿속이 말 그대로 하얗게 변했다. 이런 일이 벌어질 거라고 누가 알았으랴. 그러나 소그드가 탐하는 것이 입술이 아닌 입 속으로 옮겨가자, 정엽은 머리가 아닌 몸으로 반응했다.

쾅!!!

부적의 폭발음이 울렸다.

소그드의 몸뚱이가 허공으로 튕겨 날아갔다.

쾅—하고 또다시 성대한 소리를 내면서 소그드가 언덕 사면의 나무둥치에 들이박히고 나서야, 정엽은 사고를 할 수 있는 상태가 되었다. 그러나 그것도 제대로 된 거라곤 할 수 없었지만.

맙소사, 소그드는 무사한 건가? 아니 그보다 내가 당한 일은 대체?

"…이번 건 좀 세군."

그러나 경이롭게도, 소그드는 옷을 털면서 멀쩡하게 일어났다. 정엽은 순간 가슴을 쓸어내리며 안심할 뻔했다. 그러나 그 직전에 자신이 당한 것이 생각나자, 분노와 수치심으로 얼굴이 붉어졌다.

"무슨 짓을 한 겁니까?"

"왜 상관없는지 가르쳐준 거지."

"그건 무슨….."

"난 널 좋아하니까."

소그드는 도리를 말하는 듯한 진지함으로, 일말의 의념도 없이, 그렇게 선언했다.

정엽은 잠시 말문을 잊었다. 그리고 입을 열게 되었을 때에도, 이미 그 말의 뜻은 깨닫고 있었지만 다시 물을 수밖에 없었다.

"…그 '좋아한다'는 것은 설마 보통의 호감이 아니라….."

"아아. 입맞춤 정도가 아니라, 훨씬 더 이것저것 하고 싶다고 늘 생각하고 있어."

"…저는 남자입니다만?"

"남자라도 방법이 있으니까."

여기까지 이르면 무슨 방법이냐고 되물을 기력마저 사라진다.

정엽은 어깨를 축 늘어뜨렸다. 뺨이라도 꼬집어 꿈에서 깰 수 있다면 그렇게라도 하고 싶은 심정이었다. 그러나 이것은 얄궂은 백일몽이 아니다. 그의 얼굴은 곧 차갑게 굳어졌다.

"무슨 의도인지 모르겠습니다만, 저는 당신이 절 희롱하고 있다고밖에 여겨지지 않는군요."

"그렇게 생각해?"

소그드는 재차 성큼성큼 정엽에게로 걸어갔다.

"다가오지 말아주십시오."

찌르는 듯이 날카로운 경고가 이어졌으나, 그는 발걸음을 멈추지 않았다. 정엽은 허리띠에 감추어둔 부적을 끄집어내었다. 그러나 그것을 빤히 보면서도 소그드는 추호도 머뭇거리지 않았다.

"서지 않으면—정말로 죽을 수도 있습니다."

"죽이고 싶으면 마음대로 해."

"…소그드?"

"희롱하는 걸로밖에 여겨지지 않는다면, 죽여 버리라고."

너무나 태연하게 자신의 죽음을 지시하는 그 태도에, 정엽은 아연실색했다. 소그드로서는 그 짧은 시간의 망설임만으로 충분했다.

거듭 정엽 앞에 서서, 소그드는 팔을 벌려 청년을 끌어안았다. 그리고 움직이는 것을 잊어버린 듯한 정엽의 귓전에 입술을 가져가, 더할 나위 없는 진심을 담아 속삭였다.

사랑하고 있어.

정엽으로서는 이런 식의 접촉은 처음이었다. 지금껏 누구에게도 마음을 준 일이 없었으니까.

그런데도 귓불을 스치는 입술의 감촉에 이상할 정도로 싫은 기분이 들지 않는다든가.

자신과는 전혀 딴판인 넓고 두터운 가슴팍이 신기할 정도로 따뜻하게 느껴진다든가.

그런 엉뚱한 것들을 생각하면서 정엽은 굳어버린 이성을 되돌리는 것을 잊었다.

…만약 소그드가 정엽의 목덜미에 얼굴을 가져가지 않았다면, 그 상태는 꽤나 오래 이어졌을 것이다—.

쾅, 하고 다시금 폭발음이 울려 퍼졌다.

깨어있는지, 잠들어 있는지.

스스로도 알 수 없는 부유감 속에서, 소그드는 막연하게 생각하고 있었다.

정엽이 좋았다.

첫째로 그는 아름다웠다. 지금껏 소그드가 만난 어떤 남녀보다도. 색이 옅은 머리카락과 푸른 눈은 그러잖아도 고운 용모에 요사스러운 매력마저 더했다. 그것만으로도 넉넉히 반할진대, 그는 성품 또한 남달랐다. 중원과 만호變胡를 가름 짓지 않는 공정한 성품, 온후한 마음 씀. 그리고 불의와 비도를 용납하지 않는 강한 의지.

이토록 흠 없이 아름다운 인간을 소그드는 처음 보았다.

아름다운 것을 보면, 사람은 반드시 구하는 마음이 생긴다. 그것은 소그드도 다른 사람들과 다르지 않았다. 다만 아득히 높은 신분이라든가 발 디딘 땅이 다르다든가 하는, 사람들이 중요하게 생각하는 것을 전혀 개의치 않을 뿐이다. 무슨 수를 쓰더라도 갖고 싶다고 생각했다. 설령 손에 넣기 위해 부서뜨리고 만다 해도—부서진 그것도 나름대로 좋을 거라고, 무심결에 생각하고 있었다.

그런데.

얼음처럼 차가운 물속에서 모양 좋은 입술이 새파랗게 질린 채, 흔들리는 눈빛으로 자신을 바라보는 정엽을 보았을 때.

치밀어 오르는 그 감정은, 뭐라고 하는 것일까.

"……."

어느 순간 느닷없이, 소그드는 눈을 떴다. 들창에서 스며들어오는 햇빛을 큰 손으로 가리고 눈을 굴려 주위를 둘러보았다.

놓인 기물은 적었지만 단정한 방이었다. 쪼갠 대나무로 엮은 궤가 몇 개, 간소하게 옻칠한 서탁과 등촉. 장식이라곤 벽에 걸린 족자 하나가 전부였다. 족자의 내용은 산수를 그린 그림이었다. 그림의 미려함도, 곁들여진 글씨의 절묘함도, 세상에선 신품이라 불릴 만한 물건이었지만 소그드에게는 없는 거나 진배없었다. 중원의 글자 따윈 몰랐으니까.

사람이 드나들지 않는 듯한 적막함. 어디서나 빈 공간을 남겨두지 않고 답답할 정도로 채우고 장식하는 중원의 여느 저택과는 사뭇 달랐다. 방 안을 떠도는 공기도 다만 맑고, 창 너머에 펼쳐져 있는 숲의 냄새가 났다.

문득 인기척이 느껴졌다. 마룻장을 걷는 가벼운 발소리. 밤낮을 가리지 않고 초원에서 짐승을 쫓던 기민한 감각을 통하여, 소그드는 다가오는 그 소리가 누구의 것일지 짐작할 수 있었다.

그래서 문이 열리고 정엽이 나타났을 때에도 소그드는 기다리고 있었다는 듯이 자리에 앉은 채 올려다보았다.

"…깨어나셨군요."

일견 정엽의 태도는 차분했다. 표정에도 변화는 없었다. 그러나 달리 말하면, 너무나도 감정이 없어서 조금 어색했다. 무엇보다도 방에 들어오려는 기색도 없이 문지방 앞에 서서 움직이지 않았다.

그에 비해서 소그드는 뻔뻔스러울 정도로 자연스레 미소를 띠고 있었다.

"아아. 네가 데려다 준 건가? 덕분에 등도 결리지 않고 편한데. 여기는 어디야?"

"제 거처입니다. 이곳의 다른 건물은 폐하를 위한 것이라 달리 지낼 수 있는 곳이 많지 않아서 말입니다. 요괴가 오가기 때문에 노숙은 당치 않고….”

정엽은 말하는 중에 생각했다. 아무리 자신이 거론하지 않기로서니, 이 남자는 어째서 이토록 태연자약한 것일까. 그 밖에도 의문 삼고 싶은 것은 잔뜩 있었지만—.

“장설長舌을 죽인 것은 당신입니까?”

정엽은 감정을 억누르고 목석같은 얼굴로 물었다.

“장설이라니?”

“귀가 넷이고 꼬리가 긴 원숭이 같은 형상을 하고 있는… 이 산을 배회하고 있는 요괴 중에 하나입니다.”

“원숭이가 뭐지? 사지가 긴 타르바간 같은 거라면 내가 죽였지만. 저기, 잘못한 거야?”

“처음부터 따지자면 허락 없이 이 산의 경계를 침범한 것 자체가 잘못이겠지요. 하지만 그 원인을 제공한 것이 저이니까… 단지 제가 궁금한 것은, 어떻게 장설을 죽였는지 입니다.”

“어떻게라니? 죽이는 방법에 다른 게 있어?”

“나름대로의 비법을 쓰지 않으면 죽일 수가 없으니 요괴라고 불리는 것입니다.”

천리天理와도 인도人道와도 다른—명부의 법칙을 따르는 존재가 바로 요괴. 창칼이 통하는 것도 있고, 사람의 힘으로는 도저히 물리칠 수 없지만 대단히 사소한 이유로 퇴치되는 것도 있다. 그야말로 종류는 각양각색이었다. 천리를 받드는 도술로 억누를 수는 있지만 그것조차 반드시 언제나 통한다고는 할 수 없었다.

더군다나 장설은 선선대의 궁주가 포박한 강대한 요괴.

그러나 그렇게 믿기 어려운 일을 해낸 사내는, 그저 팔짱을 끼고 고개를 갸웃거릴 따름이었다.

"그렇게 말해도… 하던 대로 했을 뿐이고, 해내지 못했다면 여기까지 오지 못했겠지."

"당신의 나라에는 요괴가 없습니까?"

"비슷하구나 싶은 건 있어."

"그곳에서는 퇴치하기 위해서 어떻게 하지요?"

"뭐… 이곳에서는 무격巫覡이라고 부르는 걸로 아는데, 그들에게 점을 치게 하거나 물리치게 하지. 하지만 없잖아? 그렇다면 자신의 손발로 어떻게 해보는 수밖에 없지."

"그건… 그렇군요…."

생각에 잠긴 정엽을 올려다보던 소그드는 싱긋 웃었다.

"겨우 얼굴이 전처럼 되어주었네."

"……."

정엽은 동요를 감추려고 입가에 주먹을 가져갔다. 아무리 당황하고, 마음속에 노여움이 남아있어도, 소그드에게 이국의 이야기를 듣노라면 무심코 귀를 기울이고 마는 것이다. 소그드는 소년과도 같이 천진해 보이는 웃음을 지은 채 말했다.

"힘주고 있는 것보다 그게 훨씬 보기 좋아."

"…보기 좋은 일 같은 것은 아무래도 괜찮지 않습니까?"

"그렇지 않아. 내가 반한 것은 웃고 있는 너였으니까."

—다른 사람이 애써 묻어버리려고 하는 것을, 소그드는 간단히 파 헤집었다. 대답할 말을 찾기 위해서 정엽은 상당한 시간을 들여야 했다.

"…제가 설명하지 않았습니까. 저는 교우조차 뜻대로 하지 못한다고요. 그런데 벗도 아니고—아니 그보다 같은 남자잖습니까…?"

"말했잖아, 그런 건 문제가 안 된다고. 너야말로 남자는 싫은가?"

"좋고 싫고를 떠나서 생각해본 일조차 없습니다!"

"그럼, 지금부터 생각하면 되잖아."

"……."

아파 오는 머리를 한 손으로 받치는 정엽을, 소그드는 미동도 하지 않고 바라보았다. 가늘어진 눈과 미소 띤 입술은 그대로였지만 눈동자 깊은 곳은 불타는 듯한 열기를 머금고 있었다.

"싫어서 견딜 수 없는 거라면 싫다고 말해버려. 싫다고 하는데도 비위 맞추느라 참는 일은 하고 싶지 않아."

정엽은 우뚝 서서 잠시 침묵했다.

좋다거나, 싫다거나.

지금까지 정엽에게 그런 것은 중요하지 않았다. 중요한 것은 도리. 그것을 중심으로 한 세계에 살고 있었다.

그러니까 좋아한다거나, 싫어한다거나—사랑한다거나.

이해에 얽매이지 않고, 비도와 부덕조차 생각하지 않고, 오로지 마음만을 다하여 진심을 요구하는 것을 알지 못했다.

그렇기에 비로소 느낀 것이었다—.

"싫어… 지지는 않았습니다."

오로지 자신의 기꺼움과 거슬림에 의해 움직이고, 그에 따라 불가능을 모르는 사내를.

어떻게 해도 싫어할 수는 없다고, 깨달았던 것이다.

"정말?"

"그렇다고 좋아졌다는 것도 아닙니다만."

반색을 하고서 자리를 박차고 일어나려는 소그드를, 정엽은 딱 잘라 제지했다. 소그드는 맥 빠진다는 듯이 도로 털썩 주저앉았지만 금방 실망을 지우고 활짝 웃었다.

"뭐 좋아. 도전할 여지가 있다는 거니까."

"그렇게 되는 겁니까….."

"말 나온 김에 시험 삼아 남자랑 해 보지 않겠어? 의외로 마음에 들지도 모르잖아? …권유한 것뿐인데."

"……."

정엽은 말없이 부적을 품속에 되돌렸다. 그러고는 몸을 돌렸다.

"따라오십시오."

"흠?"

"황제 폐하의 원림園林에 무단으로 난입한 것이 알려지면 중죄가 됩니다. 은밀하게 밖으로 안내해 드리지요."

"은밀하게 가는 거라면 네 방이 좋은데."

"화냅니다."

"말하면서 벌써 화내고 있잖아?"

입으로는 구시렁거리면서도 소그드는 순순히 따라나섰다.

봄의 후원산은 아름다웠다. 중원 각지에서, 심지어 해외 변방 각국에서 받은 조공 중 추려낸 진귀한 기화요초를 심고 가꾸어 기이하고도 화사하기가 선경에 못지않았다. 그러나 그 사이를 걸어가는 두 사람은 경치에 취할 새가 없었다. 정엽은 뒤따라오는 인물의 동태에 주의를 기울이느라 잔뜩 긴장해 있었다. 그리고 소그드로 말할 것 같으면 정엽의 뒷모습을 넋을 잃다시피 바라보는 참이었다. 매끄럽게 흘러내려 어깨를 덮은 머리채라든가, 그 사이로 힐끗힐끗 비치는 하얀 목덜미라든가, 등등.

말도 나누지 않고 얼마나 걸었을까. 느닷없이 소그드가 입을 열었다.

"계속 도망칠 거야?"

"…도망이라니요."

"도망치지 않겠다고 말했으면서 두 번이나 그랬지."

등에 꽂히는 시선이 느껴졌다. 밤의 산길에서 사람을 해치는 맹수가 뒤를 쫓을 때와 같은 기분. 뒤를 돌아보고 싶은 충동과 무작정 앞으로 달려가고 싶은 충동을 동시에 느꼈지만, 어느 쪽도 정답이 아님을 정엽은 직감했다. 대신 그는 침착하게 말했다.

"이제 피할 생각은 없습니다."

"전과 똑같은 말이군."

"그렇게 해봐야 또 쫓아올 거잖습니까?"

"…그야 그렇지."

소그드는 웃음을 지었다. 정엽은 한숨을 내쉬고 어깨를 늘어뜨렸다.

"그러니 그쪽도 상식을 지켜주십시오. 달아날 기분이 들지 않게끔 말이지요."

"아아, 그러지."

결국 유예일 뿐이었지만, 소그드는 개의치 않았다. 시간을 얼마나 들여도 변하는 일은 없을 것이다.

기족의 말로도 중원의 말로도, 포기라는 글귀는 소그드와는 관계가 없었다.

4장

정엽은 서책을 좋아했다. 삼재라는 이름은 거저 얻은 것이 아니었으니, 선도의 경전에 그치지 않고 백가百家의 학문에 두루 밝았다. 또한 학문뿐만 아니라 세간에 잡문이라고 일컬어지며 경박하게 여겨지는 소설 등속, 먼 나라의 풍물을 허황되게 늘어놓은 기행담까지, 젊은 황자가 가까이 않는 책은 좀처럼 없었다.

그러나 '좀처럼'이란 개중에서 멀리하는 것도 있다는 뜻이다. 본디 고상한 그의 성품에 견주어 너무나 저열하다 싶은 것은 꺼리기 마련이었다.

그런 드문 것 중 하나가 '방술方術'이었다. 그것은 선도의 한 갈래라고는 하나, 선도의 맑은 이치가 여느 백성들에게 받아들여지기 쉽도록 변용된 것이었다.

선도는 맑고 고요한 것으로 여겨지지만 그 저변에는 치열하리만큼 자신을 가다듬고 또 가다듬는 수행이 자리하고 있다. 그러나 선도의 이치를 얻기 위해 수행함에 뒤따르는 불로장생이나 천변만화의 묘법에만 매혹되면, 이치를 구하는 것을 등한시하고 도에 어긋나 마침내 자신과 타인을 아울러 미혹시킨다. 그런 자들을 방사方士라고 이른다.

실제로 불로장생을 구하는 데에 필요한 것은 오로지 하나—인연이었다. 일생에 걸친 수행도 인연이 닿지 않으면 선과仙果를 얻을 수 없다. 그러나 지극한 정성으로 신선의 마음을 움직여 선과를 취하는 것도 인연이라고 한다. 당장에 미천하고 무지하더라도 인연이 닿은 후에 후세까지 이름을 떨치는 신선이 되는 일도 있다. 전세와 내세, 과거와 미래를 통틀어 말미암아 선도에 다다르는 것을 인연이라고 한다.

이것을 범속한 무리들은 이해하지 못했다. 그래서 선과를 얻기 위해 갖가지 방술을 고안해내었다. 거기에는 연단술을 비롯해 여러 가지 방법이 있지만, 방중술이라고 하여 남녀 간의 교합을 통해 불로불사를 취하고자 하는 술법도 있었다.

…그리고 그중에는 남녀 간의 통정으로 양기를 낭비하는 것을 막고, 양기를 보하기 위해 사내끼리 몸을 섞는 방법이 있다.

"……."

정엽은 맥이 풀린 듯 서탁에 엎드렸다. 그 전에 읽고 있던 책을 힘겹게 옆으로 치우는 것도 잊지 않았다. 베고 말았다간 꿈자리가 사나울 내용―그림 역시 마찬가지로―이 아닌가.

정엽의 신분과 지위로는 구하는 것도 거북한 종류의 책이었다. 그러나 읽는 것은 몇 배는 더 거북한 일이었다. 장을 넘기는 것이 생애 손꼽을 만한 고역으로 여겨질 정도로. 그럼에도 불구하고 끝까지 읽을 수 있었던 것은, 정엽의 철저한 극기 정신이 도움… 이 되지 않아도 좋았을 듯하지만….

"정말 여기에 넣는다는 건가…."

"아? 어디 편찮으십니까, 궁주님?"

"아무것도 아닙니다! 저는 괜찮으니까 수서… 조용히 글을 읽게 해주겠습니까?"

"? 알겠습니다, 궁주님."

성실한 시종이 사라지고 나자 정엽은 땅이 꺼져라 한숨을 내쉬었다.

언제 어디서든 남 보기에 부끄러울 일은 하지 않는 것이 정엽의 각오였건만, 소그드와 만난 이후로는 스스로도 갈피를 잡을 수 없는 일뿐. 살아있는 한 방술서 같은 것을 몰래 구해 볼 일이 있으리라곤 생각지도 못했다. 함께 거처하는 도사들과 제자의 눈치를 봐가며….

어째서 이렇게 되어버린 걸까.

터무니없다. 모두 터무니없다. 소그드가 토로한 연심도, 그것을 이해라도 해 보기 위해 애쓰는 자신도.

황이자로서, 황제의 도사로서 오로지 도리에 맞게 살아왔던 정엽에게, 누구와 사랑을 한다거나 그 상대가 남자라는 등, 그런 일 따위는….

"……."

그 마음에 답할 수 있으리라고는 정엽 자신도 생각지 않았다. 그럼에도 어째서 무의미한 노력을 경주하고 있는가.

새장 속의 새처럼. 우리에 갇힌 짐승처럼.

자신을 억누르고 채찍질하며, 기쁨과 즐거움을 배제하고, 숨이 막힐 것 같은 좁은 길을 걸어가는 정엽을 염려하는 사람은 많이 있다.

그러나 그렇게—.

'너, 소중하다고 말하고 있지만 그게 널 행복하게 해주진 못해.'

가감 없는 사실을 지적한 사람은 없었다.

행복하지 않다. 행복할 리 없다. 그러길 바라는 것도 어리석은 일이다. 지적받는다고 해서 바뀌는 것도 없거늘.

'난 널 좋아하니까.'

하지만 어떤 염려의 말보다도 그 한 마디가, 잊어버릴 수도 외면할 수도 없을 정도로 분명히 마음속에 새겨진 것은 어째서인가—.

"하아…."

허나 알고 있다. 그 말에 답하기란 불가능하다는 것을. 바뀌는 것은 없으며, 앞으로두 정엽이 길을 벗어날 선택은 하지 않는다는 것은, 누구보다도 본인이 알고 있다.

그러나 그것으로 소그드를 납득시킬 수 있을까. 이미 한 번은 실패했다. 다른 방법이 있을까.

아니 그보다—자신이 원하고 있는 것은 무엇일까?

"저… 독서하시는 데에 죄송하오나."

"수서? 무슨 일입니까?"

"황태자 전하께오서—…."

대외적으로 어떤 긴장감이 감돌던 간에 황태자와 황이자는 우애가 깊었다. 조촐하게 술자리를 가지는 것도 종종 있는 일이었다. 정엽이 사람들과 어울리는 것을 꺼려하는 탓에, 두 사람만의 술자리가 되기 일쑤였다. 그렇기에—.

"…당신이 어째서 여기에 있는 겁니까?"

"보자마자 하는 말이 그거라니 섭섭한데."

황실에 속한 사람도 아닌데다 타인—그것도 나라 밖의 사람과 만날 수 있으리라곤 정엽은 상상하지도 못했다.

"형님… 저는 소그드가 온다는 이야기는 듣지 못했습니다만…."

"어라, 듣지 못했나? 전령에게는 이야기한 것으로 기억하는데 말이야…."

현성은 당황하는 기색도 감추는 기색도 없이 선뜻 대답했다. 아마도 거짓은 아닐 것이다. 살아온 시간과 사귀어 온 시간이 같은 만큼, 그 점에서 정엽은 의심하지 않았다. 하지만 그렇다고 해도 이 상황이 이상한 것은 변하지 않았다.

"꽤 친근하게 되셨군요, 두 분."

"아니 글쎄 들어보려무나. 오늘 폐하의 은덕으로 사냥에 나갔는데, 소그드 공이 대단하지 뭔가! 몰이꾼도 매도 필요 없을 정도로 화살 한 대에… 안줏거리가 생겼으니 술이나 한 잔 할까 하는 차에, 너도 산에서 내려왔다고 하니 오래간만에 함께…."

"그렇습니까."

"…혹시 정엽, 뭔가 마음에 들지 않는 일이라도 있느냐?"

"아니요, 그럴 리가요. 송구스러운 말씀을."

"잘됐구나. 너도 이렇게 된 바 소그드 공과 뭔가 오해라도 있다면 이 자리에서 다 풀어버리는 것이 좋지 않겠느냐."

현성은 어깨가 가벼워진 듯 기운찬 발걸음으로 정자를 향해 앞서갔다. 정엽도 조용히 그 뒤를 따랐다. 그때 그의 등 뒤 어깨 너머에서 목소리가 들렸다.

"화났어?"

"…아니요, 그다지."

"현성에게 화내진 마. 저 녀석 너를 걱정하고 있는 것뿐이니까. 어느 형이든 동생이 친구도 없이 지내고 있으면 마음 쓰이지 않을까?"

"……."

여느 형제라면 그럴 수 있다. 그러나 황제의 아들이며 황태자와 황이자라면 이야기는 달라진다.

그러나 두 사람 중 누구라도 마음속으로는 황제의 자식이 아닌 일개 백성의 집에서 태어났다면 서로의 관계가 어땠을는지 막연하게 그려보지 않은 것은 아니었다.

하지만 그것이 가능하다면, 애당초 황제가 다스리는 세계는 존재하지 않을 것이다. 도리나 이치가 통하지 않는 세계에서 온 소그드이기에 할 수 있는 생각이리라.

그렇기에 정엽은 소그드의 분방함을 받아들이기 힘들다. 소그드가 중원의 도리를 이해하는 날도 오지 않을 터.

하지만 어째서 소그드가 말하는 것은 언제나 자신을….

"…!"

문득 소그드의 기척이 몸에 닿을 정도로 가까이 다가온 것을 깨닫고 정엽은 소스라쳤다. 그러나 소그드는 어깨를 나란히 하여 걸을 뿐 별다른 일은 하지 않았다. 그는 자신을 올려다보는 정엽과 눈이 마주치자 빙긋 웃어보였다.

"지금 당장 뭘 해보려는 생각은 없으니까 안심해."

"…무엇이 '뭘'인지 짐작도 가지 않습니다만 하게 놔두지도 않을 겁니다. 형님께는 뭐라고 말씀드린 겁니까?"

"너와 어떻게 처음 만났는지 이야기해줬을 뿐이야. 연회에서의 일 때문에 나에게 화가 난 것 같다고도. 뭐, 반했다는 말은 하지 않았지."

"…그런 상식은 가지고 있어서 고맙군요. 사심이 없다면 왜 굳이 만나러 온 거지요?"

"술 마시는 건 좋아. 중원의 술은 색달라서 맛있지. 너는 싫어해?"

"취할 때까지 과음하는 것은 싫어합니다만…."

"어쨌든 좋아하는 거잖아."

"그야 그렇지요."

"나까지 싫어하는 일을 시키고 싶진 않아. 난 네가 좀 더 즐거워하는 게 보고 싶어. 그러니까 즐거운 일을 하자."

어화원御花圓 용지龍池의 물은 못 바닥이 비쳐 보일 정도로 맑았다.

황제가 거니는 곳인 만큼 그 장려함은 천하에 견줄 수 있는 원림이 얼마 없다. 소박한 쪽이 좀 더 마음에 드는 정엽으로서는 마뜩치 않았지만, 본시 황제의 사처, 황태자라는 직분을 가진 이가 없었다면 보는 것조차 허락되지 않을 터였다.

그렇다고 해도 황도의 명승절경은 모두 인산인해. 봄 경치를 즐기러 고관대작부터 일개 백성에 이르기까지 발 디딜 틈도 없을 것이다. 아름다운 산수를 감상하며 술을 즐긴다는 즐거움을 위해서는 정엽으로서도 선택의 여지가 없었다. 어화원의 숱한 정자와 누각 중에서 가장 작으면서도 단아한 옥영정에서 주연을 베푸는 것이 최선의 절충안이었다.

옥거울 같은 수면에 차례로 비치는 푸른 하늘, 붉은 석양. 그리고 일렁이는 달. 때때로 수면을 흩트리는 것은 이름도 아득한 먼 지방에서 가져온 기이한 물고기. 그 위로 소그드의 이야기가 언제까지고 이어지는 것이다.

끝이 보이지 않는 초원. 그 초원을 내리덮고 있는 무구한 하늘. 그것을 묘사하는 소그드의 어조는, 서투른 중원의 말임에도 묘하게 운율을 띠고 있는 것 같았다. 물에 도사리는 악령 '로스'. 하늘의 흰 구름은 신령 '텡게리'가 사는 천막집. 그렇게 전설과 옛이야기에서 문득 바꾸어 지금의 이야기를 한다. 다른 부족과의 치열했던 싸움이며, 길도 표시도 없는 초원을 더듬어 찾아오는 온갖 색깔의 눈빛과 머리털을 가진 해인의 이야기.

사람들은 이 화하가 세상의 중심이라고 말한다. 그러나 그어놓은 금 밖에서 세상의 중심이야 어찌 되었든 자기네 삶을 살아가는 이들의 이야기는 그칠 줄을 몰랐다.

정엽은 술보다도 그것에 취할 것만 같았다.

"ㅅㅗㄱㄷ 공의 이야기두 재미있지만, 달이 저리두 아름답ㄱ 술은 이토록 맛있는데 귀를 즐겁게 하는 노래가 없으니 아쉽구려."

불콰하게 술기운이 오른 얼굴로 느닷없이 현성이 말했다.

"흠? 노래라도 부를까?"

"그런 특기도 있었다니 대단하구료. 하지만 소그드 공은 이야기하느라 목이 마를 테니, 정엽이 대신해주는 것은 어떨는지?"

"기꺼이 그러지요."

정엽은 시종의 손에 들려 가져온 것을 집어 들었다. 가볍게 싼 비단 천을 풀어내자, 화하 남방의 악기가 모습을 드러내었다. 악기의 몸은 좁고 작은 원통형. 현은 두 줄. 저 투박한 모양새에서 어떤 음색이 나올까 의아해지는 이것의 이름은 이호二湖라고 한다.

"귀를 더럽히는 것이 되겠지만, 재미있는 이야기에 보답하는 약소한 답례라고 생각해주시길."

채가 현을 울리자, 소그드에게는 낯선 음색이 밤공기를 울렸다.

현으로 소리를 내는 악기는 드물지 않다. 소그드의 나라도 예외는 아니다. 그러나 각각의 현이 자아내는 음률은 같지 않다. 오히려 태어난 땅의 자취가 강하게 남는다.

단순한 생김새로는 짐작할 수 없는 유유하고 화사한 음색.

바다로 흘러들어 가는, 강변에 서면 건너편 강둑을 찾아볼 수 없다고 이르는 도도하고 웅장한 양하의 위세. 안개 낀 산과 들.

세상 만물도 숨을 죽이고 음률에 귀를 기울이는 것 같았다. 연주에 몰두한 정엽을 달빛만이 비추고 있었다. 고개를 기울여 드러난 눈부신 목덜미도, 현 위에서 우아하게 움직이는 손가락도.

술잔을 입으로 가져가는 것도 잊은 채 소그드는 그 모습을 넋을 잃고 바라보았다.

참으리라고 마음먹었다. 또다시 도망쳐 버린다면 견딜 수 없었으니까. 그러니까 기다릴 수 있다고 생각했다.

하지만 언제까지 참을 수 있을까.

소그드는 태어나서 처음으로 확신할 수가 없었다.

변경의 만호는 다리가 넷이라는 말이 있다. 중원의 한가운데에서는 이 말이 만호를 낮추어 일컫는 말로 흔하게 쓰이지만, 오히려 당사자들에게 는 욕이 아니었다. 그들은 그것을 담백한 사실로 여기고 있었으니까.

끝없이 망망한 초원. 그곳에서 가축을 방목하며 사는 그들에게 가장 중요한 동물이 있다면 그것은 말이다. 말이 없이는 목적지까지 도달하 는 것조차 불가능한 땅. 만호의 어린아이들은 걸음마보다 말 타는 것을 먼저 배운다고 할 정도로 기마가 생활의 일부였다. 화하의 변경 지방을 약탈하거나 다른 부족과 싸울 때에도 말을 탄 채였으며 혹독한 환경에 서 목숨을 연명하고 갈증을 삭일 때에도 말의 고기를 먹고 말의 피를 마 신다.

화하에도 기병이 있고 일상생활에서도 말을 타지만, 만호의 기마술을 흉내 낼 정도는 아니었다. 신분이 높은 이일수록 화려하고 안락하게 치 장된 수레나 가마를 탄다.

그러므로 격구에서 중원의 명문가 도련님들이 소그드의 상대가 되지 못하는 것은 필연이었다.

격구는 해외에서 수입된 놀이이다. 참가한 이들을 두 패로 가른 다음 공을 채로 쳐서 상대편의 구문에 넣는다. 난제가 있다면 말을 타고서 하 는 놀이라는 점이다.

격구를 위해 마련된 정원은 시끌시끌했다. 경기자들은 평소의 체신을 잃고 크게 소리치거나 경망스럽게 팔을 휘둘렀고, 구경하느라 나무 그늘에 둘러앉은 이들도 술잔을 기울이며 박장대소했다. 마구를 장식한 비단술이 흩날려 눈을 어지럽혔으며 수놓은 비단공이 이리저리 날았다.

금은보옥으로 장식한 명문가 자제들의 말에 비하면 소그드의 애마 로그모는 소박한 기족의 마구를 걸친 모습이었다. 또한 천금을 주고 구한 그 말들이 늘씬하고 아름다운 데에 견주어 볼 때 로그모는 다리도 굵고 투박한 생김새였다.

그러나 다른 말들을 솜씨 좋게 피하며 공을 쫓아 달릴 때에는 외견 따윈 아무런 도움도 되지 않는 것이다. 인마일체라고 하면 꼭 어울리는 말일까. 다른 이들이 고삐를 다루는 것만으로도 고군분투할 때, 소그드는 거의 손을 움직이는 기색도 없이 그 옆을 슥슥 빠져나가 가볍게 공을 쳐냈다.

몇 번째인지 모를 공이 두 개의 금장대를 나란히 세워 만든 구문에 굴러 들어갔다. 구경꾼 무리에서 환성이 터졌다. 본디대로라면 변방의 만호에게 이름난 가문의 젊은이들이 완패하는 것을 보고 좋은 기분이 들리 없지만, 어떤 의미로는 다행스럽게도 소그드의 편에 황태자가 있었던 것이다. 그 덕택으로 지켜보던 이들은 마음껏 기뻐할 수 있었다.

"정말 대단하네, 소그드 공!"

현성이 힘겹게 말을 몰아 소그드에게 다가갔다. 그의 말은 칠흑같이 검은 몸에 흰 점이 박힌 것으로, 외국에서 조공으로 받은 절품이었다. 그러나 그런 만큼 성격이 드세서 현성으로서는 다루기 힘들었다.

"뭐 별로."

하지만 소그드는 무심하게 대꾸하면서 로그모의 갈기를 쓸어주었다. 그에게 있어서는 당연한 것이었으니까. 그의 머릿속을 차지하는 것은 격구 시합이 아닌 다른 것이었다.

"물어볼 기회를 놓쳤는데, 정엽은 어디 있어?"

"아아, 이야기하지 않았군. 그 아이는 오지 않았다네. 이런 종류의 유희를 그다지 즐기지 않으니… 하지만 기마술은 퍽 뛰어나다네. 앗차, 먼저 정자에 가 있어 주겠나? 나도 인사를 끝마치고 나서 뒤따라감세."

현성은 말에서 내려 고삐를 시종에게 넘기고 사람들의 무리를 향해서 떠났다. 소그드도 말에서 내렸지만 시종을 거들떠보지도 않았다. 중원의 말구종에게 로그모를 맡길 수 있을 리가 있나. 대신 그는 군중 속에서 아는 얼굴을 찾았다.

"어이, 바토르."

"여기 있어."

중원의 옷을 어색하게 걸친 부족의 동료가 다가왔다. 가무잡잡한 피부에 명랑한 표정을 띠운 얼굴. 연배며 체격은 소그드와 비슷했지만, 장난스러워 보이는 것이 어딘지 소년 같았다. 타고난 성격 덕도 있겠지만 지금 그는 웃고 있었다.

"속이 다 시원하던데? 중원 놈들 빌빌거리는 꼴이라니. 좀 더 살살 해주었어도 좋을 뻔했어."

"그건 됐어. 로그모를 부탁한다."

"그래그래. 이 미녀가 큰일을 했지. …뭐야, 뚱하긴. 이긴 게 기분 나빠?"

"신경 쓰지 마. 먼저 돌아가라."

"예이예이. 알아 모시지."

구시렁거리는 바토르를 배웅하고, 소그드는 술자리가 마련된 정자로 향했다. 주위에 사람들은 많았지만 그에게 말을 걸어오는 이는 없었다. 아직도 중원의 지체 높은 이들에게 있어 기족과 소그드는 부외자에 이방인이었으며 분에 넘치는 대접을 받고 있는 자들이었다. 그러나 소그드가 뚱한 것은 그 공기를 읽었기 때문은 아니었다.

정자에는 술상이 차려져 있었지만 아무도 없었다. 소그드는 개의치 않고 데운 술을 묵묵히 자작했다. '금방'이라고 말하기엔 상당한 시간이 지나 현성이 홀로 나타났다.

"아아, 이거 미안하네. 오래 기다렸는가?"

"상관없어."

"사람들이 초청하는 것을 거절하느라…. 소그드 공, 기분이 안 좋아 보이는군. 역시 화난 건가?"

"정엽이 안 왔잖아."

"아아…."

현성은 눈을 둥그렇게 떴다. 황궁의 엄정한 삶과 황태자로서 요구되는 것에 휘둘리면서도 아직 순진함을 잃지 않은 이 남자는, 소그드가 정엽에게 품고 있는 마음에 대해 한 치라도 짐작할 수 없었다. 단지 그로서는 사람을 사귀는 일을 꺼리는 동생이 시원시원한 성격의 소그드와 친해지게 되면 좋지 않을까 하고 생각할 뿐이었다.

"그 아이는 사람이 많은 곳에는 좀처럼 오지 않는 터라…. 사죄의 뜻이라고 하기엔 뭐하지만, 그 아이의 생일을 축하하는 연회를 열 것인데 그때 와주지 않겠나?"

"물론 가지! …그런데 생일이 뭔데?"

"기족에 그런 풍습은 없나 보군. 태어난 날을 축하해 선물을 주는 거라네."

"태어난 날은 하나잖아?"

"해마다 같은 날이 돌아오니까…. 아, 기족의 나라에는 책력이 없는 건가?"

"그게 뭔데?"

"하하, 정엽에게 물어보시게나. 어쨌든 해마다 축하하는 날이라네."

"흐음…."

"그건 그렇고 감탄했네. 기족의 기마술은 정말 대단하더군!"

그 뒤로 시종들에 의해 끌려갈 때까지 현성은 자신의 감동을 열심히 표현했지만, 소그드는 꽤 건성으로 대답하고 말았다.

공교롭게도 누구도 찾으러 오지 않는 와중에, 소그드는 그 자리에 앉아 있었다.

단 한 가지만을 끊임없이 생각하면서.

등불은 희미하게 가물거리고 있었다.

귀한 돌기름이나 고래기름을 채워 넣은 중원의 등롱이 아니다. 짐승의 기름을 짜내서 피우는, 불빛도 흐리고 냄새도 고약한 물건이었다. 그러나 나이 든 하스는 이쪽이 마음 편하다고 애용하고 있었다.

불편하게 각이 진 중원의 내실. 바람이 불면 덜컹거리는 시끄러운 중원의 나무문. 창밖에는 오로지 담과 정원이 있을 뿐으로, 달빛을 받으며 졸음 겨운 울음소리를 흘리는 양떼의 기척은 찾아볼 수 없다. 이 모든 것이 하스에게는 거북했다.

젊은이들 중에는 중원의 호화로운 생활에 매료되는 이도 왕왕 나타나기 시작했다. 앞으로 몇 가지 사소한 의례만 남아있는 중에, 계속 사절단 일행을 초청해서 중원의 화려한 연회와 유희에 끌어들이는 중원인들이 그야말로 바라는 바이리라. 그러나 중원의 놀이도 사치도 모두 몸에 맞지 않는 옷에 불과한 것. 그 사실을 냉정하게 파악하고 있는 이도 있었다. 홍등가나 연회로 달려가지 않고 저녁 시간을 노인과 함께 보내는 아르지나 바투르 같은 이들이었다.

하스는 바닥에 깐 양가죽 깔개에 반듯하게 앉아 있었다. 아르지는 변

경에서 쓰는 접이식 걸상에 앉아 기족의 악기를 만지작거렸다. 바토르는
침상에 드러누워 반쯤 졸고 있었다.

딱히 말을 나누지 않아도 해 진 후의 시간은 흘러간다. 침묵을 즐기는
것이 무료해지면 누구라고 할 것 없이 현을 뜯거나 초원의 옛이야기를
입에 담는다. 양떼의 밤 인사가 없어도, 바람에 풀 잎사귀가 일렁이는 소
리가 없어도.

덜컹—하고.

그 적막이 마구잡이로 깨졌다.

"소그드."

아르지가 놀라서 말했다. 바토르는 감기는 눈을 비비며 몸을 일으켰
다. 노인만이 동요한 기색 없이 소그드를 올려다보았다.

"다녀왔느냐."

"……."

소그드는 묵묵부답 걸어 들어오더니 방 한가운데에 털썩 주저앉았다.
옷차림은 아침에 입고 나간 예복 그대로. 하지만 전반적으로 어수선하게
흐트러져 있었다.

"어어… 뭐야? 왜 이제 들어온 거야? 너를 찾는 놈들에게 잘 모르겠다
고 대꾸하는 것도 질리도록 했다고."

"한나절 넘게 어디에 가 있었지?"

책망과 의아함이 섞인 질문이 쏟아져도 소그드는 입을 다문 채, 차를
주전자째로 한 모금 들이마셨다. 중원의 차가 아닌, 극히 적은 찻잎에 말
이나 양의 젖을 섞는, 어디까지나 기족의 전통차이다. 그렇게 목을 축이
고서 그는 겨우 말문을 떼었다.

"생일 선물은 어떤 게 좋아?"

"…갑자기 무슨 뜬금없는."

세 사람은 이구동성으로 말했다. 그러나 소그드는 그들이 아연해하도록 내버려두지 않았다.

"생일 선물 말이야. 중원에서 태어난 날을 축하하기 위해 주는 선물."

"갓난아기가 백일을 무사히 맞았을 때 이름을 지어주면서 주는 그런 것 말인가?"

"그거랑은 좀 달라. 해마다 하는 거라고 하니까."

"축하의 의미라면 푸른 비단 천을 주면 되잖아?"

"비단 같은 거, 우리한테야 귀한 거지만 중원에서는 흔하잖아. 푸른색도 우리처럼 성스럽게 여기지 않을 테고."

"네가 직접 기른 말은 어때? 로그모의 새끼 말이야."

"그걸 가져오려면 이듬해 생일이나 되어야 할걸."

"보석이나 금붙이 은붙이는 어때? 중원 족장… 아니 황제에게서 꽤 많이 받았잖아."

"그는 그런 것 따위 많이 가지고 있을 거라고."

"상관없잖아? 어차피 중원에서 선물이랍시고 주는 것도 그게 그거일 테고."

"그건 싫어. 흔해 빠진 것들 중 하나는 질색이라고."

"황태자를 위해 그렇게까지 하는 거야?"

"무슨 소리야?"

"……."

그 이상의 설명은 필요 없었다. 무심코 옷깃에 손을 가져가는 그 동작만으로도 모든 것이 설명되었다. 바토르가 질렸다는 듯이 말했다.

"네가 반했다는 그 황자한테 주는 거야?"

소그드는 머쓱하게 뒤통수를 긁적였다.

"그렇지 뭐."

"이거 중증인데…."

소그드가 요즘 분별없이 빠져 있는 상대가 누구인지, 동행들 중에서는 모르는 사람이 없었다. 물어보았을 때 입 다무는 성격이 아니었으니까. 지금은 놀랍게도 얌전히 있지만 소그드가 행동에 들어가면 어떤 일이 벌어지는지 짐작하지 못하는 사람도 없었다. 단지 말려봤자 소용없고, 제대로 된 말이 들어 먹히는 인물이 아니라는 것을 모두 너무나 잘 알고 있을 뿐이다. 어떤 의미에선 의문을 머릿속에서 뭉개고 있는 것이다.

그때 문득, 생각에 잠겨 있던 아르지가 입을 열었다.

"소그드. 우리가 이곳에 체제하는 시간이 한 달도 남지 않았다는 것은 알고 있지?"

"그런데 왜?"

"중원을 떠나서 고향으로 돌아갈 때, 너는 어떻게 할 거지?"

"……."

소그드는 무표정하게 아르지를 올려다보았다. 아르지도 차분한 얼굴로 그 눈빛을 받아내었다. 되려 바토르만이 허둥거렸다.

"어, 어이, 설마 중원의 황자를 납치하겠다는 건…."

"그건 무리야."

"어?"

"그 녀석은 그렇게 만만하지 않거든."

소그드의 입에서 '무리'라는 말이 나온 것은 처음이다. 바토르는 한발 늦게 그것을 깨닫고 어안이 벙벙한 얼굴이 되었다. 그러나 아르지는 담담하게 말을 이었다.

"그렇다고 해도 너는 포기할 성격이 아니지. 소그드, 너는 혹시—중원에 남을 거냐?"

긍정은 소리 없이, 그러나 시간을 두지 않고 되돌아왔다.

막상 질문은 침착했던 아르지였지만 이 흔쾌한 대답에는 말문을 잊었다. 바토르도 안색이 바뀌었다. 다만 의외로 하스만이 마치 당연히 일어날 일에 직면한 양 조용히 소그드를 바라보고 있었다.

"소그드! 너는 부족을 배신할—"

"바토르, 진정해. 우선 이야기 좀 하자."

아르지가 바토르의 팔을 붙잡았다. 바토르는 뿌리치려 했지만, 오히려 동작을 거세게 하는 틈을 타서 아르지는 바토르를 끌고 방 밖으로 나갔다.

처음처럼 침묵이 돌아왔다. 그러나 결코 처음 같진 않은 침묵이었다.

아르지는 바토르의 소매를 잡고 정원으로 나갔다. 그러나 억센 바토르가 그런 구속을 잠시나마 참아줄 이유는 없다. 바토르는 몸을 가누게 되자마자 아르지의 손을 떨쳐내고는 노발대발해서 고함질렀다.

"무슨 짓이야, 아르지!"

아르지는 침착했다. 소그드가 일을 벌이면 그 수습을 떠맡는 것은 하루 이틀의 일이 아니었다.

"목소리를 낮춰. 나가지 않고 남아있는 녀석들이 있을지도 모르니까. 소그드의 의중이 소문나 버리면 혼란스러워할 거다. …지금의 너처럼."

"그럼 넌 배신하겠다는 소리를 들어도 당연하게 여기겠다는 거냐?!"

…광활한 변경의 초원.

며칠을 말을 달려도 인적이 없기 일쑤인 땅. 생명을 의지할 수 있는 것은 오로지 기르는 가축 떼뿐. 땅을 갈아 곡식을 심고 그 남는 것을 저장해두는 중원과는 달리, 너무나 가혹한 겨울이 오면 모든 것을 잃고 일가족이 굶어 죽는 경우도 드문 일이 아니었다. 죽음 그 자체와도 같이 길고 얼어붙은 겨울. 그리고 초원을 배회하는 갖가지 야수와, 물과 산에 숨어 있는 신령과 악령. 이런 세계에서 믿을 수 있는 것은 같은 부족민 사이의 연대감뿐이었다.

평화로울 때에는 이 연결이 그렇게까지 절실하지 않다. 그러나 장족과의 오랜 싸움과, 이어진 중원과의 전쟁을 겪으면서 기족의 결속은 다른 어느 때보다 공고했다. 부족의 생활 방식도 변했다. 몇 개의 천막이 좋은 목초지를 찾아 이리저리 옮겨 다니는 모습이 아니라, 수백 개의 천막이 하나의 군락을 이루어 외부의 세력에 맞섰다. 부족의 장로들은 친조부나 다름없었고 새로이 태어나는 아이들은 누구의 자식이라기보다 기족의 아들딸이었다.

그렇기에 더욱, 부족으로부터 등을 돌리는 것은 중대한 패륜으로 간주되었다. 아르지나 바토르의 세대에서 본 일은 없었지만 장로의 허락 없이 부락을 이탈하거나 적대하는 부족과 교유했을 때에는 말에 매달려 죽을 때까지 끌려 다니는 형벌이 부족 법에 남아있을 정도였다.

소그드의 평소 행실이 아무리 기상천외할지라도, 그것이 용인될 수 있었던 것은 어디까지나 죄악의 범위에 달하지 않아서였다. 적어도 지금까지는.

"……."

그러나 아르지의 얼굴은 평연했다. 전혀 동요가 없는 것은 아니었지만 그 침착함은 상식 이상이었다. 멱살이라도 잡을 기세로 아르지를 쏘아보던 바토르의 안색이 조금 변했다.

"…알고 있었던 거냐?"

"아니. 짐작했었다."

"짐작했다면 어째서—"

"무슨 수를 쓰지 않았냐고? …무슨 수를 쓸 수 있지? 소그드가 원하는 일을 막고 원하지 않는데 붙잡아 둘 자신은 없어."

"부족을 저버리는 짓은 그런 수준의 일이 아니잖아!"

"목소리를 낮추라고 했어, 바토르. 소그드라는 남자를 유별날 뿐이라고 생각하는 것은 오판이야. 그는 근본적으로 다른 데가 있어."

"무슨 소리야? 신령이 내리기라도 했단 말이야?"

"그런 의미가 아냐. 그가 탁월한 데가 있는 것은 사실이지만…. 잘 생각해 봐. 그렇게나 많은 적의 수급을 쌓고 전리품을 가져왔으면서도 소그드는 자기 자신을 위해서는 어느 것도 거의 남겨두지 않았어. 뿐만 아니라 예전 같지 않은 부친을 대신해서 족장의 자리를 차지하겠다고도, 그럴 힘을 갖추었음에도 대족장의 지위를 요구하지도 않아."

초원의 제부족諸部族 위에 군림하는 자—그것을 대족장이라고 부른다. 그러나 오랜 혼란의 시대를 지내온 초원에서도 그 이름을 취하는 자가 나오는 일은 거의 없었다. 자신의 힘을 믿고 칭하는 것이라면 몇 명 나섰지만, 다른 부족을 노예처럼 부리며 자신의 부족을 살찌우는 것만으로는 금방 한계가 왔다.

만약 진정한 대족장이 나타난다면—초원의 수많은 군소부족을 하나로 모으고, 그들의 힘을 이끌어낼 수 있는 자가 있다면—어쩌면 중원의 황제나, 아득히 먼 바다 저쪽의 나라들과도 어깨를 나란히 할 수 있을지 모른다.

그리고 그것을 가능하게 할 수 있는 자가 있다면 바로 소그드이리라고—입 밖에 내어 말하는 사람만 없을 뿐이지, 지금 기족의 사람이라면 누구나 조금씩은 그런 마음을 품고 있을 것이었다.

부족의 테두리를 넘어서 누구에게나 공정하게 대하고, 부족이라는 울타리를 넘어 누구에게나 인정받는 사내. 그는 어느 전사보다도 강할 뿐만 아니라 기라성 같은 전사들을 지휘하는 것도, 상대의 의중을 꿰뚫어 보고 교묘하게 자신의 이익을 취하는 것도, 누구에게 배워서가 아니라

천부의 재능으로 몸에 지니고 있었다. 무엇보다도 얽매이는 데 없는 그 호탕한 성격은 부지불식간에 상대방을 매혹시키기까지 했다.

"…뭘 말하고 싶은 거야?"

바토르는 조금 낮아진 목소리로, 그러나 여전히 따지는 기세로 물었다. 그에 비해 아르지의 어조는 변하지 않았다. 그러나 그 저변에는 깊은 허무가 묻어났다.

"이상한 일이지. 사내라면 부족 모두를 이끄는 족장이 되고, 나아가 초원을 호령하는 대족장이 되어 보고 싶다는 꿈을 꾸어보지 않은 녀석이 없을 거야. 그것이 꿈일 뿐이라 해도, 그 옛날 초원을 제패했다는 황금의 대족장을 동경하지 않는 녀석이 있을까. 하지만 소그드는…."

"…그러고 보니 그 녀석이 술을 마실 때든 언제든 그런 이야기를 하는 걸 본 적이 없어. 다른 녀석들이 열 올려가며 이야기할 때 거드는 법도 없고. 하지만 그게 어쨌다는 거야?"

"그것만이 아냐. 너도 기족의 사람이라면 알겠지만, 우리들은 누구라도 태어난 부족을 사랑하지. 하지만 난 소그드가 기족에 집착하는 걸 본 일이 없어. 부족뿐만이 아니라… 뭐든지."

"……."

"그래도 만약 부족민으로 태어난 의무란 게 있다면, 소그드는 적어도 지금까지는 그의 의무를 충분히 다했다고 여겨. 목숨을 걸고 단신으로 사지로 달려간 적도 손가락으로 셀 수가 없지. 그런데도 너는 앞으로 텡그리가 몇 번을 바뀌더라도 소그드가 기족에 남아있어야 한다는 건가? 단지 우리들과 생각하는 것이 전혀 다르다고 해서, 그것만으로도 말에 매여 죽을 이유가 된다고 하는 건가?"

바토르는 잠시 입을 다물고 아르지를 바라보았다. 그 얼굴에서 처음 피어올랐던 불꽃같은 노여움은 가셨다. 그러나 깊이 찌푸린 눈살은 뭔가 못마땅한 표정을 그려내고 있었다.

"그건―안겼던 경험에서 하는 말인가?"

뜻밖의 말에 아르지는 일순 말을 잊었다. 그 이상으로, 머리에 피가 올랐다.

기쁜 것도 슬픈 것도, 애착하는 법조차도 다른 사람과는 다른 소그드. 그 성품을 알게 된 계기가 그때의 일인 것은 사실이다. 하지만 그것이 전부는 아니다. 정작 소그드 본인조차 아무런 의미를 두지 않았던 관계에, 아르지가 의미를 두어야 할 이유가 대체 무엇이 있단 말인가.

한때는 진심으로 존경했다. 작고 비참했던 기족을 이끌어 여기에까지 올려놓은 남자를. 아니, 그 점만큼은 지금도 존경하고 있다. 만약 그가 앞으로 나아가고자 했다면, 어디까지나 따라갈 수 있는 각오가 되어 있었다.

정작 그가 자신의 존재를 필요로 하지 않는다는 사실을 알기 전까지만 해도….

…알게 된 지금도 원망하지는 않는다. 그것이 그의 본연이라면 어쩔 수 없다고 체념하고 있다.

단지 그것뿐인데.

만약 바토르의 얼굴에서 조소나 그 비슷한 것이 일말이라도 떠올랐다면 냉정하다고 평가받는 아르지도 한 방 날렸을 것이다. 그러나 바토르는 여전히 얼굴을 찌푸린 채 아르지를 응시하고 있을 뿐이었다. 그래서 아르지도 간신히 평정을 유지할 수 있었다.

"…그 이야기가 왜 나오는지 모르겠군."

"내 입을 다물게 해도 다른 녀석들까지 조용히 시킬 수는 없을 텐데. 어쩔 거야?"

이번에는 또다시 생뚱맞은 소리다. 아르지는 소그드와는 다른 의미로,

바토르의 비위를 맞추기가 난해하다는 것을 깨달았다.

"그건 소그드가 알아서 하겠지. 나는 뒤처리를 하려고 널 끌어낸 게 아냐."

"그럼 왜 그런 거야?"

"…실망하는 일이 조금은 적었으면 해서지."

"벌써 충분히 했어."

바토르는 몸을 휙 돌려 자기 숙소를 향해 걸어갔다. 아르지도 돌아가기 위해 발길을 되돌렸다. 중원의 복잡한 회랑에서 자기 방으로 가는 길을 가늠하기 위해 잠시 서 있는 찰나―.

"기대하는 것이 당연하잖아? …우리 같은 보통 녀석들은… 마음에 마음으로 답하는 것이 당연한 거니까."

정원 건너편, 바토르가 사라진 쪽의 어둠 속에서 던져진 말에 정말로 우뚝 멈추고 말았다.

그러나 더 이상 아무런 말도 밤의 어둠을 뚫고 들려오지 않았다.

하스가 두 젊은이의 대화를 들었다면 깜짝 놀랐을 것이다. 아르지가 간파한 것은 하스가 오랜 세월 근심해 온 그대로였다.

소그드의 모친은 중원의 여자였다. 30여 년 전 폭설이 내리고 눈이 얼어붙어 엄청난 수의 가축 떼가 굶어 죽은 겨울, 화하의 변방 성읍에 약탈을 하러 간 족장이 붙잡아 온 것이었다. 그 사실 외에는 부족의 어느 누구도 그녀에 대해서 알지 못했다. 행동거지를 보아 제법 신분이 높았으려니 짐작할 따름이었다.

중원의 지체 있는 집안 여자로, 야만이라고 부르는 종자에게 강제로 끌려와 아내 노릇을 하게 된 것이다. 그녀는 송장이나 다름없는 모습이었다. 시간이 흐르면서 차차 기족의 말과 습속을 익혔지만, 지금에 이르기까지도 굳게 걸어 잠근 문이 열리는 일은 없었다.

소그드가 태어났을 때에도 그 상태는 바뀌지 않았다.

강탈이나 다름없는 관계에서 태어나, 모친에게 버림받다시피 한 아이의 기분은 어떤 것일까. 그나마 소그드는 돌봄조차 받지 못하고 내버려지는 것만은 면했다. 그 무렵은 특히 힘든 시기였다. 기족은 본디대로라면 일가 단위로 목축을 하면서 살아가지만 그때부터도 신년 축제처럼 기족의 대부분이 한 군데 모여 살고 있었다. 그래서 혼자 동떨어진 아이도 부족 모든 사람들이 힘을 합쳐 키워줄 수 있었다.

하스는 그 무렵부터 깨닫고 있었다. 소그드가 그때부터 이미 남다른 아이였다는 것을.

다른 부족이나 중원 사이에서 부족의 생존을 위해 전장에서 살다시피 하는 부친과, 세 살 된 소의 꼬리가 얼어붙는 겨울과 같은 모친—더군다나 전리품으로 취하거나 다른 부족에게서 받은 여자가 늘어갈수록 소그드의 모친이 거처하는 천막의 공기는 싸늘해져 갈 뿐이었다. 가장 사랑해주어야 하는 사람들에게서 가장 사랑받지 못하는 현실.

그러나 소그드는 그늘지는 법이 없었다—이상할 정도로.

아이는 소년으로, 소년은 청년으로, 어떤 불행도 없다는 듯이 씩씩하게 자라났다. 그것이 오히려 기이하다고 느끼는 것은 하스만일까.

사람이라면 사랑받고 싶은 것이 당연하다. 가장 친밀한 가족으로부터 사랑을 받지 못한다면 고통스러운 것이 사람의 정리情理.

그러나 소그드는 거기에 고통을 느끼지 않았던 것이다.

어떤 것이든 깊이 애착하는 법이 없고, 무엇을 잃어도 상심하지 않는다. 어느 것도 타인에게서 구하는 법이 없다—사람의 정에 얽매이지 않는다. 사람이 아닌 것처럼.

초원에는 전해지는 말이 있다. 초원에 사는 정령, 로스—사브다크와 같은 것들은 때때로 인간의 혼을 빼앗아간다고….

만약 혼이 사람의 당연한 감정을 낳는 것이라면, 소그드는 바로 그것을 누군가에게 빼앗긴 게 아닐까….

아니, 그럴 리는 없다. 소그드가 자신의 것을 남에게 부당하게 빼앗기고 가만히 있을 리 없다는 확신이 하스에게는 있었다.

하지만 소그드가 자라나면서 누구도 나무랄 데 없는 전사가 되고, 부족을 선도하는 지도자가 되어 전장을 내달리고, 공공연히 남자 애인을 만들고 다니는 중에도—마지막 것은 누구나 걱정하겠지만—하스는 걱정스러워 견딜 수가 없었다.

소그드가 정말로 땅에 발을 붙이고 살아가고 있는 것인가—과연 사람들 사이에서 살아갈 수 있는 것인가, 하고.

하스는 담담한 얼굴 뒤로 줄곧 그런 걱정을 품고 늙어가고 있었다.

그런 하스에게 지금의 소그드는 사람이 변했다라고 해도 좋았다. 상대의 생각으로 어쩔 줄 몰라 하고, 건네주어야 할 선물의 내용을 고민하며 머리를 싸쥐고 있는 것도 전의 소그드라면 상상도 할 수 없는 일이다.

그렇지만 그것이 오히려 안심이 되었다. 기족의 명성을 드날리지 않아도, 수많은 부족을 복속시키고 중원과 대등하게 대결하지 않아도… 지금의 소그드는 이것대로 좋다고 하스는 내심 고소를 머금으며 생각했다. 자신이 전투의 영광이나 어마어마한 전리품과는 상관이 없는, 초원을 떠돌아다니며 가축을 치는 구식 목민이라서 그런 것일는지도 모르겠지만.

"넌 별로 열 받아하지 않는군."

건너편에 퍼질러 앉아 있던 소그드가 뜬금없이 물었다. 바토르가 한바탕 하려다가 끌려 나간 것에 대해서는 그다지 유감도 없는 듯한 태도였지만, 그래도 바토르 이상으로 화내도 좋을 입장의 하스가 침묵하고 있는 것이 이상한 모양이었다.

"네가 어떤 녀석인지는 태어나서부터 봐왔지 않나."

"그럼 중원에 남아있어도 괜찮다는 거야?"

"일만 치지 않으면 상관없겠지. 어차피 누구든 남아있어야 하는 것은 사실 아니냐. 나는 아르지를 염두에 두고 있었다만…. 네가 잘 꾸려나갈 수 있다면 개의치 않는다."

"오, 고마워!"

소그드는 싱긋 웃었다. 그러나 곧 그 웃음은 시들해졌다. 바토르가 알면 발끈해서 아우성을 치겠지만, 그에게 있어 가장 중대한 고민은 아직 풀리지 않았던 것이다.

수수께끼를 풀지 못하는 어린애처럼 머리를 싸쥐고 끙끙대는 소그드를 보면서, 하스는 피식 웃고 말았다.

"선물에 대해서는 감도 안 잡히는 모양이구나."

"아무거나 잡히는 대로 주긴 싫단 말이야. 기왕이면 받고 기뻐하는 게 좋은데."

"흐음. 그 황자는 뭘 좋아하지? 생각나는 대로 말해봐라."

소그드는 생각해보았다. 몇 배는 많은 대군을 앞에 두고 싸움을 기다리는 밤에도 이렇게 궁리해 본 적은 없었을 것이다.

"술은 취하지 않을 정도로 아주 조금만 마시고, 고기는 아예 안 먹고… 입는 것이나 쓰는 것은 매우 값지긴 하지만 별로 좋아하는 것 같진 않았어. 처음에 황자인 것을 몰랐을 때 입고 있는 것이 더 편해 보였으니까. 기족의 풍물은 뭐든지 재미있어하는 듯 싶지만… 이야기나 노래 같은 것은 선물할 수 없잖아?"

"노래라고? 음악에 조예가 있는 건가?"

"아아, 기가 막히던데."

무엇보다도 그 음색을 자아내는, 황홀하리만큼 아름다운 모습—.

"이봐, 이봐."

하스가 어깨를 툭 치고 나서야 간신히 소그드는 정신을 추스렸다. 여느 때라면 잔소리를 네다섯 마디는 덧붙이고 남았으련만 지금의 하스는 피식 헛웃음을 흘릴 뿐이었다. 그리고 늙은 목인牧人은 노구를 일으켰다.

하스가 손댄 것은 장식된 궤짝이었다. 기족의 천막집이라면 어느 곳이나 볼 수 있는 것으로, 일상에서 쓰는 도구가 아니라 가문 대대로의 소중한 물건을 넣어두는 곳이다. 하스는 그 뚜껑을 열고 안에서 무엇인가를 꺼내었다.

"마두금?"

그것은 옛날부터 전해 내려오는 기족의 악기였다. 이호와 닮았지만 나무에 가죽을 덧댄 몸통은 네모지고 두꺼웠다. 두 줄의 현은 말총. 가장 특징적인 것은 대의 머리 부분으로, 정교한 조각은 그 이름을 나타내주는 말의 머리 모양이었다. 뼈와 가죽, 나무로 이루어진 그 모양새는 중원인이 보기에는 조악하겠지만 기족에게는 기예를 다한 절품이었다.

"이걸 선물하는 게 어떠냐?"

소그드는 놀란 눈으로 그것을 받아들었다.

"괜찮아? 이런 걸 줘도….."

"암. 나도 선물 받고는 쓸 일이 없어 갈무리해 두었던 것이니 말이다. 헌것이라고 흠하지 않으려거든 네 알아서 하려무나."

다행히 기족에게는 새것만 선물한다는 습속은 없다. 부족한 물자를 아껴 쓰는 것이 몸에 밴 터이니까. 어느 집이나 조부모 혹은 증조부모 대의 귀중품을 간직하며, 그편이 선물에 관록을 더해주는 경우도 있는 것이다.

그것이 중원의 황자에게도 통할지는 미지수였지만—.

"고마워, 하스. 몇 배로 갚지."

"천만에."

소그드는 악기를 어루만지면서, 어떤 확신을 가졌다.

정자에서 보이는 밤의 호수는 밤하늘처럼 검고 깊었다. 호숫가에 피워 올린 횃불이 호수에 던지는 타오르는 그림자는 별과도 같았다. 달빛에 어슴푸레 드러난 기화요초는 낮과는 다른 아름다움을 꽃피웠다.

숲은 깊고 울창하며 호수와 시내는 맑았지만, 이것은 자연의 은혜가 아니다. 이 원림園林은 수많은 백성의 노역이 이루어낸 것. 모든 사람을 위해서가 아닌 단 한 사람 황제를 위해 조성된 양청원涼淸園.

황실에 속한 곳을 대체로 좋아하지 않는 정엽이었지만, 그래서야 황성에서는 생일을 축하하는 연회도 열 수 없을 것이다. 현성은 그중에서도 정엽이 그나마 즐겨 들리는 장소인 외딴 정자에 연회석을 차렸다.

"일찍 왔구나, 청해."

"정엽 형님은 아직이신가요?"

"그 아이 성격에 늦진 않겠지. 네가 너무 이르게 왔단다."

청해는 현성의 말에 별다른 대답을 않은 채 연석의 자리에 앉았다. 현성은 어색하게 웃음을 머금었다. 청해는 황성의 한량이나 세족의 무뢰배들과는 잘 어울렸지만 황실의 가족과는 소원한 편이었다. 자신의 모후인 호 첩비까지도 냉담하게 대하는 청해의 심중을 현성으로서는 도무지 알 수가 없었다.

연회석에는 두 사람뿐이었다. 시중드는 이가 오가는 큰 연회를 정엽이 싫어했기 때문에 시종들은 음식만 차리고 물러간 뒤였다. 귀인의 여느 자제라면 시종이 시중들지 않으면 어디에도 거동하지 못할 터이나, 현성도 청해도 그런 일에는 구애받지 않았다. 혈혈단신으로 각지를 다니는 정엽은 말할 것도 없다.

청해는 마련한 축하 선물을 만지작거리고 있었다. 그러다 발소리가 들리자, 그는 고개를 들었다. 그러나 그 얼굴에 반가움은 떠오르지 않았다.

"어서 오게, 소그드 공."

현성이 반가운 얼굴로 맞아들인 이는 천에 싼 물건을 어깨에 걸머진 소그드였다.

"…큰형님, 이분은."

"아아, 정엽과 각별하게 친해진 분이라 이번에 초대하게 되었다. 호첩비마마와는 동향이라고 하니 너도…."

"그리고 원수였지."

소그드는 악의라곤 파편조차 찾을 수 없는 시원스런 어조로 말했다.

"소, 소그드 공?"

"놀랄 일은 아냐. 해묵은 원한을 들추어 낼 생각은 없으니까. 나는 없지만… 그쪽은 그렇지도 않은 것 같군?"

현성은 놀라서 셋째 동생을 돌아보았다. 청해의 얼굴은—물로 씻어낸 듯이 무표정했다. 무뚝뚝한 얼굴이거나 즐거움에 물든 한량의 얼굴, 그 어느 것도 아니었다. 이런 동생의 얼굴을 현성은 본 일이 없었다.

"청해…?"

"제가 제일 늦었군요. 죄송합니다."

그때 듣기 좋은 청량한 목소리가 울려 퍼졌다.

"정엽!"

소그드가 소년처럼 기뻐하면서 팔을 벌렸다. 정엽 또한 어린애를 달래는 듯한 미소를 띠면서 마지막 계단을 밟고 올라섰다.

"여기까지 와주셔서 감사합니다. 형님, 매번 이런 자리를 마련해 주시다니 송구스럽군요."

"응? 아, 아아… 대단한 일도 아니지 않느냐."

"무슨 일 있으신가요?"

"아니, 아무것도…."

현성은 청해를 곁눈질로 살펴보았다. 그러나 청해는, 방금 전의 기묘한 표정을 언제 지었냐는 듯이 웃으면서 둘째 형을 맞이하고 있었다.

현성은 귀신에 홀린 기분이라고 생각하며 눈을 끔벅거렸다. 그러나 그는 자신이 이해할 수 없는 경지의 일은 금방 잊어버리는 성격이었다. 그는 무엇보다 지금 이 상황에 만족했다. 정엽이 마음을 여는 인물이 한 사람 더 늘었다니 얼마나 잘된 일인가. 어떤 죄 때문도 아닌 단지 자신의 위치 때문에 마음을 닫아걸고 있는 동생. 현성은 정엽이 어떻게 해서든 사랑받고, 사랑할 수 있게 되길 바라고 있었다.

…이 기원이 상당히 심각한 방법으로 실현되리라곤 이 무렵의 현성은 상상도 하지 못했다.

여느 때의 정엽은 자신을 위해 하는 어떤 일도 단호하게 거부하곤 했다. 그러나 오늘 하루만큼은, 이 조촐한 연회에서만큼은, 모든 것이 정엽을 위한 것이었다. 상을 채운 술과 요깃거리도 모두가 소찬과 소주, 신선한 과일. 미리 언질을 받았기에 소그드조차도 고기붙이 하나 없는 안주를 맛없다는 듯이 씹어 넘겼다.

선물은 주는 사람보다 받는 사람이 기뻐해야 하는 법이다. 그러나 선물을 주는 일조차도, 여느 때에는 점잖게 거절당하는 만큼 주는 사람들이 더 기꺼워하고 있었다.

"이것이 네가 황성에 없는 동안 받아둔 책이란다. 육산 선생이 서문을 써주셨다지. 황성에는 온통 이 책 이야기뿐이더구나."

"마음 써주셔서 감사합니다."

"형님, 제가 특별히 구한 창의입니다. 마음에 드십니까?"

"고맙다. 아주 편하구나."

"이걸 입고 제 생각 좀 해주십시오. 뵐 기회가 도무지 없으니…."

"알겠다. 자주 찾아가도록 노력하마."

정엽의 입장으로서는 훨씬 값비싸고 훌륭한 선물을 받을 수 있었다. 그러나 이름도 모르는 이들에게서 받는 사치스러울 뿐인 선물보다, 형제들이 정성을 들여 마련한 이런 선물이 좋았다.

"자, 그럼 내 차례군."

허나 소그드의 선물은 정엽에게도 뜻밖이었다. 먼 길을 와서, 자신을 알게 된 지도 얼마 안 되는 소그드가 선물까지 마련했을 줄은 상상도 못 했던 것이다. 소그드는 정엽의 놀란 시선을 즐기며 천을 풀었다.

드러난 것은 색다른 모양의 악기였다.

전체적인 모양은 이호와 닮은 현악기. 하지만 이호의 잘록한 울림통이 있어야 할 자리에는 조각으로 장식된 네모진 울림통이 대신하고 있었다. 말총으로 보이는 현은 두 줄. 말머리 모양의 장식이 인상적이었다.

"쿠울이다. 이곳 식으로 부르면 마두금이라고 하려나?"

"기족의 악기입니까?"

"그렇지. 악기를 좋아하는 것 같아서 말야."

소그드는 채를 현에 얹었다. 흘러나온 음색은, 그 이름에 너무나도 어울리는 것이었다.

두 줄의 현이 빚어내는 바람의 소리. 말 등에 올라타 내달릴 때의 리듬감. 몸체를 기울이면서 채를 끌어당기자, 악기는 장식된 말머리가 울부짖는 것으로 착각할 만치 흡사한 말 울음소리를 내었다.

"와아… 정말 흥미로운 악기로군요."

"마음에 드나?"

"네, 대단히. 연주하는 법을 가르쳐주시겠습니까?"

"물론이지! 어떻게 만들어진 악기인지, 전해 내려오는 이야기도 가르쳐주지."

"그런데 그것… 상당히 유래가 있는 물건인 것 같군요?"

그때 청해가 조용히 지적했다. 정엽은 받아든 마두금을 들여다보았다. 오래 아껴 써서 소중하게 다루어진 듯하였으나, 확실히 새것은 아니었다. 은제 말머리도 거무튀튀하게 변색되었고 손때 묻은 흔적도 완연했다.

"아아, 원래는 하스 영감 거였어."

그러나 소그드는 당연하다는 듯이 대꾸했다. 축하 선물로 남이 쓰던 물건을 주는 데에 부끄러워할 일은 하나도 없다는 투였다.

─아니, 정말로 부끄러워할 일은 아니었을 것이다. 기족의 고향, 그 변경의 초원은 방목으로 얻는 고기와 털 외에는 제대로 된 물산이 없는 땅이었다. 물건은 귀하고, 얻게 된 물건은 오랫동안 소중히 쓰이다가 순수한 호의로 다른 사람에게 선물로 주어질 수도 있는 것이다.

"고맙습니다. 저도 잘 간직하겠습니다."

"정엽이라면 금방 연주법을 익히겠지. 그때 기대하마."

현성은 웃었다. 정엽도 그때는 보지 못했다. 동생이 현성을 깜짝 놀라게 했던 기묘한 표정을 일순간이나마 짓고 있었음을.

연회가 파하고, 정엽은 자신의 처소에 이르는 지름길로 접어들었다. 함께 돌아가자는 형제들의 만류를 온화한 미소로 거절하고. 형제들을 사랑하지만, 가족을 소중하게 여기지만… 홀로 돌아가는 길이 그에게 맡겨진 도리였다.

밤은 어둡고 숲은 울창했다. 그러나 정엽은 거침없이 걸어갔다. 양청원의 샛길은 잘 알고 있다. 그리고 어둠을 무서워하면 도사는 되지 못한다. 도사는 음양의 이치에 모두 통달한 자.

그는 문득 멈추어 섰다. 느슨해진 신발의 장식끈을 알아차린 것이다. 정엽은 소매 속에서 부적을 한 장 꺼내 흔들었다. 부적이 빛에 물들면서, 촛불과도 같은 빛이 사방을 비추었다. 그는 길가의 돌 위에 걸터앉아 신의 끈을 매었다.

고요한 밤이었다. 낮에는 이 길을 배회하는 동물들도 밤이 깊은 지금은 잠자리에 든 것이리라. 술기운이 돌아 살짝 상기된 뺨에 닿는 밤바람이 기분 좋았다.

…그 순간 멀리서 부스럭거리는 소리가 들려왔다. 점차 가까워지는 그 소리는 아마도 사람의 발소리. 밤의 숲 속인데도 불구하고 주저하지 않고 다가온다.

어쩌면 요괴야말로 이치를 아는지도 모른다. 요괴는 그가 짜낸 이치의 주문, 주사로 새긴 부적의 명령에 어김없이 복종한다. 그러나 인간… 인간은 도리와 이치로는 다스릴 수 없다. 오로지 인간만이….

정엽은 소매 속에 다시 손을 넣어 부적 다발을 쥐었다. 하지만 나타난 것은 생각지도 못한 사람이었다.

"후아. 겨우 따라잡았군."

"소그드? 과음해서 주무시는 줄 알았는데요."

"그건 잠깐 졸면 깨지. 일어나 보니 멍청이들이 날 떠메고 가고 있길래 열 받아서 두들겨버렸어."

"시종들이 무슨 잘못이 있기에…."

청천벽력이었을 시종들에게는 동정을 금할 수 없었지만, 정엽은 그만 웃어버리고 말았다.

…하얀 불빛 아래 드러난 얼굴. 희미하게 홍조로 물든 새하얀 뺨과, 여느 때보다도 빛나는 보옥 같은 눈동자.

"…건전치 못한 일에 도전하시려거든 조심해 주십시오. 저는 부적을 늘 지니고 다니니까요."

"아아. 그 펑 하고 날아가는 것?"

"조금은 몸을 사려주시지요."

정엽은 차가운 눈초리로 대꾸하면서 한 걸음 뒤로 물러났다. 소그드는 과장된 몸짓으로 절망을 표시했다.

"너무하는군. 선물도 줬고 하니, 감사의 입맞춤쯤은 받을 수 있을 거라 생각했는데."

"그런 목적의 선물이었습니까?"

"꼭 그것도 아니지만 말야. 네 웃는 얼굴이 보고 싶었는데, 충분히 달성했어."

소그드는 만족스럽게 웃었다. 그 얼굴을 빤히 바라보던 정엽은 마침내 시선을 피해버렸다.

"말씀드렸잖습니까. 저는 도리에 어긋난 일은 하지 못합니다. 그러니…."

"입맞춤이 도리에 어긋나는 일인가?"

"육욕을 부추기는 일이니 당연하지요."

정엽을 바라보는 소그드의 눈이 가늘어졌다. 비록 말한 뜻은 고지식하고 딱딱한 내용이었지만 그런 단어를 입에 담기만 해도 자신을 자극한다는 것을 그가 알고나 있을까.

"그럼 다른 데에 입 맞추는 건 괜찮아?"

"…어디에 입 맞추겠다는 겁니까?"

"손 정도라도 괜찮은데."

나름대로 공부(?)를 했다고는 해도 정엽은 아직 정수를 건드리지도 못했다. 그럼에도 고개를 끄덕이고 만 것은, 술이 조금 들어간 탓이라고밖에는 말할 수 없다.

"…이번 한 번만입니다."

정엽은 마두금과 책을 안고 있지 않은 왼손을 불쑥 내밀었다. 소그드는 쿡 웃고 말았다. 색기라곤 없는 동작이다.

…뭐, 나머지는 천천히 가르쳐주면 되니까.

소그드는 정엽의 손목을 살며시 잡아 올렸다. 그리고 손바닥에 천천히 입술을 가져갔다. 처음에는 숨결로, 다음에는 입술로… 정엽이 소그드가 하는 짓을 알아채지도 못한 사이, 그는 혀를 내밀어 얇은 살갗을 천천히 훑어나갔다.

"자, 잠깐만. 소그드…."

"약속했잖아?"

소그드의 음성은 평이했지만, 그 저변에는 거절을 거부하는 울림이 담겨 있었다. 정엽은 잠시 말문을 잃었다. 그 사이 소그드는 손목 부근의 부드럽고 민감한 피부를 맛보기 시작했다.

악기를 연주하는 것이 어울리는, 숨 막힐 정도로 섬세하고 우아한 손. 오랫동안 붓을 쥐고 금을 만져서인지 굳은살도 박혀있었지만 그것은 정엽의 손을 결코 흉하게 만들지는 못했다. 실로 감미로운 맛이었지만, 그에 못지않게 정엽의 표정을 살피는 것도 즐거움이었다.

홍조가 가을의 잎새처럼 퍼져나간다. 수려한 미간이 찌푸려지고, 생소한 감촉을 견디려는 듯 눈꺼풀이 격렬하게 떨렸다.

…지금이라도 그를 붙잡아 입술을 취하고 싶다. 단단히 여민 창의의 옷섶을 풀어헤치고 싶다. 그때 호수에서 보았던, 눈부신 나체를 더듬고

싶다. 그가 울부짖거나 증오의 말을 토하든 관계없이—그러나 아직은
웃는 얼굴이 보고 싶다.

소그드는 쓴웃음과 함께 정엽의 손가락을 입에 머금었다. 혀끝으로 희
롱하고, 이빨로 살짝 깨물었다. 손가락이 소스라치며 빠져나가려 드는
것이 느껴졌지만 놓아줄 뜻은 추호도 없었다.

"소그드, 기다리세요! 이건 좀 다릅니다!"

"뭐가 달라?"

"이건 입맞춤이라기엔⋯."

또다시 정엽은 말을 잃었다. 소그드의 입이 정엽의 손가락을 소리 내
어 빨아올렸던 것이다. 젖은 소리와 더불어, 어쩐지 등골까지 울리는 묘
한 감촉이⋯.

"다르다고 했지요!"

양청원의 으슥한 숲 속에서 섬광이 번뜩 일어났다.

황태자는 본디 황성 후침의 동궁에 머무르며 국사를 보필하는 것이 관
례이다. 그러나 날 적부터 황태자는 아니었던 현성에게 동궁의 생활은
너무 갑갑했다. 때문에 현성은 황제에게 주청을 드려 황도의 교외에 작
은 원림을 마련하였다. 송묵으로 먹을 갈아 학문에 매진하라는 뜻으로
황제가 내려준 편액은 송림원이라 하였다.

지방의 현령도 으리으리한 원림을 짓는데 하물며 황태자의 것임에랴.
그러나 현성의 원림은 여연이 여느 저택과도 크게 다름이 없었다. 솔나
무와 대나무가 어우러져 계절을 가리지 않는 청신한 경치를 선사할 뿐이

었다. 태자를 흠잡는 이들은 '동궁을 나와 멋대로 사람을 불러들여 붕당을 이룰 속셈이다'라며 수군거렸으나, 드나드는 이가 얼마나 적은지 헤아려보면 허물하던 이들 쪽이 스스로 얼굴을 붉힐 것이었다. 그러나 황태자는 굳이 그런 이야기를 늘어놓아 자신을 변호하려 하지는 않았다.

편안히 쉴 거처를 마련하였다고는 하나, 황태자라는 직분은 마냥 유유자적할 수 있는 자리가 아니었다. 그래서 지금 송림원의 주인은 황태자 현성의 정실—누대에 걸쳐 재상을 맡아 온 임 가의 여식으로 황태자비가 된 채경이 맡고 있었다.

"……."

채경은 발 너머로 시종의 목소리를 들으며 옷매무새를 가다듬었다. 경대에 걸린 거울에 비친 모습은, 미운 데는 없지만 눈에 띄게 아름다운 곳도 없는 밋밋한 얼굴이었다. 아름다운 것으로 치자면 요 며칠 송림원에 머물고 있는 황이자—채경에게는 시동생이 되는 정엽 쪽이 훨씬 빼어날 것이다.

"둘째 황자를 뵙고 오겠다. 손님은 객실에 편히 모시도록."

시녀들 사이에서 짧은 속삭임이 일었다. 용모가 아리땁기로 세간에 명성이 자자한 황자를 볼 수 있다는 것이 젊은 시녀들을 설레게 함이리라. 그러나 젊은 여성임에도, 채경은 시녀들과 똑같은 감상을 품을 수가 없었다.

채경은 어렸을 적부터 여자다운 일보다는 고금의 책을 읽는 것에 더 열중하였다. 그런 차에 누대의 명문이라는 이유만으로 이루어진 국혼國婚. 상대가 무던한 성품의 황태자라고 해도 당장 부부간의 정이 생길 리 없다. 그러나 선량한 황태자는 앞서서 비의 마음을 풀어주기 위해 여러 모로 궁리했고, 그에 따라 나온 묘안 중 하나가 정엽의 주선으로 비가 좋아할 만한 책을 골라 주는 것이었다.

한 번도 마주 보고 흉금을 터놓고 이야기한 적은 없다. 점잖은 집안에서는 부부나 남매간에도 내외를 하는데, 하물며 형수와 시동생 사이랴. 그러나 추천하는 책을 보내올 때라든지 간단한 문안 편지만으로도, 채경은 둘째 황자의 심중을 어렴풋이 헤아릴 수 있었다. 어째서 저런 재능과 출신을 가졌으면서도 도사의 흉내를 내며 머리채를 풀고 있는지—.

한낱 아녀자의 몸으로 태어나게 만든 자신의 운명을 원망한 적이 있다. 그러나 정엽을 알게 되고 나서는 그런 한탄조차 사치스러운 것처럼 느끼고 만 채경이었다.

회랑을 돌자, 어우러진 송죽 사이로 자리 잡은 정자에 한 사람이 반듯하게 앉아있는 것이 보였다. 먼빛으로 보는 윤곽조차 그림으로 그린 것 같이 아름답다. 정자에 마련된 서탁에는 책과 종이, 그리고 이호를 닮은 색다른 악기가 기대어져 있었다.

채경과 시녀들이 다가오는 모습을 보았는지 갓 약관을 넘긴 황자는 몸을 일으켜 층층대를 내려왔다. 몸에 걸친 것은 늘 입어 낡은 티마저 나는 도포. 그러나 끝만 살짝 모아 묶어 늘어뜨린 엷은 빛의 머리카락은 반지르르 윤이 나고, 정진을 게을리 하지 않아 조금 창백한 뺨은 흠 없는 옥구슬과 같았다. 또한 물빛 같은 눈동자를 들여다보고 있노라면 그 지나친 아름다움에서 불길함까지 느껴지는 것이었다.

"무슨 일이십니까? 형수님. 이런 곳까지."

"둘째 황자 전하께서야말로 큰 불편은 없으신지요?"

"천만의 말씀입니다. 선원궁의 제 처소에 있을 때보다도 편안한걸요."

"필요한 일이 있으면 언제라도 일러주십시오. 참, 전하께 손님이 찾아왔는데…."

"아아."

정엽은 고개를 끄덕였다. 알고 있었다는 듯이.

"소 공이라는 분이신데 어찌할까요?"

"폐를 끼칩니다만 이리로 안내해주시겠습니까?"

놀라지 않는 정엽 대신 채경이 더욱 놀랐다. 정엽이 이곳에 와서 머무르는 것은 종종 있는 일이나, 이곳에서 누굴 만나는 것은 결코 흔히 있는 일이 아니었다.

"그렇습니까…. 그렇다면 차를 올릴까요? 혹여 주안상이라도?"

"다구만 간단히 준비해주신다면 송구스럽지요."

"그리하겠습니다."

"직접 오셔서 돌봐주실 것까진 없는데…."

"둘째 황자를 소홀히 대하면 태자 전하 뵐 낯이 없습니다."

어찌 된 일일까 고민하면서 채경은 자신의 처소로 돌아갔다.

정엽 쪽이야말로 몇 배나 고민하고 있다는 사실은, 아무리 채경이라도 간파할 수 있을 리 없었다.

올 것이 왔군. 정엽은 그렇게 생각하며 책을 필사하고 있던 종이를 가지런히 정돈하였다.

형님인 황태자의 집에 머무른다는 것은 정엽 스스로 생각하기에도 치졸한 수작이었다. 이곳에서라면 소그드가 드나들어도 둘째 황자인 자신을 만나러 온다고는 아무도 생각지 못할 것이다. 무엇보다 정엽에게는 사람을 초대할 수 있는 변변한 거처가 없었다. 기껏해야 후원산의 초당이나 선원궁, 혹은 후궁의 방뿐인데 어디든 사람이 자유롭게 드나들 수 있는 곳이 아니었다. 지금까지는 그것을 불편하게 여기지 않았지만….

왜 이렇게 공을 들여가며 그의 존재를 용인하는 것인가.

터무니없는 말도 아무렇지 않게 입에 담는 그 대범함 때문에? 그러나 말뿐이라면 무슨 소리를 못하랴? 그렇다고는 하나… 소그드의 언행에는 어떤 자신감이 느껴졌다. 설령 사리에 맞지 않고 도와주는 이 하나 없다고 해도 반드시 이루고야 말 것 같은 확신.

당치 않은 생각이라는 것은 알고 있다. 그러나 지금까지 도리를 지키기 위해 일거수일투족 모든 것을 바쳐온 정엽에게는, 아주 가끔이지만 그것이 상쾌하게 느껴질 때가 있었다.

지금 당장 장래를 생각할 필요는 없다. 소그드는 어차피 변경으로 돌아갈 몸. 본인이 말하는 대로 이곳에 남을 작정이라고 한다면—그것은 그때 가서 생각할 일이다.

자각하지는 못했으나 정엽은 난생 처음으로 앞으로의 일을 헤아리는 것을 그만두었다.

"정말 번거롭군. 얼굴 한번 보려고 하는데 이름을 밝히랴, 기다리랴…. 담장을 뛰어넘어 들어올까 싶었다구."

다가오는 기척보다도 쾌활한 목소리가 먼저 그의 방문을 알렸다.

"그간 건강하셨습니까. 말씀하신 대로는 곤란합니다. 우선 송림원은 태자 전하께서 머무르시는 곳이라, 전하의 옥체를 지키기 위해 도술이 베풀어져 있습니다."

"아, 그 펑—하는 거? 한두 방쯤은 버티는데…. 농담이야, 농담."

냉랭하게 응시하는 정엽의 시선을 받으면서도, 소그드는 싱글거리는 얼굴로 정자 마루에 걸터앉았다.

"뭘 하고 있는 거야? 종이를 잔뜩 늘어놓고."

"책을 베끼고 있습니다."

"책이라니?"

"중원에서 어린 학동들에게 예의범절을 가르치는 책입니다. 당신에게 도움이 될 듯하여."

중원의 풍습과 예법을 가르치면 소그드도 조금은 부끄러움을 알게 될

지도 모른다. 부끄러움을 아는 것이 도리로 향하는 첫 걸음이라 함은 옛 성현의 가르침. 그러나 정엽은 고대의 성인들조차 소그드를 가르치게 되면 난감해하지 않을까 생각했다.

소그드는 정엽의 반듯한 모습에 견주어 볼 때, 보는 사람이 한숨 나올 정도의 방만한 자세로 고개를 기울인 채 턱을 매만졌다.

"난 중원의 글은 모르는데? 아무튼 글자란 것은 읽어본 적이 없어."

"제가 가르쳐드리지요."

"어라. 가르쳐주는 건가? 직접?"

"파렴치한 행동을 하지 않으신다면 말입니다만."

"그건 장담할 수 없는데."

소그드는 그야말로 파렴치한 말을 진지하게 입에 담았다. 이쯤 되면 도리어 솔직하달까. 정엽은 당혹감을 넘어 웃음마저 흘러나오려는 것을 겨우 참았다.

"배우는 것이 지겨워지신다면 뜻대로 하시지요."

"너무 매정하잖아."

소그드의 투덜거림을 들으며, 정엽은 도읍의 종이 장인이 심혈을 기울여 만든 매끄러운 종이 위에 반듯한 정서체로 글씨를 써서 들어 보였다.

"알아보시겠습니까? 중원에서는 당신의 이름을 이렇게 씁니다."

簫丘兜. 소그드는 흥미로운지 눈을 크게 뜨고 정엽의 필체를 유심히 들여다보았다.

"본 것 같아. 소위 공문서라는 놈에게서 말야. 하지만 네가 쓰니 어쩐지 훨씬 근사해 보이는걸."

서도를 모르는 소그드가 하는 칭찬에 의미가 있을 리 없다. 그러나 글씨를 본다기보다는 보물을 두고 하는 말과 같이 천진스럽게 느껴지는 어조. 소그드의 이런 태도 때문에 정엽은 늘 마음을 놓아버리고 마는 것이다.

한참 쳐다보던 소그드가 문득 고개를 들었다.

"네 이름은 어떻게 쓰지?"

"예?"

"네 이름 말이야. 보고 싶어."

뜻밖의 요구에 놀라면서도 정엽은 순순히 자신의 이름을 써주었다.

"당신의 이름은 적당히 음에 맞추어 글자를 붙인 것이지만, 제 이름은 늘 푸른 잎이라는 의미에서 빌려 온 것입니다."

"흐음….."

소그드는 눈도 깜박이지 않는 게 아닌가 여겨질 정도로 진줏빛 종이 위에 새카맣게 박힌 정엽의 이름자를 뚫어져라 바라보았다.

"써 봐도 돼?"

"…그러십시오."

정엽은 붓이며 종이와 벼루, 연적을 소그드가 쓰기 좋게 돌려놓고 살짝 물러나 앉았다. 소그드는 서탁 앞에 털썩 주저앉아 붓을 서툴게 들었다.

중원의 아이들이 맨 처음으로 배우는 글자는 천지였다. 하늘과 땅, 인간에게 이치를 부여하는 것.

그러나 소그드가 최초로 쓴 글자는 정엽의 이름자였다.

그의 서도는 서도라고 부르기도 민망한 것이었다. 먹물에 붓을 덤벙덤벙 담그는 것이, 종이는 물론이고 옷마저 새카맣게 더럽히지 않을까 불안할 지경이었다.

하지만 소그드는 열과 성을 다하여—안간힘을 쓴다고까지 여겨질 정도로 공을 들여, 정엽의 이름자를 흉내 내어 쓰고 있었다.

백지가 검게 채워져 간다. 정엽. 정엽. 정엽. 정엽. 정엽.

지켜보고 있던 정엽은 소매 속에 가리워진 두 손을 꼭 맞잡았다. 이 기묘한 오한을 억누르기 위해.

소그드의 글씨는 대여섯 살 어린애의 그것만도 못했지만, 서도의 뛰어남을 떠나—실려 있는 무게가 느껴졌다.

마치 그것은, 소그드의 입에서 흘러나오는 정엽의 이름에 담긴 무게와도 같은.

"…글을 배우는 것은 다른 때에 하면 어떨까요? 이대로 해가 저물면 금을 가르쳐주실 시간이 없을 것 같군요."

"아아, 그랬지. 미안, 미안. 시작할까?"

그 무렵 송림원의 주인인 현성은 황제의 서재에 앉아 있었다.

세간에서 회자하는 바로 황제와 황태자의 관계는 돈독하려야 돈독할 수 없는 것이었다. 오히려 황태자에게 황제를 증오할 이유가 있다고 해도 좋았다. 황제는 제위에 오르기 전부터 현성과 그 모친을 그리 살뜰하게 돌보지 않았다. 나아가 제위에 오른 뒤에는 거의 내팽개치다시피 했다. 조강지처인 장 부인을 버리고 이국의 왕녀를 황후로 세웠으며 장자의 법도조차 바꾸고자 했다.

그러나 현성은 기실 부친을 증오하지 않았다. 부친의 마음을 헤아리고 있었기 때문에. 자기네 모자를 내치려고 했던 냉혹한 이해타산도, 황후 모자를 익애하는 사람다운 감정도…. 물론 이해한다고 해서 증오하지 못하는 것은 아니었으나….

어느 면에서 현성은 부친에게 깊은 존경을 품고 있었다.

하늘과 땅의 이치를 자신의 손으로 재편하고자 하는 사내.

부친으로서는 차지하고 그 포부에는 경도되지 않을 수 없다—.

황태자 자리에 욕심이 있는 것도 아니다. 따라서 현성은 황제와 독대하는 자리에도 아무런 불편 없이 자연스럽게 자리할 수 있었다.

그 점은 황제도 마찬가지였다. 만약 현성이 어딘가 모자란 자였으면 그것을 구실로 폐할 수도 있었을 것이다. 그러나 황제 또한 맏아들의 성품… 누구에게나 사심 없이 대하고, 은혜는 기억할지언정 원한은 쉽게 잊어버리는 그 성정을 높이 사고 있었다. 자신은 할 수 없는 일이었으니까.

그런 의미에서 두 사람 사이에는 부자간의 정이란 것이 있다고 할 수 있을는지….

황제는 황태자를 불러놓고는 바로 용건을 이야기하지 않았다. 천금으로 값한다는 감로차의 그윽한 향기만이 허공을 떠돌고 있을 따름이었다.

"근자에 듣자 하니…."

차로 충분히 목을 축인 다음에야 황제는 입을 열었다.

"호기족 족장의 장자와 퍽 친근하게 지내고 있다고 하더구나."

"그렇습니다, 폐하. 소자가 무슨 잘못이라도 저질렀는지요?"

황제의 자식들 중에는 이제 부친을 아버지라고 부르는 자식은 없다. 황제의 냉담한 성품으로 미루어 볼 때 황제가 그것을 아쉬워할 거라고 여기는 이는 없었지만, 그도 모를 일이다.

"질책하려고 부른 것이 아니다. 태자 그대는 그와 퍽 친근한 것 같던데, 그자에 대해서 어떻게 생각하는가?"

현성은 눈을 깜박였다. 정이 깊다고 알려져 있는 황태자이지만, 그렇다고 해서 정에 휘둘려 부당한 평가를 내리는 일은 없다. 그 또한 황제가 황태자를 높게 사는 이유 중 하나였다.

"실로 당대의 호걸이라고 할 수 있을 것입니다. 그에게는 무엇을 맡겨도 용맹을 떨치겠지요. 다만⋯."

"다만?"

"중원은 그에게는 너무 좁은 것이 아닌가 하여⋯."

"그대는 이 광대한 중원을 두고 좁다 하는가?"

"그런 기분이 들었다는 것뿐이라⋯."

"시비를 가리자는 게 아니다. 아무튼 네 눈에도 그리 보인다니⋯. 듣자 하니 그는 중원에 계속 머무르고 싶어 한다던데."

황제는 자신의 턱을 매만지며 생각에 잠겼다. 현성은 조금 불안한 눈으로 황제를 지켜보았다. 범상치 않은 소그드의 성품으로 볼 때, 그가 어느 날 갑자기 황제의 기분을 거스를 일도 아주 없다고는 단언할 수 없었다.

그러나 황제의 입에서 나온 말은 더욱 뜻밖이었다.

"짐은 그자에게 제후의 위를 줄까 한다."

황태자의 입이 경망스럽게도 크게 벌어졌다.

"폐⋯ 폐하? 아무런 공도 없는 이를 그렇게 후대하시는 것은⋯."

"공이 없지는 않다. 사절단의 일을 훌륭히 해내지 않았느냐."

"그래도⋯ 화하의 사람도 아닌 이에게 직위를 내리시게 되면 유생들이 가만히 있지 않을 것입니다."

황제는 차갑게 미소 지었다. 얼음도 베어낼 수 있을 것만 같은 미소를.

"천리에 얽매여서 사리를 분별하지 못하는 그 무리들 말이냐? 그들도 이번 기회에 생각을 고치게 되겠지. 짐의 말에 반대한다면 그것도 나쁘지 않아. 그 결백하기만 한 태도를 고칠 엄벌을 내려줄 테니."

"폐하⋯ 하오나⋯."

"전해 들으니 서국의 여왕은 자기 딸을 해적의 아내로 주어버렸다고 한다. 그 대가로 해외를 오가는 배의 안전을 확고히 했다고…. 그로 인해 서국이 얼마나 부유함을 거머쥐었는지 들어본 적 있느냐? 또한 변경을 통해 조공을 바치는 해인들은 그 왕래로 인해 얼마나 이득을 취하는지 너는 아느냐? 아무도 짐에게 알려주지 않았지만 짐은 짐대로 알 수 있는 방법이 있다."

황태자는 당황하여 눈을 깜박거릴 뿐이었다. 옛 성현은 아무도 장사치처럼 이득을 따지라고 가르치지 않았다. 천하를 다스리는 도는 그런 것이 아니라고 배워왔다. 비록 그러한 도리를 실천해야 할 관리며 유생들이 때로 백성을 채찍질하여 제 배를 불린다는 사실은 알고 있었지만.

"태자의 생각은 어떠한가?"

황제가 무감정한 목소리로 물었다. 현성에게 의견을 묻는 것은 아닐 터이다. 현성은 참신한 의견을 개진한다든가, 황제의 뜻을 거스르는 것을 알면서도 반박하는 일은 하지 못했다. 다만… 앞으로 대통을 이어갈 태자가 어떻게 생각하는지는 알아둘 필요가 있었다. 어떠한 변혁이든 1대로 끝난다면 시도하지 않은 것만 못하기에.

부친의 의중을 모르는 현성은 숙고하였다.

틀림없이 재야지사들의 반발은 어마어마할 것이다. 실리와는 아무 상관없는 항의라고는 해도 무시할 수는 없다―또 만사를 이득으로 논하는 부친의 말에 완전히 공감하는 것도 아니었다.

그 모든 것보다 설득력을 가지는 것은… 소그드라는 인물의 됨됨이.

처음 허물없는 인사를 받았을 때에도 무례하다고는 느끼지 못했다. 주연에서나 사냥터에서 격식 없는 언행을 보아도 그라면 어쩔 수 없다고 봐 넘기곤 했다. 초원의 바람처럼 청신한 인물, 그런 사내가 세상에 하나쯤 있다고 해서 나쁠 것이 무에 있겠는가?

태자의 대답을 듣고 황제는 흡족한 듯 고개를 끄덕였다.

"좋다. 그대의 뜻도 그러하다면 안심하고 일을 진행시켜도 되겠지."

"무슨 일 말씀이십니까?"

"내 뜻이 확고하다는 것을 보일 작정이다."

그렇게 말하는 황제의 얼굴에 희미하게 비감이 떠돌았다. 걸출한 황제, 천지만물 중 사람에 속한 것을 다스리는 군주답지 않은 표정.

현성은 부친이 어느 때에 이토록 사람다운 얼굴이 되는지 알고 있었다.

부모에게 효성을 다하는 것은 천리 중에도 지극한 것 중 하나이다. 궁궐을 멀리하고 야인처럼 지내는 정엽이었지만, 모후에게 문안을 드리는 것은 결례가 되지 않을 정도로 반드시 하곤 했다.

모후의 처소인 소상궁에 발을 디뎠을 때, 정엽은 구슬이 구르는 듯한 웃음소리를 들었다.

"저런, 금랑金琅이 이겼구나? 은랑銀琅이 벌주를 마셔야겠군. 하지만 둘 다 어린아이니 과즙으로 대신하도록 하자."

"아니 어머니, 금란 언니는 혼담도 들어온 몸이잖아요? 이제 어른이니 벌주가 무슨 문제가 되겠어요?"

"청옥이! 요게! 혼담 이야기로 언니를 언제까지 놀려먹을 참이니?"

"꺅!"

획권 놀이를 하고 있던 두 소녀 중 하나가 다른 한쪽이 두들기는 손을 피해 도망을 쳤다. 숨을 곳을 찾아 주위를 둘러보던 소녀의 눈이 정엽을 발견했다.

"아! 오라버니다!"

"오라버니! 너무 오래간만이에요!"

동생을 꿇려주기 위해 일어났던 소녀도 정엽을 보더니 부리나케 달려왔다. 정엽은 순식간에 하늘하늘한 비단 소매와 잘랑거리는 패옥으로 에워싸이다시피 했다. 정엽은 미미하게 눈살을 찌푸렸다. 그러나 꾸짖지는 않았다. 다정한 훈계조의 말 한마디로도 그녀들을 움직일 수 있는 것을 아는 터이니.

"놓아주지 않겠느냐? 너희들도 이제 과년한 규수인데, 언제까지고 장난만 치고 있어서야 되겠니?"

"금란 언니, 언니더러 얌전히 굴라고 하시잖아요."

"너는 어디 나이가 적으니? 요 얌체!"

연년생으로 태어난 정엽의 누이동생들은 티격태격하면서도 오빠의 소맷부리를 잡고 놓지 않았다. 연년생이라곤 해도 두 소녀의 얼굴은 같은 일시에 태어난 것처럼 꼭 빼닮았다. 그 어여쁜 용모와 발랄한 자태, 천진난만한 성품은 모후에게서 물려받은 것. 그 때문인지 황제는 다른 어떤 자매들보다도 이 두 황녀를 가장 익애하고 있었다.

그러나 모후와 닮았다고는 해도 황후로 살아온 연륜, 대해를 건넌 경험은 물려받을 수 없는 것이었다. 누구에게나 사랑받으며 구중궁궐 안에서 자란 두 소녀는 너무나 순진했다. 흑단 같은 머리카락이 파뿌리처럼 되도록 후궁에서 살아갈 수는 없다. 언제고 배필을 만나 궁을 떠나야 할 것인데… 부족함을 모르고 살았던 성품이 남편을 만나 어그러지지나 않을지, 혹은 황제의 부마가 될 사내가 턱없는 야심을 품지나 않을지, 정엽의 근심은 그칠 날이 없었다.

"모처럼 온 둘째 오라버니를 성가시게 하고 있구나. 너희들도 이제 열여섯에 열다섯이니 조금은 어른스럽게 굴 수 없겠니? 특히 금란아, 너는 혼담까지 들어온 몸이지 않니?"

획권 놀이의 심판을 봐주던 황후가 웃으면서 다가왔다. 나무라는 어조이긴 하지만 표정은 어디까지나 밝다. 크게 나쁜 일을 하지 않는 한 윽박지르지 않는 것이 황후의 성격이었다. 두 누이의 장래를 위해서는 좀 더엄격하지 않으면 안 된다는 것이 정엽이라, 그 점을 모후에게 아뢰는 일도 잦았다. 허나 지금 정엽은 그것을 생각하지 않았다.

"금란에게 혼담이 들어왔습니까?"

정엽은 정원에 마련한 다과상 앞에 앉으며, 차종을 입에 대는 것도 잊은 채 물었다.

"아직 말만 나온 것이지만 말이야. 막상 금란은 이렇게 철이 없으니어찌 될는지."

여금 황후는 가볍게 대답하며 맞은편에 앉았다. 금란과 청옥은 신이나서 정엽의 좌우에 자리 잡았다. 두 소녀는 조금 엄하기는 하나 아름답고 자상한 오라버니를 몹시도 따랐다.

"언니는 이제 바쁘겠네? 수를 놓거나 옷을 짓는 일쯤은 해내야 시집을가도 면목이 설 테니. 열심히 하란 말야, 되지도 않는 시만 짓고 있지 말고. 어머니 얼굴에 먹칠을 해선 안 되지 않아?"

"갈수록 얄미운 소리만 하네? 너와 내가 한 살 터울인 것을 잊었니?그런데도 인형놀이에만 정신이 팔려 있으니, 누가 더 부끄러워해야 하는지 모르겠네."

"그런 말만 하다간 시집가서 신랑한테 미움받는다?"

"금란아, 청옥아. 어마마마와 내가 이야기를 하고 있지 않느냐. 둘이놀고 싶으면 어서 방으로 들어가렴."

"아니에요, 오라버니. 곁에 있을래요."

"잘못했어요―."

두 누이가 실로 사랑스럽게 반성을 표하는 동안, 정엽은 옥루차의 향기를 맡으며 마음을 진정시켰다. 그러나 지극히 귀한 차의 향기도 정엽에게는 감회를 주지 못했다.

"폐하께서는 무슨 생각인지 모르겠구나. 혼약을 맺는 것은 나도 줄곧 폐하를 독촉해왔으니 두 손 들어 환영이란다. 이 아이도 혼약을 맺은 몸이라면 얼마간 규수다운 몸가짐을 익히겠지 하고 말이야. 그런데 폐하께서는 뜻밖에도 혼인을 서두르라고 하시지 않니. 이 아이들은 아직 어린 아이일 뿐이지 않아? 아직 규중법도도 더 배워야 하거늘… 이렇게 갑작스럽게 혼인까지 말이 나오다니. 금란보다 연배가 있는 황녀도 있는데 말이야."

"그만큼 폐하께서 각별하게 여기는 분과의 혼담이지 않겠습니까?"

"그래, 그래서 묻고 싶었단다. 너와는 드물게도 교분이 있는 분인 것 같으니."

"저와… 교분이라니오?"

"이번에 사절로 오신 소 공이라는 분 말이야. 인품이 어떠하시니?"

일견 정엽의 모습은 변함이 없었다.

다만 그 움직임이 완전히 멈추었을 뿐이다―그리하여 마치 등 뒤에 흰 비단을 드리우면 그대로 한 폭의 그림처럼 보일 정도로.

표정은 변하지 않았다고는 하나 여금 황후에게는 배 아파 낳은 아들이 있다. 이상한 낌새를 느낀 황후는 염려스럽게 정엽의 얼굴을 들여다보았다. 두 누이도 뭔가 느끼는 바가 있는지 눈을 동그랗게 뜨고 오라버니를 쳐다보았다.

"무슨… 마음에 걸리는 점이라도 있니?"

한 호흡 뒤에 정엽이 대답했다.

"아니요, 천만에요. 어마마마야말로 마음이 쓰이십니까?"

"그분에 대해 아는 것이 있어야 마음을 쓰고 말고 할 게 아니니?"

"변경의 사람이라고 저어하시지나 않을까 해서…."

"그렇게 보면 나도 나라 밖에서 온 사람이잖니. 다행히 황제 폐하께서 그분에게 나라 안의 큰 벼슬을 주실 모양이니, 모녀가 생이별할 염려도 없고…."

"정말, 어떤 분인가요?"

그렇게 캐묻는 금란의 눈빛에 두려움은 없었다. 고이 자란 그녀가 아는 악인이란 케케묵은 사서와 이야기책 속에 나오는 인물이 다일 것이었다. 그런 자들이 저지르는 흉악무도한 죄상에 대한 기록도, 어린 황녀의 마음이 다칠까 염려하여 막연하게 쓰여 있을 뿐. 순진무구하고 호기심 많은 어린 황녀에게 악당은 신기한 존재일 따름이었다.

"괜히 이럴 것이다, 저럴 것이다 무턱대고 상상해선 안 돼. 소 공은 중원과 풍습도 예절도 판이하게 다른 곳에서 온 분이니까."

"그럼 한 가지만 알려주세요. 오라버니 보기엔 어떤 분인가요?"

이 어린 동생들에게는… 모후에게도 절대로 내색할 수 없다. 소그드가 정엽에게 무엇을 희망했는지를.

"좀 괴벽한 인품이긴 하지만, 담대하고 용맹한 분이란다. 장차 일이야 알 수 없다만 아무쪼록 예의 바르게 대하도록 하렴."

황제가 익애하는 황녀의 혼인이라는 것은 그 무게가 달랐다.

변경의 오랑캐에 불과한 사내를 황실의 가족으로 맞이한다. 기족의 사절에 대한 후대를 비판하던 무리들도 이 대우에는 말문이 막힐 것이 틀림없으리라. 한 가지만은 분명하다―앞으로 변경이나 해외의 이민족을 대하는 인식이 결정적으로 바뀌리라는 점. 사람이 아니라고 여겨졌던 이민족, 해인이 황제의 사위도 될 수 있는 것이라고.

더할 나위 없이 좋은 일이다. 소그드에게도, 기족에게도….

그러나 정엽의 마음 한구석에 응어리져 있는 이 기묘한 감정은 무엇이 란 말인가?

제대로 혼인을 치르게 되면 소그드 역시 허황한 말을 하는 버릇도 없 어지리라. 물정을 모르는 누이 또한 잘 보살펴주지 않을까.

그런데도―그런데도 어째서….

이렇게 허탈한 기분이 드는 것일까?

앞으로는 그 터무니없는 연심을 호소당하지 않아도 된다. 타버릴 것 같은 정열을 마주하지 않아도 된다.

'사랑하고 있어.'

그 고백을 듣는 일조차 없을 것인데.

황후나 누이 황녀들과 무슨 이야기를 나누었는지조차 기억하지 못한 채 정엽은 처소로 돌아왔다. 혼담에 대한 이야기를 전해야 할 텐데… 지 금 정엽에게는 소그드를 마주 볼 자신이 없었다.

황성에 딸린 사해관四海館은 비록 황성의 성벽 안에 들어가진 않았지만 엄연히 황성의 전각이었다. 사해에서 찾아와 황제의 은혜를 구하고자 하 는 귀한 객이 몸을 쉴 수 있도록, 황성에 봉사하는 장인들이 기예를 다하 여 꾸민 전각과 원림.

…그러나 지금 사해관의 모습은 이 전각을 돌보는 자들이 보았다면 통 탄을 마지않을 몰골이 되어 있었다.

수놓은 비단 휘장과 옻칠한 가구에 주눅 들어 있는 것도 잠시였다. 기 족 사람들은 금세 자기 좋을 대로 지내기 시작했다. 우선 수족이나 다름없는 말들이 눈에 보이지 않으면 불안하다는 이유로 기족의 준마를 마구간에서 끌어내어 중정에 풀어주었다. 황제의 원림을 아름답게 꾸미기 위해서 천리만리를 거쳐 실려 온 기화요초들은 초원 조랑말의 단단한 이빨에 무자비하게 찢겨졌다. 일행 중 가장 연장자인 하스는 아예 중정의 한가운데에 천막을 지어놓았다. 하스는 태연자약하게 그 안에서 잠들고, 아침에 일어나면 천막 입구에 매어놓은 새끼 낳은 암말의 젖을 짜서 휘저어 발효유를 만들어 마셨다.

"지금쯤 에스기 만드는 축제가 끝났겠지….."

"슬슬 돌아가지 않으면 겨울 준비도 못할 텐데."

인솔자가 그 모양이니 기족의 젊은이들도 고향을 잊으려야 잊을 수 없었다. 무엇보다 그들은 너무나 잘 알고 있다. 여기서 그들은 이방인에 불과하다―아무리 융숭한 대접을 받고 선물이 산을 이루어도, 결국 그들을 환영하는 것은 태어난 땅과 씻은 물, 고향 초원이라는 것을.

그러나 초원에서 살 때처럼 떠나고 싶어진다 해서 가볍게 천막을 풀어 말에 싣고 떠날 수는 없다. 초원에서조차 여름에 양을 치는 곳과 겨울을 나는 곳이 정해져 있으니, 칼바람이 몸을 에는 겨울에 탁 트인 여름 숙영지로 떠나는 이는 얼간이로 불린다. 모든 것에는 때가 있는 법이다.

기족의 사절단이 초원으로 돌아가기 위해 기다리는 것은, 최소한의 평화를 보장함과 동시에 기족에게는 긴요한 생필품을 거래하는 마시馬市의 개장을 약속받는 일이었다. 하지만 의례를 치르는 것만으로 해를 넘기고 밤을 새우는 중원의 샌님들은 좀처럼 확언해주지 않았다. 그들이 할 수 있는 것은 기다리는 것뿐이었다….

오후의 나른함에 젖어 꾸벅꾸벅 조는 사내들은 깨닫지 못했다. 무슨 볼일인지 나갔다 들어온 하스가 몹시도 굳은 얼굴로 천막으로 들어가는 것을.

그리고 하스에게서 말을 전해들은 바토르와 아르지가 경악의 소리가 튀어나오려고 하는 것을 입을 틀어막고 삼켰기 때문에, 그 이후로도 그들은 사태의 심각성을 깨닫지 못했다.

"하스. 농담이지?"

"나도 농담이었으면 좋겠구먼…."

하스는 피로한 듯이 중얼거렸다. 그의 시선은 손에 들린 두루마리에 머물러 있었다. 황제의 조칙이 완성되기 전의 초안. 초안에 불과하다 해도 최고급 종이에 정서로 쓰여, 비단을 덧댄 값진 물건이었다. 문자라고 할 만한 것이 없는 기족에게는 그저 돈푼깨나 든 물건에 불과했다. 그러나 하스는 황태자로부터 이미 들은 말이 있었다. 그 말을 귀에 집어넣었을 때의 충격은, 하스의 육십 평생 처음이라고 할 수 있을 정도였다.

그것은 바토르도 마찬가지였다. 그는 자신의 입을 막은 아르지의 손을 치우고, 다물어지지 않는 입을 힘겹게 놀려 말을 짜내었다.

"소그드를 황녀와… 혼인시킨다고?"

그리고 세 살배기 망아지 꼬리도 얼어붙을 것 같은 침묵이 찾아왔다. 이 천막에 모인 세 사람은 소그드라는 인물의 됨됨이를 너무나 잘 알고 있었다―소그드를 알게 된 뒤 느꼈던 온갖 기막힘과 어처구니없음과 분노와 허탈과 민망함의 감정이 주마등처럼 스쳐 지나가고 난 뒤 바토르가 먼저 누구에게랄 것도 없이 중얼거렸다.

"그 녀석이 여자를 안은 적이 있었어?"

"……."

어느 정도 마음에 들면 친구건 부하건 간에 거리낌 없이 잠자리를 구하는 소그드였지만, 기묘하게도 여자에게는 결코 손을 대지 않았다. 초원에 사는 뭇 부족의 여자들은 대개 분방하고, 중원과 같은 정조관념이 강하지 않다. 그리하여 소그드를 유혹하는 처녀들도 많았지만, 소그드는 그저 유들유들하게 흘려보낼 따름이었다.

그것을 회상할 때마다 하스의 뇌리에는 반드시 떠오르는 장면이 있었다. 적막한 천막—누가 드나드는 일도 없고 안에서 나오는 일도 없는 여자의 천막. 족장이 젊은 시절 약탈해 온 이후 정월의 연회를 제외하면 모습을 보이지 않는 여자. 만약 그녀가….

"…결혼을 하게 되면 책임져야 할 일이 생기니까 싫다고 했었던가."

아르지가 대답이 되지 못하는 말을 중얼거렸다. 그 자신이 결혼하게 되어 소그드와의 관계가 끝날 무렵에 물어보았던 것이다. 그러나—.

"그건 아무래도 좋은 일이야. 애초에 인질이 되는 거나 다름없는 결혼을 좋아서 하는 놈이 어디 있어? 문제는 소그드 녀석은 자신이 싫다고 하면—"

"…하지 않지."

하스가 한숨처럼 대답했고, 바토르는 이를 갈며 젖차가 놓인 탁자를 내리쳐서 흔들거리게 했다.

그때 느닷없이 아르지가 바토르를 돌아보았다.

"바토르. 너는 결혼하지 않았지."

"갑자기 그건 왜 물어?"

"네가 결혼할 생각은 없냐는 말이야."

바토르의 얼굴에서 표정이 사라졌다. 그는 그대로 아르지를 응시했다—길길이 날뛰던 직전과 비교했을 때 차분하게까지 보이는 얼굴이었지만, 그 눈을 보면 이야기가 달라질 것이다. 모든 것이 얼어붙는 겨울의 초원에서 쇠로 만든 화살촉을 맨손으로 줍는 사람은 없다. 그것은 보기에는 아무렇지도 않게 보이지만 닿는 것을 다치게 한다.

"아르지. 웃기지 마. 난 소그드의 어떤 점은 지긋지긋하게 싫어하지만, 인정할 점은 인정해야만 한다는 것도 잘 알아. 나와 소그드를 나란히 세워두었을 때 황제인지 뭔지 하는 족장이 누구를 선택할 거라고 생각해? 설령 내가 선택해야 하는 입장이라도 마찬가지야. 족장의 장자와 족장의 먼 친척이라는 자리를 바꾸어도, 결론은 달라지지 않을걸."

"…그렇—그럴지도 모르지. 미안하군, 바토르. 쓸데없는 소리를 했어."

바토르는 젖차를 단숨에 들이키는 것으로 대답을 대신했다. 아르지는 말없이 시선을 떨어뜨려 탁자를 내려다보았다. 하스는 자신의 고민에 빠져 있어 두 사람 사이의 불편한 공기를 느끼지 못했다.

"더욱이 소그드를 가리켜서 혼담을 꺼낸 이상 바꾸는 일은 쉽지 않겠지…. 중원 사람들은 한 번 정한 것을 바꾸길 경기라도 일으킬 듯이 싫어하잖는가. 하지만 문제는, 그 녀석이 결혼하는 흉내라도 낼 수 있냐는 건데…."

누구의 입에서랄 것도 없이 신음 소리가 흘러나왔다.

오랜 벗과 보호자를 고뇌에 빠지게 만든 장본인은 그러한 일을 까맣게 모르고 있었다. 가령 알았다 한들 그리 신경 쓰지는 않았을 것이다.

소그드는 윤나게 옻칠한 탁자를 사이에 두고 손님을 맞이하고 있었다. 중원의 장인이 심혈을 기울여 세공한 탁자 위에는 마찬가지로 값진 두루마리가 펼쳐져 있었다. 그것이 서신이라는 것을 심부름꾼이 전해주지 않았다면 뭐에 쓰는 물건인지도 몰랐을 것이다.

소그드는 중원의 문자를 읽을 수도 없으면서 그것을 빤히 들여다보았다. 양피지나, 변경에서 가끔 보는 조악한 종이와는 비교도 할 수 없는 매끄러운 표면에는 은은한 무늬마저 아롱지고 있었다. 그 위에 단정하게 쓰여 있는 문자 또한 종이 값이 아깝지 않을 정도로 아름다웠다. 그것은 소그드가 보기에도 틀림없었다

먹물이 말랐음에도 희미한 묵향이 서신의 언저리를 떠돌았다. 처음에

는 재 냄새 비슷한 것으로밖에 여겨지지 않았지만, 최근 들어 소그드는 이 냄새를 분간할 수 있을뿐더러 좋아지기까지 했다. 정엽이 글을 쓸 때에는 늘 이 냄새가 났으니까. 지필묵을 가까이 하고 있지 않을 때에도 정엽의 소맷자락에서는 이따금 먹물 냄새가 풍겼다. 그 냄새는 어떤 진귀한 향료보다도 소그드의 마음을 황홀하게 했다.

방문자는 소그드가 듣건 말건 말을 이었다. 정확히는 소그드가 듣지 않는 것을 알았다 해도 추궁할 용기가 없는 것뿐이었지만. 어차피 서신의 내용을 요약해서 읊고 있는 것뿐이므로 저 사내가 되풀이해서 듣고 싶으면 아무나 서신을 읽어줄 사람을 찾으면 된다—수서는 그렇게 생각했다.

수서가 정엽의 제자로 들어온 이래 그는 스승의 도술에 대해 의문을 품어본 일이 없었다. 하늘이 내리는 벌과 같이 강대한 힘을 흐트러짐 없는 얼굴로 다루는 스승. 따라서 수서에게 있어 정엽의 존재는 하늘의 이치나 마찬가지. 그런데… 눈앞의 덩치 크고 거무스레한 오랑캐 사내는, 정엽이 베푼 은형술을 꿰뚫어보고 어린애 거머잡듯이 수서를 붙잡았다.

정체를 모르는 것은 대개 혐오스럽거나 두려운 법이다. 그래서 수서는 소그드와 다시 대면하고 싶지 않았다. 기실 선원궁에 속한 어린 도사가 사해관의 이방인을 만날 일도 없다. 그러나—스승이 심부름을 시킨 것이다. 정엽은 황궁을 떠나 오래 떠돌아다니면서 무슨 일이든 손수 하는 버릇이 있었다. 그러니 수서로서는 섬기기 편한 스승이었지만, 그렇기에 더욱 모처럼 시킨 일은 철저하게 하지 않으면 안 된다고 마음먹고 있었다.

기우라고, 수서는 애써 마음을 고쳐먹었다. 고작 서신을 전하는 것일 따름인데 불미스러운 일이 일어날 리 없지 않은가. 서신의 내용도 소그드의 혼약을 축하하고, 남녀가 함께 살아가는 이치에 대해서 설교조로 조금 늘어놓은 다음—때때로 나이에 걸맞지 않게 노인네처럼 고루한 설교를 하는 것이, 수서가 아는 정엽의 몇 안 되는 단점 중 하나였다—먼 남방의 도관에 볼일이 있어 먼 길을 떠나야 하기에 혼례에 참석할 수 없는 것을 아쉬워하는 내용일 뿐이었다. 그 서체도 문장도 극히 아름다워서 베껴다 태학의 학생들에게 팔아넘기고 싶을 정도. 아무리 까막눈에 조포한 오랑캐라 할지라도 흠잡을 여지는—.

느닷없이 손이 뻗어와 수서의 어깨를 콱 거머잡았다. 수서는 말문을 잃고 입을 뻐끔거렸다. 어깨가 아팠다. 아니, 아픈 정도가 아니라 떨어져 나가는 것 같았다. 소그드의 기운이 수서의 몸을 짓누르는 것 같아 어린 도사는 숨도 쉴 수 없었다.

소그드는 어린 도사의 몸뚱이를 목각 인형처럼 끌어당겨, 그 얼굴에 자신의 얼굴을 가져갔다. 나름대로 우호적으로 보이기 위해 싱긋 웃었지만 남이 보기에는 이빨을 드러내는 것으로밖에 보이지 않았다.

"정엽은 어디 있어?"

수서는 혼절 직전에서 간신히 버티며 어렴풋이 떠올렸다. 비슷한 말을 비슷한 상황에서 들은 적이 있는데.

하지만 대답은 달랐다. 대답이 달라야 한다는 점에, 수서는 공포심마저 품고 말았다.

"모, 모릅니다… 스승님께선 어디를 방문할 생각이라는 말도 않으셔서…."

"세 번째야."

"에, 예?"

"세 번이나 되면 땅과 물의 주인도, 남양의 진도, 서국의 천사라도 화낼 거라고. 중원에서는 어떤지 모르겠지만."

소그드는 수서를 놓아주었다. 수서는 가엾게도 내팽개쳐지다시피 하여 엉덩방아를 찧어버렸다. 수서는 엉덩이가 몹시 욱신거리는 것을 느꼈지만 손을 돌려 어루만질 생각도 하지 못했다. 그러나 소그드는 아이를 거들떠보지도 않고 걸상에서 일어났다.

수서는 오랑캐 청년이 주저앉은 자신을 스쳐 지나가 밖으로 나가는 것을 고개만 돌려 바라보았다. 수서는 일어나지 않기로 했다. 스승이 도관을 비운 지금 서둘러야 할 일은 아무것도 없다.

다만 소년은 앉은 채 의문에 빠졌다. 최근 줄곧 의아해하고 있던 일이었다. 저 오랑캐 사내는 대체 어떤 인물이며, 스승은 어째서 저 사내를 각별히 염려하는 것인지. 그러나 어깨와 엉덩이의 아픔이 사라질 때까지도 답은 나오지 않았다.

5장

타닥타닥타닥—.

황도의 거리를 한 마리 말이 질주했다.

천 년의 고도. 황금색 기와를 이고 선명한 단청을 칠한 황궁을 비롯하여, 귀인의 저택을 장식하는 검은 기와와 아리따운 가인이 맞이하는 청기와가 널린 번화한 거리. 양양하게 흐르는 대하大河를 앞에 두고 높은 산을 뒤에 두며 궁과 묘는 북쪽에, 시장은 남쪽에—옛 경전에서 논하는 도성의 모습을 그대로 담아낸 그것은 황궁이라는 하나의 우주를 품은 또다른 우주였다.

까마득히 높은 지위의 문무백관이 조복朝服의 소맷자락을 휘날리며 수레를 달리는 모습을 볼 수 있다. 기이한 차림새의 도사와, 그들이 부리는 요괴를 거리에서 만나는 일도 그리 드문 일만은 아니다. 어가에 몸을 싣고 행차하는 지고한 황제와 그를 보위하는 용사들의 행렬도, 누대의 복록이 쌓였다면 엎드려 올려다볼 기회가 있으리라. 그리고 사해의 오랑캐들이 황제의 찬란한 위광에 고개를 숙이고 복속하기 위해 찾아오는 것도 볼 만한 구경거리였다. 따라서 황도의 주민들이 놀랄 정도의 볼거리는 오히려 흔치 않을지도 모른다.

그러나 지금 거리를 가로질러 가는 말과 그 기수를 다시 한 번 돌아보지 않는 주민은 없었다. 얼마 전부터 황도에 머무르고 있는 오랑캐의 사절, 대개 주공을 바치러 오는 이국의 사절들은 개관이 문은 거의 나서는 법이 없는데, 이들은 황제의 특별한 은사로 자유롭게 드나들 수 있다던

가. 변방을 소란케 하였던 오랑캐의 존재에 처음에는 꺼림칙하였을는지
도 모른다. 하지만 지금은 준마에 올라타 날듯이 거리를 달리는 호기족
의 사내를 바라보는 주민들의 시선에 담긴 것은 오히려 동경에 가까운
빛이었다.

"…말똥 냄새가 나는군."

차양을 친 수레 안에서 새어나온 소리에 마부는 놀라 뒤를 돌아보았
다. 그러나 주인의 심중을 헤아리고자 하는 하인의 배려는 매몰찬 호통
으로 두드려 맞았을 뿐이다.

수레는 호기족의 말을 지나쳐 황궁으로 나아갔다. 잿빛 포석이 빈틈
없이 깔린 황도의 대로. 황궁에서 가까운 곳일수록 그만큼의 절도가 있
어야 하는 법이건만. 호기족의 오랑캐가 질주해간 후의 술렁거림은 미처
잦아들지 않았다.

여의대에 올린 손이, 몇 겹이나 정성 들여 옻칠해 반질반질한 표면을
긁어 흠집을 낼 것처럼 구부려졌다.

복속해온 호기족에 대한 황제의 총애가 보통이 아니라는 것은 황도의
뭇 사람들이 다 아는 사실. 호기족의 사절을 후대하는 것은 그렇다 치더
라도, 족장의 아들에게 제후의 위를 내리고 심지어 황제의 적녀를 시집
보낼 뜻까지 내비치고 있다는 것은….

그리고 황제의 뜻에 호응해, 언제 얼굴을 찌푸렸냐는 듯이 태도를 바
꾼 황도의 주민들. 하루에 너끈히 천 리를 달린다는 오랑캐의 준마에 환
호하고, 오랑캐의 무례한 행동거지를 호쾌하다 하여 동경한다. 청루에는
오랑캐의 복식을 하고 대장부를 자처하는 호사가도 있다던가.

"……."

구역질 나는 일이다. 아암, 구역질 나고말고!

숙부를 죽이는 패역을 저지르고 즉위한 황제. 요괴와 같이 불길한 아

름다움을 지닌 해인 출신의 황비. 그리고 이렇게까지 후대를 받는 오랑캐의 종자. 저 호기족이 지금까지 얼마나 변경을 어지럽히고, 변경 백성들의 눈물을 짜냈는지 모르는 사람이 없건만—마치 없었던 일인 양 웃고 떠들고 조정 대신의 반열에 세우려고 한다.

도리란 그런 것이 아닐진저.

누구든지, 어떻게든지 하지 않으면 안 되리라. 도리를 세우기 위하여.

한없는 상념을 담은 수레는 황궁의 오문으로 사라졌다.

황제는 하늘의 뜻을 받들어 인세의 모든 것을 다스린다. 시정잡배가 그저 바란다고 해서 그 용안을 볼 수는 없다.

그러나 황제라 해도 피와 살로 이루어진 사람. 천리로 정해진 알현의 의례를 거치지 않더라도 만날 수 있는 방법은 있다. 이미 그러한 길을 통해 황제를 만난 바 있는 소그드는 그리 머리를 굴리지도 않고 그 길을 선택했다.

예컨대—황제도 사람이고, 한 사람의 어버이이다. 자식이 부탁할 때 단호하게 거절할 수 있는 일은, 물론 경우에 따르긴 하지만 그리 많지 않다. 정엽은 자신을 연줄로 삼아 부제父帝에게 접근하려는 모든 시도를 혐오했지만, 소그드는 그것을 알지 못했다. 혹여 알았다 해도 내심 격노한 상태인 소그드에게 정엽의 비위를 맞춰줄 마음은 들지 않았으리라.

애마 로그모를 재촉해 동궁저에 가 닿은 지 불과 일각. 소그드는 별궁의 내밀한 길을 따라 걷고 있었다

하나의 작은 도읍을 이루는 황궁의 수많은 전각은 그 하나하나가 위

치도 편액도 의미가 있다. 전조의 중심 건원궁乾元宮은 황제가 하늘에 바치는 의례를 행하는 지고한 장소. 뒤이은 곤영궁坤英宮은 황후가 땅에 의례를 바치는 성스러운 장소. 그 뒤로는 황제가 국사를 돌보는 정관궁, 좌우로는 황제의 아래 부복하고 있는 신하들처럼 조정의 주요 관사가 내벽 너머로 빽빽이 몰려서 있다. 그것은 후침도 마찬가지로, 황제의 침전인 용수궁龍睡宮 뒤편으로 황후의 침전인 봉과궁鳳寡宮이 있고, 좌우에는 크고 작은 첩비와 후빈의 전각이 자리 잡고 있었다.

그것은 완벽하게 천리를 본떠 배치된 것이었으나… 인간이 살아가기에는 너무나 빈틈없는 세계였다. 역대 화하의 황제 중 용수궁에서 편히 머무는 황제는 드물었다. 천리의 대리인이자 인세의 통치자인 황제가, 화하 중원의 중심이자 하늘과 인간을 연결하는 건원궁에 자리하지 않으면 하늘의 가호를 잃는다—그렇게 믿는 이도 있었지만, 실제로 명철한 군주든 용렬한 암군이든 자신이 편히 지낼 수 있는 곳을 골라 머무는 일은 흔했다. 황제의 별궁은 황성 밖에도 황성 안에도 몇 군데나 있었다.

창궁제가 즐겨 거하는 곳은 황성 근교의 청화궁이었다. 남방의 하서행궁이나 북변의 만동행궁에 비해서는 초라하게까지 여겨지는 규모였다. 가산도 지위도 이렇다 할 것이 없는 사대부가 마련한 조촐한 장원 같은 크기. 중정이나 후원에 무성한 초목은 이 근방에서 볼 수 있는 흔해 빠진 것이었다. 물론 곳곳에 놓여 있는 가재 집기나 대수로울 것 없는 여의대, 병풍조차 천금에 값하는 것이었지만….

황제는 이곳에 황후만 대동하고, 때로는 혼자서 고즈넉한 시간을 보내는 것을 즐겼다. 그런 황제를 방해할 용기가 있는 사람은 별로 없다.

"헤에, 근사한데요. 왜 중원 사람들이 황제를 대단하다고 하는지 알 것 같군요."

황제는 고개를 기울인 채 용기 충만한 불청객—소그드를 쳐다보았다.

간소한 도포 차림새로 사슴에게 먹이를 주고 있는 중년 사내가 중원 화하를 호령하는 군주라고는 여기기 힘드리라.

"이것이 부럽나?"

"부럽지요. 바람 없고 느긋한 곳에서, 배고플 일도 없으니까요."

온순한 새끼사슴은 소그드의 눈길을 받자 불쌍하게도 움츠러들었다. 황제는 피식 웃어버렸다.

"초원의 목민다운 말이군. 앉게. 차라도 한 잔 들지."

"고맙습니다만, 급한 일이라."

소그드는 우뚝 선 채 대답했다. 황제는 이번에는 반대쪽으로 고개를 기울였다. 천하의 주인에게 이런 무례를 범하고 목숨을 잃은 사람의 옛이야기도 있으나, 창궁제로 말할 것 같으면 그 표정만으로는 불쾌한지 어떤지 심중을 헤아릴 수 없었다.

"그렇게 급한 일이라니 무엇인가?"

"혼약을 취소해 주십시오."

소그드가 그렇게 말했을 때조차 황제의 표정에는 동요가 나타나지 않았다. 단지 눈썹이 살짝 움직였을 뿐이다.

"황제의 부마가 당하는 일을 가지고 흉흉한 소문이라도 들었는가? 금란은 황후가 직접 기른 아이네. 아비의 위세를 업고 경거망동하는 일은 없을 것이야."

"그런 이유에서가 아닙니다."

"그렇다면?"

"전 달리 마음에 두고 있는 사람이 있어서요."

잠깐 침묵이 흘렀다. 마치 잡담하다가 일순 화제가 끊어진 것처럼. 황제는 소맷자락을 집적이는 사슴의 머리를 쓰다듬었고, 소그드는 눈을 들어 구름이 흘러가는 방향을 힐끗 바라보았다. 조금 사이를 두고 나서 황제가 먼저 입을 열었다.

"자네 정도의 그릇을 가진 자가 이런 분별도 없다고 생각진 않지만, 한 번 물어는 보지. 설마 사람이 하고 싶은 일만 하고 살 수 있다고 생각하는 것은 아니겠지?"

"물론 저도 제가 하고 싶은 일만 하고 살 수 있다고 생각진 않습니다. 다만…."

소그드는 그의 벗들이 아우성을 치며 반박할 말을 태연하게 입에 담은 다음, 말을 이었다.

"믿음을 저버리고 싶지는 않습니다."

비록 그는 믿어주지 않는다 해도.

황제의 표정이 비로소 바뀌었다. 그의 얄팍한 입술에 매달린 것은 쓴웃음이었다.

"그 점에서는 자네가 짐보다 낫군."

"무슨 과찬을."

"그렇지 않네. 본래 황후… 여금은 선제의 황후로 간택되어 대해를 건너 화하에 도착했지. 하지만 황후가 배에서 내렸을 때에 선제는 세상을 뜬 뒤였네. …짐의 손으로."

조카가 숙부를 살해하는 죄를 말하면서도 황제의 얼굴은 평온했다. 소그드는 정엽의 얼굴을 떠올렸다. 한 점의 과오도 받아들이지 않는 정엽. 피를 나눈 부자이면서도 이렇게 다를 수 있는가.

'아버지랑 나는 싫을 정도로 닮았는데 말이야.'

소그드가 한가로운 생각을 하는 사이에도 황제는 말을 이었다.

"이치에 맞다고는 할 수 없네만, 이 나라에서 혼약은 혼인 그 자체나 다름없지. 게다가 그대의 나라에서는 동생이 죽은 형의 부인을 맞이한다는 풍습도 있다고 들었네만, 이 나라에서는 그와 같은 일을 짐승이 하는 것으로 여긴다네. 대신들은 무수히 상주하여 반대했지만, 짐은 듣지 않았지. 믿음은커녕 도리조차 염두에 두지 않았던 걸세."

오로지 바랐기 때문에….

차라리 짐승이 되리라는 마음으로.

숙부 살해라는 터무니없는 비도를 저지르고 제위에 올라, 천하에 도리를 되돌려 준 사내는 침착하게 자신을 평가했다.

"황후 마마를 대단히 사랑하시는군요."

"자네만큼은 아니지만 말야."

두 사람은 마주 보고 웃었다. 마치 공모자 같은 웃음이었다.

그러나 황제의 얼굴은 곧 냉정해졌다.

"그런 소중한 처의 딸이네. 내가 황후의 소생을 익애하는 것은 천하가 다 아는 일. 그 아이와 혼인하게 되면 중원의 어느 누구도 기족의 족장가를 업신여길 수 없을 것이네. 장차 중원에서 뜻을 이루기 위해서는 더할 나위 없는 발판이 될 터. 그런 기회를 내버리겠다는 것인가?"

실로 현명하게도 소그드는 정엽에 대한 것을 입에 올리지 않았다. 익애하는 딸을 변경의 오랑캐에게 시집보낼 수 있는 인물이라 해도, 소그드를 믿기 때문이지 자녀를 아끼지 않는 것이 아니다. 황제의 딸이 아니라 아들을 노리고 있다는 사실을 황제가 알게 되었다간 소그드는 산 채로 튀겨질지도 모른다―정엽이 혼인하여 가정을 꾸리지 않는 것을 근심하는 황제인 만큼 튀기고도 남았다. 따라서 소그드는 그저 간단하게 말했다.

"폐하께서는 그런 일로 몸뚱이가 하나 감당하지 못하는 사내를 사위로 삼고 싶다고 생각하셨습니까?"

오후의 고요한 공기 속에 웃음소리가 울려 퍼졌다―새끼사슴은 귀를 쫑긋 세웠다.

"우문현답이군…. 한 방 먹었네."

"한 수 접어주셔서 고맙습니다. 그나저나, 한 가지 부탁드리고 싶은 것이 있는데…."

소그드는 그제야 자신의 용건을 말할 수 있었다.

선원궁의 공기는 맑은 물처럼 청명하고 고요하였다.

천지신명에게 제사를 지내고, 삼라만상의 평안을 기원하는 황궁의 도관. 그러나 기실 황궁에서 가장 어긋난 장소는 다름 아닌 이곳이다.

본디 천지에 제사를 지내는 것은 황제의 일이다. 천하의 다섯 가지 대례는 대부분 건원궁에서 황제의 손으로 베풀어진다. 그것은 인세에 속한 것. 그러나 귀신과 요괴와 신명에 관계된 것은, 너무나도 기이하고 천변만화하기 때문에 엄격한 율과 령을 통해 인세를 다스리는 황제의 관할이라 할 수 없다.

정엽이 선원궁 궁주의 위를 받아들인 것은 선원궁의 이러한 분위기에 힘입은 바도 컸다. 도사 중에서도 가장 이름 높고 재주가 뛰어난 자들이 모이는 선원궁의 면면은, 속세의 중심이라 할 수 있는 황궁과 가장 동떨어진 기질을 가진 이들이 많았다. 물론 명문대가의 출신으로 도사의 길로 나아가 속세의 일을 도무지 저버리지 못하는 인물도 있지만 그런 이들은 결코 선원궁에서 높은 지위에 도달할 수 없다. 무어라 떠들든 간에.

신神과 이異와 요妖와 동고동락하는 자들―.

이 선원궁에서 가장 속된 이는 누구보다도 정엽일지 모른다.

그 선원궁의 중정을 한 사람이 옻칠하고 금장식한 궤를 안고 가로질러

지나가고 있었다. 마른 나뭇가지처럼 빼빼 마른 체구에 큼직한 궤를 품에 넘치도록 안고 있으니 실로 위태로운 광경이었지만, 그는 용케 비틀거리지도 넘어지지도 궤를 떨어뜨리지도 않았다.

푸드득. 날갯짓 소리가 들렸다. 도사는 발을 멈추더니 고개를 기울여 소리의 근원을 찾았다. 그러나 새를 찾는 것치곤 이상하게도 시선은 얼굴 높이를 향하고 있었다.

그의 짐작은 틀리지 않았다. 그는 발소리도 없이 나타난 노인을 정면으로 바라볼 수 있었다.

"잘 지내셨습니까, 노사."

"이만. 자네야말로 어떤가. 여전하구먼?"

"감초 어르신이 하실 말씀이 아니군요."

황 노사—선원궁의 감초라고 불리는 노인은 껄껄 웃었다. 감초가 빠지지 않고 들어가는 것은 저자의 약방이고, 정작 선원궁에서 달여지는 선약에 감초가 들어가는 일은 없지만.

이 노인을 국사로서 초빙했던 것은 몇 대 전의 황제였다. 이미 120여 년 전의 일이다. 그 뒤로 이 노인은 때때로 선원궁의 궁주를 맡기도 하고, 가끔 제자를 가르치기도 하며, 대부분은 어디를 놀러 다니는지 종적을 찾을 수 없을 때가 많지만, 어쨌든 줄곧 선원궁에 적을 두어 왔다.

신선. 하늘의 도리와 땅의 이치를 몸에 받아 불로불사의 신비를 얻은 자.

한편으로 황 노사는 정엽의 스승이기도 했다.

"뭘 하나? 숫제 휘청휘청하는구먼."

"동지절의 제례를 제가 대행해야 해서 제문을 다시 읽어보려 하고 있었습니다. 더듬기라도 하면 큰 창피이니까요."

"호오. 정엽은 또 가출인가?"

"요즘 무언지 고민할 일이 있는 모양이더군요."

말과는 다르게 이만의 얇디얇은 입술에는 미소가 매달려 있었다. 옮기라도 한 양 노사의 표정도 싱글벙글로 바뀌었다.

선원궁의 궁주가 될 수 있는 도력, 심원한 학문, 명철한 지혜와 아득한 신분으로 선원궁의 도사 중 누구라도 인정하지 않을 수 없는 정엽을 공공연하게 놀리는 것은 이 두 사람뿐이었다.

"그래, 눈에 띌 정도로 머리를 싸매고 있단 말이지? 그거 진귀한 구경거리로군. 이번에 황성에 들어왔다는 초원 사람들에 못지않을 터."

"확실히 보기 드물더군요. 반년쯤 자리를 비우겠다고 할 정도이니 흔치 않은 중증이었습니다."

"오호, 오호. 기대되는구먼. 빈집 지키기에 바쁜데 미안하지만 나도 좀 다녀오겠네."

"마음대로 하십시오. 언제부터 오고감을 알리셨습니까?"

푸드득—날갯짓 소리가 다시 한 번 나고, 노인의 모습은 온데간데없이 사라졌다. 그러나 선원궁의 상인上人 이만은 이미 그 모습을 보고 있지 않았다. 그는 묵직한 의궤를 가볍게 든 채 자신의 일로 돌아갔다. 아무 일도 없었던 것처럼, 누구를 만난 일도 없는 것처럼.

천막의 둥근 내부 한가운데, 아리쇠 안에서는 화롯불이 활활 타오르고 있었다. 지붕창으로는 황성의 불야성 때문에 별빛도 흐릿한 밤하늘이 내다보였다. 온화한 밤의 풍경. 그러나 사람들 사이의 공기는 겨울처럼 썰렁했다.

음식은 푸짐했다. 황제의 관리가 내어준 식료는 황실에서 쓰는 것과 다름없는 훌륭하고 진귀한 것이었다—기족 사람들에게는 어디서 잡히는 무슨 동물인지 상상도 할 수 없는 고기라서 곤란했지만. 마유주도 맛이 좋았다. 중원인들이 곧잘 착각하는 것과 달리, 변경의 호족이 즐겨 마시는 마유주는 술이 아니다. 증류시켜 술로 만드는 것은 따로 있다. 대개 마유주라고 하면 신선한 말젖을 아침저녁으로 휘저어 조금 삭혀서 만드는 것으로, 기족은 젖이 많이 나는 계절에는 끼니를 대개 이것으로 때웠다. 남자뿐인 사절단인지라 이것을 휘저을 처자는 없었지만, 상처한 지 오래된 하스의 마유주는 솜씨 나쁜 새댁이 만드는 것보다는 나았다.

그럼에도 불구하고 탁자 앞에 둘러앉은 사람들의 표정에서 입맛이 도는 기색을 찾기란 힘들었다. 하스는 젖차만 내처 마셨고, 바토르는 잘 구워진 고기를 가죽이라도 되는 양 질겅질겅 씹고만 있었다. 아르지 또한 식탁의 요리를 보는 것보다 허공에 눈길을 주는 시간이 더 많았다.

다른 부족이나 중원의 군대가 습격하는 것을 감시하고, 날씨나 악령의 침해로부터 가축 떼를 지키는 데에 절치부심하던 나날에서 놓여나 따뜻한 중원에서 너무 편하게 지내니 입맛이 떨어질 법도 하다. 그러나 지금 그들이 입맛을 잃은 것은 낮부터 줄곧 답이 나오지 않는 토론을 거듭한 탓이 컸다. 무엇보다 이 식사를 물리면 또다시 토론을 시작해야 한다는 점에도 무게가 실리고 있으리라.

그때 바깥에서 말발굽 소리가 들렸다. 정원에 말을 타고 들어오는 것은 양식 있는 중원의 선비라면 결코 하지 않을 일이지만, 이 자리에 선비는 없었다. 그리고 이 인물은 양식도 없었다.

"어이—하스, 개 좀 묶어—."

방문을 알리는 말과 함께 천막의 문이 덜커덩 열렸다. 설령 집 지키는 개를 정말 풀어놓고 있었다 하더라도 인정사정없이 걷어차고 들어왔을 것 같은 기세였다.

"주인공 납시셨군."

"응? 내 욕 하고 있었어?"

"어떻게 보면 한 셈이지만…. 어딜 그리 쏘다니는 거지? 배는 채웠나?"

"아니. 바빠서 먹는 것도 잊어버렸군. 참, 말할 게 있는데."

"어서 앉아라. 한 잔 마시면서 이야기하도록 하지."

"바쁘다니까. 나 지금 출발할 작정이라고."

"출발이라니?"

세 사람이 입을 모아 물었다. 소그드는 서슴없이 자신의 물건을 넣어 두는 궤에 다가가 속의 물건을 이것저것 뒤지면서 건성으로 대꾸했다.

"또 도망쳐 버려서, 이번에는 제대로 붙잡으려고. 혼인은 거절했으니 까 그리 알아둬."

세 사람의 입이 일제히 딱 벌어졌다.

한동안 소그드가 활이니 화살이니 안장이니 껑거리끈 따위를 끄집어 내는 소리 외에는 아무것도 들리지 않았다. 바토르가 일어설 때까지. 바 토르는 침묵을 가르고 성큼성큼 소그드 옆으로 걸어가….

퍽! 소그드의 얼굴에 장화코를 차 박았다.

"바토르!"

아르지가 거의 비명처럼 부르짖으며 몸을 일으켰다. 하스는 반대로 수 염 속의 입을 꾹 다문 채 그 광경을 지켜보았다.

바토르는 뿌득 이를 갈았다. 한쪽 다리를 든 채로. 놀랍게도 소그드의 커다란 손아귀가 바토르의 장화 목을 콱 움켜쥐고 있었다. 얼굴이 걷어 차이기 직전 소그드가 그 발을 붙잡은 것이다.

고개를 갸우뚱거리며 바토르를 올려다보는 소그드의 얼굴은 화났다가 아닌 놀랐다가 쓰여 있었다.

"뭐야? 갑자기."

"닥쳐! 사람을 바보 취급하는 것도 정도가 있어. 아무리 네놈이 바보 멍청이에 얼간이라지만, 부족의 미래가 걸린 일을 가지고 미친 짓을 할 줄은…!!"

"그렇게까지 말하는 건 심하잖아? 어쨌든 난 여기에 오래도록 퍼질러 앉아있을 테니, 정략결혼 같은 거 하지 않아도 상관없잖아? 어차피 중요한 것은 이 나라가 우리 부족과의 약속을 지키는가 감시하는 것 아냐?"

"닥치라고 했지!"

바토르는 붙잡힌 발목을 거칠게 흔들었다. 소그드는 여전히 눈을 둥그렇게 뜬 채 발목을 놓아주었다. 바토르는 휘청 흔들리는 몸을 가누고는 이번에는 반대쪽─문을 향해 성큼성큼 걸어갔다.

"이봐, 바토르."

"아르지, 하스! 돌아가요. 저 빌어먹을 놈 말대로라면 여기에 있을 이유는 없는 것 아닙니까?"

"잠깐 기다려. 적어도 제대로 이야기를 하고…."

"남아있고 싶으면 남으라고, 아르지! 나는 이제 잠시도 저 녀석의 낯짝을 보고 싶지 않으니까!"

바토르의 발이 천막의 문지방을 넘기 직전, 소그드의 목소리가 조용히 울려 퍼졌다.

"황제가 괜찮냐고 묻기에 대답했지. 정략결혼을 하지 않는 게 큰일이 될 정도의 그릇을 사위로 삼으려 했냐고 말야."

바토르는 어깨 너머로 타는 듯한 시선을 던졌다. 그러나 소그드의 눈은 여유롭게 받아넘겼다.

"우리 기족의 그릇… 네 그릇은 얼마나 된다고 생각하지?"

"…보고 있으라고."

문이 탕 소리를 내며 닫혔다.

아르지와 하스의 시선은 일제히 소그드에게로 향했다. 소그드는 장난 치다 들킨 어린아이처럼 어깨를 으쓱해보였다.

"단단히 미움받았군."

"미움받을 만한 일이라고 하면 딱히 이번 일만이 아니잖아? …출발이 라니. 어디로 갈 건가?"

"어딘지는 몰라. 이 땅 어딘가겠지. 찾아야 한다고 했잖아?"

아르지는 한숨을 내쉬며 걸상의 등받이에 기댔다. 온갖 복잡한 생각이 머릿속을 휘저었다. 바토르를 어떻게 진정시킬 것인가. 다른 젊은이들에 게는 어떻게 설명할 것인가…. 그러나 그런 상념 와중에도, 단신으로 중 원을 뒤지겠다고 단언하는 소그드에 대한 걱정은 떠오르지 않았다. 소그 드가 저렇게 말한 이상—그는 찾아낼 것이다. 아르지는 그것을 의심하 지 않았다.

현성은 서한을 조심스럽게 말아서 비단을 꼬아 만든 끈으로 묶었다. 그리고 눈앞에 서 있는 소그드에게 건네주었다.

소그드는 이럭저럭 중원 화하의 옷차림을 갖추고 있었다. 바람과 햇빛 에 거무스레하게 그을린 살갗에 선이 굵고 뚜렷한 이목구비는 눈에 띄는 편이었지만, 옷차림만 갖추어도 대수롭지 않게 넘길 법하였다.

그러나 그 옷차림과 여장은, 저자의 여느 객이나 할 법한 단출한 차림 이었다. 현성은 염려스레 그 모습을 바라보았다.

"이것만으로도 괜찮겠소? 지금이라도 제대로 여장을 꾸릴 수 있는 데…."

"엉덩이에 못이 박히도록 수레에 앉아 시종을 좌우로 죽 늘어세우고 말이지? 그래서야 들키잖아."

현성은 고개를 갸웃거렸다. 이역만리를 사람을 찾는다는 이유만으로 주유하겠다는 소그드의 말도 뜻밖이었지만, 그것을 허락해준 부제의 의중도 그로서는 도저히 짐작할 수 없었다. 소그드를 심복으로 삼고자 하는 부제가 어떤 시련을 부여한 것이 아닐까 막연하게 생각할 뿐이었다.

어쨌든 소그드가 초원으로 돌아가지 않고 이 중원에 남는다고 공언한 사실만으로도, 좋은 벗이 늘어날 거라고 생각한 현성은 안심했다. 그런 그가 동생의 갑작스러운 여행과 소그드의 수색 사이에 관계가 있을 거라고 어림하는 것은 불가능했다.

"패찰은 잘 챙기셨소? 잊어버리면 큰일이라오. 그대 고향과 달리 이곳에서는 관청에서 내어주는 패찰이 없으면 반 발짝도 떼기 어렵다오."

"챙겼어, 챙겼어."

"만일의 일이 벌어지면 관리에게 이 서한을 보이시구료. 이걸로 납득해줄는지는 모르겠소만."

"걱정 마. 임기응변으로는 이름이 나 있거든. 대단한 이름은 아니지만…."

소그드는 익살맞게 어깨를 으쓱해보였다. 당사자보다 더 불안한 표정을 짓고 있던 현성은 웃고 말았다.

"그리고 이것은 정엽이 갈 만한 남쪽 지방의 도관 이름과 지도라오. 이 정도밖에 알려주지 못하여 미안하오. 그 아인 어째서 간다는 말도 없이…. 그 아이를 찾으면 수색에 도움은 되겠지만, 워낙 신출귀몰하니 기대하진 마시오."

"흐음."

소그드는 상아로 만들어진 패찰과 황태자의 서한—그 어느 것보다 귀중한 지도를 받아들었다.

일생을 떠돌아다니면서 보낸다고 하지만, 기족은 자신이 살아가는 터전을 무엇보다도 사랑한다. 푸른 풀이 넘실거리는 대지의 지평을 넘어 무작정 나아가는 자는 기족 중에서도 거의 없다.

하지만 소그드는 여느 기족에 해당되지 않았다. 골수에 방랑벽이 박혀 있는 것은 아니었기에 굳이 첫째가는 일로 삼지 않았다 뿐이지, 그럴 필요가 생기면 얼마든지 언제라도 낯선 지평 너머로 발을 내딛을 준비가 되어 있다.

모르는 땅과 물. 바람조차도 낯선 냄새를 품고 있다.

그렇다고 해도—그 정도로는 이 소그드를 뿌리칠 수 없다는 걸 가르쳐 주겠다고, 그는 생각했다.

중원 화하—그 땅은 실로 광대하다. 끝없이 이어지는 논밭에 촌락이 점점이 자리하고 있는 지방도 있고, 몸에 문신을 새긴 벌거벗은 만족蠻族이 살고 있는 울창한 삼림도 있으며, 인간보다는 요괴가 많은 심산유곡도 있어 실로 각양각색이었다.

그중에서도 황성 상경을 둘러싼 지방은 황기皇畿라고 불리며, 천하의 산물이 모여들기로 이름이 높았다. 포석이 깔린 황도皇道와 요소마다 자리한 성읍. 황기를 좌우로 관통하는 대하大河는 미곡을 실어 나르는 대선부터 사해의 온갖 진귀한 상품으로 채워진 소선에 이르기까지 천하의 여러 상선이 입추의 여지없이 빼곡히 들어차 흘러가고 있었다. 이다지도 풍요로운 광경을 볼 수 있는 것은 해인과의 무역을 담당하고 있는 남방의 항구도시뿐이었다.

'가을 축제가 생각나는군.'

소그드는 강이 내려다보이는 객관의 창가에 앉아서 수면을 장식한 흰 돛의 물결에 시선을 주며 생각했다. 강변에 자리한 작은 나루터 마을. 밤은 고요했다. 소쩍새 우는 소리를 제외하면 지친 길손의 휴식을 방해하는 소리는 찾아볼 길 없었다.

기족의 천막은 나무를 둥글게 얽은 위에 양털을 뭉쳐 만든 모전毛氈을 씌워서 만들며, 그 빛깔은 하얗다. 10월의 축제가 다가오면 기족의 성지인 '푸른 늑대의 산' 주위의 들판은 여러 부족에서 찾아온 사람들이 세운 천막으로 실로 성시를 이루곤 한다. 이미 초가을… 초원에서는 한창 축제 준비에 분주할 무렵이다. 그 풍경을 연상시키는 강의 풍경은 소그드로 하여금 그리운 기분에 젖어들게 했다. 초원의 바람과는 다른 강바람이 그의 뺨을 어루만졌다….

문 여닫는 소리가 우당탕 하고 거슬리게 울려 퍼졌다. 등불로 어슴푸레 밝혀진 평화로운 객관의 식당에서 소음이 일어났다. 아리따운 기녀를 대동하고 황기에서만 맛볼 수 있다는 천하 명가의 술을 한꺼번에 맛보는 —그런 화려한 여행과는 거리가 먼, 발품 파는 상인과 가난한 길손이 놀라서 고개를 들었다. 소란의 근원을 주목하지 않았던 것은 소그드뿐이었다.

소그드는 시끄러운 소리를 낸 그 인물이 어깨를 붙들 때까지도 무심한 얼굴로 자기 생각에 빠져 있었다.

"뭐야?"

"말 두 마리를 끌고 온 손님이 맞소? 댁의 말이 마구간에서 날뛰고 있소!"

"아, 내버려 둬."

"…뭐라고?"

"보나마나 뻔하지. 말 도둑일걸. 게세르에게 맡겨두면 알아서 처리할 거야."

"…어쨌든 따라오쇼! 마구간에서 머리가 깨져 죽은 사람이 생기면 관리 나리가 경을 치는 것은 나란 말이오!"

소그드는 혀를 차며 일어섰다. 길 떠날 때의 모든 곤란은 대충 겪어봤다고 자부하는 소그드였지만, 이런 곤란은 상상해 본 일도 없었다.

소그드의 문제는 그의 애마가 중원에서는 보기 드문 종류라는 데에 있었다. 겉보기에는 둔중하고 갈기가 덥수룩하며 털결이 거칠게 보이지만, 이때다 싶으면 질풍같이 달리고 결코 지치는 법이 없으며 오래 호흡을 맞춘 기수의 생각을 자기 생각처럼 들여다본다. 중원인들은 첫눈에 알아보기 힘들지만, 한동안 지켜보면 말을 볼 줄 아는 이는 금방 장점을 알아본다. 풍류남아가 높이 사는 것은 자색 고운 가인과 명마라고 하던가. 중원에서 논다 하는 한량 중에 좋은 말을 무시하고 지나갈 수 있는 치는 드물었다.

소그드가 이런 객관에 머무는 것도 이탓이었다. 본래 소그드는 별생각 없이 황도를 통해 갈 것을 선택했다. 황도가 천하 사방으로 뻗어있는 것은 관청의 전령인 역마가 다니고, 황궁에서 쓰는 어물御物이 오가기 위함이다. 이 대로를 사사로이 쓰기 위해서는 상당한 금액의 도로세를 지불한 자이거나 관청에 속한 관리, 혹은 상아나 그 이상의 귀물로 만들어진 패찰을 지닐 수 있는 높은 신분의 귀인. 그 황도를 당당하게 걷는 두 마리 호마胡馬는 부호와 귀인들의 무수한 시선을 끌었다. 게세르와 로그모 —두 마리 말은 소그드의 피붙이나 다름없다. 따라서 소그드는 귀찮음을 면할 뜻에 흙먼지 날리는 여느 길로 진로를 바꾸었고, 작은 성읍의 그저 그런 객관에 투숙했다.

그러나 부유하고 신분이 높다는 것은 거절에 익숙하지 않다는 것과 다름 아니다. 실제 전날까지 소그드에게 말을 팔 것을 종용했던 자들 중에는 권위를 암시하며 뜻을 이루려던 자들도 적지 않았다. 소그드는 무시했지만, 그중에 무력을 동원할 정도로 무모한 자가….

"저, 저기요."

소그드는 객관의 뒷문을 열고 뒤뜰로 나왔다. 마구간은 뒤뜰 구석에 자리하고 있었다. 이미 뒷문을 열었을 때부터 마구간에서 울려 퍼지는 끔찍한 소음이 귓전을 때렸다. 비명. 쾅쾅거리는 소리. 성난 말 울음소리. 소그드를 끌고 오다시피 한 객관 주인의 발걸음이 쇳덩이라도 매단 듯이 느려졌다. 하지만 소그드의 발은 도리어 빨라졌다. 그는 망설임 없이 마구간의 문을 열었다.

"어이. 적당히 해 둬라, 게세르."

소음이 잦아들었다. 그것은 소음의 팔 할 이상을 생산하고 있던 주범이 얌전해졌기 때문이다.

마치 아무 일도 없다는 듯이 수말 게세르는 소그드에게로 총총히 다가와 옷깃에 코를 문질렀다. 거무스름한, 새벽안개 같은 빛깔의 털을 가진 말이었다. 본래 땅딸막한 편인 기족의 말 중에서도 게세르가 월등히 늘씬한 것은, 그 아비가 초원을 건너는 해인의 대상 무리에 섞여 있던 말이었기 때문이다. 동그란 눈은 부드럽고 촉촉해 보였으나 여기에 속아선 안 된다. 절대로 속아선 안 된다.

실제로 무엇인가 잘한 것이 있어 칭찬이라도 해달라는 게세르의 몸짓에 비해, 마구간의 광경은 요괴가 잔치라도 벌이고 간 모양새였다. 다행히 구운 벽돌로 지어진 벽은 무사했지만 나무로 이루어진 칸막이는 깡그리 부서져 있었다. 다른 말들은 대개 놀라서 날뛰다가 녹초가 되었거나, 반쯤 기절하다시피 하여 똥오줌을 지리고 있었다. 상태가 심각하긴 사람도 마찬가지여서 힘깨나 쓸 법한 장정 서넛이 어딘가 깨지고 피를 흘리며 구석구석 틀어박혀 있었다. 그들이 머리와 얼굴을 감싸던 팔을 풀고 상황을 깨달을 때까지는 조금 시간이 걸렸다.

침착한 것은 소그드의 암말인 로그모뿐이었다. 누르스름한 털에 여문 다리를 가진 전형적인 기족의 말인 그녀(?)는 상식 있는 말이라면 이래야 한다고 웅변이라도 하는 듯한 모습으로 여물을 씹고 있었다. 그러나 이 소란통에는 그러한 차분함조차 괴이쩍음에 속하는 것이었다.

"너, 너, 너, 네가 이 미친 말의 주인이냐?"

공황에 빠져 있던 사내들 중 하나가 부들부들 떨면서 일어났다. 소그드를 책망할 생각이었을 터이나 그 언행은 도무지 박력이 없었다. 뇌신한테 두들겨 맞은 꼴이니 별 수 없지만.

"그렇게 말하는 너는 말 도둑이냐?"

"뭐… 어? 무슨 근거로….'

"게세르는 말썽꾸러기이긴 하지만 바보는 아니거든. 내가 받아서 키운 놈답지. 이 녀석이 날뛰었다는 것은 그만한 일이 벌어졌기 때문일 거야."

"터, 터무니없군! 사람보다 말이 한 짓을 믿는 건가? 그것도 그런 미친 말을?"

"그 미친 말에 은 오백 냥을 내겠다는 치도 있더군. 이 근방은 사람이 죽어나가더라도 좋은 말을 갖고 싶어 하는 인간도 있는 모양이야. 그런 값어치를 가진 게세르를 놀래킨 거니까, 그 점을 염두에 두고 흥정해 볼까?"

사내의 말문이 막혔다. 소그드는 가볍게 던진 말이었지만 그것이 정곡이었다. 무엇보다도 사주를 받고 게세르와 로그모를 도적질하려고 꾀한 그들에게 할 말은 없다―.

"그럼 그런 걸로 알겠어. 다른 말을 자지러지게 한 것과 마구간을 수리할 돈은 나도 조금 내지. 나는 지금 골치가 아파. 쌍방이 신경 쓰지 않도록 하자고."

소그드는 여비로 갖고 있던 은을 조금 집어던졌다. 사내는 그 은을 받아 들고 무게에 놀랐다. 중원의 돈에 대해 별 관심이 없던 소그드는 되는 대로 내주었을 뿐이지만, 그 금액은 마구간을 수리하고 말 주인에게 변상하고도 얼마간 남을 정도였다. 그는 이번 일을 맡은 것이 행운인지 불행인지 가늠할 수 없었다.

소그드는 후회라는 감정을 품는 일이 없었다. 나쁘게 말하면 앞도 뒤도 없다고 평해지고 있었지만.

그러나 황성을 떠난 지 닷새째 되는 날, 소그드는 드물게도 자신의 행동을 돌아보았다. 그런 흔치 않은 일이 벌어지게 된 것은 아침에 로그모에게 손이 깨물린 마구간 말구종이 울면서 찾아온 탓이 컸다.

"말했잖아? 내 말은 내가 돌보겠다고."

"하지만 나리, 저는 말을 돌보는 일로 먹고 산단 말입니다. 모두 저더러 잘 돌보지 못한다고 나무라는데, 어떻게 말을 돌보지 말아야 한다는 말을 담아두고 있겠어요?"

"울지 말라니까. 로그모에게 깨물린 걸 다행으로 알라고. 게세르는 뼈가 보일 정도로 해치웠을걸. 자, 이거나 받아둬."

단 하룻밤 만에 '미친 말'의 흉흉한 소문을 귀에 못이 박히게 들은 말구종 소년은 새파랗게 질렸지만, 이어 처음 받아보는 거액의 은전을 받고 낯빛을 달리했다. 시끄러운 아침 손님을 보내고 조반을 맛보는 일로 돌아온 소그드는 진지하게 반성했다. 작은 천막을 가져와서 야숙을 해야 했다고.

아직 정엽을 찾는 일은 시작도 하지 못했는데 머리 써이는 일은 늘어만 간다. 골치 아픈 일 중에는 탁자 건너편에 양해도 구하지 않고 당당히 마주 앉는 사내도 포함되어 있었다.

"'미친 말'은 아침부터 바쁘시군."

"돈이 모자랐나?"

"내가 돈이 늘 궁하긴 하지만, 돈밖에 모르는 작자로 보면 곤란해."

전직 말 도둑은 헤실헤실 웃으며 무례에 준하는 태연함으로 소그드의 아침식사에 젓가락을 댔다.

"그럼 무슨 볼일이야?"

"그게 말이지… 내가 저자 바닥에서 굴러먹은 지 꽤 되었지만 댁 같은 인물은 처음 보거든. 틀림없이 크게 될 상이라고."

"그래서?"

"거참 재미없게 구네. 뭔가 해먹을 일이 있으면 나눠 먹자는 거지. 걱정 마, 공짜로 받아먹겠다는 게 아냐. 나도 한 사람 몫은 한다구. 척 보기에도 그래 보이지 않아?"

"별로 해먹을 거 없어."

"에이, 그러지 말라구. 이 황기에서 노생盧生이라고 하면 유명하다니까. 뭐, 모르는 놈은 모르지만."

소그드의 표정을 봐서 그 의중을 짐작하는 것은 어려운 일이었으나, 그는 노생이라 자칭한 사내를 슬슬 두들겨 내쫓는 것을 진지하게 재어보고 있었다. 그 생각이 뿌리를 뻗고 열매를 맺기 직전, 문득 다른 묘수가 싹이 텄다.

"혹시 너 말이지… 글 읽을 줄 아냐?"

"글? 뭐, 먹고 살 수 있을 만큼은 읽지."

"그럼 이 지도 좀 읽어봐."

소그드는 더럽힐라 구겨질라 조심스레 품속에서 지도를 꺼내어 펼쳤다. 그것은 정엽의 자취를 찾을 수 있는 유일한 단서—중원 화하 남쪽 지방의 도관 이름과 그 위치가 기록된 지도였다.

노생은 소그드가 주문한 고기 꼬치를 씹으면서 지도를 들여다보았다.

"어럽쇼? 형씨 도사라도 되려고?"

"도사를 찾고 있거든."

"그래? 그렇지만 여기 쓰여 있는 도관은 죄다 제법 벽지에 있는걸? 크고 이름난 도관도 아니고, 향 올리러 갈 사람이 있을까 의심스러운데. 이런 데에 찾고 있는 사람이 있겠어?"

"오히려 그런 곳이니까 있을지도 모른다고."

"헤에. 그래서 이게 왜?"

"이 지도 어떻게 읽는 거야?"

노생의 입이 헤벌레 벌어졌다. 씹던 닭고기가 툭 하고 떨어졌으나, 지도에 닿기 직전 소그드가 낚아챘다. 소그드는 손을 털며 툴툴거렸다.

"뭐야, 칠칠맞지 못하게."

"어이. 그게 문제가 아니잖아? 그것도 모르고 어째서 지도를 산 거야? 지도는 비싸고, 사기도 까다로운데."

"그거 가르쳐주면 지도 읽는 데에 도움 돼?"

"그런 건 아니지만…."

노생은 한 손으로 머리를 벅벅 긁으며, 다른 한 손은 고기 꼬챙이를 거꾸로 잡고 지도의 한 지점을 가리켰다.

"보여? 여기가 상경이고, 이 기다란 길이 황도. 이 마을은 이쯤 되려나. 상경에 가까운 덕에 주머니 빈약한 사람들이 지나가면서 묵기 좋다는 것 외에는 볼 만한 거 없지만 매실주는 꽤 맛있어."

"유람하려는 거 아니니까 그런 건 넘어가라고."

"여기서 제일 가까운 두관은… 이거다. 운려궁雲麗宮이루군. 하지만 여기는 초산楚山에 둘러싸여 있어서 육로로 가기엔 힘들어."

"그러면?"

"뱃길밖에 더 있겠어? 험하기로 유명한 골짜기인 초협楚峽이 있지만 말이야. 셋 중 하나는 배가 부서지든 수괴에게 잡아먹히든 해서 황천으로 가는 지름길이라지."

노생은 몹시 즐거운 듯이 떠들어대었다. 그의 말에 과장은 있을지언정 거짓은 없었다. 초산 초협이라는 것은 어느 정도 여로에 길이 든 중원의 길손도 겁을 집어먹는 험로 중 하나. 그러나 소그드가 질리는 것을 바라던 노생의 뜻도 무색하게, 소그드의 얼굴은 담담했다.

"배라니 재미있겠는걸."

그의 감상은 그뿐이었다.

대하는 서쪽으로 흘러 대해로 들어간다. 그 흐름은 유유하고도 고요하여, 큰 바람이 없으면 배는 삿대를 써서 흐름을 거슬러 올라갈 수도 있다. 그렇게 강을 거슬러 오르면 물살이 차츰 빨라지는 물목에 도달하는데, 청강과 홍천이 그곳에서 대하와 합수한다. 청강은 북에서, 홍천은 남에서. 새파란 강물과 불그레한 강물이 한데 섞이는 광경도 장관일 것이나 정중#中이라 불리는 그 지방은 다른 것으로 더욱 명성이 높았다. 이름 난 옛 시인이 정중의 아름다운 풍경을 변방의 어리석은 만호가 중원 화하의 도리를 구하는 모습에 빗대어 시를 지었던 것이다.

노생은 강변에 보이는 읍성의 입구를 가리켰다. 넓고 넓은 대하 한가운데에서 읍성은 칙칙한 돌무더기처럼 보였다.

"저기에 그 뭐라더라 하는 시인의 걸작이 남아있다지. 정중은 원래 크지 않은 물목에 불과했지만, 저 싯구 하나로 천하의 선비들이 꿈에도 그리는 명승이 되었다나 봐. 뭐, 우리 같은 사람들과는 상관없는 이야기지만."

소그드는 눈살을 슬쩍 찌푸리며 정중읍을 바라보았다.

"시라니, 저 마을 입구의 커다란 돌에 그려져 있는 저거 말인가?"

노생은 눈을 휘둥그레 뜨고 소그드를 돌아보았다.

"정중에 와본 적 있어?"

"무슨 소리야. 배를 타 본 것도 처음인데."

"그러면 어떻게 저기에 시를 새긴 비석이 있다는 걸 알았어?"

"보이잖아?"

"이 거리에서 그게?"

"그게 보인단 말야."

"우와… 형씨는 까막눈이면서 눈은 기막히게 좋구먼?"

소그드는 어깨를 으쓱하면서 게세르와 로그모의 갈기를 쓰다듬었다. 두 마리 말은 물 위에 발굽을 디디는 것이 생애 처음인 고로 몹시 신경이 날카로워져 있었다. 주위에 다가오는 것이라면 사람이든 말이든 깨물고 걷어찼기 때문에, 소그드는 한시도 떨어지지 않고 둘을 끼고 있어야 했다. 넓지도 않은 갑판에서 여유를 부리며 서 있을 수 있는 것은 이러한 연유에서였다. 덕분에 소그드는 난생 처음인 배 여행을 그리 즐기지 못했다.

"오늘은 정중에서 묵으면 되겠구먼―유유자적한 한량이 많이들 방문하는 곳이니, 객관도 쓸 만한 데가 있을 거야. 꽃으로 꾸미고 선비의 수레를 끄는 말 녀석들이 게세르와 로그모를 당해낼 거 같진 않지만."

"그건 그렇고, 하나 궁금한 게 있는데…."

"뭔데?"

"너 말야, 어디까지 따라올 셈이냐?"

노생은 헤벌쭉 웃을 따름이었다. 물론 그것은 대답이 되지 못했다. 소그드는 찡그린 눈썹을 펴지 않았다.

"말해두지만 나는 너를 길잡이로 고용한 거 아냐."

"나도 알고 있어. 그래서 내 노자는 내 주머니에서 내고 있잖아?"

"그러니까 왜? 나는 내 용건을 볼 뿐인데. 여기까지 따라와서 무슨 이득을 보려고?"

"있다고 생각하니까 수백 리를 따라온 거 아니겠어?"

"…뭐, 나야 상관없지만…."

소그드는 마지막 남은 찝찝함을 강물에 내던져버렸다. 무슨 꿍꿍이가 있는지 모르는 길벗을 두는 것은 실로 위험천만한 일이겠지만, 노리는 것이 거금의 노자든 명마이든 간에 순순히 내어준다면 소그드가 아니다. 그리고 그런 염려를 불식시키면, 노생 같은 동행은 꽤 좋은 길벗이었다. 길도 잘 알고 물정에도 환하며 값싸고 좋은 객관을 귀신같이 찾아낸다.

우두머리 사공이 소리를 쳤다. 배가 위태롭게 흔들리면서 나루터로 향했다. 이미 여러 척이 나루터에서 짐을 부리고 있어서, 가볍고 날씬한 객선이라 해도 나루터에 접근하는 것은 상당한 곡예였다. 게세르가 푸릉하고 코를 울렸다. 소그드는 안장 둘을 겹쳐 어깨에 멘 채, 게세르의 매끄러운 등을 손바닥으로 가볍게 두드려 주었다.

쿵. 상반신을 벗어젖힌 사공들이 흔들리는 배 위에서 부두로 가볍게 뛰어 건너가서, 배에서 던지는 밧줄을 받아 부두의 널빤지에 박힌 나무 말뚝에 단단히 잡아매었다. 배는 조마조마하게 흔들리면서도 나루터 한쪽에 무사히 옆구리를 갖다 맬 수 있었다.

"…후와. 언제나 나루터에 맬 때에는 긴장한다니까. 가끔씩 배끼리, 혹은 부두에 부딪혀서 배가 깨어져 가라앉을 때가 있는데…. 어이, 형씨. 같이 가!"

소그드는 별로 긴장한 기색도 없이 게세르와 로그모의 고삐를 잡고 부두에 올랐다. 사람들이 일제히 배에서 내리는 널빤지 위는 몹시 혼잡하기 마련이었지만, 게세르와 로그모가 다가가자 선객들은 머뭇거리며 뒤로 물러섰다. 한나절의 짧은 배 여행이었으나 두 마리는 착실히 명성을 쌓은 뒤였다.

"진짜 매정하구만… 그나저나 세상물정 모르는 도련님치고 태연하잖아? 배를 타 본 것이 정말 처음인가?"

"뭐, 그렇지."

"물에 빠지면 어쩔 셈이었어?"

"그땐 헤엄치는 걸 배워야지."

"대담한 건지, 무모한 건지….."

무심하게 대꾸하던 소그드가 발걸음을 늦추었다.

색색의 돛이 흩어져 있는 푸르고 붉은 강물—그 아래서 어떤 위화감을 느꼈던 것이다.

수면 아래에서 빠르게 움직이는 검은 그림자. 물고기라고 하기엔 너무나 큰….

소그드는 노생에게 물어보려고 고개를 돌렸다. 그 순간, 연못에 자갈을 집어던지면 나는 소리의 수천 배나 되는 굉음과 함께 거대한 물기둥이 대하의 한가운데에서 솟아올랐다.

나루터에 몰려 서 있던 사람들의 반절은 놀라서 얼어붙었고, 나머지는 뒤도 돌아보지 않고 달아나기 시작했다. 신과 요괴가 어울려 살아가는 세계—어떤 재액을 언제 당한다 해도 그것은 하늘의 운. 사람이 할 수 있는 것은 단지, 널빤지가 부서지면 꼼짝없이 물속으로 떨어져 익사할 위태로움이 있는 부두 위에서 재앙을 맞이하지 않는 것뿐이었다.

움직이지 않는 이는 소그드와 노생, 그리고 두 마리 말 정도였다. 그리고 인파의 물결 속에 간신히 버티고 서 있는 것만 해도 위태로운 와중에 침착성을 유지하고 있는 사람은 소그드뿐이었다. 노생은 뜻 모를 비명을 몇 번이나 내지르면서도 소그드의 옆에서 어찌할 바를 모르고 있었다. 한편 게세르와 로그모는 말로 태어난 것을 감안하면 놀랄 정도로, 귀를 뾰족하게 세우고 눈을 크게 뜬 채 발굽을 조금 구를 뿐 얌전히 그 자리에 머물러 있었다. 소그드와 함께 수많은 전장을 거쳐 온 보람이 있는 것이 리라.

첫 일격 후에 사위는 일순 고요함에 잠겼다. 최초의 물보라에 휘말린 배의 파편이 수면 위를 떠다니고 있을 따름. 주위의 배들은 조금이라도 빨리 강가에 가 닿기 위해 아우성을 치고 있었다.

그때 소그드는 또다시 보았다.

검푸른 물 밑에서 빠르게 움직이는 어떤 것이 있었다. 물고기 종류에 대해 절대적으로 무지한 소그드로서는 그 크기를 봐도 짐작할 수 있는 것이 없었다. 뿐만 아니라 또 한 가지—물 위의 허공에서 아지랑이 같은 것이 아물거리고 있었다. 그러나 아지랑이가 이런 시간에 피어오를 리 없다. 강물이 차갑게 가라앉는, 요괴와 이형이 준동하는 시간에….

펑! 다시 물기둥이 치솟았다. 한 번, 그리고 잇따라 계속해서. 굉음과 더불어 비명이 울려 퍼진다. 물속에서 솟아오르는 그것은 명백하게 배를 노리고 있었다.

그와 동시에 아지랑이의 움직임도 더욱 빨라졌다. 마치 거기에 호응하는 것처럼 바람이 거세지고, 물결이 높아진다. 그 바람을 받는 온몸이— 이변의 조짐을 호소하기 시작한다.

연이어 치솟아 오르는 물기둥과 날뛰는 아지랑이. 그 두 가지는 마치 춤이라도 추는 것처럼 함께 어우러졌다.

그러나 그 춤은 오래가지 못했다. 느닷없이 물속에서 어른거리던 검은 그림자가 방향을 바꿔 움직이기 시작했다. 파선의 잔해를 잡고 물결에 농락당하면서도 간신히 떠 있는 한 사람의 선원에게로. 그리고 아지랑이의 움직임이 다급해졌다. 그것은 미친 듯이 맴을 돌고 깜박이면서 검은 그림자를 뒤쫓아서 날아가―.

소그드는 똑똑히 볼 수 있었다. 검은 그림자가 일으킨 물보라에 삼켜지기 직전, 그 뱃사람의 표정을.

몇 배나 크게 일어난 물기둥은 선원과 함께, 일렁이는 아지랑이까지 모조리 집어삼켰다.

그칠 줄 모르는 아수라장 속에서 노생은 소그드를 돌아보았다. 무어라 말을 꺼내려고 하던 그의 입은, 소그드가 하는 일을 보고 풀로 붙인 듯이 다물어졌다.

소그드는 허리춤에서 둥근 것을 풀어 손에 들었다. 그리고 거기에 줄을 매어 만지작거리자, 그것은 마치 요술처럼 형태를 갖추었다. 활이었다. 그런 모양의 활을 노생은 본 적이 없었다. 화하에서는 활이 흔한 무기가 아니다. 지체 높은 귀인이 사냥할 때나 제례에서의 불제 의식, 태학의 서생들이 수양을 위해 쏘는 것이 아닌 한 여느 사람들은 활을 만져볼 일이 없다. 더욱이 북방의 오랑캐와의 싸움이 길었던 근래 수십 년, 화하는 호궁胡弓의 탁월함과 경쟁하는 대신 쇠뇌를 고안하여 맞서 왔다.

노생은 알 리 없었지만 소그드가 든 것이 바로 그 호궁이었다. 나무와 뿔을 짜 맞춘, 일견 너덜너덜해 보이는 물건이지만 한 번 쏘면 천보를 날아간다는 바로 그것.

소그드는 로그모의 안장에 매달아 둔 가죽 화살집에서 짧은 화살 하나를 꺼내어 시위에 메겼다. 사방이 소란스러운 가운데 홀로 고요히 멈추어 서서 강을 내려다보는 그 모습은 비단 화폭에 담고 싶을 만치 이채로웠다.

소그드는 잠시 그렇게 무심히 기다리고 있었다. 그리고 어딘지 의기양양하게 재차 물기둥이 솟구쳐 올랐을 때―그는 돌연 활시위를 당겼다.

힘을 들이지 않는 것처럼 보이는 손놀림이었지만 활은 삽시간에 만월과 같은 형상이 되었다.

핑!

화살이 공기를 찢는 소리에 이어, 다시금 물보라가 비산했다. 그러나 이번 것은 이전과 달랐다. 첨벙거리는 소리가 연신 울려 퍼지며, 마치 헤엄을 못 치는 짐승이 불에 내던져져서 허우적거리는 것처럼 거품이 일었다.

우왕좌왕하던 사람들의 소리가 일시 잦아들었다. 강변의 군중은 일제히 물보라가 일어나는 곳을 바라보았다. 고향의 사투리를 담은 신음 소리가 저마다의 입에서 흘러나왔다. 뚜렷이 들리는 것은, 수면 위를 미끄러져 흐르는 갓난아기의 울음소리. 그러나 미아를 찾는 사람은 없었다. …얼마나 많은 요괴가 어린아이의 울음소리로 인간을 현혹시키는지 잘 알기에….

소그드 또한 수면 위에 시선을 못 박은 채 고개를 갸웃거렸다.

"저건 뭐지?"

수면 위에서 몸부림치는 것은 이형의 존재였다. 굳이 표현하자면… 민물고기인 메기와 닮았다고 할까. 그러나 어지간한 배만큼 큰 메기가 있을 리 없을뿐더러, 네 개의 다리가 돋아 있는 메기는 더욱 낯치 않다. 그것은 관자놀이께에 소그드의 화살이 박힌 채 고통에 날뛰었다. 몸을 앞뒤로 뒤집으며 그것이 배를 드러낼 때마다, 피처럼 새빨간 뱃가죽이 보는 눈을 아프게 했다.

"무… 물의 요괴 예어鯢魚다. 삼협에서나 볼 수 있다고 들었는데…. 게다가 저렇게 큰 것이 있을 리가!"

"하지만 저기 저렇게 버젓하게 있는걸."

소그드는 무심하게 대답하며 활시위에 다음 화살을 메겼다. 노생이 보기엔 기가 막힐 정도로 느긋한 동작이었다. 때마침 부상을 입은 예가 버둥거리길 그치고, 분노에 불타는 눈으로 자신을 공격한 인간을 찾기 시작했기에 더욱 느긋해보였다. 마냥 뭍으로 헤엄치거나, 경황없이 이리저리 내닫거나, 종자들 사이에 몸을 숨기고 도사를 부르라고 악을 쓰는 무리 속에서 소그드를 찾는 것은 아주 쉬운 일이었다. 예는 즉시 소그드를 목적으로 헤엄치기 시작했다. 그 입술 사이에서 흘러나오는 소리는 불길한 갓난아기의 울음.

순식간에 소그드의 지척에 다다라, 예는 입을 쩍 벌렸다. 작은 고깃배쯤은 한 입에 삼켜버릴 수 있을 것 같은 크기였다. 그 심연에서, 부글부글 물 끓는 듯한 소리가 났다. 깊이 들이마신 강물을 단숨에 내뱉는 것이 몇 번이나 솟아올랐던 물기둥의 정체—.

그 순간 소그드가 활시위를 놓았다. 핑 하는 날카로운 소리가 다시 허공을 갈랐다. 절규가 주위를 폭풍처럼 휩쓸었다….

그리고 목젖을 관통당한 예의 몸뚱이가, 삽시간에 기력을 잃고 수면 위로 무너져 내렸다.

"자… 잡은 건가…."

"글쎄."

소그드는 어깨를 으쓱했다. 모습을 바꾸고 사람을 속이며 농락하는 것이 특기인 요괴의 속성을, 소그드는 고향 땅에서의 경험만으로도 익히 알고 있었다—그곳에서는 요괴라고 부르지 않지만. 그는 사냥의 성과를 기다리는 사냥꾼의 눈으로 강물을 응시했다.

물거품을 잔뜩 일으키며 물 아래로 가라앉은 예의 몸뚱이는 다시 나타나지 않았다. 대신 떠오른 것은 붉고 푸르게 깜빡이는 이상한 빛. 그것이 수면에 가까워지다 싶었을 때… 잔물결을 헤치고 나온 것은 조그마한 손이었다.

"푸, 푸하아!"

"어럽쇼? 어린애?"

노생은 어리둥절한 채 손을 내밀어 그 아이를 끌어올려 주었다. 물에 흠뻑 젖은 어린아이는 노생의 손에 의지하여 널빤지에 발을 디뎠다. 간소한 흰 옷을 걸친 모습은 저자의 어느 어린애나 다를 바 없었지만, 갸름한 하얀 얼굴과 총명해 보이는 깊은 눈에는 귀티가 어렸다.

"도와주셔서 고맙소이다."

말투도 묘하게 아이답지 않았다. 그 아이는 그렇게 감사를 표하며 아이다운 천진한 웃음을 노생과 소그드에게 보였다. 노생은 멋쩍은 듯 웃었지만, 소그드는 고개를 기울일 뿐 대답을 하지 않았다. 활시위에 건 손가락은 떼지 않았다. 소그드의 의중을 대변이라도 하듯 게세르와 로그모도 귀를 쫑긋 세운 채 소년에게서 시선을 떼지 않았다.

본디부터도 수많은 가객과 상인이 오가는 정중은 이날따라 더욱 붐볐다. 돌연히 나타난 요괴 때문에 일시 물길이 끊어지고, 하루 이틀이나마 발이 묶인 길손들이 객관으로 몰려든 것이다. 말을 두 마리나 거느린 소그드와 노생과 어린애가 머물 만한 객관은 도무지 찾기 힘들었다. 노숙이라는 소그드의 제안을 가차 없이 자르고, 노생은 온갖 언변을 다해 객관 주인을 구슬려 삶고 웃돈을 얹어주었다. 그런 노력의 결과로 그들은 간신히 허름한 객관의 상에 둘러앉을 수 있었다.

피곤한 하루를 끝내고 배를 채우려는 찰나―노생은 문득 생각난 듯이 물었다.

"그런데 이 꼬마는 왜 여기까지 따라온 거지?"

"이제야 묻는 거냐?"

소그드가 찻잔에서 입을 떼고 질렸다는 듯이 물었다. 노생은 머리를 긁적거렸다.

"아니 형씨가 아무 말 안 하기에…. 나도 경황이 없었고."

"몸가짐을 정돈하고 재차 감사를 표하고자 하여, 여기까지 동행하게 되었소."

노생은 소년을 내려다보았다. 볼 수밖에 없었을 것이다.

"대체 어디 귀한 집 어린애냐? 네 양친은 무얼 하시니? 어린애가 아무 데나 돌아다니다가 홀랑 잡혀가도 난 모른다."

"아버님께서는 이 몸이 어서 한 사람 몫을 하길 바라는 것을 반기시어 세상을 주유하는 것을 허락하셨소이다."

"우와, 이거 정말… 도무지 애 같지 않은 말투로세."

노생은 듣는 것만으로도 근지러운지 어깨를 움츠렸다. 그러나 소그드 는 묵묵히 목을 축일 뿐, 이렇다 할 말을 입에 담지 않았다.

사실 저 아이가 여느 아이답게 말하면서 따라왔으면 대번에 내어 쫓았 을 것이다. 하지만 성가시다고 여기면서도 입 다물고 있는 것은 다만— 이 아이의 예스러운 말투가 어딘지 정엽을 생각나게 하기 때문이었다.

애당초 만날 희망조차 없었던 때도 있었다. 그에 비하면 지금은 같은 하늘 아래 있다는 것을 알고, 더욱이 목적지도 정해져 있다. 한데도 이 따금 이렇게나 떨어져 있다는 생각이 들면, 오장육부가 끓어오르는 듯한 기분이 든다….

소그드가 자기 생각에 골몰해 있는 와중에도, 붙임성 있는 노생과 예 의 바른 아이는 대화를 계속하고 있었다.

"감사는 또 무슨 감사야? 큰일을 당했으니 어서 돌아가지 않고."

"다시없을 재난을 당해 등불처럼 꺼져 버릴 몸이었소만, 귀공의 용맹 으로 목숨을 부지하게 되었소이다 부족한 몸이나마 초개처럼 바칠 각오 로 은혜를 갚지 않으면 아버님의 존함과 가명에 누가 될 것이외다."

"야, 야. 너 같은 꼬맹이가 은혜를 갚으면 얼마나 갚는다고…. 차라리 이름을 소매에 써두었다가 제대로 버젓한 어른이 되고 나설랑 찾아오려무나."

"이 몸이 자라는 것을 기다리다가 귀공의 신변에 좋지 못한 일이라도 생기면 어찌하겠소?"

"허. 대예를 한 방에… 아차차, 두 대였군. 아무튼 그런 용력을 가진 형씨인데 무슨 걱정이야?"

소년은 말을 나누면서도 몇 번이나 소그드에게 시선을 주었다. 당사자가 아닌 노생과 이야기하는 것이 답답해 보이기도 하련만, 정작 소그드는 가타부타 말이 없었다. 소년은 저자의 장사치처럼 수다스러운 노생과의 대화에서 틈을 내어 소그드에게 물었다.

"무슨 근심이라도 있으신지? 불초가 미력하나마 구명의 은혜 갚음이 된다면 개와 말의 수고로움도 마다하지 않으리다."

"이름."

"아?"

"이름이 뭐야?"

갑자기 소그드가 불쑥 입을 열었다. 고집스러운 침묵을 대하고 점차 근심이 어리던 소년의 낯빛이 겨우 밝아졌다.

"아아! 이거 실례했소이다. 이 몸은 이홍影虹이라고 하외다. 귀공의 높은 이름은 어찌 되시는지?"

"그건 나중에 가르쳐주지."

"어이, 형씨. 무슨 말이야? 이런 어린애한테 윽박지르기나 하고. 애라서 미덥지 않으면 잘 달래서 집에 보내면 될 거 아니야?"

보다 못한 노생이 소반을 손바닥으로 두들기며 참견하였다. 정작 소년 쪽은 그리 상심한 기색도 없이 눈을 동그랗게 떴을 뿐이었다. 터무니없이 고풍스러운 말투에 어울리지 않는, 귀엽고 사랑스러운 인상이었다.

소그드는 눈썹을 찌푸렸다. 그러나 생각하는 것도 결심하는 것도 빨랐다.

"모르는 편이 좋았을 텐데."

"엉?"

"이 녀석은 요괴다."

노생의 입이 헤벌레 벌어졌다.

"요괴는 아니오만…. 참으로 귀공은 명철하시구료. 어찌 알아보셨는지?"

이홍이라 자칭한 소년은 난처한 듯 웃었다. 냉정하게 선을 긋는 소그드의 태도도, 당장 도망칠 것처럼 엉덩이를 상에서 들어 올리는 노생의 거동도 그다지 개의치 않는 모양이었다. 객관의 하인이 요깃거리로 만두를 날라 왔지만 거기에 손을 대는 것은 소그드뿐이었다. 소그드는 뜨거운 만두를 불어 식히는 틈틈이 말했다.

"그 커다란 물고기를 쫓아가던 알록달록한 아지랑이 말이지. 그게 불러낸 바람과 네 냄새가 비슷하더군. 게다가 그 난장판에서 아무렇지도 않게 물 밖으로 헤엄쳐 나오는 아이가 있다면 사람인 편이 더 이상하잖아?"

"나름대로 친숙하게 다가가려 했음인데… 불찰이었구료."

"요, 요요요요요괴라고?!"

노생이 불쑥 고함쳤다. 경악에서 벗어나 행동을 할 수 있을 정도로 회복한 것은 좋았으나, 그 장소가 사람으로 가득한 객관의 식당이었던 것은 문제였다. 요괴가 날뛴 일로 크게 데이고 몸을 쉬고 있는 사람들 사이에서 외칠 만한 말이 아니었다. 하지만 아슬아슬하게, 노생이 미처 외침을 맺기 직전 소그드가 발을 뻗어 노생과 소반을 동시에 걸어참으로써 그 소리는 이럭저럭 소음에 묻힐 수 있었다. 와장창!

"아야야야야야….."

"번거롭게 하지 좀 마라."

"크… 그건 아무래도 좋잖아. 이 애가 그, 그거라고? 설마 대예의 화신이라거나…."

"그건 죽은 놈이고."

"그렇소. 그 대예는 이 몸이 포박하기 위해 쫓던 자요. 종산 촉제의 금령을 어기고 이곳 대하에 나와 사람을 해치려 들기에, 이 몸이 몸소 막고자 했으나 힘이 부족하여… 귀공의 도움이 없었다면 도리어 수치스럽게 변을 당했을 터."

"별로 도울 생각은 아니었지만 말야."

"생각지도 않은 선행이 가장 덕이 높은 법이외다."

"이 형씨는 이런 인간이니까 굳이 좋게 이야기하지 않아도 돼! 그보다 그보다 그보다, 네가 요괴가 아니라면 대체 뭐야!?"

소년은 고사리처럼 작아 보이는 손으로 옷깃 매무새를 고치고, 몇 가닥 흘러내린 머리카락을 단정하게 쓸어 올린 뒤 자세를 바로하고 말했다.

"다시 한 번 통성명하리다. 이 몸은 화산군華山君 이홍. 여름과 겨울을 주재하시는 종남산 촉제, 촉룡의 아홉 번째 소생이오."

선현들은 이른다. 하늘과 땅과 명부, 삼계의 질서를 유지하는 청정한 기의 흐름. 그 기를 몸에 받아들이는 자는 선인仙人이 되어 천지일월과 수명을 같이하며 천경天京에 들어 옥제의 앞에 입사할 수 있게 된다고.

하지만 그 청정한 기는 사람만 받아들일 수 있는 것이 아니다. 온갖 신이한 동물들은 그 기를 받고 태어나 풍우뇌운을 자유로이 부리며 옥제의 어명으로 하계의 천기를 조절한다. 작게는 개울이며 나무에 깃들며,

크게는 바다와 고산준봉에 이르기까지. 그들을 두고 사람들은 신령이라고 불렀다.

종산 촉룡은 그중에서도 가장 신이한 존재 중 하나. 종남산의 안개에 싸인 봉우리를 그 장대한 몸으로 휘감고, 억겁의 세월을 흔들림 없이 흘려보내는 신수. 거대한 사람 얼굴을 닮은 이마에 박힌 단 하나의 눈은 크게 뜨는 때에는 천하에 화기가 감돌아 만물이 짙푸르러지는 여름이 오고, 굳게 감는 때에는 천하에 냉기가 내려 만물이 잠이 드는 겨울이 온다고 한다….

"그… 종남대군의 아들이라고?"

노생의 목소리는 꿈속에서 내는 양 망연했다. 저자에서는 이야깃거리에 불과하고, 때때로 사당에 기원을 바치러 갈 때 향불을 피우는 상대에 불과한—그 존재의 친자라고 칭하는 자가 눈앞에 있으니 그런 반응이 나오는 것도 지당하다.

"그렇소이다. 이제 조금은 신용이 가시는지?"

그러나 겉보기에는 그러한 신령함, 그러한 위엄과는 까마득히 무관해 보이는 아이가 방긋 웃음 지었다.

소그드는 아이를 새삼 찬찬히 살펴보았다. 소그드의 고향, 그 드넓은 초원에도 또한 천지사방의 일을 주관하고 인간의 삶을 이롭게 하는 존재는 있다. 안하무인인 그 역시 그러한 존재에 관한 지혜나 대하는 예절쯤은 익히고 있었다. 다만…….

"대단한 듯 말하는 것치곤 너무 약해빠졌잖아?"

노생이 소그드에게 달려들었다. 옆구리를 찌르려던 동작이 과해진 듯하였으나, 소그드는 가볍게 팔을 떨치는 것만으로 노생을 나동그라지게 만들었다. 우당탕! 소그드는 상 아래로 떨어져 신음하는 노생을 거들떠보지도 않았다.

이홍은 얼굴을 붉혔다. 허나 무례함에 노여워하는 기색은 아니었다.

"그렇게 보셔도 변명할 말이 없소이다. 실은 이 몸은 아직 신령으로서 자질이 갖추어지지 않은 어린아이인지라…."

"어리다면, 몇 살?"

"올해로 아흔 여덟이 되오이다."

이 대답에는 내로라하는 소그드도 잠시 입을 다물 수밖에 없었다.

반면 노생은 크게 놀라지 않았다. 용의 권속에 속하는 것들은 백 년은 족히 넘게 신기를 수련하지 않으면 강과 바다를 다스리는 신령으로 화할 수 없다는 것이 옛이야기에서 전하는 말이다. 그는 부딪힌 허리를 두드리면서 상으로 기어 올라와 자리에 되돌아온 뒤, 내심 소그드를 저주하면서 물었다.

"한데 그… 작은 나리. 제가 알기로 용이라는 권속은 굳이 요괴를 잡는 따위의 수행을 하지 않아도 신령이 될 수 있다고 하더만요…. 어째서 귀하신 몸이 그런 일을?"

이홍은 한층 더 부끄러워하며 고개를 숙였다. 영락없이 수줍음 많은 어린애였다.

"그것이… 부인으로 맞이하고 싶은 여인이 있어서 말이오."

"헤에?"

"제대로 수부를 이어받지 않으면, 혼인의 예를 올리기에는 미진하다 생각하여…."

소그드가 갑자기 반색했다. 그는 찻잔을 내려놓고 그 커다란 손으로 이홍의 어깨를 펑펑 두드렸다.

"너 대단하다. 좋아하는 여자를 위해서 소매를 떨치고 나선 거로군?"

"정말로 치졸한 사연이라 부끄럽기만 할 따름이외다."

"아냐, 아냐. 나도 꼭 붙잡고 싶은 상대가 있어서 발 벗고 나선 참인

걸. 나는 응원한다."

"고맙소이다. 귀공은 도량이 넓으시구료."

소그드의 사정을 모르는 노생으로서는 갑자기 바뀐 소그드의 태도를 보고 기막혀하는 한편, 도사를 찾는다더니 여도사였나…, 하고 고개를 갸웃거렸다.

"망고스… 아니, 여기선 요괴라고 하던가. 그런 것을 잡으려고 했다는 것은 나름 믿는 재주가 있는 거지?"

"그렇소이다. 미력하기 그지없지만…."

"내가 찾고 있는 사람도 그런 재주가 있어서, 날 보면 냉큼 달아나버릴까 걱정이야. 그때 붙잡아준다면 목숨을 구해준 값을 치르는 것은 물론이고 도리어 내가 빚을 지게 될 텐데 괜찮겠어?"

"이 몸의 힘이 필요하다면 얼마든지 빌려드리리다. 대예의 흥행도 귀공의 손으로 끝을 맺었고, 불초한 이 몸은 종산으로 되돌아가는 것 외에는 다른 일이 없으니."

"잘됐군! 고마워, 부탁한다!"

"이 몸이 도움이 된다면야 얼마든지 조력하오리다."

소그드는 활짝 웃었다. 정엽이 사라진 뒤 처음으로, 마음에서 우러나는 웃음이었다.

"그럼 편히 쉬시구료. 이 몸은 동이 틀 때 돌아올 것이니."

"어라? 작은 나리는 여기서 안 자려고요?"

"이 몸에게는 사람들이 드는 식사도, 잠자리도 필요치 않아서 말이오."

이홍은 인사를 건네더니 몸을 일으켜 상에서 폴짝 뛰어내렸다. 소년이 앉았던 자리에는 손도 대지 않은 차와 만두 접시만이 남아있었다. 이홍은 점차 드물어지는 식당의 사람들 사이를 지나, 창가로 다가갔다

"어이, 이홍!"

그때 소그드가 소년을 불렀다. 이홍은 창을 열고 창틀에 손을 댄 채 어깨 너머로 뒤를 돌아보았다.

"나는 소그드라고 한다."

이홍은 말없이 빙긋 웃음으로 답례했다. 다음 순간 소년의 모습은 온 데간데없고, 어스름이 짙게 드리운 밤하늘에 반딧불 같은 것이 떠올라 사라졌다.

천하절경 중 하나인 오군산. 온갖 새가 몰려들어 아름다운 지저귐을 뽐내는 이곳은, 오군鳥君이라는 별칭을 가진 봉황의 신령이 거한다 하여 유래된 것이었다. 그 신령의 사당을 모신 도관의 호젓한 방장에서는 영롱한 새소리에 눈을 뜰 수 있었다. 아침잠이 많은 이에게는 재난에 불과하지만.

그러나 그토록 귀가 즐거웠던 이곳이지만 오늘만은 적막에 잠겨 있었다. 드넓은 도관의 방도 죄다 불이 꺼져 버려진 것처럼 보였다. 귀에 닿는 것은 구슬픈 울음소리. 코를 찌르는 것은… 어지러우리만치 진한 피 냄새와 타고 남은 재의 냄새.

정엽은 어둠 속에 우뚝 서서 발치를 내려다보았다. 그곳에 엎드러져 있는 것은 마치 곰이나 소처럼 커다란 것의 주검. 그러나 그것이 짐승도 무엇도 아닌 새의 사체임을 정엽은 진작에 알고 있었다. 새의 모습을 빼닮은… 요조妖鳥.

"휴류鵂鶹…."

정엽은 그 이름을 읊조렸다. 불길한 그 이름도 정엽의 산호빛 입술 위에 오르니 옥구슬이 구르는 소리 같다. 그러나 동행인은 그 소리에 아무런 감흥도 느끼지 못했다.

"대휴류라 불러야 옳겠지요."

피로에 지친 대꾸였다. 정엽은 고개를 들어 그를 바라보았다. 오군산 영금궁靈禽宮의 도사, 서중산. 정엽이 이 지방을 지날 때마다 반드시 안부를 전하는 인물로, 사람과의 교류가 극히 드문 정엽에게는 벗이라 부를 수 있는 드문 축에 속하는 도사였다. 본디 다부진 성품으로, 어지간한 일에는 동요를 보이지 않는 사내였으나… 피가 묻고 너덜너덜해진 도포를 걸친 초췌한 그에게서는 평소의 듬직한 모습을 찾을 길이 없었다.

"이렇게 큰 휴류는 처음 봅니다. 더군다나 오군의 금령에도 아랑곳하지 않고 사람을 해치다니. 대개 휴류라는 족속이 하는 짓은 고작 밤에, 어린아이를 습격하는 것이 전부이건만…."

"이런 요괴를 퇴치하시다니 기량이 탁월해지셨습니다."

"농지거리하지 말아주시오. 중정重睛이 없었다면 저도…."

부드러운 정엽의 말도 지금의 중산에게는 별 효과가 없었다. 그는 침통한 얼굴로 휴류를 내려다볼 따름이었다.

정엽이 급전을 받고 도착했을 때에는 이미 모든 것이 끝나 있었다. 심상치 않은 요조들의 준동. 대휴류의 습격. 영금궁에서도 필두의 위치에 있는 도사인 중산이 분골쇄신하여 요괴를 퇴치하려 하였으나, 그 대가는 비쌌다. 영금궁의 도사 여럿이 목숨을 잃었다. 중산에게 그 이상으로 고통스러운 일은, 산 아래 마을 사람들이 오군의 가호를 의심하여 산에 불을 지른 것이었다. 때마침 정엽이 도착하여 비를 부르는 술법을 썼으나 이미 많은 새가 타죽거나 산을 떠났다. 오군은 이러한 참상을 어떻게 생각할 것인지, 가호를 아주 거두어버리는 것은 아닐까…

"참혹한 일입니다. 더욱 두려운 것은, 이러한 일이 앞으로 계속될지도 모른다는 것입니다."

"점찰占察해 본 겁니까?"

"괘를 짚어 헤아려 보았더니, 신기가 심하게 흐트러져 있었습니다. 어찌된 연유인지…."

천하만물은 기의 흐름을 따른다. 기가 정순한 흐름을 따르면 요괴는 기력을 잃고 바람과 비도 순조로우며 오곡이 실하게 영근다. 반면 기가 흐트러지면 가뭄과 홍수가 빈번하고 요괴가 날뛰며 불길한 징조가 잇따른다.

"무엇이 원인인지 짐작이라도…."

"그것은 아직…."

정엽으로선 무엇이 원인인지 짚이는 바가 없었다. 하지만 한 가지 분명한 사실도 있었다. 이렇듯 기가 흐트러지고 재액이 일어나는 것이 널리 퍼지면, 틀림없이 황제를 탓하는 목소리가 나온다. 마치 그것을 위해 황제가 존재하기라도 한 양….

만약 황제가 빈틈없이 다스리고 있다면 그러한 목소리에 구태여 귀 기울일 필요가 없다. 자연히 잦아드는 법이니. 그러나 황제가 때마침 위태로운 일에 관여하고 있다면….

굳이 정엽이 아니라도 누구든 떠올릴 것이다. 기족의 사절을.

조포한 오랑캐를 조정에 들여 중용하였기 때문에, 천하의 순리가 일그러지고 재액이 빈발하고 있다는 논의가 일어날 것이다. 그것이 옳든, 옳지 않든 간에….

정엽은 그것이 온당하다고 생각하지 않았다. 기족의 잘못이 아니다. 그들을 내치는 것, 폄하하는 것이 결코 순리가 아니다. 그는 결코….

정엽은 부지불식간에 손을 들어 옷깃을 움켜잡았다.

아무리 도리를 무시해도, 가당치 않은 말만 일삼아도, 소그드가 나쁠

리가 없다고.

그렇게 다짐하는 자신이야말로 도리에 어긋나는 것이 아닌지—.

터무니없는 것이라는 사실을 잘 알면서도, 덧없는 상념은 어떻게 해도 다스려지지 않는다.

누이의 정혼을 축하해야 하는 입장이면서 황성을 떠나 있는 자신의 나약한 마음.

천하만물에 제례를 올려 신기를 다스려야 하는 책임을 방폐하는 자신의 어리석음.

하지만 다른 무엇보다도 몸서리쳐지는 것은—과거에는 단 한 번도 느끼지 못했던 고독이 자신을 뒤흔들고 있다는 사실이었다.

아직 가을이고, 황성보다 훨씬 남쪽에 있는 이 지방은 밤바람도 쌀쌀하지 않다. 그런데도 어째선지 춥다.

그 방약무인한 언행도 엉뚱한 발상도, 터무니없는 연심을 들이대는 것까지도… 다시 만나게 되면 완전히 달라져 있으리라. 그렇게 생각하면 이유도 없이 적적하다.

정엽은 소리 없이 입술만 움직여 그의 이름을 입에 담았다.

'소그드.'

서중산은 오랜 벗의 고뇌를 알지 못했다. 그 자신 또한 자기만의 번민에 빠져 있었기에. 각자의 심려를 덮어 가리지도 못하는 밤의 시간만이 괴괴하게 흐르고 있었다.

그것은 어둠 속을 달리고 있었다.

금령을 어겼지만 상관치 않는다. 달리지 않으면, 금령이 무엇인지도 모르게 될 것이다.

일대의 고을에는 모두 검은 기가 올랐다. 사람들이 횡액을 이기지 못하고 떠나고 있다.

이 사실을 알려야만 한다. 이 토지를 떠날 수 없는 자신을 대신해서, 누구든 그에게 알려야 했다. 알리지 않으면….

"히익!"

노생은 급하게 몸을 뒤로 뺐다. 그의 손이 있던 자리에 딱 하고 로그모의 이빨이 소리를 내어 맞부딪쳤다. 객관 뒷마당에 운집하여 소위 '미친 말'을 구경하던 사람들이 와자하게 웃었다. 로그모의 갈기를 쓰다듬어 진정시키던 소그드가 한숨을 내쉬었다.

"어이 어이…. 그렇게 소리를 지르고 손을 휘저으니까 로그모가 더 놀라서 경계하는 거잖냐."

"하지만 물어뜯겨서 죽을 거 같은뎁쇼! 게다가 무서워하는 눈이 절대 아니잖아?!"

"뭐, 여느 말이라면 그렇다는 이야기야. 로그모는 보통 말이 아니니까."

"이 팔불출!"

물길로 가는 여로도 이 마을에서 끝이다. 남은 여로는 산야를 가로질러 나 있었다. 소그드야 말을 타고 가면 되지만 노생이나 이홍은 두 발밖에 없다. 몸종이었다면 말고삐를 쥐이고 말꼬리를 따르게 하면 끝날 일이나… 노생과 이홍은 몸종이 아닐뿐더러, 옆에 사람을 걷게 하는 것은 소그드의 성미에 맞지 않았다. 따라서 비교적 순한 로그모에 누구든 태우려고 한 것인데—.

"애초에 나는 무리야! 말을 훔치긴 했지만 타고 다닌 일은 없다고."

"따라가겠다고 말한 건 너야. 어쩔 셈이야?"

"으. 나귀라도 싸게 사던가….""

"그런 게 옆을 얼쩡거리면 게세르는 걷어차 버릴걸."

"차라리 걸어갈 테다!"

"놔두고 가도 되지?"

노생은 아우성을 쳤다. 아니, 치려 했다. 그의 말문은 이홍이 앞으로 나서는 것을 보고 막혔다.

이홍은 두려워하지 않았다. 소년이 단풍잎 같은 손을 뻗어 로그모의 코를 어루만지자, 놀랍게도 로그모는 얌전히 있었다. 뿐만 아니라 목을 휘움하게 내려 갈기를 쓰다듬게 해주었다. 이홍은 로그모를 토닥거리며 노생을 돌아보았다.

"같이 타 주시겠소? 발이 등자에 닿지 않아서….""

"아… 어, 넵!"

노생은 이홍을 조심스레 안아 올려 안장 앞에 앉혔다. 로그모는 언제 까탈을 부렸냐는 듯 조용히 서 있었다. 노생이 올라타자 코를 조금 푸릉거리고 꼬리를 획획 휘둘렀지만.

"로그모의 마음에 들었나 보군. 짐승의 기분은 짐승이 아는 건가?"

"형씨, 말이 과하잖아!"

노생은 정색을 하고 책망했지만, 이홍은 개의치 않았다. 처음부터 비하할 의도 따위 없었던 소그드도 마찬가지였다. 게세르와 로그모가 소그드 자신과 견주어 무엇이 다르단 말인가?

두 필의 말은 논밭과 구름이 끝없이 이어지는 들길을 나아갔다.

황도나 대로를 이용할 수 있는 것도 이미 끝이다. 도관이나 선궁은 속인의 통행이 많은 곳에는 여간해서 자리하지 않는다. 특별한 사연이 있는 사당이나 읍성 사람들의 기원을 받기 위한 목적으로 지어진 사당도 있지만, 명망 있는 도사들의 수행을 위해 건립된 곳은 예외 없이 깊은 산과 아름다운 계곡 속에 숨듯이 세워져 있었다. 관아에서 손대지 않아 먼지가 일고 돌이 굴러다니는 길은 불편했지만, 야무진 발굽을 가지고 다리에 약한 데라곤 없는 게세르와 로그모는 큰 불편을 느끼지 못했다. 그들이 태어난 땅은 길도 없는 초원이 한없이 이어지는 곳.

노생은 어찌할 바를 모르고 안장에 매달려 있었다. 본인 말마따나 말은 여러 마리 훔쳐 보았지만 그 잔등에 올라탄 것은 손으로 꼽을 정도인 탓이다. 로그모가 아무리 착실하게 굴어도 그 의중을 알 수 없는 한 안심할 수 없었으며, 무엇보다 가슴 앞에 안기듯이 이홍이 앉아 있다. 물론 말투야 어쨌든 겉보기는 어린아이. 동행한 소그드 또한 퍽 허물없이 대하기에 신령이라는 인식도 흐려지고 있지만, 한편으로는 너무 무례하게 대해 노여움을 사는 게 아닌가 하고 섬뜩할 때가 있다. 요컨대 노생으로서는 도저히 편할 수 없는 자리라는 것이다.

"그러고 보니 소그드 공은 화하에서 태어나신 게 아닌 듯 하오이다. 어디서 오셨는지?"

노생의 기분을 모르는 이홍은 천진난만한 목소리로 물었다. 소그드는 선선히 대답했다.

"나라 밖에서 왔지."

"호오. 이 화하에는 무슨 일로?"

"화하의 황제와 오랜 싸움을 끝맺고, 시장을 열어 우리 사람들을 고향으로 돌려보내 달라는 이야기를 하러 온 거야. 하지만 그러던 중에, 조롱에 잡아두고 싶은 새를 놓쳐버려서 말이야….”

소그드의 말은 쓰디쓴 웃음으로 마무리 지어졌다. 이홍은 눈을 깜박이며 영문을 알 수 없다는 표정을 지었으나, 곧 웃으며 말을 이었다.

“과연 그렇다면 견문이 넓으시겠소이다.”

“사람들이 말하길, 나는 내가 보고 싶은 것만 보고 듣고 싶은 것만 듣는다더군.”

“향나무로 만든 그릇에 담긴 물은 향이 나고, 가시나무 그릇에 담긴 물은 쓴맛이 나는 법이외다.”

“어… 그런데 자기 일은 놔두고 이렇게 한가하게 중원을 주유해도 되는 건가? 형씨.”

노생이 별안간 끼어들었다. 소그드는 게세르의 잔등이 자신의 천막 안인 양 느긋하게 앉은 채 곁눈질했다.

“간자질이라도 할 거라고 생각하는 건가?”

“아, 아니, 그런 말이 아니라….”

“늑대에게 원숭이의 재주를 가르쳐봤자 말짱 헛것 아닌가? 그런 걱정은 할 필요 없어.”

재미있는 비유를 듣고 이홍은 미소를 머금었다. 노생은 멋쩍어 얼굴을 붉혔다. 속된 기대를 품고 소그드의 뒤를 따르고 있는 그는, 아침 이슬처럼 해맑고 봄에 새로 싹튼 잎처럼 온화한 어린아이 모습의 신령을 대할 때마다 자신의 비열한 점이 꾸짖음을 당하는 것 같아 안절부절못했다.

“노 공은 무슨 일로 동행하게 되셨는지?”

“대, 대단한 일은 아니고… 저자에서 빌어먹다시피 하는 몸, 달리 할 일도 없고 해서… 그보다 소생에게까지 말을 높이지 마십쇼. 어쨌든 대단찮은 늙은이니까요.”

“그렇게 보면 이 몸도 천직天職을 받지 못한 백면서생에 불과한 몸. 그대와 다를 것이 없소이다."

"그런 황송스러운…."

노생과 이홍이 두서없는 이야기를 주고받을 때에, 소그드는 잠자코 말을 몰았다. 그러나 침묵을 지키는 것은 아니었다. 모처럼 말 잔등에서 흔들리며 보내는 시간에 흥이 났는지, 그는 때때로 고향의 노래를 흥얼거렸다.

나의 세 살배기 조류말이
지치고 절뚝거릴 거라고는 생각하지 못했네.
안장과 등자처럼 함께 하던 우리 두 사람이
이렇게 갈라질 거라고는 생각하지 못했네.

노생과 이홍은 뜻도 모르면서 그 노래에 귀 기울였다.

객관에서 싸온 떡을 점심으로 먹고, 또 얼마나 들길을 걸었을까. 해가 서산에 기울 무렵 세 사람은 초산으로 접어드는 산기슭의 마을에 가 닿았다.

"쓸 만한 객관이 있어 보이진 않구만. 앞으로 한동안 산을 타야 할 테니, 오늘은 등짝을 편하게 하고 싶은데…."

노생은 구시렁거렸다. 그러나 대답하는 이는 없다. 노생의 실없는 소리를 진지하게 받아주는 이홍도 어째선지 입을 다물고 있었다. 노생이 의아하다고 느낀 순간, 로그모가 우뚝 멈춰 섰다. 말에 익숙하지 않은 노생은 굴러 떨어질 뻔했다.

게세르 또한 소그드가 말 한마디 몸짓 하나 보이지 않았는데도 나아가길 그만두었다. 이 대범한 말은 마을 쪽을 바라보면서 이빨을 드러냈다.

"너도 알겠어?"

"…기의 흐름이 이상하외다."

소그드는 말에서 훌쩍 내렸다. 이홍은 잠자코 노생에게로 손을 뻗었다. 노생이 허둥지둥 그를 들어 안아 말에서 내리자, 이홍은 노생을 올려다보면서 당부했다.

"공은 여기서 기다리시오."

"예? 아니, 어째서…."

"위험할지도 모르외다."

둘이 이야기하는 동안에도 소그드는 활을 얹고 화살통을 허리에 두른 뒤, 가죽 칼집에 싸인 칼까지 집어 들고 완전히 무장을 갖추었다. 소그드가 앞서서 걸어 나가자 이홍은 그 뒤를 쫓아 종종걸음 쳤다. 노생은 두 사람을 당황해서 바라보다가, 마찬가지로 달음박질쳐서 뒤따랐다.

"노 공?"

"자, 작은 나리야 어쨌든 형씨는 보통 사람이잖아요? 좀 이상하긴 해도… 형씨가 가는 곳에 소생이 못 간다는 건 말이 안 됩니다요."

말리기엔 늦었다. 이미 셋은 마을 안까지 들어와 있었다. 그제야 노생은 깨달았다―밭에서 일하던 사내들이 배를 채울 무렵인데, 밥 짓는 연기가 오르는 집은 단 한 군데도 없다.

소그드는 성큼성큼 걸으면서 가까운 집을 힐끗 곁눈질했다. 문이 열려 있어 집 안이 들여다보였다. 단출한 집 안에는… 그물들이 어지러이 흩어져 있을 뿐, 인적이라곤 찾을 수 없었다. 노생이 질린 얼굴로 중얼거렸다.

"빚쟁이라도 들이닥쳐 야반도주한 것 같은 꼴인걸…."

"대단한 빚쟁이군. 마을 하나를 털어먹다니."

"작은 나리, 요괴일까요?"

"……."

"망고스라고 해도 이상해. 마을 하나를 절단 낼 수 있는 망고스가 중원에도 있을지 모르지만, 핏자국처럼 잡아먹은 흔적이 없잖아?"

"소름 끼치는 소리 하지 마슈…."

개 짖는 소리조차 들리지 않는 괴괴한 마을. 그들은 대담하게도 그 가운데를 가로질러 마을 북쪽 끝에 있는 관아로 다가갔다. 관아의 큰 문을 지나서 셋은 발을 멈추었다.

관아 또한 쥐 죽은 것처럼 고요했다. 그리고 그 중정 한가운데에는 높이 세워진 깃대 위에 새카만 깃발이 펄럭이고 있었다.

마을의 현령은 다른 누구도 아닌 황제의 이름으로 관인官印을 받아 임지에 부임한다. 그 인수를 가지고 있음은 황제의 권위를 대행한다는 의미. 따라서 현령은 자신의 고을에서는 황제와 같은 권위를 행사할 수 있다. 그러나 한편으로는 죽음에 준하는 일이 일어나지 않는 한 고을을 버리고 떠날 수 없다. 하지만 전쟁과 요괴, 재해 등으로 반드시 고을을 비워야 할 일이 생기면 흑기를 올려 천지신명에게 이를 사죄한다.

그 흑기가 관아의 중정에서 힘없이 바람을 받고 있었다. 노생은 몸이 떨리는 것을 느꼈다.

"설마 역병…."

"단순한 역병이라면 이렇게 조용하지는 않을 것이외다. 그리고 어지간한 역병은 공들을 해칠 수 없을 터이니 너무 심려치 마시길."

이홍이 노생을 다독이는 사이 소그드는 칼을 어깨에 맨 채 흑기를 올려다보았다. 흑기의 의미도 알지 못하면서.

불안하게 좌우를 둘러보던 노생의 눈에 땅바닥에서 움직이는 뻘건 것이 비쳤다. 석양에 물든 탓도 있겠지만 이상하게 붉게 보였다. 노생은 허리를 슬쩍 굽히고 그것을 들여다보았다. 그리고… 으악 고함치며 펄쩍 뛰어올랐다.

그것은 손바닥만한 사람의 얼굴이었다—눈을 감고 이를 앙다문 채 표정을 일그러뜨린, 고통에 시달리는 사람 얼굴 그 자체였다.

노생의 비명을 듣고 소그드도 그것을 돌아보았다. 그는 별로 놀라지도 않고 발끝으로 그것을 쿡 찔러보았다.

"벌레잖아?"

"뭐, 뭐, 뭐, 뭐라고?"

"등껍데기에 사람 얼굴이 그려진 벌레라고."

그것은 뒤집어져서 여섯 개의 다리를 버둥거렸다. 배만 보면 그저 평범한 벌레처럼 보였다—피처럼 붉다는 것을 제외해야 말이지만.

"괴재로구료."

이홍이 가만가만한 목소리로 말했다. 어린아이의 큰 눈에 어린 감정은 혐오가 아닌 연민이었다.

"뭔지 알아?"

"사람의 원한이 깊을 때 나타나는 것이외다. 옛 감옥, 노역지의 터에서나 태어나는 것이라고 들었소이다만….'

"이 관아의 원님이 차마 말 못할 악행을 저지른 걸깝쇼?"

"아니… 사람의 소행은 아닌 듯하오. 신기가 이토록 일그러져 있다는 것은… 이 근방에 가까운 사당이 있는지? 사당의 신령에게 어찌 된 영문인지 물어야만 하리다."

"지금 가려고 하던 운려궁에도 모시는 신령이 있지만, 거기까지는 3일은 달려야 할 테고… 이 부근에 있는 사당이라면….'

저자 바닥을 굴러먹으며 이곳저곳 떠돌아다니던 노생은 이 지방의 일도 적지 않게 꿰고 있었다. 그래서 그는 손사래를 쳤다.

"있긴 하지만 자은 나리에게 도움이 되진 않을 겁니다."

"어인 일로?"

"그게, 장사문의 사당이거든요."

노생은 잠시 두려움을 잊고 어쩔 수 없지 않냐는 듯 어깨를 으쓱했다. 이홍과 소그드는 얼굴만 마주 볼 따름이었다.

"가면서 이야기해드립죠. 우선 여기서 뜹시다. 변고는 없더라도, 영 꺼림칙해서 못 견디겠는걸요."

모두 그 말에 따랐다. 인적 없는 마을은 무슨 일이 일어났는지 전하지 못하고 밤의 어스름에 잠기어 갔다.

하주 사람 장사문은 호걸로 유명하였다. 서쪽에서 오만한 선비가 있으면 골탕 먹이고, 동쪽에서 장사치가 빚으로 사람을 겁박하면 흠씬 두들겨 혼을 내주었다. 저자의 여느 사람들이 통쾌할 일만 하였기에, 관원이 잡으려 들어도 신출귀몰하게 내뺄 수 있었다. 그러는 동안 장사문은 자신을 신령이라 칭하며, 행패를 부릴 때에도 신령의 엄벌이라고 큰소리를 쳤다. 그렇게 사십 줄에 들도록 처자도 갖지 않고 거처도 없이 하주 전역을 떠돌던 장사문은 어느 날 산길에서 싸늘하게 식은 주검으로 발견되었다. 고을 사람들은 돈을 조금씩 추렴하여 단출한 묘를 마련하였다.

그 지방에 괴이한 일이 일어나기 시작한 것은 그 무렵부터였다. 안개가 자주 끼고 공기가 으스스한 그런 밤이면 누군지 모를 이가 말을 달리며 떠들썩하게 한길을 지나갔다. 나아가 아녀자와 어린애의 꿈에 장사문이 나타나 자신을 위한 사당을 지어 섬기라고 큰소리를 친다는 소문이 돌았다. 그렇지 않으면 응보가 있을 거라고….

사람들은 들은 체 만 체 하였다. 당치도 않은 일이라고 여겼다. 그러나 기이하게도 다음 해에 심한 역병이 돌았다. 이듬해에는 가뭄이, 그 다음은 큰물이…. 그러는 내내 장사문은 현몽하길 그치지 않고 사당을 지을 것을 요구하였다.

결국 사람들은 장사꾼을 위해 사당을 짓고 제물을 올렸다. 그러자 재앙은 점차 잠잠해졌다. 해마다 지내는 제사로 그 지방이 복을 받았는지는 분명하지 않다. 다만, 칠흑같이 어두운 그믐밤 형체를 모를 기수가 소리치고 웃고 떠들며 여러 필의 말로 한길을 내달리는 일은 끊이지 않았다.

"재미있는 놈이네."

소그드의 감상은 담백했다. 이홍은 눈을 동그랗게 뜨고 이야기를 듣고만 있었다. 밤바람은 싸늘했지만, 소그드가 피운 불 때문에 한기는 스며들지 않았다.

텅 빈 마을에서 잘 곳을 마련하기는 꺼림칙했고 다른 마을로 가기에도 시간이 빠듯했기에, 소그드는 기다렸다는 듯이 노숙을 결정했다. 그는 평생 산야를 떠돌아다닌 사람처럼(사실이었지만) 솜씨 있게 천막을 세우고 양가죽을 씌운 침상을 셋 만들고 불을 피우고 말린 고기를 꺼냈다. 이홍은 아무것도 입에 대지 않았고 노생도 비리고 딱딱한 것을 씹으려 하지 않았지만, 어쨌든 모두는 잠자리를 확보하고 배도 채울 수 있었다.

노생은 말을 타서 피곤한 몸에 불을 쬐면서 신이 나 말을 이었다.

"한데 그렇게 몇 해가 지나서 더 재미있는 일이 벌어졌던 거요. 마을에 웬 도사가 찾아왔지. 지금 우리처럼 운려궁에 가려고 했던 모양이랍디다. 용색이 참 기이해서 사람들은 요괴라 여겼다지요. 마치 나무껍질 같은 색깔의 머리카락에 옥구슬 빛깔의 눈에, 낯빛은 도자기 인형처럼 허여멀겋다고 했던가…."

나뭇가지를 뚝 부러뜨려 불에 넣으려던 소그드의 손이 허공에서 얼어붙은 듯 멈추었다.

"하지만 그 도사는 황두이 높은 나리가 보낸 사람인 듯 패찰을 가지고 있었더랬죠. 그래서 관아에 묵게 되었는데… 이 고장에서 무슨 일이 벌어지는지 듣더니 요망하게 신령을 칭하는 귀신을 벌하겠다고 그믐밤에 뛰쳐나갔다지. 비슷한 말을 하며 거들먹거리던 도사가 호되게 당하는 것을 본 터라 마을 사람들은 또 초주검된 사람 하나 실려 오는 게 아닌가 전전긍긍했소. 밤이 지새도록 천군만마가 싸우는 소리 때문에 잠을 못 이룬 마을 사람들이 동틀 무렵이 되어 누가 가봐야 하나 의논하고 있을 때, 옷깃 하나 흐트러지지 않은 도사가 돌아와서는 앞으로 요사스러운 일이 일어나지 않을 거라 말하고 훌쩍 떠났다지요. 그리고 신기하게도 사당에 모셔진 장사문의 신상에는 채찍에 맞은 것 같은 흔적이 있었더랍니다. 그 뒤로 그 고을에서 밤중에 말 달리는 소리는 싹 그쳤다더군요."

"저런⋯."

이홍은 감탄인지 동정인지 알 수 없는 소리를 흘렸다. 노생은 연신 웃음을 그치지 않았다.

"그래도 나름 영험이 있다고 전해져서 지금도 향불은 끊이지 않는다고 하더군요. 하지만 작은 나리에게 도움이 될 거라곤 생각할 수 없는뎁쇼."

"흔치 않은 이야길 들었소이다. 부군의 부중을 떠나 세상에 나온 지 몇 년 되지 않아서일 터이오만⋯."

"그럼 이제 어쩌실 겁니까?"

"별 도리가 없구료. 일단 운려궁의 도사들에게 청하는 수밖에⋯. 운려궁의 이들은 무엇인가 알고 있겠지요. 벌써 조치를 취하고 있는지도."

"예입. 서둘러야겠군요. ⋯음? 형씨. 뭘 멍하니 있수?"

소그드는 그제야 꿈에서 깨어난 듯, 여태 쥐고만 있던 손아귀를 폈다. 그는 손바닥을 툭툭 털어 으스러진 나무 부스러기를 불 속에 떨어뜨렸다.

"아니, 안심했어."

"무슨 소리요?"

"큰일이야. 그 녀석이 부러워지는데. 이상한 취미가 생길 것 같군."

소그드는 입술을 일그러뜨리며 웃었다.

한밤중이라는 것은 눈을 뜨지 않아도 알 수 있었다.

소그드는 양가죽 침상에서 벌떡 일어났다. 머리맡의 칼을 잡는 데에는 시간이 걸리지 않았다. 일순도 지나지 않아 소그드는 천막 밖으로 뛰쳐 나갔다.

들렸던 것이다. 땅에 대고 있던 귀로, 희미한 말발굽 소리가….

게세르와 로그모가 소리 높여 울었다. 소그드가 가늠한 것보다 훨씬 더 빨리 눈앞의 수풀을 뚫고 아무런 전조도 없이 한 필의 말이 나타났다.

소그드는 놀랐지만 그것은 얼굴에도 태도에도 나타나지 않았다. 그는 일말의 주저도 않고 칼을 휘둘렀다. 단 두 번의 칼질로 말의 목을 치고 기수의 급소를 찔렀다.

그러나 기수는 쓰러지지 않았다. 그가 황급히 말고삐를 잡아채자 검은 말은 뒷걸음질을 쳤다. 소그드는 벤 느낌이 없는 칼을 손바닥 안에서 돌리며 이맛살을 찌푸렸다.

"에―이 여봐라 여봐라 여봐라! 네놈은 누구냐! 감히 이 어르신에게 칼을 휘두르다니!"

긴장감 없는 아우성이 기수의 입에서 터져 나왔다. 비록 영문은 알 수 없었지만, 소그드는 태연하게 거기에 답했다.

"네놈이야말로 뭐야? 자던 사람을 밟으려고 한 주제에."

"밟는다니 무슨 말이냐! 나는 사람을 찾는 중이란 말이다. 밟을 리가 있냐, 이 무례한 놈!"

"장황하군. 이 나라는 사람이든 망고스든 텡그리든 더 말이 길이."

"뭐라고 구시렁거리는 거냐, 이놈!"

기수가 말채찍을 내리쳤다. 소그드는 가볍게 상체를 젖히는 것만으로 피했다. 때리지 못하리라곤 생각하지 못했으리라—사위가 어두울 뿐만 아니라 복식도 온통 검어서 안색을 살필 수 없는 기수는 표정 대신 몸짓으로 놀라움을 표시했다. 그러나 그의 감정은 이내 분노로 변했다.

노생은 진즉에 깨어 천막 밖을 내다보고 있었다. 상대가 요괴인지 귀신인지 다른 무엇인지 모르는 상태에서, 그는 부지불식간에 아이를 지키려는 듯이 이홍을 꼭 껴안았다. 기수가 거듭 말채찍을 쳐들어 내리치려는 순간, 품 안의 이홍이 또록또록한 목소리로 말했다.

"그대는 어디의 음병이기에 어찌 이리도 포악하느뇨?"

기수는 몸을 움찔 떨었다. 그는 목을 돌려 이홍의 오목조목한 얼굴을 바라보았다. 입술이 움직이는 것은 보이지 않았지만 흘러나온 목소리는 어쨌거나 당당했다.

"너야말로 어디의 정령이기에 이 장 공을 몰라보느냐!"

호랑이에 관해 입에 담으면 호랑이가 온다는 옛말이 있다.

…호랑이를 장사문으로 바꿔야겠다고 노생은 망연자실한 가운데서 생각했다.

"공교롭군. 나는 이 나라 밖에서 왔는데. 네 이야기도 방금 들었고."

"호오. 이 나리의 위명을 들었느뇨? 이 오랑캐 녀석."

"정엽한테 채찍으로 맞았다며?"

으그그그극. 기수의 몸이 안장 옆으로 주르륵 미끄러져 내렸다. 그는 간신히 다시 말등에 기어올라, 잠시 괴로운 기억을 삭히는 듯이 머리를 내둘렀다. 그러나 다음 순간 튀어나온 목소리는 진지했다.

"네놈…. 영명왕의 자를 그리도 무례하게 부르다니. 알고 있느냐?"

"알고 있다마다. 찾고 있는데."

"어디에—."

동시에 겹쳐진 목소리는 함께 사그라들었다. 소그드는 뚱한 얼굴로 귀장鬼將을 올려다보았다. 장사문에게 표정이 있다면 필시 대동소이하리라.

"정엽이 있는 곳도 몰라? 너 진짜 쓸모없는 신령이구나."

"에잇, 시끄럽다. 닥쳐라! 이런 변고가 아니었다면 이 몸도 이렇게 옹색한 신세는 아니란 말이다! 그보다 영명왕을 함부로 부르는 무례를 더이상 저지르지 말거라!"

"뭐야, 너. 정엽이랑 무슨 관계야?"

"과, 관계라고 하자면… 뭐시기냐…."

"말썽 피우는 꼬맹이와 잔소리하는 엄마?"

"그그그그런 얼토당토않! 그보다 무엇을 무엇에 갖다 대는 게냐? 터무니없는 실례 아닌가!"

장사문은 더욱 커다란 목소리로, 말에서 떨어지기라도 할 기세로 아우성쳤다. 아무래도 정곡인 모양. 소그드는 내심 안도했다.

"그… 정엽인지 하는, 아니 영명왕이라는 사람은 누구야?"

노생은 주저하면서 끼어들었다. 가능하면 상종하기 싫은 상태였지만 내버려 두면 소그드는 언제까지나 이편을 무시하고 있을 터이다. 소그드는 귀찮은 듯이 대꾸했다.

"네가 한 이야기 속에 나오는 미인 말이야."

"에엑?! 형씨가 어떻게… 만났어?"

"아아, 만났고말고. 잊을 수가 없지."

"장 공이 굴복한 것을 보면 상당히 도력이 높은 도사인 것 같구료."

장사문의 말이 소리도 없이 발을 굴렀다. 주인의 불편한 심기를 대변하기라도 하는 양. 호언장담으로 신령의 위에 올라온 그는, 자신이 도외시당하는 것을 견디지 못했다.

"에에잇! 네가 어찌 그분을 알고 있는지는 아무래도 좋다! 지금 당장 가서 그분을… 적어도 그분을 알 만한 자를 찾아서 대령해야 할 것이야!"

"엄청 거만 떠는 말로 잘도 부탁하는 것에 대해서는 제쳐두고, 그분 그분 지껄이면서 친한 척 하는 것에 대해서도 넘기고, 왜 찾는 거야?"

"이 변고에 대해서 고해야 하지 않느냐!"

"변고라고 하셨소?"

이홍이 침착하게, 하지만 진지하게 되물었다. 그 크고 새카만 눈에 무지갯빛이 번뜩였다.

어둠에 묻혀 그 표정을 살필 순 없었지만, 장사문에게 감돌던 분위기도 사뭇 무겁게 바뀌었다. 경망스럽던 음성도 고통을 견디는 것처럼 나지막하게 흘러나왔다.

"이 일대의 기맥을 관할하는 운려궁의 신령… 남고楠姑의 사당이… 대관절 어떤 흉악한 자가….'

새카만 윤곽이 흐려져 보이는 것은 밤이 깊어 어둠이 짙어진 탓일까. 찌르는 듯한 쇠 냄새가 훅 하니 코에 끼쳐오는 양 느껴지는 것은 계곡의 강바람이 불어왔기 때문일까….

"…소와 돼지의 피로 더럽혀졌네. 무슨 수작을 부린 것인지 기맥까지 완전히 막혀…."

장사문의 모습이 막 그린 그림에 물을 뿌린 것처럼 일그러졌다. 신령은… 천지산천의 기에 닿아 존재한다. 기는 신령을 이루는 것이며, 한편으로 신령이 숨 쉬고 먹고 마시는 것들. 그 기맥이 막히고, 믿음을 바치는 사람조차 없으면… 신령은 물에 끌어올려진 물고기처럼 서서히 사멸하여 가는 수밖에 없다. 장사문과 같이 자연의 기보다 인간의 기에 의지하는 신령이 여기까지 버틴 것만으로도 장한 일이리라.

"장 공!"

이홍이 노생의 품속에서 벗어나 장사문에게 달려갔다. 그리고 마치 놀이 친구와 헤어지기 싫어하는 어린애처럼 소매를 붙들었다. 그러자 장사문의 모습이 움찔 떨리더니… 사라졌다. 마치 아침 햇살을 받은 서리처럼.

노생은 망연자실하여 입술을 움직였다.

"설마… 죽었어?"

"그럴 리 있겠어? 그렇게 기운차게 나불거리던 녀석이."

"말이 많은 것과는 상관없는 일이오만… 좌우간, 명이 다한 것은 아니외다."

허무하리만큼 딱 잘라 부정당했다. 노생은 눈을 게슴츠레 떴다.

"그럼 어떻게 된 거야?"

"삼경을 지나 양기가 성해지는 시간이기에 모습을 감춘 것이외다. 이 몸이 기를 나누어주었으니 당장 쇠하여 사라지진 않을 터. 아마 해가 저무는 시각에 다시 와주지 않을까 하지만…."

"아니, 잠깐만요. 기를 나누어주다니…. 그렇다면 작은 나리는 괜찮은 겁니까?"

"염려할 정도는 아니오이다. 이 몸은 토지나 사람의 기에만 의지하는 것이 아니니."

이홍은 싱긋 웃었다. 나뭇잎을 쓸어 만지는 바람이, 내리는 빗방울이, 뜨고 지는 태양으로부터 내리쬐는 햇빛이, 깊은 밤길을 비추는 달빛이…. 그 모든 것이 종남대군의 구자 화산군 이홍에게 힘이 되어준다.

그러나 그 천진난만한 얼굴은 이내 어두워졌다.

"한데 운려궁의 사당을 더럽히다니. 그런 흉측한 일을 도대체 누가…."

"이 근방의 마을에 인적이 없는 것도 그 탓일까요?"

"필시… 흉조가 잇따랐을 것이오. 괴질이나 괴충이 만연했을지도 모르고…."

"운려궁의 도사들은 대체 뭘 하고 있는 거야? 이런 일을 내버려 두고 선…."

노생은 비난하듯이 투덜거렸지만, 이홍은 그들을 힐책하지 않았다. 어린아이는 슬픈 얼굴로 눈을 내리깔았다. 사당을 지키고 신령께 제를 올리는 것은 궁을 지키는 도사들에게 목숨보다 중한 책무. 일이 이 지경이 되었다는 것은 즉….

"쓸데없이 떠들지 말고 어서 자자구."

소그드는 요 위에 벌렁 드러누워 천막의 천장을 바라보며 말했다. 운려궁에 거하는 도사들에게 닥쳤을 참혹한 운명도, 평화롭고 풍요로운 화하를 갉아먹는 재앙도, 그에게는 관심거리가 아닌 것처럼 보였다.

"어이, 형씨!"

"우리가 여기서 조잘조잘 떠든다고 해결이 돼? 장사문이라는 녀석이 그랬잖아. 정엽을 찾으라고."

"그렇긴 하지만… 그 귀인이 어디에 있는지 알아야 찾지 않겠어?"

"내가 아는 사람이 분명하다면 문제가 생겼을 때 누구보다도 앞장서서 달려오겠지. 영지靈地를 더럽힌 놈들을 뒤쫓다 보면 만나게 될 공산이 커. 어쨌든, 지금 해야 할 일은 잠자는 거야."

"소그드 공의 말씀이 지당하구료."

이홍도 소그드의 말을 거들었다. 결국 노생도 할 말을 잃고, 주섬주섬 잠자리를 다시 챙겼다. 잠이란 것을 자는지 어떤지 모르는 이홍도 털가죽에 폭 감싸여 눈을 감았다…. 그러나 정작 소그드는 어둠 속에서 눈을 뜨고 있었다.

무턱대고 길을 나선 판이었지만, 일이 이렇게까지 잘 풀릴 줄은 몰랐다.

누가 흉행을 저지르는 것인가, 어째서 저지르는 것인가, 이 같은 흉행이 이어지면 화하 땅에 무슨 변이 닥칠지는 반 푼만큼의 흥미도 없다.

단지 이 화하 땅에도 텡그리의 가호가 있다면—마치 소그드 자신과 정엽의 재회를 안배해 주는 것만 같아서….

소그드는 말젖이라도 뿌리면서 축원하고 싶을 정도의 희열을 느끼는 것이었다.

바스락바스락바스락.

어두운 실내에는 끊임없이 소리가 울리고 있었다.

낙엽이 부스럭거린다고 생각하기에는 계절이 너무나도 다르다. 그리고 운치도 없다…. 이 소리에는 음산하고 섬뜩한 여운만 있을 뿐이다.

호화로운 저택의 복도를 걷는 청년은, 수놓은 비단으로 지은 장포 속에서 진저리를 치고 싶은 것을 간신히 참았다. 그리고 내실의 문을 열었다. 등불 하나 없는 방에 사람 그림자가 머물러 있었다. 하얀 심의에 검은 건巾. 서안書案 앞에 앉아 불철주야 독서에 매진하느라 파리해진 살빛. 어딜 보나 백면서생의 모습이었다. 자개를 박아 옻칠한 값진 가구와 금은을 아로새긴 기물로 꾸며진 이 저택에는 이질적인 존재. 귀공자의 모습 그대로인 청년과 판이한 것은 두말할 나위 없다.

하지만 청년은 보지 않아도 알 수 있었다. 그늘이 드리워 표정이 드러나지 않는 서생의 얼굴에 떠오르는 것은 명백한 혐오감. 하지만 개의할 리 없다. 얼굴이 절로 찌푸려지는 것은 상대방만이 아니었으니까

두 사람이 같은 마음이라는 것은 얼마나 근사한 노릇인가. 아무것도

감출 필요가 없다는 것은 또 얼마나 홀가분한 일인지.

"여기까지 무슨 연고로 왕림이신지?"

"나의 별저에 내가 드는 것에 무슨 불만이라도 있는가?"

"소생이 불만이 있을 리가 있겠습니까마는….."

"…황도는 아직 조용하네. 일을 성사시킬 생각이나 있는가?"

"고귀한 분들이 민초의 괴로움에 이내 귀 기울여주는 것은 고금에 드문 터. 기실 금상의 폐하께서 도리에 마음을 쏟고 민초의 삶을 헤아려 주셨다면, 소생이 이렇듯 좌도에 몸을 던질 일도 없었겠지요만."

"말은 잘하는군."

그러나 힐난과 조롱도 오래가지는 않았다. 아무리 서로를 조소해도, 목적만큼은 같다…. 서생은 금시 장부를 정리하는 서리書吏처럼 담담하게 말을 이었다.

"기맥이 막히고 사당이 더러워져 하늘과 땅이 노여워하는 징험이 나타나려면 얼마간 시간이 필요하오이다. 다만 그때까지 각처의 신神과 선仙이 좌시할 리 없을 터. 지금 조정에 대역부도大逆不道한 일이 벌어진 것도 아니니, 사사로이 일을 저지른 자를 찾겠지요. 다만…."

서생은 품 안에서 손바닥만한 패찰을 꺼냈다. 민초의 것은 나무로, 관인이나 서생의 것은 뿔로 만들어진, 이 화하 땅의 호적에 올라가 있다는 증거. 하지만 이 서생이 손에 든 것은 자신의 것이 아니다. 금 바탕에 은 문자로 정묘하게 새겨진 그것은….

"…천지가 개벽함에 하늘에는 신神, 땅에는 인人, 명부冥府에는 요妖가 있어, 혼원混元의 정하심에 따라 한데 어우러져 번성하는도다…. 그러나 신과 요의 농간에 한낱 사람이 대항할 방법은 없으니 신요의 뜻에 사람의 일이 놀아나면 혼원이 정한 이치에 어긋날 뿐. 따라서 천자의 인장이 새겨진 귀인의 패찰에는, 신과 요가 꺼리고 두려워하게 하는 힘이 있어

능히 인사人事를 주관하도록 되어 있소이다."

"하, 지니기 성가신 물건이라고밖에 생각하지 않았네만."

"이 패의 힘을 빌어 모습을 감추고 일을 진행시키면, 천리天理가 크게 어그러져 하늘과 땅의 노여움이 싹틀 터."

그렇게 되면 구중궁궐의 금상천자도 알게 되리라.

중원의 도리를 잃고 오랑캐를 중히 여긴 끝에 하늘의 도리를 저버려 더 이상 돌이키지 못하는 데에 이르기 전에.

천리가 어그러지는 두려움을 알게 된다면—.

…하지만 아무리 좋은 뜻을 품고 있다 해도, 민초가 살아가는 땅과 마을을 피폐하게 하며 신령을 주살하고 영지를 더럽히는 무도.

피와 오물에 더럽혀진 손을 내려다보는 서생의 눈은 이미 무엇을 비추는지도 모를 정도로 공허했다.

서생의 머릿속을 휘젓고 있는 상념을 귀공자도 생각하고 있을까. 그러나 서생도 귀공자의 감정은 알고 있어도, 그 의중까지는 헤아릴 수 없었다. 다만 분명한 것은 그의 비도난행에 기꺼이 힘을 빌려주는 자라는 사실뿐. 귀공자의 조력이 없었다면 서생의 기묘한 결의는 형체조차 이루지 못하고 스러졌으리라.

"어느 쪽이든 좋으니 서둘러주게. 모처럼 빌려준 덕분에, 시끄러운 황도에 들 수 없지 않은가."

"말씀하시지 않아도… 이 소란을 진정시키기 위해서 어디서든 힘 있는 신령이 찾아올 터. 그자를 잡아 더럽히면, 오래 기다리지 않아도 징험이 보일 터이오."

"아아… 기대하고 있겠네."

"…하지만 뜻밖이오이다."

서로의 의중을 탐색하는 일은 지양하기로 한 터이다. 그러나 서생의 말은 무심코 입술을 비집고 나왔다.

"다른 누구도 아닌 공이, 오랑캐를 내쫓고 화하를 평안히 하는 일에 힘을 빌려주다니요."

"─오랑캐 따윈 질색이니까."

귀공자는 흥조를 알리는 까마귀 같은 소리로 웃었다.

6장

　천하 사방이 소란스럽건만 고요하게 흐르는 강물 위에는 아지랑이가 피어오르고 있었다.

　아니, 아지랑이일 리가 없다. 버드나무가 늘어서서 청정한 그림자를 드리우고 있는 산기슭의 물길 위에 지금 이 계절 이 시간에 아지랑이가 피어오를 리 없지 않은가.

　더군다나 다만 사물을 일그러뜨려 보일 뿐인 아지랑이가 저런 오색을 띨 리 없다―.

　소그드는 호상胡床에 걸터앉아 그 광경을 완상하듯이 바라보았다. 서안 보다도 작은 호상은 접어서 말안장에 걸어둔 채 초원을 달리다가 멈추어 쉴 때, 펼쳐서 걸터앉기 편리한 물건. 화하 땅에서 床이라고 불리는 것의 쓸데없으리만치 장중하고 호화로운 모양새를 보았을 때 질린 기분을 소그드는 지금도 떠올릴 수 있었다.

　그렇게 앉은 채, 소그드는 늦봄의 바람이 자신과 버드나무의 가지를 부드럽게 쓰다듬는 것을 느끼고 있었다. 넘실거리는 시냇물에 햇살이 수천 조각으로 부서졌다….

　느닷없이 소그드가 허리춤에 손을 가져갔다. 전광석화 같은 동작. 지켜보는 사람이 눈을 한 번 깜빡인 순간, 그의 손에는 활과 화살이 들려 있었다. 단숨에 시위를 당겨 쏜다―.

　팅 하고 화살은 허공에 튕겨 핑그르르 돌며 땅에 떨어졌다. 버드나무 는 아무 일 없었다는 듯 서 있었다…. 아니, 나뭇가지가 하나 툭 떨어졌다.

"…이봐. 지금 저게 화살에 맞아 떨어진 거지? 형씨가 쏴서 떨어뜨린 거야?"

"그런 듯 같구료. 참으로 신궁神弓이라 해야 할 솜씨외다."

"히야아… 도저히 맘먹고 쏜 거라 생각할 순 없지만, 우연이라고 해도 대단한데."

소그드는 둘의 칭찬은 듣는 둥 마는 둥 휘적휘적 걸어가 자신이 맞추어 떨어뜨린 나뭇가지를 들어 살펴보았다. 태평하게 내뱉은 말도 칭찬의 답례가 아니었다.

"그렇게 손 놓고 있어도 돼? 이왕 할 거라면 후딱 해버려."

노생은 한숨을 푹 쉬었다. 그의 손에는 소그드가 빌려준 단도와 손바닥만한 나무토막이 들려 있었다. 단도를 이리저리 들이댄 나무토막은 간신히 어떤 모양새를 갖추려고 하는 참이었다. 그 노고의 대가로 노생이 주저앉아 있는 곳 주위에는 어지러이 나무 부스러기가 흩어져 있었으며, 노생의 손가락에도 천 조각이 처매어져 있었다.

"작은 나리… 정말 저한테 맡겨도 좋습니까? 저도 산전수전 다 겪어보았지만, 신상神像을 조각하는 일은 해본 적 없다굽쇼. 게다가 제가 듣기에 신상을 조각하려면 여자도 멀리하고 목욕재계에다… 온갖 까다로운 절차가 필요하다고 하던데요."

"이 몸이 있으니 괜찮소이다. 번거롭게 하여 송구하오만, 장 공이 밤시간 동안 모습을 드러내기 위해서는 신상이 있는 편이 좋소이다. 사당이 어찌 되었는지는 알 수 없으나 기맥이 탁해진 지금, 신령들에겐 모습을 나타내는 것조차 대단히 고역일 터…."

"아니 아니, 못 해 먹겠다는 건 아니라니까요. 다만 솜씨가 엉망이라…."

소그드는 호상에 주저앉아 두 사람의 말을 흘려들으며 어디랄 것도 없이 시선을 던졌다. 산뜻하고 기분 좋은 아침이었다. 시냇가에 줄지어 선 버드나무가 춤추는 아가씨의 소매처럼 잎사귀를 흔들었다. 게세르와 로그모도 중원의 부드러운 풀을 뜯으며 한가로이 배를 채우고 있었다. 끝없이 흐르는 물과 산등성이 너머 어딘가 기맥을 더럽히고 신령을 해치는 간흉이 있다는데, 그런 일이 일어나고 있다고는 믿을 수 없을 만큼 평화로운 풍경.

"참 재미있단 말이야."

소그드는 누구에게랄 것도 없이 중얼거렸다. 내려놓은 안장 옆에서 소그드의 소지품을 신기한 듯 들여다보고 있던 이홍이 고개를 갸웃거렸다.

"무엇이 말씀이오?"

"도리니 인륜이니 해서 이상야릇한 것을 섬긴다고 하기에 중원은 정말 괴상한 곳이라고 생각했는데…. 와봤더니 내가 온 곳이나 여기나 별반 다르지 않잖아. 너와 같은 로스―사브다크가 설치고, 옹고드를 만들어서 제물을 바치고…."

이렇듯 귀염성 있고 온순한 어린아이로 둔갑하는 로스―사브다크는 처음 보았지만. 소그드는 그렇게 덧붙이며 그가 지닌 또 다른 단도로 나뭇가지를 깎으면서 덧붙였다. 이홍은 천진스레 웃음 지었다.

"천의天意란 숨 쉬는 공기나 마시는 물과 같이 당연한 것. 어디에나 풍속이 엇비슷한 것은 그런 연고에서일 것이외다."

"그러면 도리나 인륜은 왜 있는 거야?"

"기질에 따라 살아가며 천지와 이합하는 우리 같은 이들과 달리, 사람은 스스로 뜻을 세울 수 있는 존재. 허나… 그 뜻에 따라 살아가다 보면 도리를 벗어나는 일도 흔히 있다고 들었소이다. 따라서 도리를 따르도록 자신을 다스리지 않으면 안 된다고…. 공이 나라에는 그러한 이치가 없는지?"

"글쎄… 있긴 하지만 나는 거기에 별로 마음 써본 일 없는데."

"덕이 높은 군자는 마음을 쓰지 않아도 천리에 순응한다고들 하지요."

"그런 재미없는 게 된 기억은 없는걸?"

이홍은 다시금 웃었다. 신령임을 아는데도 불구하고 이홍이 귀여워서 어린아이 어르듯 하는 노생의 심경이 능히 이해가 갈 모습이었다.

…그 노생이 소그드의 본심을 엿볼 수 있다면, 결코 용서치 않으리라. 얼굴이 새빨개져서 소그드를 규탄하고 이홍과 말을 섞기는커녕 다가가는 것도 허락하지 않을지도 모른다. 허나 소그드는 그런 취급을 받는다 해도 불평할 생각은 없었다.

어찌 된 노릇일까. 가까이 다가갈수록 초조감이 더해간다.

바짝 마른 사막을 헤매다가 우물이 있는 곳에 대해 전해 들은 길손처럼, 시시각각 갈증이 치밀어 오른다.

도성을 떠나올 때만 해도 자신에게서 도망칠 수 없다는 것을 똑똑히 알려주고 싶을 뿐이었는데, 지금은 오로지 만나고 싶다.

만나서 그 몸을 갈구할 수 있다면—.

얼굴을 찌푸려도 좋다. 저항하더라도 상관없다. 설령 자신을 증오하게 된다 해도—안고 싶다. 입 맞추고 싶다. 하얗고 정결한 그 몸을 샅샅이 더듬고 싶다. 가장 내밀한 곳을 빈틈없이 범하고 싶다.

군자가 뭘 하는 인간인지, 만나지 못한 소그드는 모른다. 하지만 적어도 자신이 그에 해당하지 않는다는 것은 너무나 잘 알고 있었다.

"저기, 작은 나리. 이 정도면 되겠슴까?"

소그드의 심중을 헤아릴 길 없는 노생이 비로소 터덜터덜 다가왔다. 그의 손에는… 굳이 말할 테면 사람 모양이라고 말하지 못할 것도 없는 나무토막이 들려 있었다.

"엄청 웃긴다."

"으아아, 정말! 그렇게 이야기할 거라면 형씨가 하면 되잖아!"

"아니, 썩 훌륭한 솜씨가 아니오이까. 이만하면 족하리다."

"추, 추켜세울 일도 아니잖슴까. 작은 나리도 참…. 그나저나 이렇게 급조한 신상에 장사문이 내릴까요?"

"못할 것도 없소이다. 이 몸이 기를 불어넣으면…. 허나 어찌 되었든 음기가 강해지는 저물녘까지 기다려야 할 테지요."

"장사문인가 하는 그 녀석만 있으면, 정엽을 찾을 수 있는 거지?"

소그드의 목소리에 깃든 열기를 순진무구한 신령의 아이가 이해할 수 있을까. 소년은 천진하게 고개를 끄덕였다.

"단언할 수는 없지만… 한 번 조복된 인연, 장사문이 공을 찾아가기로 한 것에는 연고가 있을 터이오."

"하긴요. 적어도 신령이라고 잿밥깨나 받아먹었다면, 그런 재주도 없이 벌어먹고 살기 힘들겠죠."

"그렇군. 정말 부러워."

"엉?"

자신이 내뱉은 말에 노생이 찬찬히 생각해 볼 틈도 주지 않고, 소그드는 호상을 집어 챙겨들었다. 시위를 풀자 활은 도르륵 말려 몸에 지니기 좋은 형태로 바뀌었다. 아침에는 이 산기슭에서 눈뜨고 저녁에는 저 강가에서 잠드는 목민牧民의 생활. 소그드가 앉아 있던 자리를 정리하고 길 떠날 채비를 마치는 것은 눈 깜박할 사이였다.

"뭣들 하는 거야? 어서들 일어나. 어젯밤 장사문인지 하는 녀석이 가던 방향으로 가면 조금은 거리를 줄일 수 있을 거 아냐? 밤까지 여기서 퍼질러 있어 뭐가 되겠어?"

"그렇구료. 옳은 말씀이다."

"에구구… 또 말을 타는 건가."

"무리하지 마시외다, 노 공. 앞으로 무슨 재앙이 닥칠지 모르는 터. 스스로를 해쳐가며 따라올 일은 없소이다."

"아, 아닙다. 어차피 이 일대에 변변한 마을도 없지 않슴까? 이런 데에서 터벅터벅 걸어서 되돌아가는 게 더 어마어마하지요. 더군다나⋯."

"더군다나?"

"아니, 시답잖은 소리이다. 신경 쓰지 마십쇼."

사람이 아닌 신령. 얌전한 어린아이 모습도 본성은 아니라는 것을 이제 노생은 잘 알고 있다. 하지만 자그마하고 귀여운 그 모습을 보고 있노라면 마치 형이나 아비라도 된 양 감싸고 돌봐주고 싶은 것이다.

"그런데 어젯밤 장사문이 어디로 가고 있었는지는 알 수 있어? 형씨."

"대강 짐작은 가."

"명철하시구료."

"짐승같이 감이 좋다는 소리 많이 들어."

"⋯그거 어째 칭찬이 아닌 거 같다?"

세 사람은 말에 올라 해가 있는 동안만이라도 길을 재촉하고자 했다. 길을 떠나기에는 더할 나위 없는, 맑은 하늘과 기분 좋은 강바람. 그렇다고 해도 느닷없이 들이닥친 신령 때문에 설친 잠은 어디 가지 않을 텐데도, 말 위에 흔들리는 소그드의 등은 한 치도 기울어짐이 없었다.

그 등을 바라보며 노생이 졸린 눈을 깜박거리고 있을 적에⋯.

히히히힝! 갑자기 게세르와 로그모가 발길을 멈추고 소리 높여 울었다. 뒷발로 몸을 지탱하고 앞발을 들어 내두르는 바람에 기마에 서툰 노생은 외마디 비명을 지르며 말 엉덩이까지 미끄러져 내렸다. 노생에게는 다행히도 두 마리 말은 한 번 거세게 날뛰었다가 멈추어 섰다. 귀는 쫑긋 서 있지만 태도는 언제 그랬냐는 듯이 차분하다. 마치 사냥감을 쫓으며 기척을 죽일 때처럼.

소그드는 꿈쩍도 하지 않았다. 이홍도 로그모의 갈기에 매달리긴 했으나, 표정에는 흐트러짐이 없었다. 아니, 오히려 굳어있다─두 사람이 보는 것은 두 마리가 보는 것과 같았다.

숲이 움직이고 있다. 바람이 불어 잎사귀가 일제히 흔들리는 그런 종류의 움직임이 아니다. 숲은 마치 하나의 살아있는 짐승처럼 나무줄기가, 가지가, 풀잎 하나하나가 휘적휘적 움직이고 있다.

새의 지저귐이 사방에 울렸다. 처음에는 가볍게 귀를 두드리던 소리가 귀청을 찢을 듯이 커졌다. 하늘이 일렁인다…. 강물이 바람도 없는데 물결쳐서 강둑을 때렸다.

"두려워하지 마시오. 일개 환술일 뿐."

노생의 품 안에서 이홍이 고개를 비틀어 그를 일별했다. 사시나무 떨듯 하던 노생의 몸은 그 목소리만으로 잦아들었다. 감히 신령의 아이를 어린애처럼 꼭 끌어안은 무례는, 지금은 전혀 개의하지 않았다.

그는 간신히 시선을 다잡아 숲을 바라보았다. 숲의 풍경은 처음 보았을 때와 다름없는 부동의 형상으로 돌아가 있었다. 그러나… 처음과는 다른 것이 한 가지 있다. 나무줄기 사이로 언뜻 비치는 사람의 모습. 그치는 숲에서 나올 것처럼 발을 내딛었으나, 몸은 여전히 나무그늘 밑에 머무른 터였다.

그것은 한 여자였다. 옥구슬 같은 살결을 요염하게 드러낸 극히 아름다운 여자…. 취색의 비단 옷자락이 살랑거리고, 허리를 장식한 패옥이 맞부딪혀 울리는 영롱한 소리가 이토록 멀리 떨어진 곳에 있는 노생의 귀에도 들리는 것만 같다. 그녀는 산호빛 입술을 움직여 소리 없이 속삭였다. 도와줘요.

겅국의 미이이 애처롭게 청하는 데에 장부로서 마음이 움직이기 않을 자가 있을까. 이런 기이한 일이 벌어지는 와중이 아니었더라면 노생 또한 기꺼이 말에서 뛰어내려 발 벗고 도와주려 들었으리라. 하지만 품속의 이홍의 존재가 그를 붙잡고 있었다.

"너는 무슨 연유로 사람의 눈을 현혹하고 마음을 어지럽히려 하느뇨?"

노생은 아래를 내려다볼 수 없었다. 그러나 목이 굳은 것 같은 노생과 달리 소그드는 태연하게 소년을 곁눈질했다. 그냥 봐서는 알 수 없지만, 어느 순간 시야에 무지갯빛이 번뜩인다. 마치 보일 듯 말듯 얇게 짜인 베일을 둘러쓴 것 같은 모습으로… 이홍은 숲 가장자리에 선 미녀를 똑바로 바라보았다. 목소리가 들릴 리 없는 거리였으나 미녀는 분명히 알아들은 것처럼 몸을 떨었다. 이홍을 바라보는 그 눈은 어딘지 달랐다. 흰자위가 보이지 않는, 기묘한 눈.

"도움을 청하는 것이라면 천지신명께 예를 갖추어 구하는 것이 도리. 인간을 미혹시켜 종으로 삼고자 함은 용서받기 어려운 비도인즉. 어째서 그런 비도를 저지르느뇨?"

여자의 대답은 없었다. 그러나 크게 뜬 눈과 떨리는 입술이 말하고 있다. 그리고—사람은 알 수 없는 방법으로 이야기하고 있다. 소그드는 진즉에 알고 있었고, 노생은 지금 뼈저리게 알았다. 그녀는 인간이 아니다. 천지의 기를 숨 쉬며 뛰노는 정령.

하지만 그와 같은 정령은 사람의 일에 간섭하지 못한다. 사람을 꾀어내고 현혹하여 이끄는 것이 지나쳐 해치는 데에 이르게 되면, 그것을 두고 요괴라고 부른다. 요괴는 도사나 신선이 토벌하는 무도한 자들. 따라서 정령은 인사人事에 간섭하지 않는다—그것이 도리.

"그것을 알면서 어째서—."

무슨 이야기를 듣는 건지 이홍의 어조가 변했다. 종남대군의 아홉 번째 아들, 거룩한 신령의 아이의 목소리에 놀라움이 섞였다. 노생은 놀라서 여자와 이홍을—번갈아 볼 수는 없으니 정신없이 시선만 사방팔방 헤매고 있었다.

소그드는 눈을 가느다랗게 떴다. 이미 그의 시야에 여자의 모습은 비치지 않았다. 사람은 이해할 수 없는 이홍과 여자의 대화도 관심거리는 아니었다. 그가 염두에 두고 있는 것은 다른 데에 있었다.

이 꺼림칙한 기분은 뭐지?

뜻을 알 수 없는 대화는 언제까지나 계속될 것 같았으나… 그것은 시작되었을 때와 마찬가지로 급작스럽게 끝났다.

꺄아아아아아아악!

비명이 들린 것은 아니다. 그러나 느닷없이 얼굴을 처참하게 일그러뜨린 미녀를 보면, 들었다고 착각해도 이상하지는 않았다. 그녀는 독이라도 삼킨 듯이 처절하게 몸부림쳤다. 그 괴로움을 느끼기라도 한 양 숲의 나뭇가지들이 술렁거렸다.

"그아악?!"

진짜로 소리친 것은 노생뿐이었다. 일변하는 미녀의 모습에, 목구멍에 걸려 있던 온갖 놀람과 두려움의 소리가 일거에 뛰어나온 것처럼. 흠 하나 없던 아리따운 자태가 수십 년의 시간을 단박에 보낸 것처럼 쇠하였다. 꽃이 지듯이… 살결이 쭈글쭈글해지고 검버섯이 하나둘 떠올랐으며, 등이 굽어 형체가 무너져 내렸다.

"히…!"

아니, 검버섯이 아니었다. 여자의 피부 위를 기어 다니는 것은 벌레였다. 기분 나쁘게 번들거리는 껍질과 기다란 더듬이, 구부러진 다리…. 여느 사람이라면 불쾌하더라도 떨어내면 그만일 터. 그러나 여자는 아무런 저항도 하지 못하고 차츰 그 자리에 무너져갔다.

또다시 공기가 바뀐다. 비릿한 물 냄새가 진해졌다. 그리고 습기 찬 곳에서 썩어가는 듯한 퀴퀴한 냄새. 코를 찌르는 그 냄새와 더불어 아름다운 강의 풍광도 퇴색한 듯 보이는 것은 기분 탓일까.

벌레는 눈 깜박할 사이에 늘어나 쓰러지는 여자의 전신을 새카맣게 뒤덮었다. 그 끔찍한 광경이라니. 노생은 진저리를 치며 턱 밑의 이홍을 끌어안았다.

"어째서 이런 사악한 일을⋯."

노생의 품 안에서 나지막한 목소리가 흘러나왔다. 혼잣말은 아니었다. 노생에게 건넨 말도 아니었다. 소년의 얼굴은, 몸부림치며 죽어가는 여자와는 다른 방향을 직시하고 있었다.

핑ㅡ.

날카로운 소리가 공기를 찢었다. 도대체 언제 손을 본 것일까. 제 모습을 되찾은 활을 든 소그드도 같은 곳을 노려보고 있다. 두 번째 화살 또한 언제 시위에 메겼는지 알 수 없이 허공을 갈랐다. 화살이 어김없이 박힌 곳은 숲 가장자리⋯ 초목의 그늘이 늘어진 곳.

"뭐 하는 놈이냐? 너는 갉아먹는 입밖에 가지고 있지 않은 거냐?"

일견 아무것도 없어 보이던 곳에 화살이 잇따라 박히자 기묘한 변화가 일어났다. 땅에 드리웠을 뿐인 그림자가⋯ 꿈틀 일렁이더니 천천히 일어나기 시작했다.

일행 중 다른 두 사람이 너무나 침착하기 때문일까. 계속해서 일어나는 이변에도 노생은 달아나려 하지 않고 지켜볼 수 있었다. 그림자는 대나무처럼 쑥쑥 자라나, 어렴풋이 형상을 갖추기 시작했다. 점차 뚜렷해지는 그 모습은⋯.

"사, 사람?"

그것이 일순 전까지 바닥에 드리운 그림자였다는 사실을 믿을 사람이 있을까? 그것은⋯ 아니 그는 검은 창의를 입은 호리호리한 남자였다. 햇빛을 그다지 받지 못한 희멀건 안색과 가느다란 체형은 영락없는 백면의 서생. 그러나 여느 서생이 이런 일을 할 수 있을 리 없다. 무수한 벌레 요괴를 부리어 그 요괴와 하나가 된 바나 다름없는, 이미 사람이라 할 수 없는 요괴. 무슨 일이 일어났는지 정확히 아는 것은 이홍뿐이었지만….

"…벌레만도 못한 오랑캐가 잘도 입을 놀리는구나. 중원 땅에 서는 것을 허락받자 기고만장하여 이런 곳까지 발을 들이밀었느냐?"

경전을 읊는 데에 더 어울릴 법한 나지막하고 잘 울리는 목소리. 하지만 거기에 호감을 느끼는 사람은 이 자리에 없다. 전에 없이 날카로운 어조로 이홍이 소리쳤다.

"무슨 무례한 말을 지껄이느냐! 무도한 자여! 그대야말로 무슨 연유로 사술을 펼쳐 천지의 법도를 어지럽히느뇨? 하주에 흉조를 퍼뜨리고 남고의 사당과 장 공의 신상을 더럽힌 것도 필시 그대의 소행일 터. 잘못을 썩 뉘우치면 삼세억겁의 천벌은 면할지니!"

노생의 시야가 일렁였다. 신령의 분노가 바람과 물과 공명한다. 그러나 폭우와 태풍을 불러오는 분노에 직면해서도 서생은 눈썹 하나 까딱하지 않았다. 오히려 그 입가에는 희미한 미소마저 감돌고 있다.

"중원의 천기를 다스리는 신령이 중원의 중생을 돌보지 않고 오랑캐와 어울리는 천박한 짓을 하면서 감히 천벌을 논하는가?"

"무슨 당치도 않은…."

"하지만 잘됐군. 천한 나무의 정령을 더럽히는 것보다, 종산 촉룡의 용구자를 더럽히는 쪽이 보람이 있지."

"물러나!"

순식간에 화살 세 발이 서생의 몸을 꿰뚫었다. 그러나 남자는 쓰러지지 않았다. 검은 가루 같은 것이 몸에서 풀썩 피어오르는 것 같았으나… 그 밖에는 미동도 하지 않았다.

"뒤로 물러나!"

연이어—시간 차이도 두지 않고 화살은 서생의 몸을 호저와 같이 만들었다. 둔한 눈에는 몇 발을 한 번에 매겨서 쏘는 것 같았으리라. 그렇게 쏘아붙이면서 소그드는 소리쳤다. 한 번은 중원의 말로, 한 번은 고향의 언어로. 그러자 로그모가 기민한 동작으로 뒷걸음질 쳤다. 소그드는 게세르를 몰아 두 사람과 한 마리를 감싸듯 앞으로 나섰다.

비릿한 냄새가 강해진다. 사각사각… 기묘한 소리가 귓전을 때렸다. 숲 쪽에서 나는 소리였다. 숲의 음지에서, 여백에서, 풀뿌리와 나무옹이의 틈새에서… 거뭇거뭇한 것이 넘쳐흘러 파도처럼 소그드와 노생, 이홍에게로 흘러오고 있었다. 아니, 파도가 아니다. 무수한 작은 것이 떼 지어 움직이는 그것은 필시….

"벌레가…!"

노생은 숨 막힌 소리를 내뱉었다. 거의 실신할 지경이 된 그가 말에서 떨어지지 않은 것은 오로지 그의 팔이 이홍을 안고 있기 때문이었다. 반면에 다른 두 사람은 극히 침착했다. 소그드는 몰려드는 검은 물결에 눈을 떼지 않고 활을 겨눈 채 입술만 움직여 이홍에게 말을 건넸다.

"맞추는 것은 문제없는데 저런 놈들에게 통할지는 모르겠군. 화살촉은 천청석이지만 얼마나 먹히려나. 너, 할 수 있겠어?"

"염려 마시외다. 종남대군의 가호가 그대에게."

이홍이 입 속으로 읊조리자 사람은 느끼지 못하는 기운이 활을 휘감았다. 필시 느끼지 못하련만—소그드는 기다렸다는 듯이 활을 쏘아붙였다. 서생의 모습은 이제 검은 물결에 휩싸여 형체조차 알아볼 수 없다. 종남대군의 가호가 내린 화살도 그 물결에는 돌멩이 하나를 던진 격일 따름이었다.

"흐음. 이걸로는 안 통하나 본데."

"왜, 왜 그렇게 태연한 거야, 형씨는!"

"오, 입이 움직일 만큼 기운이 났나? 그러면 할 만하겠군."

"하, 하, 하다니?"

"뭘 하긴. 튀는 거지!"

검은 물결이 주위를 완전히 둘러싸기 전에—소그드는 냅다 말머리를 돌리며 게세르의 허리를 가볍게 찼다. 노생은 혼비백산하여 쳐다보고만 있었으나 로그모는 그렇지 않았다. 날렵한 암말은 못 미더운 기수가 어떻게 반응하기 전에 천마를 연상시키는 발놀림으로 질주하는 수말의 뒤를 따랐다.

강둑을 뒤덮은 암운은 달아나는 두 필의 말을 뒤쫓듯이… 아니, 명백히 추적하는 기세로 산등성이를 달려가기 시작했다. 그 가운데에 서생은 우뚝 서 있었다. 여느 사람이라면 몸서리를 칠 어둠에 태연하게 몸을 내맡긴 채로. 이제 그가 웃어도 울어도, 인간이 그의 표정과 감정에 공감할 날은 오지 않으리라.

사람의 길을 벗어난 비도非道의 인요人妖. 그런 심연에 발을 담근 채, 그는 눈을 내리감고 경전이 담은 진리를 깨달은 양 속삭였다.

"말씀하신 바가 이런 것이었군요… 스승님."

끝없이 펼쳐진 들판과 그 가운데를 가로지르는 대하—.

그 위를 바람과, 바람을 타고 나는 새가 건너고 있었다.

계절은 무르익었으나 고대하던 수확을 거두는 농부의 모습은 찾을 길이 없다. 아이를 어르는 듯한 손길이 닿지 않는 들판의 작물은 맥을 잃고 시들어갈 뿐. 근방에 파다하게 퍼진 흉액의 소문이, 전쟁도 요괴의 준동도 없는 평화로운 들판에서 사람의 족적을 말끔하게 쓸어낸 채였다.

새는 그 광경을 눈에 담으며 산등성이를 향해 날아갔다. 그곳에 자리한 것은, 이 일대의 촌사람들이 숭앙하는 산의 신령 수희랑樹姬娘의 사당.

사당의 바로 앞에 이르러 새는 거세게 날개를 쳤다. 그와 동시에… 부근에 나무라도 하는 사람이 있었다면 대경실색했을 터. 물안개와 같은, 금빛 서광과도 같은 이상한 기운이 새의 주변을 감쌌다. 그리고 그것이 걷히자—새의 모습은 온데간데없고, 남은 것이라곤 사람의 형체 둘. 칠흑과 옥색의 도포를 걸친 두 사람은 그 선명한 색깔만큼이나 풍모도 달랐다.

일언반구도 없이 사당으로 손을 뻗은 이는 흑색 도포의 남자였다. 그 우악스러운 손길에, 향로 하나 간신히 받들 법한 빈약한 사당의 문은 사정없이 열려—떨어져 나갔다.

"중산 공."

뜨거운 여름날 불어오는 소슬바람이 이런 느낌일까. 청아한 목소리가 조용히 남자의 귀에 가 닿았다. 중산 공이라 불린 도사—서중산은 면구스럽다는 듯이 뒤를 돌아보았다.

"불초가 부순 것이 아니오."

부른 이는 옥색 도포 자락을 바람에 내맡긴 채 문 쪽으로 걸어와 중산과 어깨를 나란히 했다. 백옥을 깎아낸 듯한 손가락이 놋쇠 경첩에 간신히 매달린 부서진 문짝 위를 미끄러지듯 만졌다.

"썩은 것 같군요… 아니, 벌레를 먹었습니다."

"벌레… 라니. 정엽 공. 설마 여기까지….…"

푸른 눈동자가 파헤쳐진 사당 안의 어둠 속으로 서늘한 시선을 던졌다. 사당 안에는… 아무것도 없다. 사람이 떠난 사당에 향불과 제물이 끊어진 것은 당연지사. 그렇다고는 해도 채색한 신상도, 벽에 걸린 휘장도,

신령의 영험함을 그린 벽화도 없다. 무엇인가가 파먹은 양 시커멓고 흉측한 구멍만이 벽을 가득 메우고 있을 뿐.

"이번에는 벌레로군요."

"예어에, 대휴류… 이번에는 요충이란 말이오? 하주 어딘가에서는 괴재가 나타났다는 풍문도 있으렷다. 이렇게 여러 족속의 요괴가 번갈아 준동하다니…."

"요괴가 아닐지도 모릅니다."

"무어라고 하셨소?"

꽃송이 같은 입술이 움직여 스산한 내용의 말을 토해 낸다. 중산은 놀란 낯빛을 감추지 못하고 오랜 벗의 옆얼굴을 바라보았다. 을씨년스러운 사당 안에 울려 퍼지는 맑은 목소리가 오히려 불길함을 자아내었다.

"하나가 창궐하였더니 이내 수그러들고 또 다른 요물이 날뛴다… 기묘하지 않습니까? 대저 요괴란 천지의 기운이 흐트러졌을 때에 한창 성해지는 법. 허나 수水행의 예어가 힘을 기르더니 이어 금金행의 휴류가 세력을 떨치고, 이번에는 목木행의 요충이 번성하고 있습니다. 오행의 법도에 어긋날뿐더러 어떤 점찰로도 그 연유를 따질 수 없으니 이러한 경우는 실로 고금을 통틀어 들어본 적이 없습니다."

"분명 요괴가 이렇게나 세력을 떨칠 때에는 마땅한 연유가 있는 법이오. 요괴의 세력이 이만큼 강성한데 아무도 변고를 눈치채지 못했다는 것은 이상하군."

"뿐만 아니라 이변이 일어난 형세도 자못 기이합니다."

정엽은 소매를 한 번 떨치듯 휘둘렀다. 긴 소매가 옥 같은 손을 휘감았다가 다시 드러내자, 그 손에는 어느덧 보검이 한 자루 쥐어져 있었다. 참사검―그 백광의 칼날이 검집에서 빠져나오는 날에는 참하지 못할 요괴가 없을진저. 그러나 정엽이 보검을 빼든 것은 그 신력을 떨치기 위함이 아니었다. 그는 홀연히 팔을 뻗어 아무것도 없는 사당의 벽을 짚었다.

"정중. 하주. 오금산. 수랑산….."

영문을 모르고 검집이 가리키는 곳을 응시하던 중산의 눈이 휘둥그레졌다. 이변이 일어난 땅은 거진 하나의 선 위에 올라앉은 모양새를 하고 있었다. 아마 변괴가 일어난 날짜까지 따지면, 필시…..

"시작은 황도겠지요."

"무슨 가당찮은. 황도는 지금 태평천하이지 않소?"

"황도에서 일을 벌이진 못할 터입니다. 선원궁에서 누대에 걸쳐 짠 진법과 도술이 베풀어져 있으니. 황도에서 가장 두려운 것은 인간의 소행….."

"…..무엇을 말하고 싶은지 모쪼록 똑똑히 말해 주시오."

중산은 신음하듯이 중얼거렸다. 중산의 통찰이 뒤떨어지는 것은 아니다. 다만 지금껏 간특한 요괴의 소행이라 여기며 노여움을 불살라온 그에게, 지금 정엽이 암시하는 것은 너무나 섬뜩하게 다가왔다.

"아마도 요괴는 스스로 일어난 것이 아니라—어떤 흉악한 자가 있어 요괴를 부린 것. 또한 그자는 황도皇道를 여로로 삼을 수 있고, 짐작컨대 관리의 옥패가 있는 자일 것입니다."

"옥패라고!"

"이런 흉행을 저지르는 자를 천지의 신령이 쫓아 벌하지 않을 리 없건만, 길보는 들리지 않고 흉조가 이어지고 있는 터…... 그것은 곧 신령의 밝은 눈을 피할 수단이 있다는 것. …..저로서는 문무백관의 옥패 외에는 생각나는 것이 없습니다."

"황제 폐하가 내린 인수와 은패를 받고 그런 무도한 일을 저지르는 악한이 있단 말인가!"

"있을 리 없다… 그렇게 말하고 싶지만, 천 길 물속은 알아도 한 길 사람 속은 모르는 법이니까요. 그리고 금상 폐하께서는….".

무미건조하게 이어지는 정엽의 말을 막듯이 중산은 말을 던졌다. 달리 사귐이 긴 것이 아니다. 그 또한 나름대로 정엽의 역린을 이해하고 있었다.

"그렇다면 황도의 백관 중 하나가 이 만행을 저질렀단 말인가?"

"문무백관으로 소임을 다하는 자 중에 도력을 지니고 있는 이들은 대략 알고 있습니다. 능신이 역도로 일변하는 일이 없도록 선원궁에서는 늘 주의를 기울이고 있지요. 제가 아는 한 이런 흉행을 저지를 만한 이는… 허나 관인이나 옥패는 잃어버리거나 도적질 당할 수도 있는 것이지요."

"어차피 일순간의 눈속임. 오래가지는 않을 것이오."

"옳은 말씀입니다. 다만 염려스러운 것은….".

정엽은 사당을 나섰다. 시커멓게 물든 곳에서 나선 것만으로도 폐부가 맑은 물로 씻어지는 듯하다. 하지만 바깥 공기도 그리 청량하다고 형용할 정도는 아니었다. 이 사당에 모셔지고 있는 것은 신령으로서도 격이 높지 않은 나무의 정령. 그러나 천지의 기맥이 지나는 자리에 있는 이 사당이 더럽혀진 것만으로, 기맥은 막히고 순리가 어그러진다. 때아닌 폭설이나 폭우, 계절을 잃은 한파와 폭서… 도사나 신선, 혹은 뜻 있는 신령이 흐려진 기맥을 정화하고 저주를 불제하면 그것은 천행. 그러나 누구도 손쓰지 않는다면, 그리고 낯모를 누군가가 흉행을 퍼뜨리길 멈추지 않는다면 그것은 화하의 천하에 미치는 재앙이 되리라.

"대관절 무슨 연유로 이토록 참혹한 죄를 범하는가 하는 것입니다."

"그것은 그자를 포박한 연후에 묻도록 하십시다."

정엽은 말없이 고개를 끄덕였다. 이번에는 중산이 소매를 휘저었다. 한 줄기 바람이 메마른 잎과 가지를 뒤흔들고… 다시 적막을 찾은 사당에는, 청풍을 타고 한 마리 새가 날아오르고 있을 따름이었다.

"그, 아, 우, 왁!"

노생은 비명을 올렸다. 탄탄대로에서도 말을 달리기엔 아직 버거운데, 하물며 길도 없는 산길임에야. 허나 고삐를 붙잡는 것만으로도 힘에 부쳐하는 못 미더운 기수를 앞에고도 로그모는 날듯이 달려갔다. 한편 소그드는 어떤가. 그는 게세르와 인마일체의 기세로 산중을 질주했다.

그렇게 얼마나 달렸을까―노생이 숨이 끊어질 지경이 되어서야, 아니면 그것을 느꼈던 덕인지도 모르지만, 로그모의 발놀림이 문득 느릿해졌다. 그것을 곁눈으로 봤는지 소그드도 고삐를 늦추었다. 노생이 목숨을 건 보람이 있어 벌레의 물결이 다가오는 기척은 없었다. 한 식경쯤 여유를 두었을까. 하지만 그뿐이다.

"어이, 조금은 강단을 보이라구."

"무무무무리야…!"

"몸을 피하는 것도 삼십육계의 하나라고는 하나 언제까지나 도망칠 수는 없는 일. 무엇이든 묘책이 있어야 할 것이외다."

한바탕 달음질친 뒤이건만 이홍의 어조는 지극히 차분했다. 노생 앞에 앉아있는 것이 전부라고 해도 말이란 대저 타는 것만으로도 고행이다. 하지만 그에 마음 쓰는 기색도 없이 소그드는 무심하게 대꾸했다.

"뭐, 죽어라 달리면 도망은 칠 수 있을 테지만… 그전에 노생이 죽을 것 같지?"

"형씨, 안 웃겨…!"

"더군다나 몸을 피한다 해도… 저자는 힘닿는 한 뒤쫓아 올 터. 그 와중에 죄 없는 길손이 말려들기라도 하면 크나큰 봉변을 당할 터이오."

"그러니까 여기서 박살 내자는 거지?"

너무나 태평스러운 어조에 노생은 일순 아연했다. 반면 이홍은 반색하여 소그드를 돌아보았다.

"소그드 공. 설마…."

"묘책이라 할 일은 아니지만 말이지. 뭣보다 이 나라는 물기가 너무 많아…. 하지만 그래서 놈들에게는 더욱 즉효이려나. 다만…."

"다만?"

"저놈을 박살 내고 나서도 네가 아까 같이 말할지는 모르겠군."

무슨 뜻이온지? 이홍은 그렇게 묻고자 했다. 그러나 그에 앞서 소그드의 목소리가 심산유곡의 정적을 깨뜨렸다.

"로그모!"

초원의 준마는 등에 태우지도 않은 주인의 말에 충실하게 반응했다. 또다시 한심한 비명만 남기고 로그모는 산비탈을 달려 내려갔다.

부수고 짓밟는 것밖에 모르는 흉악한 오랑캐—.

소그드는 그 악명에 어울리기 위해, 산등성이를 검은 그림자처럼 질주했다.

노생이 무아지경에서 깨어나 말이 멈춰선 것을 깨달았을 때에는, 로그모가 정말로 멈춰서고 나서도 한참이 지난 뒤였다.

넋을 잃어도 별도리 없었다. 당장에라도 말의 잔등에서 굴러 떨어져 험준한 산마루에 내동댕이쳐질지도 몰랐던 시간. 마치 대통 속에 든 주사위처럼 상하좌우로 흔들리는 괴로움을 견디는 데에만 전력을 다했다. 그 와중에 이홍이 오도카니 안장 앞에 그대로 앉아 있는 것은 천우신조라고밖에는 여길 수 없었다.

"자⋯ 작은 나리. 무사하십니까?"

"예에. 별일 없소이다. 노 공께서도 괜찮으신지?"

"목숨만은 붙어 있습죠. 아이고, 삭신이야. 여기는 어디일까요?"

"근방에 계곡이 있다는 것밖에는 알 도리가 없구료."

방금 전까지만 해도 들끓는 어둠에 쫓기었던 것이 꿈만 같다. 나뭇잎
이 산들바람에 나부끼는 소리가 귀를 간질이고, 그 너머에 맑은 물이 숲
의 노래를 연주하는 고요한 숲 속. 직전까지 허겁지겁 달리던 것을 생각
하면 이 평화는 즐기는 것이 마땅하련만⋯ 뒤를 쫓아오던 시커먼 벌레
무리를 떠올리면 노생은 이 침묵과 평화조차도 무엇인가를 감춘 양 두렵
게 느껴졌다.

"형씨는 도대체 무슨 속셈일까요⋯."

"속셈이라니요?"

"아, 험담하려는 게 아닙다. 하지만 신경 쓰여서⋯ 형씨가 그랬잖습니
까? 무슨 짓을 하려는 건지는 모르지만, 그렇게 되면 전처럼 말할 수 없
을 거라고요."

"이전처럼 의좋은 사이로 돌아갈 수는 없을 거라는 말씀이시오이까?"

"그렇게 말한 것은 아니지만 아무래도⋯."

"소그드 공이 어찌 대처하는지 일이 벌어진 연후에 논해도 늦지 않을
것이외다."

"아니, 그, 험담하는 것이 아니라 말입죠."

"책망하는 것은 아니오이다."

이홍은 목을 한껏 젖혀 노생의 얼굴을 올려다보았다. 노생은 당황하여
몸을 뒤로 젖히다 안장 위에 벌렁 드러누울 뻔했다. 턱 밑에 있는 것은
언제나 그러하듯 천진하고 무구한, 사랑스러운 얼굴. 사람의 마음을 어

루만지는 온화함.

"…작은 나리는 형씨를 믿는 겁니까?"

"비범한 분이 아니오이까."

"하지만 이곳 사람이 아닌… 중원 사람조차 아닌 이인異人이잖습니까. 그 괴이쩍은 서생이 말한 것처럼… 아, 그놈을 편드는 것은 아닙니다만 중원 사람들을 지키는 것이 신령의 일이 아닌지 하고…."

"그 일에 관해서는 소생도 묻고 싶구료."

노생은 자지러지듯이 이홍을 끌어안았다. 도대체 언제, 어떻게 뒤쫓아 온 것일까. 그들에게서 얼마 떨어지지 않은 나무 사이에 예의 서생이 서 있었다. 무기는 없다. 이런 산중과 도무지 어울리지 않는, 흡사 어딘가 서원의 서생이 산책이라도 나온 것 같은 모습. 하지만 그래서 더욱 기이하고 두렵다.

"묻고 싶다니. 이 몸이 왜 소그드 공과 어울리는가 하는 것 말이오?"

반면 응수하는 이홍의 목소리에는 일말의 흔들림도 없었다. 그 침착함이 도리어 분노를 지핀 것일지. 평연을 가장한 안색이 무너졌다. 서생은 방금 전까지의 태연자약함을 어디에 버리고 왔는지, 노여움에 일그러진 얼굴이 되어 이홍을 쏘아보았다.

"한낱 오랑캐에게 공이라고…! 흉악한 오랑캐의 종자에게 엎드려 예를 표하는 꼬락서니가 되다니. 이 손에 더럽혀지기 전에 스스로 더럽혀지고자 하는가!"

"가당치도 않은 말. 변방에 산다고 해서 천지가 없는 것은 아닐 터. 천지가 있으면 마땅히 이치도 있는 법. 그대가 오랑캐라 부르는 이들이라 해도 천라지망에 벗어날 리 있는가?"

서생의 분노가 몰아치는 돈풍과 같다면 이홍의 대답은 망망한 데히大海와 같다. 격노한 서생의 앞에서 일호도 흔들리지 않은 이홍도, 화산군의 꾸짖음을 듣고도 조금도 물러서지 않는 서생도 결코 보통은 아니었다.

"그런 안일한 언동 때문에 중원의 청류에 탁류가 섞이고, 정치의 근본이 흔들리는 것이다! 중원의 잿밥을 받아먹으면서 어찌 감히 사람의 일을 돌보지 않는 것인가!"

"사람의 일에 신령이 나설 정도로 어그러짐이 있을 리 없─설마, 그때문에….""

공기가 바뀌었다. 마치 비 온 뒤의 늪지대에 있는 것처럼 습기가 어깨를 내리누른다. 숨이 막힐 정도로… 그 가운데 이홍의 노성이 울렸다.

"그런 이유로 천기를 능멸한 것인가! 부당한 원망을 품고 그 분풀이로 천지기맥을 흩뜨리려 하다니… 그것으로 괴로워하는 이들의 통곡은 들리지 않는단 말이냐!"

온화한 소년에게서 한 번도 들어보지 못한 외침이 울림과 동시에 이홍의 주위에 일렁이던 무지갯빛 기운이 일순간에 한데 모여 서생을 꿰뚫었다. 그리고… 이내 이홍의 작은 몸뚱이는 앞으로 고꾸라졌다.

"작은 나리!"

노생은 허둥지둥 이홍의 몸뚱이를 부둥켜안았다. 종남대군의 적자, 화산군 이홍의 신력─그러나 너무 어린 몸에서 힘을 끌어낸 탓일까. 봄에 수확을 기대하는 것처럼 힘을 짜낸 소년은 손가락 하나 까딱할 기력조차 잃은 듯하였다.

"누구 없어? 도와줘요! 형씨…!"

정신없이 부르짖던 노생의 외침은 목구멍에서 걸려버렸다. 눈앞에… 필시 이홍의 전력을 한 몸에 받았을 터인 서생이 휘청 몸을 일으켰던 것이다. 이미 그것은 사람의 형상으로 보긴 어려웠다. 그의 몸뚱이는 어깨부터 옆구리까지 쪼개져 있었다. 얼마 되지 않는 살점과 힘줄로 상하반신이 겨우 이어진 참혹한 모습에 천하의 로그모도 긴 머리를 털더니 뒷걸음쳤다.

"…요괴…."

"듣기 나쁜걸…. 저열한 욕망에 의지하여 날뛰는 것들과 비교하지 말아주시게. 소생은 아직… 사람이니까."

갈라진 상처에서 피는 흐르지 않았다. 그 대신이라도 되는 양 시커먼 벌레가 넘쳐흐르기 시작했다. 벌레는 끝도 없이 쏟아져 작은 내를 이루고 흘러….

"다, 달려! 달리라고!"

노생은 말의 옆구리를 찼다. 실은 그럴 필요조차 없다. 이미 로그모는 기민한 발걸음으로 몸을 돌리고 있었다. 초원의 준마는 산도 숲도 평지처럼 달리는 그 발로, 대지를 박차고….

붕―.

그 순간 허공을 가르는 것이 있었다. 언뜻 보기에는 등에 등속의 날벌레. 하지만 어느 날벌레도 그것처럼 밤의 어둠으로 물들인 듯한 날개는 지니지 못했다. 그것은 쏘아붙인 화살보다도 빨리 날아가, 로그모의 목덜미에 붙었다.

히히힝!

그러자 로그모는 독이라도 먹은 양 몸을 떨더니 썩은 나뭇등걸처럼 땅에 쓰러졌다.

"우와악!"

노생은 성대하게 땅에 나뒹굴었다. 온몸이 몽둥이로 흠씬 두들겨 맞은 듯이 아팠지만 거기에 신경 쓸 겨를은 없었다. 그 와중에도 어떻게든 감싸 안은 이홍을 추어올려 고개를 든 그의 눈에, 이미 지척까지 다가온 검은 벌레의 묵격이 들어왔다. 아연실색한 노생이 품 안에서 꺼질 듯한 목소리가 흘러나왔다.

"노 공…. 이 몸은 두고… 피신을…."

"…작은 나리를 두고 가라굽쇼?"

"지체를 보전하시어…."

저자 바닥에서 하루 벌어 하루를 살던 천한 목숨. 하지만 그에게는 그것만이 전부. 그것을 위해 신령의 아이를 내팽개치고 달아난다 해도 누가 탓하랴―탓하는 자가 있다 하여도 도망쳐서 입을 다물면 그만인 것을.

허나―.

"그런 말씀은 마십쇼!"

노생은 이홍을 들쳐 업었다. 그리고 저자에서 소매치기를 하며 얻은 날랜 발로 있는 힘껏 줄달음쳤다. 계곡의 바위 사이를 경중경중 뛰어가면서.

그 뒷모습을 바라보며 서생은 미소 지었다. 하지만 직후 그것은 말라붙은 것처럼 사라졌다.

바람이 불어오고 있다. 매캐한 냄새를 실은 바람이.

그것은 연기였다.

시뻘건 화염의 이빨이 숲을 게걸스럽게 뜯어먹는다.

코끝의 굵은 털을 태울 듯이 몰아치는 산불에도 게세르는 꼼짝을 하지 않았다. 그 등에 올라탄 소그드도 매한가지. 언제 불길이 삼켜버릴지 모르는데도, 그에게 두려움은 없다. 불어오는 바람이 불길을 쫓아줄 것을 알고 있었으니까.

화염에 난자당하는 숲이 윙윙 비명을 지른다. 그것은 저 초원에서 불길 속으로 몰아넣어져 몰살당한 중원의 병사들이 질렀던 비명과 한탄, 저주를 닮았다.

하지만 어떤 원망도, 어떤 비난도 소그드의 마음에 와 닿지는 않는다.

금은보화와 이방의 미녀들이 그의 마음을 움직이지 못하는 것과 마찬가지로.

감흥이 없는 것은 자신의 목숨도 다를 바 없다. 소그드가 말을 달리고 화살을 쏘며 지금까지 싸웠던 것은, 그리하지 않으면 기족에게 앞날은 없기 때문이었다. 살기 위해 싸웠다. 죽음이 두려운 것은 아니었으나 죽어야 할 이유도 없었다.

초원에 움터 자라나는 생명들과 마찬가지로, 말뚝을 쓰러뜨리는 바람도 세 살배기 말의 꼬리를 얼려 부러뜨리는 추위도 돌아보지 않고, 다만 땅에 발을 딛고 하늘을 이고 서서―그것이 자신에게는 긍지였는데.

어째서 지금 자신은 자신의 뜻대로 할 수 없는 것에 이토록 애달파하는가?

어째서 지금 자신은 정엽을 생각하고 있는 건가?

물과 땅이 정성 들여 기른 초목에 불을 지르고 대지에 재를 흩뿌린다. 상냥한 물의 신령도 필시 낯빛이 창백해질 흉행. 그보다 훨씬 엄격하고 결벽한 청년은 더욱더 소그드를 용서하지 않을 터.

웃어주기를 바란다. 조금 더 다가갈 수 있기를 바란다. 하다못해 만나고 싶다. 만나지 못한다면―모두 불태워도 좋을 정도로.

"…가자."

소그드의 음성을 듣자 게세르는 일렁이는 불길을 끼고 달리기 시작했다. 어떤 채찍질보다도 게세르의 몸에 박차를 가하는 것은 소그드의 나지막한 목소리. 말과 기수는 일말의 두려움도 없이 불타는 산길을 달리기 시작했다.

귓전에 윙윙거리는 소리가 울려 퍼진다. 그것이 초목이 타는 소리인지, 요충妖蟲의 날갯짓 소리인지 노생이 알 도리는 없었다.

"헉… 헉… 크, 흑….”

들이쉬는 공기에는 열기와 재가 섞여 있다. 그런데도 달리는 것은 폐부를 인두로 지지는 듯한 고통이었다. 품속에 있는 신령의 아이도, 여느 아이에 비하면 무게가 없는 거나 다름없었지만 이 순간만큼은 태산 같은 짐이었다. 그런데도 두고 가야겠다는 생각은 전혀 떠오르지 않는다.

"히, 익?!"

노생은 돌연 얼굴을 덮치는 화기를 느끼고 발뒤꿈치에 힘을 주어 멈추어 섰다. 고개를 들자 시야는 온통 불길이었다. 불의 벽이 그의 앞을 가로막은 채였다. 경악해서 퇴로를 찾으려고 뒤를 돌아보자, 이번에는 시커먼 장막이 눈앞에 드리워져 있었다. 수많은 작은 것들이 꿈틀거리고 있는 칠흑의….

노생은 기겁해서 뒤로 물러나려고 했다. 그러나 그것이 불가능하다는 사실을 등에 와 닿는 불길이 가르쳐주었다.

"무리할 것 없네.”

언뜻 듣기에는 사려 깊은 말처럼 들렸지만, 노생은 귀에 독이라도 흘려 넣은 듯이 진저리 쳤다. 목소리가 들려온 곳에 시선을 주자 그곳에 있는 것은 과연 전신이 칠흑 일색인 서생의 모습. 노생은 딱딱 맞부딪히려는 이빨을 앙다물고 이홍을 추슬러 안은 팔에 힘을 주었다.

"그렇게 두려워하지 말게나. 소생이 바라는 것은 종남대군의 용구자. 자네를 다치게 할 마음은 털끝만큼도 없네.”

"꾸, 꿀 발린 소리는 집어치워. 목령 하나를 순식간에 말려 죽인 요괴 주제에! 하주에 재이의 징조를 퍼뜨린 것도 네놈이지? 장사문의 사당을 부순 것도! 무슨 속셈인지 모르겠지만, 요괴나 다를 바 없는 네놈이 하는 말을 믿을 것 같아?!"

"당치 않은 말을. 자네를 해하지 않네. 자네는 알려야 하니까…. 감히 중원에 더러운 발을 내딛은 오랑캐의 소행을 말이지."

"…형씨가?"

"그자가 이 불을 지핀 것을 몰랐는가?"

노생은 발작적으로 작은 몸뚱이를 끌어안았다. 같이 밥을 먹고 한뎃잠을 자고 말을 나누어서 탄 채 나아간 하루하루였지만, 소그드의 마음이 반절은 다른 데에 가 있다는 것은 노생도 짐작하고 있었다. 거지반 억지로 따라붙은 것, 소그드가 자신을 무시한다 해도 노생이 원망할 일은 아니었다.

하지만 이홍은 다르다. 천진한 신령의 아이는 필시 소그드를 믿고 있었을 터인데―.

"자… 그러니 어서 용구자를 이리로. 아무런 힘도 없고 자네를 지켜주지도 못하는 신령에 구태여 연연할 필요가 있겠는가."

서생은 손바닥을 내밀었다. 자못 너그러운 태도로. 주위를 둘러싼 불길이 대기를 삼키며 윙윙 울부짖는데도 서생의 얼굴에 두려운 빛은 없었다. 마음만 먹으면 불길을 피하는 것은 물론이요, 어린애 손목 비트는 것보다 수월하게 노생의 수중에서 이홍을 낚아챌 수 있다고 과시하는 양.

급박한 순간. 얼마나 시간이 흘렀을는지….

불현듯 노생이 무릎을 꿇고 이홍의 몸뚱이를 내려놓았다. 서생은 깊은 미소를 머금은 채 그 광경을 바라보았다. 물 먹은 솜처럼 축 늘어진 이홍은 한마디 말도 흘리지 못한 채 힘없이 노생에게 시선을 던졌다. 그 얼굴에서 무엇을 본 것일까. 이홍의 눈이 커다래졌다.

"으아아아아!"

벌떡 일어난 노생이 돌연 고함을 지르며 서생에게 달려들었다. 노생은 서생의 멱살을 붙잡고 냅다 앞으로 밀어붙였다. 마치 색주가에서 싸움이 붙어 주먹다짐이라도 할 때처럼. 하지만 서생을 메다꽂을 벽은 없다. 있는 것은 넘실거리는 불의 벽.

"으아아아!"

불꽃이 두 사람을 덮쳤다. 불이 머리카락도 옷도 살도 태운다. 죽을지도 모른다―하지만 노생은 두려움을 느끼지 않았다. 머릿속을 가득 채우는 것은, 이대로 이자를 내버려두면 이홍이 무참한 일을 당한다는 사실뿐. 그렇게 놔둘 수는 없다. 놔둘까 보냐!

"크, 흐, 캬아아아악!"

서생의 입에서 도저히 사람의 것으로 들리지 않는 절규가 튀어나왔다. 허나 하나의 목청에서 나오는 소리가 아니라 수천수만의 날갯짓 소리가 한데 모인 것 같은… 그와 동시에 노생은 자신이 있는 힘껏 붙들고 있는 서생의 몸이 손아귀 안에서 뭉그러지는 것 같은 감촉을 느꼈다. 이윽고 윙―! 수천수만의 날갯짓 소리와 함께 벌레 떼가 시야를 가렸다. 불에 타 스러지긴 했지만, 대부분은 불길을 뚫고 아직 화마가 미치지 않은 곳으로 날아갔다.

"이… 익!"

그 서슬에 나동그라졌던 노생은 그대로 몸을 구르면서 일어났다. 죽어라 뒹군 덕에 옷에 옮겨 붙은 불은 꺼졌다. 하지만 불이 파먹은 아픔은 그대로였다. 아득해지려는 정신을 가다듬으며 노생이 고개를 들자 눈앞에 서생이 서 있었다. 불에 그슬린 노생과 달리 털끝만치도 다치지 않은 남자가… 하지만 그 낯빛만큼은 이전과 확연히 다르다. 그는 쇳소리로, 현령이 송사에 판결을 내리듯 읊조렸다.

"어리석은 자. 눈앞에 있는 사사로운 인정에 급급하여 중원의 장래를 망치겠다는 것인가? 오랑캐가 지금 이처럼 중원의 산야를 불태우면 그제야 통곡할 참인가!"

사방은 불바다. 요행히 서생이 타죽는다 해도 이미 노생과 이홍이 빠져나갈 구멍은 없다. 소그드가 바란 것이 이것이었다면—.

"누, 누구 때문에 이렇게 된 건데! 남 탓하지 마라…! 형씨가 좋은 놈인지 나쁜 놈인지는 내 알 바 아니야. 하지만 남을 무고하겠답시고 여기저기 깽판을 놓고 다니는 놈이 도리 같은 걸 지껄이는 게 웃기지 않느냔 말이다!"

"어리석은…!"

"옳은 말이야. 더군다나 불을 질렀다고 하여 무도하다는 것은 아귀에 맞지 않지. 화火는 오행의 하나. 글줄 읽은 선비 된 자가 그것을 모르는고?"

매캐한 연기와 열기로 벌써 눈조차 뜨지 못하게 된 노생의 귓전에 낯선 목소리가 떨어졌다. 이홍의 것일 리는 없다. 하물며 소그드의 것도 아니다. 들은 적 없는 늙은이의 목소리.

"곤궁한 이들은 산에 불을 지르고 그 자리에 땅을 일구지. 화기는 만물을 사르기도 하지만 다시 태어나기도 하는 법. 그 해로움과 이로움을 다 알지 못하고서 어찌 감히 안다고 말하는고?"

무엇인가—사람의 손이 노생의 얼굴을 쓰다듬자 후끈거리는 아픔이 가셨다. 노생은 눈을 번쩍 떴다. 홀연히 옆에 선 것은 본 적 없는 노인. 지저분한 수염과 너덜너덜한 저고리, 정강이까지 걷어 올린 고쟁이 차림은 마치 지나가는 나무꾼이나 다름 아니었다. 그러나 늙은 나무꾼이 이 자리에 서 있는 것 자체가 기이한 일. 그 팔에는 죽은 듯이 눈을 감은 이홍이 안겨 있었다.

"작은 나리!"

"염려 말게. 소룡은 힘이 빠졌을 뿐이니."

노인은 개구쟁이 동네 아이를 돌보기라두 하는 양 이홍의 몸뚱이를 추어올리며 허허 웃었다. 웃을 기분인 것은 노인뿐이리라. 서생 또한 얼굴을 목석과도 같이 굳히고 노인을 응시했다.

"그 말인즉슨, 저 역병과 같은 오랑캐도 의미가 있단 말인가?"

"허허허. 시시비비를 따지자는 게 아닐세. 이 늙은이는 귀여워하는 어린애를 염려하여 마음 가는 대로 어리석은 짓을 할 따름. 자네와 마찬가지로 말이야."

"어리석은 짓이라고—"

"충군애국도 오욕칠정도 죄다 사람의 마음에서 나오는 것. 자기 자신만이 고고하다고 생각하나?"

윙—! 귀를 찢는 날갯짓 소리가 터져 나왔다. 서생의 그림자에서, 몸에서, 머리채에서, 대관절 온 곳을 모르는 벌레의 무리가 튀어나와 늙은 나무꾼을 덮쳤다. 그러나 노인은 미동도 하지 않았다. 그는 짚고 있던 지팡이를 들어올려, 마치 풀이라도 훑듯이 좌우로 휘저었다. 지팡이 끝에 딸려 올라온 것은 마른풀이나 솔가리가 아닌 불꽃이었다. 휘장처럼 펼쳐진 불꽃이 벌레 무리를 가로막았다. 벌레 떼는 순식간에 불붙은 지푸라기처럼 타서 사라졌다.

노인이 거듭 지팡이를 휘젓자 불의 장막이 걷혔다. 그러나 그 너머 서생이 있던 자리에는 사람 그림자를 찾을 길이 없었다. 도망칠 길 없는 이 불바다에서.

"여, 여, 영감은 뉘슈? 댁도 신령이나 뭐 그런 거요?"

아비규환 속에서 노인은 생각에 잠겨 고개를 기울였다. 그러나 한가한 것은 오로지 노인뿐. 어느덧 노인 곁으로 다가온 노생이 주춤거리면서 말을 걸었다. 도망치고 싶은 마음은 굴뚝같지만 이홍이 노인의 품에 있는 이상 그럴 수도 없었으리라. 그 마음을 아는지 모르는지 노인은 이홍을 턱 노생의 품에 되돌려주고는 어깨를 으쓱했다.

"그런 대단한 나리가 된 기억은 없구먼."

"어찌 되었든 보통 사람은 아니잖소! 이 산불 좀 어떻게 해 봐요!"

까맣게 구워질 때가 멀지 않았다. 지금 이 순간 노생은 눈앞에 있는 사람이 황제라 해도 윽박질렀을 것이다. 노인은 지저분한 백발을 긁적거리더니 소맷부리에서 무엇인가 끄집어내었다. 그것은 반 치 남짓 크기의 푸른 옥구슬이었다.

"자. 아─하시게나."

"엉?"

"아, 하라니까. 아."

노인은 헤벌레 벌어진 노생의 입에 옥구슬을 손끝으로 튕겨 넣어버렸다. 눈이 휘둥그레진 노생이 무어라 하기 전에, 노인은 또다시 지팡이를 들었다. 지팡이가 가리킨 곳에서 화염이 이번에는 뭉글거리면서 떠올라 뭉치기 시작했다. 그것은 눈밭에 굴리는 눈덩이처럼 자꾸 커져만 가서 집채만 해지더니….

"잠시 엎드려 있게나."

노인이 경고할 필요도 없었다. 노생은 본능적으로 이홍을 감싼 채 땅바닥에 납작 엎드렸다. 그러자 노인은 지팡이 끝으로 하늘을 향해 찔렀다.

펑!

열풍이 불어닥쳤다. 무슨 일이 벌어지는지는 알 수 없었으나, 숨이 막힌다는 사실은 분명하다. 아무리 헐떡거리면서 숨을 몰아쉬어도 폐부에는 아무것도 들어오지 않는다. 그러나─기묘하게도 숨은 막히지 않았다.

마침내 사위가 고요해졌다. 노생이 고개를 들었을 때 주위는 온통 재 투성이 였다. 여기저기 연기가 피어오르고 있을 뿐 불의 흔적은 찾아볼 길 없었다. 그 연기마저 한 줄기 맑은 바람이 불어와서 어디론지 날려버린다.

"귀인이… 도와주시어 감사할 따름이오이다."

노생은 화들짝 놀라 품 안을 내려다보았다. 파리한 낯빛의 이홍이 어느덧 눈을 뜨고 노인을 올려다보고 있다. 노인은 재차 어깨를 으쓱했다. 귀한 상의 소년과 꾀죄죄한 늙은이. 저자에서 가장 구변 좋은 이야기꾼도 읊은 적 없었을 진귀한 옛날이야기와 같은 장면.

"그런 대단한 나리가 된 기억은 없다고 말했지 않나?"

"허나…."

"나는 귀여운 제자가 이 일로 눈을 돌리길 바랄 뿐일세. 그야말로 사리사욕 그 자체. 그 아이를 삼재라고 부른 것은, 그 아이가 그리 되길 바라서는 아니었는데…."

뒷말은 거지반 혼잣말이었다. 신령의 아이도 알아들을 수 없는 사람의 말. 하지만 뜻은 몰라도 이홍은 그저 가냘픈 미소로 답했다.

"뭔 소리를 하는―."

그리고 어리둥절해서 되물으려고 하던 노생의 말도 중도에 막혔다. 어디선가 돌풍이 불어온 것이다. 불어닥치는 바람에 뒤섞인 것은 홰치는 소리.

거대한 새가 내려앉았다고 생각했다. 기묘하게도 재는 날리지 않았다…. 그러나 다시 눈여겨 본 순간, 그것은 새카만 사람 그림자로 바뀌어 있었다.

"이 술수는 누구의 짓이냐? 네놈들도 흉악한 무리와 한패거리냐!"

"수, 수수술수?!"

"허허. 애먼 사람 책하지 마시구료."

그 요괴 서생이 돌아온 것인가 하여 노생은 등골이 서늘했으나―다시 보니 도복 차림이라는 것이 달랐다. 도사의 관 아래 늘어뜨린 긴 머리카락. 그리고 대장부다운 얼굴. 그는 당장이라도 잡아 묶을 듯이 한 걸음 앞으로 나섰으나, 그 움직임은 그가 나타났을 때와 마찬가지로 실로 느닷없이 딱 멈추었다.

"당신은 설마—황…!"

"어이쿠, 사람 잘못 보았구먼. 이 늙은이는 누군가 아는 척을 할 정도로 대단한 사람이 아니라네."

도사는 명치를 지팡이 끝으로 쿡 찔려서 찍 소리도 못하고 몸을 낫처럼 구부렸다. 노생은 노인의 폭거를 그야말로 짜디짠 시선으로 쳐다보았다.

"대단한 사람이 아니고선 이런 짓을 할 수 있을 리도 없잖수, 영감님."

"지금은 영감님으로 족하다는 걸세."

"그쪽 분은 뉘신지요? 이 몸은 화산군 이홍이라 하오."

"큭… 귀, 귀인을 뵙소이다. 불초 소생은 오군산 영금궁의 도사 서중산. 설마 화산군께서도 그 흉악한 무리에게 쫓기어 변을 당할 뻔한 것입니까?"

"이 몸의 힘이 미치지 못하여… 노 공에게도 폐를 끼쳤소이다."

"아니, 아니, 나 같은 놈에게 무슨 폐까지나….",

"사연을 읊을 때가 아니오. 그 흉악한 무리는 어디로 갔소? 어떻게 생긴 놈이오? 출자나 성명은 대었소이까? 당장 쫓아가서 그 참혹한 죄를 징치하지 않으면 아니 되오! 지금 동료 도사가 쫓고 있긴 하지만 어서 가서 도와야… 켁!?"

이번에는 옆구리다. 노인의 손길은 실로 가차 없었다. 풍채 좋은 도사를 두 번째로 고꾸라뜨린 뒤에, 노인은 태평하게 손사래를 쳤다.

"그거라면 걱정하지 말게. 그 둘이라면 어떻게든 될 테니."

"두, 둘이라니…."

"어허, 거참. 군소리가 많군그려. 우리는 우선 여기부터 수습하세나. 이렇게 홀랑 타버린 바에야 설령 자네가 말하는 흉악한 무리를 잡아 묶고 신령을 정화한다 해도 그들이 사는 앞마당을 잃어버린 격 아닌가?"

"이렇게 시커멓게 타버린 것을 되살릴 수 있단 거요, 영감님?"

"대단찮은 재주이지만 말일세. 자, 돌려주게나."

노인은 중산을 나무 지팡이로 탁탁 쳐가며 노생에게 손을 내밀었다. 그러나 돌아온 것은 멀뚱하니 눈을 깜박이는 시선뿐.

"보배 옥구슬 말일세. 방금 입에 넣어주었잖는가."

"아─."

노생은 손바닥을 주먹으로 탁 쳤다. 그리곤 뒤통수를 긁적거렸다.

"…삼켜버린 것 같은뎁쇼."

"……."

딱─.

지팡이를 내리치는 소리가 불탄 폐허 속에서도 경쾌하게 울려 퍼졌다.

손가락 마디부터 시작해서 전신이 천 토막 만 토막이 난 감각. 그럼에도 불구하고 손끝도, 발끝도 온전하게 움직이고 있다. 토막인 채로… 몇 번을 겪어도 익숙해지지 않는, 섬뜩한 감각.

지금은 더욱 고통스러웠다. 떨어져 나간 손가락 마디마디가, 발가락 마디마디가, 사지수족이 불에 데고 그슬렸다. 매캐한 연기에 숨이 막힌다….

스스로 선택한 능지처참. 제 발로 걸어 들어간 고해苦海. 어째서 이렇게까지 하는가.

오로지 하늘의 재앙을 만천하에 보여주기 위해서.

야만스러운 오랑캐가 중화의 땅을 활보하는 것이 어떤 결과를 낳는지,

분명히 경고하기 위해서.

오로지 그 생각에 의지하여 서생은 소매를 휘날리면서 불길 속을 달려 나갔다.

이미 인간이라고 할 수 없는 몸은 그토록 상했으면서도 건재하게 움직 일 수 있었다. 몸에 펼쳐둔 물의 술법 덕분에 더 이상 불에 타는 일도 면 할 수 있다. 다만 이런 몸으로는 뜻한 바를 이룰 수 없다. 잠시 물러나서 때를 기다리자―서생이 그렇게 결심을 굳혔을 때였다.

핑―.

공기를 찢는 소리와 함께 얼음으로 만든 창날이 자신을 꿰뚫는 듯한 충격을 느끼고, 서생은 앞으로 고꾸라졌다.

"아, 크, 아아아아악!"

무시무시한 고통이 뚫린 곳을 중심으로 전신에 날뛰어간다. 서생은 땅 에 엎드러진 채 미친 듯이 몸부림치며 흙을 파 헤집었다. 차분한 목소리 가 그 뒤통수에 떨어졌다.

"망고스를 물리치는 취석의 화살촉. 네놈들에게도 먹히는 모양이지? 뭐, 이미 시험은 해 보았다만."

"…오랑캐 놈이…!"

"그렇게 부른다고 해도 난 신경 쓰지 않지만 말야…, 네놈이 하는 일 을 싫어할 것 같은 사람을 알고 있어서 말이지."

소그드는 두 번째 화살을 시위에 메긴 활을 들어올렸다. 이번에 노리 는 곳은 머리. 반드시―맞춘다.

그때, 겨냥하고 있던 바로 그 머리가 무너져 내렸다. 몇인지 셀 수 없 는 벌레들이 날갯짓하면서 일제히 날아오른다. 그리고 삽시간에 검은 구 름 같은 벌레 떼가 소그드를 에워쌌다,

히이이히힝!

귀와 콧구멍에 벌레가 날아들자 게세르가 미친 듯이 날뛰었다. 그럼에
도 소그드는 말에서 떨어지지 않았다. 하지만 그 또한 코에, 입에, 눈에,
그리고 살갗에 붙어 살을 뜯어먹으려고 광분하는 벌레를 손과 소매로 쳐
내기에 바빴다. 조금 그을릴 각오를 하고 불에라도 뛰어들려고 소그드가
마음먹었던 바로 그때—.

"급급여율령!"

선명한 기합성과 함께 바람이 불어닥쳤다.

불길에 휩싸인 산 속에서 있을 리 없는 시원한 바람. 그러나 그 기세는
흡사 태풍과도 같았다. 거세게 타오르던 불길은 한 방 얻어맞은 양 잦아
들고, 벌레도 급류에 휘말린 개미처럼 흩날려 날아갔다. 그것들은 날뛰
는 바람 속에서 힘겹게 날개를 친 끝에 겨우 한데 뭉쳐, 다시 서생의 몸
으로 둔갑했다.

서생은 위태로운 모습으로 땅 위로 뛰어내렸다. 고개를 들어 확인한
곳은 소그드의 뒤쪽—허공. 서생의 얼굴이 경악으로 일그러졌다.

"당신은…!"

소그드도 그 시선을 쫓아 뒤를 돌아보았다.

숨이 막힌다. 그러나 그것은 필시, 그칠 줄 모르고 불어닥치는 바람 때
문이 아니다.

마치 바람을 밟고 선 듯이. 연기로 더러워진 하늘을 의연하게 등에
지고.

사람의 것이라 여겨지지 않는, 윤기 나는 나뭇결 빛깔의 머리카락을
가볍게 나부낀 채….

눈 위에 풀빛을 엷게 칠한 듯한 도포 자락이 바람을 타고 춤추고 있다.

"정엽!"

커다란 목소리—외침이 숲을 뒤흔들었다.

그것이 자신의 목소리라고, 소그드는 깨닫지도 못했다.

정엽은 맺고 있던 수인을 흐트릴 뻔했다. 출상의 인을 맺지 못한다면 몇 자 아래의 땅으로 비참하게 추락해버릴 터. 하지만 그것을 아랑곳하지 않고 정엽은 질세라 소리쳤다.

"소그드! 어째서 당신이 여기에 있는 겁니까?"

"내가 할 말이야! 왜 아무 말도 하지 않고 떠나버린 거야?!"

"편지를 남겼을 텐데요! 사절단의 임무와 당신의 일족은 어떻게 한 겁니까! 혼례 이야기도⋯."

"제대로 읽지도 못하는 그런 거 가지고 아, 네, 그렇습니다─하고 이해할 수 있을 거라 생각했어? 혼례 따위는 집어치웠어!"

소그드가 시원스레 잘라 말한 반면, 정엽은 재차 떨어질 뻔했다. 이 남자는 대체 무슨 말을 하고 있는 것인가. 그 혼례에 기족의 미래가 걸려 있는데⋯!

"⋯너는 괜찮은 거냐?"

그러나 자신을 똑바로 쏘아보는 소그드의 눈빛에, 정엽은 일순 말을 잃었다.

괜찮았다면 왜 자신은 황도를 떠났는가.

어째서 다른 사람도 아닌 동복누이의 혼례를 지켜보지 않으려 한 것인가.

자신도 아직 답하지 않은 의문을 그 눈동자가 힐문하는 것 같아서─.

"우선 나는 남자밖에 넣어본 적 없다고! 네 여동생에게 넣을 수 있을 리가 없잖아!"

─이번에야말로 뚝 떨어졌다.

퍼뜩 정신을 차리지 않았다면 시커멓게 타버린 땅 위에 대자로 뻗을 뻔했다. 정엽은 간신히 수인을 맺어 지면에서 불과 몇 치 위에서나마 몸을 지탱할 수 있었다. 정엽이 땅에 내려서자 그 옆으로 소그드가 말을 몰아 다가왔다.

"갑자기 뭐야. 괜찮아?"

"…천박한 말로 정신을 차리게 해주셔서 고맙군요. 진지하게 근심하고 있던 제가 바보 같아졌습니다."

"그런가. 나는 아직… 할 말이 남았지만."

정엽은 소그드의 눈을 똑바로 응시하고는 숨을 삼켰다. 이글거리는 눈동자가 정엽을 담고 있다. 자신도 모르게 시선을 피하다가—그는 알아차렸다.

"이야기는 나중에 듣지요. 우선 그자를 쫓아야…."

두 사람이 옥신각신하는 사이 서생은 달아난 지 오래였다. 뿌득, 하고 어디선가 이를 악무는 소리가 들렸다. 그러나 소그드는 일견 평연한 얼굴로 손을 내밀었다.

"말 정도는 빌려주지."

"…감사합니다."

무심코 손을 뻗어 맞잡는다. 말채찍에, 가죽 고삐에, 시위에 못이 박힌 크고 딱딱한 손…. 그 감촉에 어딘지 안심하는 자신을 애써 지우며, 정엽은 몸을 날려 소그드의 뒤에 올라탔다.

고작 그것만으로 심장이 부서질 것처럼 뛴다. 소그드는 필사적으로 그 고동을 억누르고 게세르를 재촉했다. 초원의 말은 날듯이 화하의 산중을 달리기 시작했다.

"기다려주십시오. 수탐의 부적을 날려야…."

"—그럴 필요는 없을 것 같은데."

사람의 다리와 말의 다리를 비교할 필요는 없을 것이다. 얼마 달리지도 않았는데 불탄 나무들 사이로 힐끗 검은 그림자가 보인다.

"어떻게 저자가 도망치는 방향을 알고 있었습니까?"

"바람이 이쪽으로 부니까."

이미 벌레의 무리로 화한 서생이, 제대로 가누지 못하는 몸을 조금이라도 앞으로 나아가게 하기 위해 무수한 날개로 바람을 받고 있다는 것을 소그드가 알았을까. 설령 소그드 자신이라 해도 그 질문에 답하기는 난감했을 것이다.

"그만 성가시게 하지?"

소그드는 흐르는 듯한 동작으로 화살을 시위에 메겼다. 뒤에 한 사람이 달라붙어 있다 해도 흐트러짐이 없다. 허공을 가른 화살이 서생의 다리를 맞춘다. 소리 없는 절규와 함께 서생이 앞으로 쓰러졌다.

"…설마 노리고 쏜 건가요?"

"죽이기 전에 물어볼 게 있어서 쫓아온 거 아냐?"

"죽일 생각은 원래부터 없었습니다만…."

게세르는 신중한 걸음걸이로 서생에게 다가갔다. 서생은 무릎을 꿇고 있었다. 이미 몇 발이나 화살에 맞았으면서도 괴로운 신음 소리 한 가닥 흘리지 않은 채. 정엽은 무게를 느끼지 못하는 동작으로 게세르에게서 뛰어내렸다.

"몸을 요괴로 바꾸는 사술邪術과 그 상처. 지금이라면 치료할 수 있습니다. 그 대신이라고 말하긴 뭣하지만 묻고 싶은 것이 있습니다."

"…배후를 토설하라는 것인가. 내가 대답할 것이라고 생각하는가? 영명왕 전하."

정엽은 서생이 초면이었지만, 서생이 정엽의 이름을 알고 있는 것은 그리 놀랄 일은 아니었다. 도문道門에 발을 들인 자라면 누구나 이름자는 알고 있다. 놀라우리만치 아름다운 이방의 용모를 가진, 도사가 된 황자를.

따라서 정엽의 목소리에선 어떤 감회도 찾을 수 없었다. 백옥을 아로새긴 것 같은 얼굴이 담담하게 뜻을 이야기한다. 웅크린 서생이 눈만을 정엽에게로 향했다. 말에 탄 채인 소그드 또한.

"무엇을 꾸미고 있든 간에 목숨을 부지하지 않으면 그 뜻도 이루지 못할 것입니다."

"여기서 목숨을 부지한다 해도, 이러한 일을 계속할 뿐이다. 공이 흉행이라고 부르는 것을!"

"그렇다면 또 이와 같이 해드릴 테지요. 이번에는 저의 몫이 적었습니다만."

"……"

"그렇다고는 해도 경에게도 조금은 감사하는 마음이 있을 터입니다. 그렇다면 들어주면 됩니다. 이야기할 수도 있겠지요. 경들이 사위하는 기족을 받아들여야 하는 이유도, 중화의 대의를 지켜야 하는 이유도…."

"…알고 있었는가."

"이러한 시기에, 누군가의 소행으로 괴변이 일어난다면… 그러한 이유일 거라고 짐작했을 뿐입니다."

오로지 기족이 화하를 밟는 것을 참아내지 못하여, 몇이나 되는 신령을 더럽히고 상서로운 땅을 황폐하게 만든 죄는 씻을 수 있는 것이 아니다.

그러나 그렇게 하지 않으면 안 될 사람의 마음. 중화라는 이상. 그리고 그에 기대어 살아온 사람들.

그것을 바꾸기 위해서 벌하고 죽이는 것만으로 가능할까.

바라고, 기도하고, 말하지 않으면—이 도리는 바꿀 수 없다.

다만 금상천자의 치세에서 끝나는 일이 아니라—미래까지 이어지게 하기 위해서….

큭. 신음 소리를 닮은 웃음이 서생의 이빨 사이에서 새었다. 정엽이 입 다물고 응시하는 가운데 서생의 목소리가 흘러나왔다.

"과연 삼재… 천하에 이름이 높은 영명왕. 불초와 같은 범부는 흉내조차 낼 수 없는 아량이시구료."

"……."

나지막하게 한참을 이어지던 낄낄거림이 문득 뚝 그쳤다…. 핏발 선 눈이 꿰뚫기라도 할 듯이 정엽을 쏘아보았다.

"…공 때문이오."

"무슨 말을?"

"공이 존재하기에 이런 일이 벌어진 거요. 공이 태어나지 않았다면, 황후가 공을 품지 않았다면, 애시당초—그녀가 화하에 발을 내딛지 않았다면."

"뭐라고 지껄이는 거야?"

노성을 발한 것은 정엽이 아니었다. 정엽은 등 뒤의 소그드를 돌아보았다. 호랑이와 같은 표정을 일별하고 시선을 앞으로 되돌렸을 때—그 찰나에 서생의 모습은 완전히 변해 있었다.

기이한 방향으로 구부러진 사지. 번들거리는 옷자락—아니 등딱지. 뻐드러져 나와 창칼이나 다름없이 길어진 어금니. 툭 불거진 눈은 무수히 작은 눈이 모여 이루어진 겹눈—.

"어째서…!"

"물러서!"

전율하면서 몸을 피하는 것도 잊은 정엽을, 소그드가 급히 말을 몰아 다가와서는 다소 거칠게 팔을 잡아당겼다. 살짝 찌푸린 채 자신을 올려다보는 정엽을 마주 보며 소그드는 여상스럽게 물었다.

"이제 죽일 차례지?"

"……."

"왠지 알 것 같거든. 저 녀석, 이제 되돌릴 수 없잖아?"

정엽은 무언으로 수긍했다. 그리고 몸을 날려 다시 소그드의 뒤, 게세르 위에 올라탔다. 한 호흡 뒤에 정엽이 서 있던 자리를 뾰족한 창—그렇게 보이는 거대한 벌레의 앞발이 내리찍었다.

소그드는 능숙하게 게세르를 달리게 하면서 주저 없이 활을 쏘았다.

팅—.

"어렵쇼."

장난스러운 낭패의 탄성과 달리 소그드의 얼굴은 진지했다. 인외의 것들에게 적효한 취석의 화살. 그것이 벌레의 껍질을 뚫지 못하고 튕겨진 것이다. 그러는 중 변모를 마친 요충妖蟲은 검은 도포 자락이었을 날개를 폈다.

윙—!

소그드가 게세르에게 평소에는 거의 하지 않는 일—말 옆구리를 발뒤꿈치로 차서 앞으로 튀어나가게 한 것은 순전한 직감의 결과였다. 게세르는 그러한 폭거에 불만을 표할 기회도 없었다. 게세르의 꼬리 끝을 무시무시한 바람을 휘감은 무엇인가가 스치고 지나갔다. 우지직! 불탄 나무들이 허공으로 튕겨나가거나 짓밟혀 으스러졌다. 그렇게 수백 보를 날아간 요충은 비로소 멈추어 천천히 몸을 돌렸다. 목표는 명백했다. 끼릭끼릭끼릭…. 요충의 입에서 나오는 소리가 마치 득의만만한 웃음소리처럼 울려 퍼졌다.

"급급여율령!"

정엽의 외침과 동시에 말 그대로 마른 하늘에 날벼락이 쳤다. 쾅! 폭음과 뇌광. 그러나 뇌광이 빼앗아간 시각이 돌아올 즈음, 요충은 움츠렸던 사지를 느긋하게 펼쳤다. 흑수정처럼 빛나는 등딱지에는 흠 하나 없었다.

"나한테 써먹는 걸 잘못 쓴 거 아냐?"

"농담할 기분이시라니 든든합니다…! 더 강력한 뇌전부도 있지만 말을 타고서는 쓸 수가 없습니다!"

쾅! 충차가 성문을 부수는 것 같았다. 물론 충차의 공성추는 요충의 이마에 솟은 뿔에 견주면 바늘이나 다름없었으며, 검게 그을린 나무줄기도 성벽에 비하면 종잇장이나 다름없었다. 요충이 질주한 자리는 메뚜기 떼가 파먹은 논밭처럼 보였다.

"널 내려주고 저 녀석을 유인하고 싶지만… 저 녀석은 십중팔구 너를 쫓겠지? 너를 질질 쫓아다니는 놈은 나 하나로 충분해."

"든든한 것은 좋지만 적당히 해주십시오! 제가 어떻게든…."

"너야말로 농담하지 마. 이제 절대 놓칠 생각 없거든?"

산등성이를 달리는 말 위에서도 흔들림 없이 내뱉던 소그드가 문득 입을 다물었다. 혀를 씹을 것 같아서가 아니다.

푸드득…. 산불이 난 직후라 길짐승과 날짐승의 기척이 깡그리 사라진 산속. 새의 날갯짓 소리가 울렸다.

쾅!

몇 번째인가의 돌격이 게세르를, 그리고 그 위에 탄 소그드와 정엽을 스쳐 지나갔다. 그 위태로운 와중에 소그드가 활시위에 활을 메겼다.

"꽉 잡아!"

"소그드?!"

정엽은 도리 없이 소그드의 허리에 꽉 매달렸다. 등 뒤에 사람을 태운 채 돌아보면서 하는 기사騎射. 도저히 가능할 리 없는 그것을, 소그드는 해냈다.

"끼이이이이!"

요충의 비명이 하늘을 찢었다. 그것은 괴로워 발버둥 치면서 갈퀴 발톱을 구부려 겹눈에 박힌 화살을 휘감아 뽑아내었다. 치명상은 아니다. 이내 피가 멎고 조각난 작은 눈들이 하나하나 아물어간다. 그러나 겹눈이 온전해지길 기다릴 여유는 없다. 이름난 도사에게 비책을 마련할 시간을 주어선 안 된다. 요충은 지체 없이 달려가는 말을 뿔로 겨냥하고, 날개를 펼쳤다.

휘이이이이잉!

그러나 펼친 날개 안쪽으로 거센 바람이 불어닥쳤다. 요충이 눈에 화살을 맞고 주의가 허술해진 찰나 한 마리 새가 요충에게로 날아든 것이다. 중정─이름 그대로 겹친 눈동자를 가진 신령스러운 새가 요충의 날개 밑에서 날갯짓했다. 요충의 날개에 비하면 파리 날개처럼 작았지만, 그것이 홰칠 때마다 태풍과 같은 바람이 불어닥친다. 요충이 먼저 날개를 칠 수 있었다면 중정 쪽이 보푸라기처럼 날아갔으리라. 그러나 펼친 날개 안쪽으로 휘몰아치는 바람은 그럴 여지를 앗아갔다.

끼기기긱…!

요충의 거체가 부웅 떠올라 뒤집어졌다. 뭇 벌레들이 그러하는 것과 마찬가지로, 요충은 벌러덩 배를 드러내고는 버둥거렸다. 그것이 사지를 휘저어 자세를 바로 잡는 데에는 그리 시간이 걸리지 않았다. 그러나 시간이 과히 걸리지 않기로서는 정엽도 마찬가지였다.

"구천뇌공 오방뇌로 팔만운뢰 뇌부총병 뇌위진동편경인 九天雷公 五方雷老 八萬雲雷 五方蠻雷 雷部総兵 雷威震動便驚人…."

정엽은 참사검의 또 다른 이름─사진검을 뽑아들고 노래하듯이 주문을 외웠다. 진辰년 진월 진일 진시에 주조된 신령스러운 검이 사방의 요물을 찌르고 팔방의 삿된 것을 벤다. 북두칠성을 본떠 걷는 정엽의 모습은 마치 춤추는 것처럼 보였다…. 소그드는 그것을 눈동자에 새길 듯이 바라보았다.

"급급여율령!"

어느덧 하늘을 메운 먹구름이 준동했다. 구름 속에서 꿈틀거리는 벼락의 가닥이 한데 엉켰다. 그리고… 거대한 벼락의 창날이 땅에 내리꽂혔다.

누군가는 비명을 질렀는지도 모른다. 손으로 귀를 틀어막고 눈을 감은 이도 있었을지도 모른다. 허나 모든 것이 소용없었다. 그 순간, 존재하는 것은 침묵에 도달한 굉음과 백지에 채색된 빛뿐이었기에.

얼마나 지났을까. 소그드는 눈을 깜박거렸다. 하늘은 언제 구름이나 있었냐고 강변하는 양 맑다. 저무는 해로 서쪽이 온통 불그스름하다. 사위는 오로지 고요하다. 이변의 흔적이라곤, 소그드의 눈앞에 펼쳐진 거대한 반원의 구덩이뿐이었다. 그리고 요충이 세상에 존재했었다는 증거로 구덩이 한가운데에 새카맣게 탄 무엇인가가 널브러져 있다. 그 광경을, 정엽은 하염없이 바라보고 있었다.

언제 나타난 것인지 서중산이 어깨에 중정을 얹고서 조금 질린 얼굴로 정엽에게 다가왔다. 소그드의 눈살이 심히 찌푸려졌다.

"상당히 과격한 주가 아니오."

"…송구합니다."

"탓하는 게 아니잖소. 이자는 내 손으로 벌하고 싶었건만."

"뭐야, 이 녀석은. 바람피운 상대?"

"그런 표현은 그만두시지요. 중산, 이쪽은 소그드라고 합니다. 소그드, 이쪽은 오랜 벗인 서중산 공."

"어—이! 갑자기 허겁지겁 어딜 간 거예요? 도사 나리. 게다가 방금 벼락은 대체… 오이? 소그드 형씨? 게다가 댁은 뉘쇼? 에, 처음 보지만 어째 낯익은 기분인데?"

정엽이 소그드의 옆구리를 팔꿈치로 쳐서 말을 막고 통성명을 대신하
는 사이 말발굽 소리가 다가왔다. 로그모에 올라탄 노생과 이홍이었다.
정체를 알 수 없는 노인이 불길 속에 쓰러진 로그모를 온전히 주워다가
—초원의 말을 줍는다는 표현이 가능한지는 알 수 없었지만—노생에게
로 돌려보내 준 것이다.

"처음 뵙겠습니다. 저는 도사 정엽이라고 합니다. 그쪽에 계신 분께서
는 어두운 눈으로 감히 살피건대 범상치 않으신 신령."

"소룡은 종산의 이홍. 이분은 노생이시외다. 범상치 않은 분은 오히려
귀공이 아닌지."

"인사는 좀 미루지요. 그보다 저자가 이번 일의 원흉이오?"

중산이 초조한 듯이 나서서 구덩이를 가리켰다. 정엽은 조용히 고개를
끄덕였다.

"필시 저자이고… 행동에 나선 것도 저자뿐일 것입니다."

"어찌하여 그리 단언하시오?"

"패거리가 있었다면 일은 더 커졌을 터. 그리고 저자가 저리 되도록
수수방관하지는 않았겠지요."

"노 공, 송구하오나 가까이 가 주지 않으실는지."

"아, 예, 예!"

노생은 말에서 내려 이홍을 업고선 구덩이로 걸어 들어갔다. 터무니없
이 커다란 대접과 같다…. 그 중심에 있는 것은 이름 모를 서생의 주검.
사람의 것이라고 생각할 만한 데라곤 아무것도 없다. 노생은 이맛살을
찌푸리고 바라보다가, 이홍이 어깨 너머로 손을 뻗자 황급히 만류했다.

"어이쿠! 손 더러워집니다요. 왜 그러십니까?"

"시신에서… 기이한 기운이 느껴지는구료. 요괴의 것은 아닌데…."

"제가 찾아보죠. 보고만 계십쇼."

"매번 폐를 끼쳐서…."

"하하. 당치도 않은 말씀을."

이것이 한때 사람의 몸뚱이였다니 욕지기가 치밀지 않는 것은 아니었지만, 노생은 눈을 딱 감고 재 속에 손을 밀어 넣었다. 오래 뒤적거릴 필요는 없었다. 이내 손끝에 딱딱한 것이 걸렸다. 서중산도 다가와 그것을 들여다보았다.

"이것은….""

"패찰, 인가. 저 뇌격에도 겉만 불탄 정도라면 틀림없이 금 내지는 옥으로 만든 것이로군."

"에엑? 이자가 관리였단 말임까?"

노생은 자신의 손바닥을 채운 그것을 보고 대경실색하였다. 만백성이 가진, 그 성명과 신분을 증명하는 패찰. 그것이 있어야 먼 길을 떠날 수 있고, 관아에서도 사람대접을 받는다. 금, 옥, 뿔, 나무…. 한눈에 출신을 알 수 있는 그 재질 중에서 금이나 옥은 가장 고귀한 신분, 황도의 관리나 황족이 지니는 것.

"훔치거나 빌렸을 수도 있겠지. 옥 패찰쯤 되면 어디든 자유로이 갈 수 있고, 귀신이나 요괴… 심지어 신령으로부터 몸을 지키는 호부護符의 역할도 하는 터. 어떻게 이자가 이런 흉행을 저지르면서도 활개 치고 다닐 수 있었는지 알 것 같네."

"아니, 이런 귀한 물건을 어찌 훔치고 누가 빌려준단 말입니까?"

"이렇게 타버려서야 누가 주인인지는 알지 못하겠구료."

"아—아…. 그 영감님이라면 수상한 술법을 써서 알아낼지도 모르는데…. 나 원, 감쪽같이 사라졌으니."

"그분은 원래 그런 분이시네. 정엽, 공의 생각은 ."

서중산은 구덩이 바깥쪽으로 고개를 돌렸다. 그리고 아연해지고 말았다.

정엽도, 그리고 소그드와 그의 말—게세르와 로그모까지 온데간데없다. 저무는 하늘 아래 집 잃은 까마귀만이 구슬피 우짖고 있었다.

두 마리 말은 재를 날리면서 검게 그을린 산속을 질주하였다.

갑작스러운 산불에 놀라 산짐승, 길짐승이 깡그리 달아난 산중은 말발굽이 내딛는 소리를 제하면 그저 적막하였다. 무엇보다 두 사람의 기수 사이에 아무런 말이 오가지 않는다.

초원의 말은 언제 쓰러졌냐는 양 유연하게 달려갔다. 굳이 고삐를 다룰 필요도, 박차를 가할 이유도 없다. 무엇보다 말 자신이 갈 길을 알고 있다. 정엽은 자신이 그저 말 등에 놓인 짐이 된 것 같은 기분을 지울 수 없었다.

로그모의 고삐를 정엽에게 내민 후로 소그드는 정엽을 돌아보지 않고 오로지 말을 달렸다. 정엽을 찾아 이곳까지 왔다는 본인의 호언과는 달리 지금은 거들떠보지도 않는다. 그 속내를 도무지 짐작할 수 없는 것도 정엽을 초조하게 한다.

아니, 소그드의 말 그대로라면 그의 뜻은 명확하다. 황실과의 혼담조차 걷어차 버리고, 정엽을 찾아 이역만리를 주파했으며, 그 앞길을 가로막는 것은 어떤 요괴라도 무찔러버린 것이 소그드의 뜻이라면.

알 수 없는 것은—정엽 자신의 뜻이다.

어째서 친누이의 혼례까지 외면하면서 황도를 떠났는가?

지금만 하여도, 요충으로까지 모습을 바꾸었던 서생의 수법이라든지 그 배후… 알아낼 것이 태산 같은데도 왜 소그드의 요구에 응해 그를 따라온 것인가?

무엇보다도 자신은, 어째서—.

문득 로그모가 달리기를 그만두었다. 정엽은 불현듯 좌우를 둘러보았다.

다행히 화마火魔를 면한 것일까. 키 큰 소나무가 쪽빛 물감을 들인 듯 굽어서고 비단 같은 오동나무가 가지를 뻗치고 있다. 냇가가 있는지 물 흐르는 소리가 적막 속을 가로지르고 있었다.

숲 속에 인기척은 없다. 가을 들녘에 흔한 벌레 소리 한가락 들을 수 없는, 신령도 신선도 지켜보지 않는, 단둘뿐인 숲 속.

소그드는 게세르에서 내려왔다. 비로소 정엽을 돌아보는 그 눈은 형형하게 빛나는 맹금의 것 같았다.

"이러는 게 내 성미는 아니지만… 일단 변명이라도 들어볼까."

"…좋습니다. 저도 당신에게 들어야 할 것이 있으니."

정엽도 몇 걸음 떨어진 곳에서 말에 내렸다. 그는 고삐를 쥐었던 손에 땀이 배였다는 것을 그제야 깨달았다. —지금껏 자신의 괴로운 속내를 털어놓은 적이 없었던 정엽은 그 무게를 알지 못했다.

"들어야 할 것이라니 뭔데?"

"어째서 혼약을 무위로 돌린 것입니까? 그것이 성사되었다면 기족도 부마의 나라. 누구도 감히 기족을 오랑캐라고 부르며 업신여기지 않을 텐데요!"

"그건 벌써 말했잖아. 내가 원하는 것은 지금껏 너뿐이야. 그런 내가 안는다고 해서 네 여동생이 좋아할 거라고 생각해?"

내리는 어스름이 표정을 감추어준다. 정엽은 진심로 안도했다. 천박히기까지 한, 허나 그렇기에 꾸밈없는 말은 가차 없이 귀에 꽂혔다.

"…그 아이도 황가의 여자. 자신을 사랑하는 남자와 인연을 맺는다고 하는 여느 행복을 반드시 누릴 수는 없는 노릇입니다."

"그건 네 이야기도 되는 건가."

"저와는 상관이—."

"상관있어. 그런 생각을 하고 있으니까 네가 마음으로 웃을 수 없는 거라고!"

소그드의 목소리가 정적을 산산이 부수었다.

정엽을 갈망한다. 백옥에 새긴 것 같은 살결, 이국의 풍취가 묻어나는 얼굴, 초원의 하늘보다도 새파란 눈동자에 자신만을 비추게 만들고 싶다.

하지만 그 이상으로, 바라게 되고 말았다.

먼 이국의 이야기를 들려줄 때처럼 웃어주기를. 마두금을 탈 때처럼 좀 더 즐거워하기를. 날개를 꺾이고 조롱에 갇힌 새처럼 공허하게 노래하는 것이 아니라—좀 더, 마음 깊은 곳으로부터 우러나는 웃음을 듣고 싶었다.

어둠에 잠긴 정엽의 얼굴은 지금 어떤 표정을 짓고 있을까….

"황가에 속한 사람에게 그것은 사치 이상의 것입니다."

짧은 침묵 뒤에 정엽이 답했다. 가라앉은… 정련된 무쇠 칼날과 같은 어조. 서릿발을 연상시키는 그 목소리만 들어도, 차가운 얼음 세공처럼 변한 그 얼굴이 보이는 것만 같았다.

"황제의 한마디에 천 명이 죽고 만 명이 살아납니다. 그 책무를 어찌 감히 내동댕이치겠습니까. 설령 도리에 구애받지 않더라도—울부짖고 괴로워하는 사람들의 얼굴을 떠올리면, 어떻게 자신이 하고픈 대로 할 수 있을까요? …당신을 책망하는 것은 아닙니다. 하지만 저는 결코 당신처럼 살아갈 수 없습니다."

"왜 네가 죄다 짊어져야 하지?"

직전까지 격앙했던 것이 거짓말처럼⋯ 대꾸해 오는 소리는 차분했다. 아니, 어떤 슬픔마저 어린 목소리.

"들쥐를 족제비가 먹어. 그 족제비를 늑대가 죽이지. 늑대는 인간이 사냥한다. 그렇게 초원에서의 삶은 굴러가⋯ 하지만 먹히는 들쥐나 족제비가 희생을 하는 것은 아니야. 녀석들도 제 나름의 방식으로 살기 위해 안간힘을 다하고 있어. 그것은 먹는 쪽인 늑대와 인간도 마찬가지. 모두 재주껏 힘을 다하고 있는데, 어째서 너만이 전부 짊어지는 거야?"

"⋯이것이 저의 '제 나름'입니다. 이제 와서 바꿀 만한 변통은 없습니다."

그것을 억누른 목소리가 밀어냈다.

떠다박질러진 소그드는 잠시 침묵했다. 그의 호소는 정엽에게 들리지 않는다. 난생 처음 자신의 욕망보다 우선한 소원은 정엽에게 있어 아무 것도 아니다. 아득하게 북쪽에 있다는, 봄이 와도 녹지 않는 성산聖山의 눈. 그 차가움이 여름과 가을의 경계에 서 있는 소그드의 마음을 얼어붙게 했다.

아아, 하지만 그렇다면 좋다―.

"그런 네가, 왜 나의 멋대로는 내버려두는 거지?"

뼈를 갉아먹는 늑대 같은 으르렁거림이 어둠을 떨게 했다. 정엽은 대답하지 않았다. 소그드는 단번에 발을 내디뎠다. 밤은 그에게 아무런 장애가 되지 않았다. 그는 대낮과 마찬가지로 틀림없이 정엽의 양팔을 움켜잡았다.

"나는 그 도리인지 뭔지를 지킬 생각 추호도 없어. 오로지 너를 원할 뿐이야. 감춘 적도, 속인 적도 없어, 그런데 너는 그 모두 것을 알면서 왜 내가 옆에서 맴돌도록 내버려두는 거야? 거절하지도 받아들이지도 않으면서. 왜 사람 속을 절절 끓게 하는 거냐고?"

마음껏 웃어주었으면 좋겠다는 어울리지도 않는 마음은 집어치우자.

받아들여지지 않을 바에야 철저하게 거절당하면 된다.

물론, 거절을 당하여 얌전히 물러난다는 선택은 소그드에게는 존재하지 않았다.

그 '도리'가 살아있는 것이라면, 형태가 있는 것이라면 갈가리 찢고 뼈까지 불태워 이 기분을 풀었을 텐데.

그렇게 하지 못하니 이 세계—정엽이 이토록 소중히 여기는 세계를 부수고 짓밟을 수밖에 없다.

정엽은 필경 기함하리라. 얼음 가면 같은 청명함을 벗어던지고, 전심전령 소그드에게 맞서 올 터.

허나 그것이야말로 바라던 바. 정엽의 현란한 재주와 심원한 지혜를 모조리 물리치고 패배시켜, 손발의 힘줄을 끊어서라도 무력해진 그를 손끝부터 발끝까지 유린할 수 있다면….

진심으로 웃어주는 정엽을 볼 수 없다면, 진심으로 증오하고 울부짖으며 몸부림치는 그를 원하는 수밖에 없다—.

소그드의 심중이 그토록 흉폭하게 날뛰는 것을 모른 채 정엽은 자신만의 상념에 잠겨 있었다.

그가 보고 있는 것은 자신의 안일함.

그렇다. 알고 있었다. 처음부터 짐작하고 있었을지도 모른다—그 깃대 아래서 소그드와 만났을 때부터.

소그드라고 하는, 멍에를 모르는 자유로운 짐승. 그에게 중원의 도리나 예의를 따라주길 바라는 것은 당치 않음을.

지금까지 정엽은 자신에게 비도를 권하는 이들을 가차 없이 내쳐왔다. 소그드라고 논외일 리 없다. 실제로 뿌리치려고 마음먹었던 적도 있다.

한데 자신은 어째서 한 번 끊고자 했던 인연을 다시 이어버렸는가?

같은 아버지와 어머니를 둔 누이의 혼례를 외면하면서 소그드의 곁을 떠났는가?

써늘한 바람이 온몸을 스쳐 지나가는데, 느껴지는 것은 뜨거움뿐. 양 팔을 붙든 소그드의 손아귀에서 느껴지는 열기가 전신으로 퍼지는 것 같다.

분명 아플 것인데. 팔이 떨어져 나갈 것만 같은데. 이 손아귀가 팔을 놓고 떠나버린다고 생각하면… 그것만으로도 묘하게 춥다.

다만 혼자서라도 고고하게 도리를 지켜나가리라고 마음먹은 정엽의 곁에 흙발로 짓쳐들어와 체온을 나누어준 사람.

그 무도한 구애 같은 것은 뿌리쳐 버리는 것이 당연한데도—.

"정에 이끌려 책무를 저버리는 것… 저에게는 불가능합니다. 당신의 마음에 답할 수 없습니다."

일순 숨을 쉬는 것을 잊어버린 소그드의 귀에, 이어진 정엽의 속삭임 이 와 닿았다.

"…이 몸만이라도 상관없다면, 당신의 뜻대로 하십시오."

피가 머리끝까지 치솟아 눈앞이 흐려진 와중에도, 밤의 장막을 뚫고서 소그드는 분명히 본 것 같았다.

흐림 하나 없는 차분한 얼굴. 귀찮게 구는 개에게 고기 조각을 던져 주 어 달랠 때에도 이와 같을까. 소그드의 마음 따위는 정엽에게 있어 그만 큼의 의미인 것이다.

소그드는 천천히 정엽의 팔을 움켜쥐고 있던 손을 뗐다. 무심코 으스 러뜨리다시피 힘을 주고 있었던 터라 정엽으로선 몹시 아팠을 터. 그러 나 그는 잡은 곳을 문질러 아픔을 달래는 시늉조차 하지 않다 막 사둥 성이를 비추기 시작한 달빛에, 소그드를 올려다보는 정엽의 얼굴이 드러났다. 맑고 차가운 눈동자일지언정… 명백히 소그드를 바라보고 있다.

소그드는 정엽의 어깨를 잡고 끌어당겼다. 얼굴이 가까워졌지만 정엽은 피하지 않았다. 입술과 입술이 닿았다. 부드러움을 확인하며 지그시 겹쳐진 순간은 극히 짧았다. 탐욕스러운 혀가 성급하게 입 안으로 침입해왔다. 이와 혀의 서투른 저항은 깨끗이 불식시키고, 소그드는 그토록 바라던 감로를 구석구석 맛보았다.

"윽…."

정엽의 손이 밀어내려는 듯이 소그드의 팔에 와 닿았다. 그러나 그 팔에 힘은 들어가지 않는다. 단지 그것뿐인데도―소그드는 미칠 듯이 기뻤다. 치밀어 올랐던 노여움이 씻은 듯이 사라진 것은 아니었으나, 그 감정은 물밑으로 가라앉아 갔다.

입술이 떨어지자 정엽은 대번에 얼굴을 외면했다. 소그드는 달래는 양 상냥하게 그의 머리카락을 쓸어 올리고, 뺨을 감싸 고개를 돌리게끔 했다. 주저주저 이쪽을 향한 얼굴. 백자 같은 피부가 붉게 상기되고 푸른 눈이 미미하게 젖어든 듯 보이는 것은 요사스러운 달빛의 농간인가.

"정말 마음대로 해도 되는 거지?"

"…저는 희언은 하지 않습니다."

소그드는 정엽을 가슴 속 깊숙이 끌어안았다. 보는 것으로 만족하던 이마에, 뺨에, 코에, 귀에, 목덜미에 남김없이 입 맞춘다. 언제나 단단히 여며져 조바심을 자아내었던 옷깃 속에 손가락을 밀어 넣는다. 발끈할 정도로 꼭 매듭지어진 띠를 끊어낼 듯이 허겁지겁 풀었다―.

이것으로 참자.

아직은 이걸로… 괜찮아.

"이런 노변에서 냅다 파렴치한 행동을 하라곤 말하지 않았습니다!"

정엽의 주먹이 소그드의 관자놀이에 인정사정없는 일격을 먹였다.

소나무가 우거지고 대나무가 **빽빽**이 들어찬 숲 속—.

길 아닌 길에는 가시덤불이 깔리고, 다북쑥에 겨우살이 담쟁이덩굴이 무성한 가운데, 낡아빠진 오두막이 한 채 서 있었다.

필시 사냥꾼이나 약초 캐는 사람이 비바람을 피하기 위해 세운 것이리라. 지붕은 나무껍질이요 벽은 거적자리. 실로 임시방편의 움막에 불과하였지만 싸늘한 밤공기에는 없는 것보다 나았다.

정엽은 그 안에 발을 들였다. 제대로 허리를 펼 수 없는 좁다란 움막안. 이제부터 벌어질 일을 미루어 보면, 이런 곳이라도 괜찮은지 의심스러웠으나—.

"뭐 해? 안 들어가고."

바로 귓가에서 던지는 목소리. 여느 때와 일절 다름이 없는데도 어째선지 소름이 끼친다. 정엽은 동요를 억누르려 애쓰며 말을 쥐어짰다.

"기다리십시오. 중산 공이 찾고 계실 텐데. 당신도 동행이—."

"하룻밤쯤은 기다려주겠지. 그보다 벌써 바람피우는 건가?"

"중산 공에게 실례가 되는 말씀은 삼가주십시오."

"지금은 여기에 열중하라는 이야기야."

소그드의 팔이 정엽의 허리에 감겼다. 손가락이 머리카락을 헤치고, 드러난 목덜미에는 화인火印과 같은 입맞춤을 새긴다.

"…말해두지만, 허락하는 것은 추문이 되지 않는 한해서입니다."

음, 하는 건성의 대답이 푹 빠진 소그드에게서 되돌아왔다. 분명 생소할 터인 도사의 창의도 소그드는 능숙하게 벗겨갔다. 허리띠가, 창의가 그리고 소의素衣가 움막의 바닥에 떨어져 쌓여갔다.

차가운 공기가 맨살에 닿았으나 정엽은 추운 줄을 몰랐다. 무방비로 자신이 혐오하는 행위를 견뎌야 한다는 사실만이 오로지 머릿속을 채우고 있다. 등 뒤에서 부스럭거리는 기척, 옷이 스치는 소리. 천이 바닥에 떨어지는 소리만이 기묘하리만치 크게 들렸다. 그러나 정엽은 뒤돌아보지 않았다.

"무서워?"

거듭 소그드의 팔이 정엽의 살갗 위에 겹쳤다. 둘 다 태어났을 때의 모습과 같은 맨살. 누구와도 이만큼의 접촉은 허락하지 않았는데. 정엽은 이를 악물고 고개를 가로저었다.

"긴장한 것뿐입니다. 이러한 일은 처음이니."

"솔직해서 좋군. 그럼… 긴장을 푸는 것부터 시작할까?"

소그드는 손바닥을 펼쳐 정엽의 맨가슴에 얹었다. 손바닥이, 손가락이, 손끝이 피부 위를 미끄러진다. 체온을 확인하고, 촉감을 느끼고, 굴곡을 빠짐없이 기억하려는 것처럼. 손가락이 지나가는 자리마다 마치 열이 옮는 것처럼 뜨거워진다.

"뭘 하는 겁니까…."

"몸을 충분히 부드럽게 하지 않으면 다친다고."

"조금 아픈 것쯤 아무것도 아닙니다."

"아파하는 것을 보면서 서는 취향 아닌데?"

"무슨 당치 않은…."

반박하려던 정엽의 말문이 돌연 턱 막혔다. 소그드의 손끝이 가슴의 돌기를 긁어내린 것이다. 생전 처음 느끼는 감각에 당황할 사이도 없이, 손가락은 쉴 새 없이 돌기를 잡고 훑어 올리거나 살짝 꼬집으며 능숙하게 움직였다.

"이쪽으로 기분 좋은 건 처음일까?"

"기분이, 좋아지다니… 무슨 말인지 모르겠군요."

"아니면 이쪽도 처음인가?"

"자, 잠깐!"

허벅지를 어루만지던 손이 몸의 중심으로 옮겨갔다. 손가락이 양물을 살며시 감싸자 잠자코 견디고만 있던 정엽의 몸이 돌연 몸부림쳤다. 소 그드는 지그시 팔에 힘을 주어 저항을 눌렀다.

"어라. 진짜 손댄 적이 없어?"

"소, 손대고 자시고… 모든 사람이 부끄러운 일밖에 생각하지 않는 당신과 같다고 생각합니까!"

"너처럼 처음인 사람이 드물걸? 보통 이런 일을 더 많이 생각한다고? 자나 깨나 원하던 사람을 품에 안는 일이라면 말할 것도 없지…."

오금에 힘이 풀린다. 머릿속이 하얗게 물든다. 괴로운 도사 수련 중에도, 억지로 강권하는 술자리에도 놓은 적이 없던 이성이 모래알처럼 손아귀에서 삽시간에 빠져나간다.

"입 벌려. 다치잖아."

하앗, 하고 벌린 입으로 거친 숨이 흘러나왔다. 무심코 깨문 것일까. 소리를 죽이기 위해서인가. 정엽의 아랫입술에는 피가 맺혀 있었다. 소 그드는 쓴웃음을 지으며 상처를 조심스레 어루만졌다. 손끝에 묻은 핏방울을 떠올려 자신의 혀로 가져갔다. 달콤하다… 모조리 마셔버리고 싶을 정도로.

양물을 애무하는 손길은 무자비할 정도였다. 줄기를 거침없이 훑고 끝을 집요하게 매만진다. 난생 처음 가해지는 자극에 정엽은 불로 지져지는 것처럼 몸을 뒤틀었다. 쾌감에 황홀해하기에 앞서, 이상해지는 자신이 싫다. 목구멍에서 흐느낌이 터졌다,

"앗…!"

절정은 해일처럼 닥쳐왔다. 정엽은 온몸의 힘이 빠져 주저앉으려는 것을 소그드의 팔에 기대어 간신히 버텼다. 흐릿한 시야에 얼핏 소그드의 손이 비친다. 흥건하게 젖은 손가락에 정엽 자신의 정이 타고 흘렀다. 경악과 수치심이 하얗게 되었던 머릿속을 단숨에 가득 채웠다.

"아, 귀 빨개졌다."

"일일이 말하지 마십시오…!"

"딱히 본 것을 전부 말하는 것도 아니잖아? 그나저나 진짜 처음이로군…. 남자나 여자를 모르는 것은 이해하더라도 스스로 달래본 적도 없을 줄은…."

"불만이라면 그만두면… 되겠지요!"

"그런 아까운 일은 안 해."

소그드는 큭큭 웃으며 정엽의 뒷목에 얼굴을 비볐다. 그 동작이 너무나 태연스러워, 정엽은 이 행위가 그저 짓궂은 장난일 뿐이라고 착각할 뻔했다.

하지만 그것은 불가능하다. 뒤로부터 끌어안고 있는 팔의 단호함이, 귓불에 닿는 숨결의 뜨거움이, 사실을 일깨워주고 있다. 그가 농락하는 것을 받아들이기로 한 자신을.

"남자끼리 하는 방법은 알고 있어?"

"책에서… 읽었습니다만."

"말로 떠드는 것과 정말 하는 것은 완전히 다르다고. …엎드려."

네 발로 기는 것과 같은 자세. 비천한 자들이 귀인을 대하는 것처럼, 죄인이 판관 앞에서 부복하는 것처럼, 긍지도 명예도 찾아볼 수 없는 한심한 모습이다. 정엽은 무심코 눈썹을 찌푸렸다. 소그드는 담담하게 정엽의 맨살에 장난치면서 중얼거렸다.

"첫 번이라면 이쪽이 덜 다칠걸. 아니면, 굳이 내 얼굴을 보면서 즐기고 싶은 거야?"

"그런 일은 절대로—."

"뭣보다 이렇게 실랑이할 때가 아니라고? 나도 꽤 참고 있으니까…. 너와 만났을 때부터 줄곧."

정엽은 소그드의 손이 부드럽게 밀고 당기는 대로 몸을 굽히고 빈약한 짚자리 위에 무릎을 꿇었다. 소그드는 소심하게 움츠러든 정엽의 몸을 상냥하게 어루만지며 다리를 벌리게 하여 치부를 드러내었다.

이렇게나 원하는데. 머리가 돌아버릴 것 같은데. 어째서 이렇게까지 침착하게 정엽을 어르고 달래는 걸까. 약속을 한 이상, 자신이 얼마든지 난폭하게 다루어도 정엽은 감내할 터인데. 무슨 일을 하든 마음은 움직이지 않는다고 한 것은 다름 아닌 정엽이다. 사랑은 물론이거니와 미움조차 움직이지 않을 텐데—.

…하지만, 사랑스러운 것이다. 서투른 쾌감에 어리둥절하여 몸부림치는 그가, 자신의 손길을 받아들여 어떻게든 안추르려고 하는 것이.

—반한 것이 죄라는 걸까.

소그드는 정엽의 몸에 완만한 애무를 베푸는 한편 자신의 짐을 뒤졌다. 벌써 녹초가 되어 밭은 숨을 내쉬고 있던 정엽이 젖은 눈을 소그드에게로 향했다.

"무엇, 을…."

"향유. 이런 걸 충분히 쓰지 않으면 찢어져 버리거든."

"…그런 것을… 상비할 정도로, 경험이 풍부하신… 거로군요."

"어라. 그거 질투?"

"당치 않습니다…!"

소그드는 낄낄거리며 정엽의 입구에 귀한 향유를 아낌없이 발랐다. 달콤한 향기가 정엽의 체취와 뒤섞여 참기 어려울 정도로 돋우는 방향芳香

이 된다. 평소 자신이 손을 대는 것도 꺼리는 장소에 타인의 손가락이 마음대로 오가는 것을 느끼며 정엽은 진저리를 쳤다. 침입이 내부에 이르자, 하얀 손가락이 지푸라기를 거머잡았다.

"…힘 빼."

"그게 마음대로… 되지는…."

정엽의 억눌린 목소리는 숨 막힌 신음으로 끝났다. 소그드가 정엽의 귓불을 잘근거렸던 것이다. 이어 다른 한 손도 정엽이 사위스럽게 여기는 밑을 거리낌 없이 파고들기 시작했다.

"윽… 큭…."

뭘 집어넣을 수 있다곤 상상도 해본 적 없는 곳에 느껴지는 이물감이 용인하기 어려운데도, 힘주어 저항하기에는 몸이 저릿저릿하여 여의치 않다. 꼭두각시의 실이 끊어진 것처럼 힘이 들어가지 않는다. 부드럽게 안쪽의 이곳저곳을 만지는 손가락이 내벽의 한곳에 이르자, 축 늘어져 있던 정엽의 몸이 벼락이라도 맞은 듯이 떨렸다.

"흐, 윽…!"

"헤에. 여긴가…."

"무, 슨… 영문 모를!"

"여기가 남자가 기분 좋아지는 곳이거든. 그럼 마음껏 즐겁게 해줘야겠군."

"즐겁다니… 아!"

소그드의 양손이 끊임없이 안쪽과 바깥쪽을 희롱했다. 안쪽의 묘한 자극을 어떻게 참아보려고 하면 이미 줄기를 문지르는 감각이 덮쳐 온다. 생소한 감각이 하나도 아닌 둘이나 되니 벅차다. 벗어나려고 발버둥치려 해도 쾌감에 너덜너덜해진 사지는 힘없이 바닥을 긁을 뿐. 벌린 입으로부터 타액이 흘러 턱을 타고 떨어졌다. 이 정도의 추태는 걸음마 할 무렵

이후로 저지른 적이 없는데.

정엽을 부추기는 데에 열중해 있던 소그드가 불현듯 만족스러운 한숨을 뱉었다.

"허리, 움찔움찔하는데."

"…또 무슨 터무니없는… 말을 하는 겁니까…."

"생각보다 금방 느끼잖아. 소질 있는 거 아냐?"

"그런 소질 같은 것 세상 천지에 있을 리가… 흑!"

반론의 말을 담으려던 입에서 짧은 비명이 터졌다. 소그드가 안쪽을 뒤지고 있던 검지에 중지를 합세시켰던 것이다. 이어서 약지까지. 하지만 격렬한 위화감도 시간이 지날수록 무뎌져 간다. 그렇게 되어가는 자신의 몸이, 그렇게 되도록 농락당한 것이 어린아이처럼 분하게 느껴져서 정엽의 눈꼬리에 눈물이 맺혔다.

하지만 그뿐. 자신의 수치, 자신의 기막힌 모습을 짓씹으면서도 소그드를 뿌리치려고는 하지 않는다. 정엽의 그 올곧음이 기쁘고 기뻐서… 소그드는 정엽의 매끄러운 등, 허리까지 이어지는 요염한 선을 따라 입술을 미끄러뜨렸다. 백옥과 같은 살결이라는 형용이 있지만, 어떤 백옥도 소그드의 피부에 맞닿아 있는 이 살결처럼 매끄럽고 희고 탄력이 있지는 않다. 무엇보다도 마냥 부드럽다기보다는 나름의 단련을 거쳐 단단하고 섬세한 선을 그리는 육체. 소그드는 허기를 이기지 못하고 활처럼 휘어진 정엽의 등골에 입을 대고 살을 빨아마셨다. 이미 민감해질 대로 민감해진 정엽은 그것만으로도 느끼어 울었다.

더 이상은─참았다간 미쳐버릴 것 같다. 소그드는 이미 넘칠 듯이 흑사시킨 정엽의 입구에 자신의 것을 가져갔다. 지칠 만큼 농락당했을 텐데도 정엽은 무서운 듯이 몸서리쳤다.

"…괜찮아?"

"…괜찮지 않다고 말하면, 이대로 끝낼 겁니까…."

"그건 무리인데. 엄청나게 무리인데."

"그러면 말을 꺼낼 필요도 없는 것… 아닙니까."

"다른 녀석이 상대라면 그렇게 하겠지만… 말했잖아? 너는… 다르니까."

누구와도 이렇게까지 몸뿐인 관계는 맺어본 적이 없다. 제대로 이야기하고 설득해서 호감을 가진 것을 확인하고 나서 몸을 겹치곤 했는데. 결코 기대해선 안 된다고 알고 있는데도… 바라고 만다. 좀 더 허락받기를. 조금이라도 원해주기를. …좋아해주기를.

소그드 자신도 믿을 수 없는 마음을 정엽이 알 도리 있으랴. 그런데도 정엽은 무엇을 직감한 것인지 몸을 일으켰다. 상체를 쳐들고 자세를 추스르자 정엽의 뒷머리가 소그드의 턱밑에 콩 와 닿았다. 정엽은 어깨 너머로 소그드의 얼굴을 돌아보았다. 이 오두막에 들어와서 처음으로.

"…두 번 말하게 하지 마십시오. 당신이 무엇을 하든 저는 상관없다고 분명 말했을 텐데요."

"우와. 엄청 멋대가리 없는 말…."

"뭔가 불만입니까!"

"…그렇지만 최고의 유혹이군."

소그드가 느닷없이 거칠게, 그러나 결코 험하지는 않게 정엽의 등을 밀어 다시 엎어뜨렸다. 그리고 새하얀 허벅지를 잡아 사정없이 좌우로 벌렸다. 기겁하여 몸을 경직시키는 정엽의 목덜미를 소그드는 덥썩 물었다. 아픔에, 이어서 혀가 기어 다니는 묘한 감촉에 정엽의 주의가 쏠린 사이 손가락과는 비할 바 없는 것이 정엽의 내부로 파고들어왔다.

"허… 억…!"

오장육부를 파고드는 느낌은 쾌감이라기보다는 명재경각의 공포였다.

정엽은 부지불식간에 발악했으나 도망치는 것을 소그드가 용납하지 않았다. 커다란 손은 용서 없이 정엽을 찍어 눌렀지만, 한편으로는 달래듯이 뺨과 귓가를 쓰다듬었다.

"후… 조금, 힘든걸…. 너무 무리시키지 말아줘?"

말의 내용과 달리 어조와 목소리에는 황홀감이 묻어났다. 홀린 듯한 손길이 정엽의 가슴과 배를 어루더듬고, 소그드의 입술이 귓불을 빠는 사이 정엽도 찢어지는 고통을 사그라뜨리기 위해 애썼다. 이성보다는 본능이 앞서 몸에 힘을 빼고 남자를 받아들이려고 한다. 거의 실신하기 직전의 정엽을 보살필 이성은 소그드 편에서도 남아있지 않았다. 숨을 헐떡거리면서 몽롱한 눈으로 몸을 뒤트는 요염한 자태. 전에는 옷자락 하나 흐트러지는 모습을 상상할 수 없었던 그가 이다지도 광태를 보인다는 사실이 소그드를 한껏 흥분시켰다.

"하앗… 흐, 웃… 아앗, 아!"

"이쪽, 인, 가…. 반응이 격해서 알기가 쉬운데…."

"아윽! 하, 아…!"

소그드의 허리가 정엽의 안쪽까지 치받아 올렸다. 정엽의 목청에서 터져 나오는 거지반 고통의 비명을 소그드는 어떻게든 무시했다. 조금이라도 더, 정엽과 하나가 되고 싶다. 몸만이라도. 몇 번의 낮과 밤을 꿈꿔왔는지—.

정엽은 안쪽이 다 도려내어지는 아픔에 몸부림칠 따름이었다. 숨 막힌다. 괴롭다. 하지만—그것만은 아니다. 그 모든 것이 뒤엉켜 하반신의 감각을 앗아간다.

"사랑해…!"

소그드는 정엽의 귓전에, 그리고 체내에 열렬한 것을 쏟아부었다.

7장

새벽녘에 내린 비로 하늘은 씻어낸 듯이 청명하였다.

그 맑은 하늘에―.

"뭐야, 이거어어언?!"

노생의 경악한 목소리가 울려 퍼졌다.

노생은 황급히 주위를 둘러보았다. 천만다행으로 가까운 곳에 이홍이 웅크린 채 새근새근 잠들어 있다. 서둘러 소년을 들쳐 안고 살펴보았지만 변을 당한 기미는 찾아볼 수 없다. 그러나 수상한 점이 없지는 않았으니, 젖은 흙과 재 위에 누워 있었는데도 그 옷자락은 말끔하니 물기도 스며들어 있지 않았다. 얼마 떨어지지 않은 곳에 편안하게 누워 있는 사람은 서중산이라고 했던가, 도사 차림의 사내. 모두가 어제 잠자리에 든 모습 그대로였다.

"귀… 귀신이 곡할 노릇이야…."

"무슨 말씀입니까?

"아니 어젯밤… 형씨와 그 미끈하게 생긴 도사가 사라져서 당황하고 있었더니만 웬 옷차림 번드레한 전령이 홀연히 나타났지 뭐야. 우리더러는 나쁜 놈 물리쳐줘서 고맙다고 지껄이면서 자기 주인이 초대했다질 않겠어. 도사 나리가 아무렇지도 않게 따라가길래 몇 걸음 쫓아갔더니 느닷없이 눈앞에 되게 으리으리한 저택이 있어서… 무지 미인인 여주인이 엄청 반겨줘서 배터지게 먹고 번쩍번쩍한 방에서 한잠 잤지. 그런데 일어났더니 여기잖아! 도대체 어떻게 된 거냐고?!"

"아마도 의령蟻靈인가 보군요."

"그건 또 뭐야?"

"개미의 정령입니다. 전날 밤 개미집에 초대받으신 것이겠지요."

"켁! 그 여자가 여왕개미였다는 거야? …에에에에에엑—!!!!!!!"

노생은 기함하면서 대답해준 사람을 돌아보았다. 그리고 더 큰 비명을 올렸다.

서중산은 눈을 뜨기 전에 눈썹부터 찌푸렸다. 노생이라고 했던가. 저렇게 시끄럽게 굴 것 같아서 전날 설명하지 않았건만. 저런 치도 연분이 닿아 정과正果를 이루게 되었으니, 선도善導의 오묘함이 이와 같음인가. 그는 부스스 몸을 일으키면서 의관을 바로 했다.

"소란 피우지 마시오. 그대도 이제 속인이라 할 수 없는 몸. 태산처럼 진중할 것을 바라지는 않아도⋯."

"경 읽는 소리는 지금은 관두라니까! 도사 양반, 눈 좀 똑바로 뜨고 보쇼!"

서중산은 휙 고개를 돌렸다. 그리고 눈을 크게 떴다.

"정엽!"

"⋯다녀왔습니다. 갑자기 자리를 비워, 심려를 끼치게 되어 송구스럽습니다."

정엽은 침착하게 고개를 숙이고 공수拱手했다.

"뭐야. 저 녀석에게는 사근사근 굴잖아. 나한테도 저 녀석 반만큼이나마 살갑게 굴어주었으면."

그런 정엽의 어깨를 웬 팔이 덥썩 끌어안는다. 정엽은 즉각 품속에서 부적을 꺼내 그 팔에 들이대었다. 파지직! 사람을 하나 구워버리는 뇌전부의 본래 위력에는 미치지 못하였지만 따끔한 맛이라 논하자면 차고 넘칠 만한 뇌광이 팔을 달렸다.

"아—따따따따….."

"사람들 보는 데서 파렴치한 짓은 하지 말라고 분명히 말씀드렸습니다."

"그게 마음대로 되나."

"그게 마음대로 되지 않으면 뭐가 마음대로 되는 겁니까."

소그드는 팔을 털면서도 미소를 지우지 않았다. 주인의 재난을 목격하였지만 두 마리 말, 게세르와 로그모는 자업자득이라는 듯 푸르르 코를 울릴 따름이었다.

"제가 자리를 비운 동안 다른 일은 없었습니까."

"개미집에 들어갔다 나온 것 외에는 특별히… 아 맞다! 댁을 만나기 전의 일이지만 영감님이 없어져버렸어. 도사 나리는 뭔가 알고 있는 것 같은데 물어봐도 대답해주질 않고."

"영감님이라면….."

"아아, 정엽. 공이 짐작하는 그대로요."

"…그분은 무슨 생각을 하셨던 걸까요. 제가 알 도리는 없습니다만."

"누구라도 알 도리가 없을 거요. 중요한 것은 그분 덕에 언제나 우리가 고행을 떠맡는다는 것이지."

"우리인가—."

"일일이 엉뚱한 감상 입에 담지 말아주십시오, 소그드."

의중을 살필 수 없기로는 피차일반인 이방인은 무시하고, 서중산은 노생을 곁눈질했다. 지난밤의 모험으로 비교적 말쑥해지긴 했지만 여전히 후줄근한 형국의 사내. 등에는 어린애를 떠메어 업은 것이 영락없이 불난 집에서 도망쳐 나온 가난한 홀아비다.

"뭐, 뭐요? 그런 눈으로 사람을 물끄러미 쳐다보고….."

"어제 자네가 삼킨 구슬이 무엇인지 아는가?"

"내가 알 리 없잖소!"

"천기天氣를 다루고 재난을 막는 보배구슬, 백록白鹿. 그것을 지닌 자는 하늘과 수명을 같이 하고 자연히 이치를 깨달아 신선이 된다는 보배라네."

노생의 입이 딱 벌어졌다. 소그드는 그다지 흥미가 떠오르지 않은 덤덤한 눈으로 노생을 곁눈질했다.

"그런 걸 꿀꺽하다니. 너 보기보다 배짱 있는데."

"…내, 내 잘못이 아니야! 놀라서 삼켰을 뿐이라고?! 애초에 내 입에 그걸 멋대로 집어넣은 것은 영감님이잖아! 왜 나 같은 놈에게 그런 비쌀 것 같은 물건을 맡긴 거야? 난 도적이 아니라구! 그, 그야 하나둘쯤 대단찮은 물건을 슬쩍하지 않은 건 아니지만! 감당하지 못하는 물건을 훔칠 정도로 막돼먹은 종자는 아니란 말씀이야! 아, 좋아, 돌려주지! 돌려주면 되는 거지! 기다려 봐. 좀 있다 뒷간에 가서…."

"…그런 보배는 하잘것없는 속세의 구슬이 아닐세. 이미 자네의 기와 하나가 되었을 터. 배를 갈라 내장을 꺼내어 뒤진들 나올 리 없단 말일세."

"그, 그러면 어쩌라는 거야?"

"기를 다루는 술수를 익히면 자연히 분리되어 나올 터."

"선문답 하지 말고 똑바로 말하슈!"

"제대로 수행을 쌓아 도사가 되어야 한다는 걸세."

"……그, 그, 그런 걸 할 수 있을 리가 없잖아―!!!!!"

이 정도로 아우성을 치는데도 용케 깨지 않는다 싶던 이홍이 이때 문득 스르르 눈을 떴다. 곤히 잠들었다 일어난 것 같은 모습은 아니었다. 이홍을 맑은 눈동자로 ㄴ생이―정확히는 ㄴ생이 엎언군을 들여다보았다.

"너무 심려 마시오이다. 보배는 땅을 굴러다니는 돌과 달리, 인연과 그 자신의 뜻으로 주인을 선택하는 법. 노공이 그 보배를 얻게 된 것도 필히 이유가 있었으리니."

"그런… 나한테는 과분한…."

노생은 다소 침착해졌지만 어리둥절 우물쭈물하는 안색은 도무지 가실 줄 몰랐다. 서중산은 한숨을 푹 내쉬었다. 전날 이래 몇 번째 쉬는 한숨인지 모른다.

"아무래도… 저자의 일은 내가 건사해야 할 것 같소. 반 사람 몫이라도 도사 구실을 할 수 있을 때까지 가르치는 수밖에."

"그렇게 해주시겠습니까?"

"선원궁 궁주인 공이 할 수 있는 일은 아니지 않소? 다만 다른 일은 맡길 터이니."

"물론입니다. 아무쪼록…."

두 사람의 도사가 차분하게 문답하는 가운데 노생은 머리를 싸쥐고 있었다. 이홍의 격려를 받는다 한들 도사라니, 언감생심 꿈꿔 본 적도 없는 사람이 될 수 있을 리 있겠는가. 노생은 행여나 하여 소그드를 걸고 넘어져 보았다.

"형씨는 어떻게 할 거야?"

"나? 돌아가야지."

"찾고 있다는 사람이 있지 않았어?"

"찾았잖아. 여기에."

노생은 소그드의 눈길을 쫓아… 정엽을 쳐다보고는 입을 떡 벌렸다.

"에에에?! 도, 도사라는 말은 들었지만… 형씨 하는 꼴이 영락없이 마누라 도망간 서방이라서, 잘빠진 여도사인 줄로만 생각했는데."

"오해 살 말은 하지 말아주십시오."

수려한 도사는 눈살을 살짝 찌푸렸다. 얼굴을 찌푸린 모습이 아름다워 성중의 여자들이 모두 얼굴을 찌푸리고 다니게 만들었다는 옛이야기의 절세미인이 이와 같았을까 싶지만, 틀림없는 사내다. 노생은 소그드만한 호걸이 간절히 찾을 만한 이유를 도무지 생각해내지 못했다.

서중산도 의아한 표정으로 수염이 삐죽삐죽 돋은 턱을 쓰다듬었지만, 이방인과 정엽의 관계를 고찰할 만한 여유가 지금 그에게는 없었다. 오금산으로 돌아가 더러워진 도관을 불제祓除하고, 이 시정잡배였던 남자가 수행 길에 오르도록 코뚜레 꿴 소처럼 끌고 가야 하고, 번다한 일이 너무나 많다.

"한담은 다음에 나누도록 하지. 출발하세."

"염려 마시외다. 이 몸도 노 공의 크나큰 은혜를 입은 몸. 노 공이 아무 근심 없을 때까지 힘써 보필할 터이니."

"아니 그… 그게 저… 보필 같은 말 갖다 붙일 정도로 대단한 몸이 아니라서…."

"사설이 길군. 불초도 바쁜 몸이니 서두르세나. 그럼 정엽, 뒷일은 맡기겠소. 그자의… 배후 건도."

"알겠습니다. 다시 뵐 때까지 강녕하십시오."

우왕좌왕하는 노생을 거들떠보지도 않고 서중산은 정엽에게 공수로 예를 표한 다음 소맷자락에 손을 넣었다. 그 손가락 사이에 끼워진 것은 푸르스름한 새의 깃털 한 장. 언뜻 맹금의 것을 연상시키지만, 찬찬히 뜯어보면 천하만방 어느 곳의 수리나 매의 것도 닮지 않았다.

"그럼—."

허공에 떠오른 깃털이 대붕의 날개처럼 부풀어 올라—서중산과 노생, 이홋까지도 일거에 휘감았다. 그것은 삼시간에 까마득한 하늘로 치솟아 올랐다. 날개 치는 새의 형상이 저편으로 사라져간다.

산중에는 어느덧 단 두 사람만이 남았다. 개중 한 사람인 정엽은 묵묵히 어깨 너머를 돌아보았다. 눈이 마주치자 소그드가 싱긋 웃었다.

"아무래도 연적은 아니었던 모양이군."

"…동문수학한 벗일 뿐입니다. 당신같이 터무니없는 분이 그리 많을 리 없지요."

"뭐, 나는 상관없어. 덤벼온다면 한바탕 제대로 싸울 뿐이고."

깊이 있는 검은 눈이 정엽을 응시했다. 정엽은 저도 모르게 시선을 피했다.

아무것도 변하지 않는다. 변할 리 없다.

자신은 처음부터 그래왔듯이 올바르다고 생각하는 길을 걸어가면 된다―그가 곁에 있어도 변할 이유는 없는 것이다.

"그럼 돌아갈까?"

소그드는 웃는 얼굴 그대로 정엽에게 손을 내밀었다. 소그드가 무엇을 하건 자신과는 관계없다는 정엽의 말도―돌을 수면에 던진 것과 같이 파문이 일었다 잠잠해져 지금은 동요를 느낄 수 없다. 그러나 물 밑바닥에는 돌이 쌓여간다.

"아직 이 근방을 불제해야 할 일이 남았습니다. 먼저 황도로 돌아가십시오."

"아, 나도 따라갈래."

"황도의 동료분들이 기다리고 있지 않습니까?"

"그 녀석들이야 알아서 하겠지. 한두 살 먹은 애도 아니고, 내가 죄다 이끌어줘야 하는 건 이상하잖아? 나야 너의 아버지가 써준다고 했으니 여차하면 말구종이라도 할 수 있겠지."

소그드는 시원스럽게 대꾸했다. 세상에 무엇인들 그를 붙잡아 맬 수 있으랴. 천 근 쇠사슬에 칭칭 묶어놓는다 해도 그는 어떻게든 떨치고 일어나 이와 같은 미소를 지을 터.

그 모습을 정엽은 눈을 가느다랗게 뜨고 응시하였다. 마치 눈부신 해를 마주 보는 양…. 쾌도난마, 천방지축. 그것이 올바르다고 결코 말할 수는 없을 텐데 지금은 어째선지 가슴이 고동친다.

"…정 그러시다면야 뜻대로. 다만 구설에 말려드는 일은 없도록 해주십시오. 무엇보다 황제 폐하는 폐하라고 부르는 것입니다."

"뭐, 좋아. 남의 눈에 띄지만 않으면 되는 거지?"

"이렇게 분별없이 냅다 달라붙지 말라는 말입니다!"

"보는 사람 아무도 없는데?"

"어쨌든 안 됩니다!"

펑—.

푸르륵. 지켜보던 게세르와 로그모는 또다시 코를 울려 주인의 실책을 나무랐다.

정엽은 눈을 감고 단전에 힘을 모았다. 체내를 순환하는 기가 자연의 기와 맞닿으면서—하나의 맥을 따라 흐르기 시작했다.

그것을 무어라 형용하면 좋은 것일까. 사람의 오감과는 무관한 세계의 일. 그러나 힘써 비유한다면… 양양한 대해를 떠도는 한 장의 가랑잎이 된 것과 같은 감촉. 전신을 타고 흐르는 자연의 장중한 흐름에 감각을 싣고 함께 어울리고 춤추며 이합한다.

그렇게 기를 느끼는 것은 사람들이 득시글거리는 저자에서는 불가능했다. 사람의 기를 느끼도록 자신을 예리하게 단련한 무인도 있지만, 정엽이 배운 도는 천지만물의 기. 들뜨고 어지러운 사람의 기가 뒤섞이면 기를 느끼는 일은 어려워진다. 그러나 기이하게도 정엽은 지금 저자에서 기를 쫓으려 시도할 때와 같은 어려움을 느끼고 있었다. 마치 둑이 강물을 가로막은 것처럼, 어느 시점에서 막히고 어지러워져서 뿔뿔이 흩어진다.

그러나 문제는 없다. 정엽이 바라던 것이 그것이었으니. 더럽혀진 기맥을 찾는 것.

정엽은 눈을 떴다. 그리고 바로 코앞에 소그드가 있다는 것을 깨닫고 소스라쳤다.

"뭐, 뭡니까?"

"다 끝났어?"

"예…. 기맥을 어지럽히는 근원을 찾았습니다."

몸을 굽히고 정엽의 얼굴을 들여다보던 소그드는 반기는 양 빙그레 웃었다.

"잘됐네. 조금만 더 무방비로 있는 걸 봤다간 덮칠 뻔했어."

정엽은 야무지게 칼을 휘둘러 소그드의 복심을 칼자루로 찍어 멈추게 했다. 도대체가 이 남자는 한마디라도 음담패설을 섞지 않고는 견딜 수 없는 것인가. 더 기막힌 것은 그런 파렴치한 말을 마치 문안인사나 다름없이 자연스럽게 내뱉는다는 것이었지만.

"이 근방에서 가장 큰 기맥이 통하는 곳은 필시 남고의 사당이겠지요. 걸으면 반나절쯤 됩니다."

"수고스럽게도 걷다니. 내가 태워줄게."

"…마음은 고맙습니다만 사양하지요. 좀 전에 탔을 때도 다소 고역이었기 때문에."

"아, 설마 거기가 아픈—아야야."

"모처럼 중원에 자리 잡는다고 단언하신 터이니, 중원 사람답게 말을 고르는 법을 배워주십시오."

칼자루로 찍힌 옆구리를 문지르는 소그드를 내버려두고서 정엽은 잰

걸음으로 산길을 걸어갔다. 그러나 아무리 서두른다 해도 말 두 마리를 끌고 걸어서 따라오는 소그드를 다섯 걸음 이상 떨어뜨려 놓을 수는 없었다. 소그드는 시원스럽게 성큼성큼 발을 옮겨 정엽과 이내 어깨를 나란히 했다.

"불제인지 뭔지를 끝내면 어떻게 할 거야?"

"황도로 돌아가서 저의 책무를 다할 것입니다."

"철마다 제사 지내고 복을 빌고 하는 것 말이지? 뭐가 하는 그런 거. 아, 그렇게 말하니 생각났는데 왜 날아가지 않아? 여기 올 때 했던 것처럼 말이야."

"소그드 당신이 있지 않습니까. 당신을 버려두고 날아가도 괜찮다고 하신다면 얼마든지 비상飛上의 술법을 펼치겠습니다만."

"그건 곤란하지. 지금까지 뒤쫓아 온 것도 꽤 힘들었다고. 그런데 누구더라. 노생이었던가 하는 녀석은 같이 날아가지 않았더랬어?"

"선가의 보배를 몸에 지녔기 때문이겠지요. 그런 인연이 닿지 않았거나 도를 깨치지 못한 이는 태산보다도 무겁다고 합니다."

"흐음."

소그드는 감탄사 비슷한 말을 내뱉었다. 일순간의 침묵 동안 정엽은 묵묵히 발을 놀렸다. 낯빛을 꾸미는 일에는 익숙하다. 언제 어느 때라도 평정을 잃지 않는 것이 오랜 수행의 성과다. 그러나 지금 소그드의 옆에서 정엽은 처음으로 침착함을 유지하는 데에 어려움을 느꼈다. ─간밤의 일 때문일까.

그런 일을 해버렸다고 해서 달라질 일은 없다. 소그드에게도 그렇게 약속받았다. 그런데도 불구하고 지금 이다지도 마음이 어지러운 것은 대관절 어째서인가?

"─!"

상념에 빠져 걷던 정엽이 돌연 앞으로 고꾸라졌다. 화마의 손길이 닿지 않은 숲 속, 얽힌 나무뿌리가 정엽의 발을 붙든 것이다. 아이도 아니고, 물건에 걸려 넘어지다니. 쓰러지는 그 일순 정엽은 놀라기보다 어처구니가 없었다.

"웃차―조심해."

그러나 정엽이 땅바닥에 나뒹구는 일은 일어나지 않았다. 소그드의 팔이 눈 깜짝할 사이에 정엽의 허리를 휘어 감고, 부드럽게 어깨로 몸을 떠받친 것이다. 그 체구로는 상상하기 어려울 만치 민활한 움직임.

"고, 고맙습니다."

"아니, 네가 넘어져 다치기라도 하면 내가 곤란하지. 마음이 아프니까 말야."

"……."

정엽은 입을 꾹 다물고선 어떻게든 소그드의 팔을 떼어내었다. 다행히 소그드는 더 이상 낯 뜨거운 언행을 하지 않고 순순히 떨어졌다.

"역시 내가 안고 가는 편이…."

"사양하겠습니다!"

씨근덕거리던 정엽이 문득 낯빛을 달리하고 정면을 응시했다. 한창 좋을 계절임에도 불구하고 메마른 초목. 그 한가운데 고운 단청을 입힌 자그마한 사당이 서 있다. 겉보기에는 작아도 그 모양은 지극히 아름답다. 영험하기로 소문난 남고의 사당. 향불과 제물이 끊이지 않기로 이름난 곳이지만… 지금 이다지도 적적해 보이는 것은 어째서일까.

"……."

정엽은 일언반구 없이 사당에 다가가 문을 열었다. 소그드도 무엇을 느낀 것인지 조용히 뒤따랐다.

숨 막히는 피비린내―.

그것은 분명 착각이다. 사당 안을 온통 뒤덮은 것은 이미 말라붙은 피. 그러나 전아典雅한 사당이 도살자의 작업장으로 변한 듯한 처참함은 조금도 감해지지 않는다. 남고의 신상의 하얀 뺨에 흐르는 두 줄기 갈색 자국은 마치 피눈물과 같았다.

"피와 젖을 섞어서 땅바닥에 엎지르면 신령들이 노한다고 하지. 이쪽도 비슷한 건가?"

"아마도요. 물러서십시오."

소그드가 내뱉는 말에는 별반 감흥이 없었다. 반면 정엽의 얼굴은, 일견 무표정했지만 그 수려한 아미에 깊은 근심과 노여움이 서려 있었다.

정엽은 품속에서 선명한 주사로 그려진 부적을 꺼내어 사당을 향해 던졌다. 그리고 낭랑하게 주문을 읊었다. 소그드는 모르는 언어. 하지만 정엽의 혀를 타고 나오는 것만으로, 어떤 비천飛天의 노래보다도 감미로운 천상의 악곡이 된다.

이윽고—허공에 둥싯 떠오른 부적으로부터 불길이 치솟았다. 불꽃이라고 해도 소그드가 전날 부싯깃과 검불로 붙인 것 같은 불은 아니었다. 명계冥界에서 죄인을 굽는 불도, 억겁을 타오르는 삼매진화도 아니다. 가장 순수한 불꽃의 넋이 이러할까.

얄따란 비단 휘장과 같은 주홍색 불꽃은 너울거리면서 사당을 감쌌다. 더러워진 문짝과 빛바랜 단청 처마가 단숨에 타올랐지만 기이하게도 타는 소리는 나지 않았다. 연기도 찾아볼 길 없다. 그뿐인가. 엎어지면 사당에 코가 닿을 듯이 가까운 곳에 서 있는데도 열기가 느껴지지 않는다.

"헤에…."

웬만해서는 놀라지 않는 소그드의 입술 사이로 감탄사가 흘러나왔다. 허나 그가 시선을 빼앗기고 만 것은 정엽이었다. 도깨비불 같은 불빛을 반사하여 금빛으로 물든 머리채. 수심 어린 빛을 담은 눈동자를 눈꺼풀에 반쯤 숨기고 사당을 응시하는 옆얼굴. 실로 사람 사는 세상의 아름다움이 아니라 할 만했다.

"제대로 된 의례를 갖추어 불제할 여유가 없으니… 말 그대로 급급여율령으로 가겠습니다."

정엽이 딱딱하게 내뱉는 가운데 사당의 마룻널과 기둥과 서까래가 시커먼 숯이 되어 무너져 내렸다. 숯가루도 먼지도 피어오르지 않고 시나브로…. 정엽은 그 더미 앞으로 걸어가 소매 속에서 새끼손가락만한 자기磁器 정병을 꺼내었다. 나무 마개를 열고 병을 기울이자 이슬인가 싶은 물방울 하나가 똑 떨어졌다.

"……."

단지 그것뿐. 아무 일도 벌어지지 않나 하는 찰나… 이윽고 검은 둔덕이 마치 살아있는 양 들썩거리기 시작했다. 두 사람과 두 마리가 미동도 하지 않고 바라보는 가운데, 마치 아침이 되어 이불을 걷어 젖히고 뛰어나오는 어린애처럼 한 그루 나무가 잿더미 속에서 솟아올랐다. 빠직빠직… 여느 나무의 삼십 년, 백 년분을 일거에 성장하는 탓이리라. 뿌드득거리는 소리를 내면서 나무는 줄기를 곧추세우고 가지를 펼치며 잎사귀를 싹 틔웠다.

"옹고드인가."

소그드는 중얼거렸다. 정엽처럼 정식으로 수행을 한 것은 아니지만 까마득한 초원을 하냥 떠돌았던 몸. 깨닫지는 못해도 막연히 느끼는 바가 있다. 소그드가 입에 담은 말의 뜻은 몰랐지만 정엽도 조용히 고개를 끄덕였다.

"이 나무가 운려산의 남고… 그 신상이자 사당이 되겠지요. 미봉책에 불과합니다만."

기맥이 맑고 깨끗하게 유지된다면 장차 정령이 힘을 되찾아 이 산과

들을 지켜 주리라.

다시금 그런 기이한 악의가 나오지 않을 때의 이야기지만—.

"엉?"

소그드가 불현듯 뒤돌아보았다. 게세르의 잔등에 비끄러맨 짐 꾸러미. 그것이 움찔 움직인 것 같다. 안에 든 것은 오로지 여로에 필요한 것들. 움직일 만한 것은 아무것도….

"영명왕!"

메마른 나뭇가지와 시든 잎새가 날빛을 가리고 있는 그늘. 그곳에서 느닷없이 잿빛 그림자 같은 것이 불쑥 튀어나왔다. 덩이진 안개와 같아 형체를 알아보기 힘들지만 굳이 형용하자면 말 탄 형상의…. 정엽의 눈이 커졌다.

"장사문 공! 설마, 장사문 공입니까!"

"하늘이 도우셨구료! 이런 데서 요행히 그대를 만나다니! 들어주시오. 한시가 급하오! 어떤 벼락 맞을 놈이 나의 마을에, 나의 마을을… 예예예 예예예예끼 이놈! 무무무슨 짓을 할 참이냐!"

장사문이 갑자기 아우성을 쳤다. 그 시선을 따라간 정엽은 아연실색했다. 소그드의 짐 속에 넣어두었던 신상—장사문의 신령을 깃들게 하려고 노생이 조각하였던 그것을 소그드가 꺼내어다가 땅바닥에 내려놓고 허리춤을 풀어… 무슨 짓을 하려는지는 자명했다.

"소그드! 그만두십시오! 기껏 신기를 받은 신상을 더럽혀서야…."

"이 녀석 이제 필요 없잖아? 어이, 넌 고향으로나 돌아가. 일 저지른 놈은 정엽이 해치웠으니."

"그런 문제가 아니잖습니까!"

"이 녀석이 너한데 친한 처하는 거 싫단 말이지."

"소그드…!"

이런 것을 일컬어 투기라고 하는 것인가. 여염의 아녀자나 할 법한 짓을 소그드가 하고 있으니 정엽으로선 기막힐 도리밖에 없었다.

정엽도 투기하는 여자가 어떠한지쯤은 알고 있다. 그가 자라난 곳은 황성의 후궁. 모후는 타고나길 온화하고 원만하여 심하게 투기하는 법이 없었지만 첩비들은 달랐다. 그녀들에게 있어 천상천하 오로지 하나뿐인 남자에 대한 열망, 권력에 대한 갈망, 부를 향한 탐욕…. 그것을 명철한 눈으로 보는 정엽에게 있어 투기란 어둡고 질척질척하며 추한 것이었다.

하지만 지금 앞에서 어린애처럼 불퉁한 표정을 짓고 자못 원망스러운 듯 장사문을 쏘아보는 소그드를 보노라면―.

"갑자기 왜 도리질을 치는 거야? 이놈 쫓아 보내도 돼?"

"아니, 아닙니다! 게다가 쫓아낸다고 해도 그렇게 낯부끄러운 방법으로…. 그만두라니까요! 바지 입으십시오! 장사문 공도 침착하십시오. 흉행을 저지르던 악한은 그에 걸맞은 말로를 맞이했으니."

"그, 그렇습니까…. 역시 영명왕! 소생이 찾아뵙기도 전에 앞서 해치워 버리시다니요! 그런데… 저 무례한 자는 대관절 뭐 하는 놈이기에 영명왕께 착 하고 달라붙어 있는 것입니까?"

옅은 그림자가 일렁일렁 움직였다. 기맥이 순통하게 되어 얼마간 힘을 되찾았기에 장사문도 가까스로 모습을 드러낼 수 있었지만, 양기陽氣가 성한 한낮에는 이 정도가 한계이리라. 그러나 힘이 쇠했다고 해서 이 제멋대로인 신령의 성질까지 죽는 것은 아니었다. 아마 저 일렁임도 말채찍을 신나게 휘두르는 모양새이리라.

"뭐야. 딱 달라붙은 것은 네놈 쪽이잖아."

"당신은 잠자코 계십시오! 이쪽은 소그드. 북쪽 기족 족장의 장자 되시는 분입니다. 장사문 공에 대해서는 알고 있는 것 같습니다만…."

"이런 얼간이인 줄 알았다면 신상 같은 거 안 만들어주는 건데."

"그것을 주둥이라고 감히 놀리느냐! 이 오랑캐 놈이!"

"그러니까 적당히 하십시오!"

파지직. 구름 한 점 없이 맑은 하늘, 운려산의 산등성이에서 난데없는 벼락이 튀었다.

"후우…."

정엽은 허리띠를 끄르며 부지불식간에 한숨을 내쉬었다. 밤새워 초제醮祭를 지내거나 경전을 하루 만에 읽어치우고, 술법을 써서 하루에 천 리를 갈 때조차 느낀 적 없는 피로감이 어깨를 내리누르고 있었다.

우선 소그드와 장사문을 진정시키는 것이 큰일이었다. 서로 시비 걸지 않게 되었을 때조차 둘의 사이는 무장 중립. 이어 운려궁을 찾았더니 말 그대로 벌집 쑤셔놓은 꼴이라, 운려궁의 도사들은 남고의 사당을 더럽히고 기맥을 막는 악당이 있으리라고는 상상도 하지 못하는 참이었다. 우왕좌왕하는 그들에게 전후를 설명하고 앞으로 해야 할 일을 당부하는 것은 실로 고역이었다. 여기에 더하여 장사문에게도 임무를 주어야 했는데, 소그드의 참견이 또한 시끄러웠다. 그것이 마무리 지어지고 나서야 정엽은 자신이 쉴 곳을 받고 몸을 씻을 수 있게 된 것이다.

운려산은 사시사철 찬연한 푸름으로 고금의 시에 칭송의 대상이 되고 있었다. 운려산의 나무들이 초록을 지킬 수 있는 것은 그 계곡에서 솟구쳐 오르는 더운 물 덕분이었다. 천지가 열렸을 때 하늘에 태양이 아홉이 있어 한 명궁이 여덟을 쏘아 떨어뜨렸더니 그 떨어진 자리에 생겼다는 여덟 개의 온천—그중 하나인 운려천. 그 영험한 물은 운려궁까지 흘러들어 재계齋戒를 하고자 하는 도사들에게도 요긴하게 쓰이곤 했다. 정엽이 도사의 창의를 벗고 들어선 곳은 바로 그 욕장이었다.

바위를 깎아 세운 천연의 수조에는 옥향목으로 만든 홈통이 덧대어져 넘쳐흐르는 더운 물을 향내 나는 나무 욕탕에 흘려보내고 있었다. 자욱한 수증기는 훈기를 띠고 있어 나신으로 돌아다닌다 해도 그리 춥지는 않다. 돌벽에는 섬세한 무늬의 격자창이 있어 새어드는 달빛을 정묘한 무늬로 베어내어 돌바닥에 펼쳤다.

"후우….”

정엽은 따뜻한 물속에 목까지 잠겨들었다. 온기가 혈맥을 데우면서 피로곤비를 씻어간다. 생소한 아픔에 욱신거리던 곳도 온천물이 스며들자 다소 편안해지는 것만 같다. 그는 눈을 감고 평온을 즐겼다. 보고 듣는 모든 것이 지금은 아득하니 멀다. 요 며칠간 있었던 일이 죄다 꿈이라도 되는 것처럼.

하지만 그것도, 그 적막을 일깨우는 예감이 정엽의 등골을 달릴 때까지였다.

"뭐야, 여기. 덥고 축축하잖아.”

"소그드…!”

흰 안개 저편에서 장대한 사람 그림자가 어른거렸다. 그는 낯선 장소에도 별반 거리낌 없이 성큼성큼 걸어 들어왔다. 첨벙—정엽은 무심코 몸을 웅크려 팔로 자신의 몸을 끌어안았다. 그것을 깨닫자 그의 얼굴은 붉어졌다. 수치보다는 노여움에 의해서. 양가의 규수도 아닌데 무엇을 두려워하는 걸까.

"뭐 하는 거야? 말 여물통 같은 데에 들어가서는.”

"목욕이 뭔지 모르는 겁니까?”

"목욕?”

"기족은 몸이 지저분해졌을 때 어떻게 하지요?”

"어… 좀 심하다 싶으면 강물을 퍼서 뒤집어쓰지만. 물도 부족하고, 강에는 로스가 사니까 자주 하진 않지.”

"로스라 함은….."

"굳이 따지자면 이홍 같은 녀석들인가. 이홍만큼 붙임성은 없어."

화하의 용과 같은 신수가 북쪽의 초원에도 있는 것일까. 정엽은 흥미를 느꼈지만, 뇌리 한편에서는 다른 것이 떠오르고 있었다.

목욕하는 관습이 없는 북방의 족속을 두고 말 냄새 나는 오랑캐라고 황도의 귀인들은 흔히 얼굴을 찌푸리며 비웃곤 했다.

하지만 가까이에서 지내본 정엽의 감상으로는 그리 심한 것은 아니다. 오히려 목욕을 도외시한다는 것을 고려하면 의외로 체취가 강하지 않다고 여겨질 정도이다. 마치 사냥을 하는 맹수와 같이, 사냥감에게 접근하는 것이 들통나지 않도록 체취를 억누르기라도 하는 듯이.

말과 땀과 희미한 풀 내음이 뒤섞인….

"뭐, 뭘 하는 겁니까?!"

"나도 해 보려고. 목욕."

"여기서 옷을 벗으면 안 됩니다! 나가서 갱의실에서 벗으세요. 벗은 옷가지는 바구니에 두면 됩니다."

"알았어."

소그드의 모습이 사라진 다음에야… 정엽은 비로소 퍼뜩 깨달았다. 이대로라면 소그드와 함께 탕을 쓰는 사태가 벌어지고 만다. 평범하게 목욕하면 아무런 문제가 없을 터이나, 아무리 낙관적으로 생각해도 도저히 그렇게는 될 것 같지 않다.

무엇보다, 자신 또한—.

하지만 욕장에서 나가기 위해서는 갱의실을 거쳐 가야 한다. 치부만 가린 민망한 모습으로 소그드와 딱 마주치는 것도 마찬가지로 위험천만하기 그지없다. 과연 어떻게 할 것인가—그것을 누심초사하는 사이에 정엽은 기회를 잃어버리고 말았다.

"조금 춥네."

소그드는 옷을 입고 있을 때와 마찬가지로 거칠 것 없다는 듯 자연스럽게 욕장 안에 발을 내딛었다. 체격을 가리는 호포胡袍를 걸쳤을 때에는 보이지 않았던 늠름한 체격이 가감 없이 드러났다. 산야를 어슬렁거리는 호랑이의 모습이 마치 이러할까. 늘씬하고 유연하며 한편으로는 돌처럼 단단하다. 햇볕에 그을려 어두운 빛을 띤 살갗에 풀어헤친 머리카락이 드리워져 있었다.

"……."

정엽은 남자의 몸을 빤히 바라보는 자신을 깨닫고 황급히 고개를 돌렸다. 얼굴이 뜨거운 것은 온천물이 뜨거운 탓일까. 저 피부에 맞닿았던 일이 선명하게 떠오르기 때문일까.

그 서슬에―소그드가 눈앞까지 들이닥치도록 방치하고 말았다.

"기다리십시오. 뭘 하는 겁니까!"

"목욕."

"그럼 제가 나갈 테니…."

"그건 곤란한데. 나 이런 거 처음 하는 거라고? 누가 가르쳐주지 않으면."

"알겠으니까 물러나십시오!"

정엽은 소그드의 턱을 꾸욱 밀어내었다. 당장에라도 내팽개치고 가버리고 싶지만… 진지한 얼굴로 마주 보고 있는 소그드의 얼굴을 매몰차게 외면하는 것이 왠지 어렵다. 무엇보다 그가 앞으로 황도에서 살아가기 위해서는 중원의 풍속을 익혀야 한다. 오랑캐니까 더럽고 냄새난다는 조롱을 듣는 것은… 당사자인 소그드는 개의치 않지만 보는 정엽이 불쾌했다.

"남부끄러운 짓은 하지 말아 주십시오."

"가르쳐주는 거지?"

"그렇게나 배우고 싶다면 잠시 떨어지시지요."

정엽은 마지못해 손을 뻗어 욕탕 옆에 있던 욕의浴衣를 들어 몸에 걸쳤다. 잠자리 옷과 크게 다르지 않은 그것의 소재는 물에 젖어도 비치지 않는 천이었지만, 그렇다 해도 시선이 신경 쓰이는 것은 어쩔 도리가 없다. 그에 못지않게 마음이 쓰이는 것은….

"그리고 아무리 욕장이라 해도 여러 사람이 있을 때는 치부를 가려야 하는 법입니다. 보기 계면쩍지 않습니까."

"어, 마음에 안 들어? 스스로 말하긴 뭣하지만 나, 제법 크다고 자부하고 있었—"

"그런 이야기가 아니겠지요! 예의범절의 문제입니다!"

짝 하고 경쾌하기까지 한 소리가 울려 퍼졌다. 욕장에서 맨살을 얻어맞는 것은 아무리 소그드라고 해도 제법 쓰라린 일이다. 정엽은 과장스럽게 어깨를 문지르는 소그드에게 짐짓 엄격하게 욕상浴床을 가리켜 보였다.

"탕에 들기 전에 몸부터 씻으십시오. 많은 사람들이 쓰기도 하는 탕이니 더러운 채로는 들어가는 게 아닙니다."

"깨끗해지려고 물에 들어가는 게 아냐?"

"더러움을 씻은 뒤 탕에서 몸을 데우는 것을 모두 합해 목욕이라고 부르는 겁니다. 자, 우선 이것을 몸에 문지르세요."

"이건 뭐야? 이상한 냄새가 나는데."

"향목을 태운 재에 향유를 섞은 것입니다. 이것으로 몸을 닦으면 몸의 때가 말끔하게 사라지지요."

"에엑, 눈 따가워"

"눈에 손대지 마십시오. 물을 부어 드릴 테니까요."

정엽은 욕상 위에 앉아 낑낑거리는 소그드를 달래며 그의 매운 눈을 씻어주었다. 헝클어진 머리카락을 늘어뜨리고 우왕좌왕하는 그를 보면 누가 초원의 미친 호랑이라 생각할 것인가.

"자, 미끈거리는 기운이 가신 뒤 욕탕에 들어가면 되는 겁니다. 운려천의 물은 백약보다도 뛰어난 보배라고들 하지요. 천천히 즐기십시오."

"—너는 안 들어가?"

소그드가 돌연 얼굴을 쳐들고 물었다. 머리카락으로부터 흘러내린 물이 턱을 타고 떨어진다. 줄마노와 같은 빛의 눈동자에 일렁거리는 것은 단지 욕장을 밝히는 등불의 빛일 따름인가.

"…구태여 같이 들어갈 필요가 있습니까?"

"구태여 따로 들어갈 필요가 있는 거야?"

"말할 필요도 없겠지요. 당신이 파렴치한 일을 하니까—?!"

불시에 단단한 팔이 정엽을 안아 올렸다. 정엽이 어떻게 해볼 사이도 없이 몸이 뜨거운 물에 잠겨든다—풍덩! 푸하, 하고 숨을 토하며 그가 물 위로 솟구쳐 올랐을 때에는 이미 소그드가 눈앞에 있었다. 좁은 욕탕에. 손 뻗으면 닿을 만한 곳에.

"무슨 짓입니까! 남의 눈에 띌 만한 행동은 하지 말라고 다짐했을 텐데요!"

"남의 눈에 띄지 않는 곳은 여기밖에 없잖아? 앞으로 길을 가다 보면 이런 조용한 데는 또 없을 테고. 황도에 돌아간 뒤에는 너는 또 구실을 댈 테지."

정엽을 팔에 가두고 소그드는 대꾸했다. 그렇게 말하면서도 내심은 어처구니가 없다. 심장이 가슴을 찢고 나올 듯이 뛰는 데에도 불구하고 목소리는 차분하다. 아니, 점차 나지막해지는 것은 스스로도 모르는 사이에 억누르고 있기 때문인가. 양손으로 붙잡고 있는 욕탕의 나무 모서리가 삐걱 하고 위험스러운 소리를 냈다. 그러나 그 모든 것이 지금 소그드에게는 없는 거나 마찬가지. 그의 시선이, 귀가, 코가, 오감이 모조리 정엽에게 쏠려 있다.

"……."

정엽은 노여워하는 눈으로 소그드를 쏘아보았다. 그러나 욕탕의 열기로 붉게 상기된 몸은 그 모습에 요염함을 더할 뿐. 치밀하면서도 매끄러운 살갗에는 빛을 머금어 금색을 띤 머리카락과 욕의가 어지러이 엉켜 있다. 수치를 가린다는 욕의가 흐트러진 모습은 오히려 욕정에 기름을 부었다.

"한 번으로 내가 만족한다고 생각하면 곤란한데."

"…이 궁의 도사들이 눈치채면 어떻게 하실 겁니까."

"손님이 씻고 있는데 들여다볼 녀석이 있을까? 뭐, 만약 있다면 그만둔다고 약속하지. 너야말로 그래도 괜찮은지는 모르겠지만."

"무슨…!"

소그드의 손이 정엽의 치부를 훑었다. 손가락이 욕망을 폭로하자 정엽의 얼굴이 더욱 새빨갛게 물들었다. 힘껏 소그드의 어깨를 밀어내려고 하지만 저항은 힘을 잃어가고 있었다.

정엽의 뜻이 어떻다 해도—욕망을 알아버린 몸은 부지불식간에 소그드의 손길을 맞이한다.

하지만 정엽이 정말로 혐오했다면 이렇게 느끼지는… 그 이전에 이 행위를 용서하지는 않았으리라.

받아들여 주는 것은 필시, 정엽 또한 조금은 원하기 때문이라 믿으며… 아니, 빌면서.

철퍽, 물에 젖은 욕의가 욕장의 돌바닥에 툭 떨어졌다.

뜨겁다. 몸을 담근 물과 살에 겹친 살, 어느 쪽이 더 뜨거운지는 분간할 수 없지만.

소그드도 사람인 이상 숨을 참아가며 물속에 잠긴 정엽의 몸을 탐할수는 없다. 그 분풀이라도 하는 듯 소그드는 수면에 드러난 하얀 어깨를, 쇄골을, 귓불까지도 정신없이 걸터듬었다. 사내의 손가락에 힘이 들어갈때마다 헐떡거리는 숨소리가 높아진다. 정엽은 자포자기한 듯 눈을 질끈감고 사지를 늘어뜨린 채 그 모든 것을 견디려 애썼다. 손만은 아직도 소그드를 막으려는 것처럼 그 팔과 어깨를 밀어내고 있었지만, 힘이 주어지진 않았다.

하지만 그조차 마음에 들지 않은 것일까. 소그드는 문득 그 팔을 잡아채어, 팔 안쪽의 부드러운 살갗에 이빨을 들이밀었다.

"웃! 하, 아… 그만두십시오! 당신의 기분 풀이라면 빨리 끝내고…."

"목욕이랑 똑같아."

"예…?"

"내가 후련해지는 것뿐만 아니라 이렇게 너를 즐겁게 해주는 것까지전부, 정사情事라는 거지."

"즐겁지 않습니다."

"헤에. 정말?"

소그드의 손가락이 특히 민감한 곳을 더듬어 내렸다. 정엽은 물에 빠진 양 허우적거렸다. 소그드는 여봐란듯이 킥킥 웃었다.

"그렇게나 느껴?"

"…그러니까 희롱하는 것도 적당히…!"

노성을 토해내는 선홍의 입술을 소그드의 입이 틀어막았다. 입술이, 혀가, 마치 달래는 것처럼 마주 닿는다. 처음만큼 열띤 입맞춤이 아닌데도 숨이 가빠오는 것은 필시 수증기가 자욱하게 피어오르는 욕탕 안이기 때문이리라. 그러는 중에도 소그드는 물 안과 밖을 가리지 않고 정엽의 몸을 어루더듬었다. 가벼운 애무만으로도 맞닿아 있는 몸이 움찔 떨리는 것이 전해져 그는 가없는 즐거움을⋯ 그리고 허기를 느꼈다.

"하⋯ 웃⋯."

소그드의 손가락이 탄력 있는 살을 헤치고 비부에 파고들었다. 정엽은 이미 느껴본 적 있는, 그리고 아마 일생 익숙해질 리 없는 감각에 진저리 쳤다. 그러나 더욱 섬뜩한 것은 무엇을 받아들이도록 되어 있지 않은 그 곳이 훨씬 수월하게 손가락을 받아들인다는 사실이었다. 소그드가 문득 입술을 떼고 감탄의 소리를 토했다.

"더운 물 덕분인가? 목욕의 이런 점은 좋은데."

"엉뚱한⋯ 소리는⋯!"

"그만두고, 떠들 시간에 더 기분 좋게 해달라는 거지?"

발끈해서 입을 연 정엽이 토해낸 것은 허덕거리는 신음이었다. 살갗이 너무나 예민해져서 소그드의 거친 숨이 닿는 것만으로 등골이 저린다. 앞도 뒤도, 가슴의 돌기도, 마구잡이로 제멋대로 희롱하는 데에는 도저히 의식의 가닥을 잡을 수 없다. 어느덧 그는 소그드의 목을 끌어안고 그 목덜미에 얼굴을 파묻고 있었다. 단단한 어깨에 얼굴을 누르는 것으로 교성을 막을 수 있기라도 한 것처럼. 하지만 밭은 숨소리와 애타는 교성을 귀보다는 전신으로 전해 들으며, 소그드는 도취된 것처럼 윤기 나는 머리카락을 쓰다듬고 손가락으로 휘감았다. 물론 다른 손으로 정엽의 몸 구석구석을 훑는 것도 잊지 않았다.

"이런. 빨개졌잖아."

"⋯?"

소그드의 손길이 정엽의 등 언저리로 옮겨갔다. 욕탕의 가장자리에 기대고 있던 곳이 쓸려서 빨갛게 되어 있었다. 이대로 계속한다면 살갗이 벗겨질지도 모를 일. 소그드는 조금 궁리하다가 싱긋 웃었다. 정엽이 그것을 보았더라면 왠지 모를 불길함에 경계했겠지만 지금 그는 애무와 열기에 녹초가 되어 망연히 숨을 몰아쉬고 있을 따름이었다.

"조금 서둘러도 괜찮지?"

"아… 하… 앗…!"

길들인 치부로 소그드의 것이 단숨에 짓쳐들어온다. 정엽은 물에 빠진 사람처럼 허우적거리며 소그드에게 매달렸다. 소그드의 말마따나 고통은 덜했지만 위화감은 여전하다. 그리고 무엇보다, 앞으로 닥쳐올 감각을… 두려워하는 걸까. 혹은 기대하는 걸까.

좌악! 끝까지 삽입한 순간 소그드가 느닷없이 정엽의 팔을 끌어당겼다. 그 서슬에 정엽의 몸이 앞으로 기울어졌다. 욕탕 안에 주저앉은 소그드의 위로 하얀 몸이 겹친다. 내장을 압박하는 감각에 헐떡이던 정엽은 소그드의 팔이 자신의 등에 둘러지고 나서야 비로소 자신이 소그드 위에 올라탄 자세로 연결되어 있다는 것을 깨달았다.

"무… 슨…."

"그대로 하면 다칠 거 같아서. 이것도 꽤 기분 좋을 거야."

"기분 좋… 다니. 하아. 저는 그런 것은…."

"스스로 움직여볼래? 아니면 역시 내가 움직일까?"

"입… 다무세요! 하, 흑…!"

소그드는 거세게 허리를 치받아 올려 정엽의 불평을 막았다. 돌로 만들어진 욕장에서 요란한 목소리와 잦아들 듯한 교성이 음란하게 반향했다. 점막이 한껏 조여들어 자신의 것을 다 토해내고 싶게 만들지만 소그드는 간신히 참았다. 이대로 놓고 싶지 않다. 놓아주고 싶지 않다. 선명한 푸른 눈을 눈물로 흐리게 하고, 소그드를 힘껏 끌어안은 채 흐느끼는 정엽. 오로지 소그드만이 볼 수 있고 만질 수 있는 그를, 이 순간을 영원한 것으로 만들고 싶다.

"…힘들어?"

"하, 아, 앙…."

소그드는 잠시 움직임을 멈추고 바르르 떨리는 정엽의 몸을 부드럽게 쓰다듬었다. 욕망을 부추기기보다는 장난치는 것처럼 가슴의 돌기를 입술에 머금고, 활처럼 휘어진 하얀 등에 손바닥을 미끄러뜨렸다.

정엽은 한숨 비슷한 것을 흘렸다. 괴롭다고 하면 물론 괴롭다. 이런 상태를 달가워할 남자가 얼마나 될까. 이렇게 된 바에야 빨리 끝내고 싶다. —하지만 흐려진 시야로 힐끗 보이는 소그드의 얼굴이 어째서인지 그늘져 보이는 것을 알아채지 않았다면….

"후… 우…."

"…아?"

정엽은 소그드의 어깨를 붙든 채—자신이 먼저 몸을 움직였다. 남자의 몸이 들어오고 빠져나가는 감각이 소름 끼칠 정도로 생생하게 느껴졌다.

"…정엽."

소그드는 그 몸을 한 팔로 그러안았다. 다른 한 손으로는 정엽이 쾌감을 느끼는 곳을 구석구석 찾는다. 정엽의 심장 소리가 다시 튀어 올랐지만, 그는 이를 악물고 몸을 움직였다. 위로, 아래로… 그 움직임을 소그드의 몸이 뒤쫓는다.

첨벙거리는 물소리가 시끄럽다. 어떤 소리라도 묻혀버릴 정도로. 그러나 속삭이는 소리… 소그드의 목소리는 정엽에게 분명히 와 닿았다.

"아앗, 아, 아…!"

"정엽…!"

단 한 번 풍덩 하는 소리 끝에….

욕장 안에는 고요함이 되돌아왔다.

정엽은 한동안 축 늘어진 채 숨을 몰아쉬었다. 소그드의 단단한 몸이 떠받치고 있는 감각은 그리 싫지 않았지만… 현실적인 깨달음이 정엽을 소스라치게 했다. 지금 그들이 몸을 담그고 있는 물은….

"놔주십시오. 나가겠습니다."

소그드는 배부른 호랑이처럼 느긋하게 몸을 늘어뜨려서는 정엽을 안은 팔을 풀지 않고 태평하게 물었다.

"왜? 목욕하는 거, 가르쳐주기로 했잖아."

퍽―그 정수리에 정엽의 주먹이 떨어졌다.

황궁의 동북방에 위치한 선원궁.

동북은 점괘에서 불길하다고 일컬어지는 방향. 인세의 군주, 황제를 지키기 위해 복을 빌고 삿된 것을 물리치는 장소는 그곳에 있다. 분위기가 황궁의 다른 전각과 사뭇 다른 것은 기분 탓이 아니리라. 한시도 꺼뜨리지 않는 향불의 냄새가 벽과 지붕, 포석에까지 배어 있으니.

이만은 묵묵히 또 하나의 향을 촛불에 가져다 내었다. 실오라기 같은 연기가 피어오르자 향로의 모래에 꽂는다. 향불을 흠향하고 있는 것은 천지일월과 천상, 지하의 제祇. 선원궁의 본전에서 모시는 것은 오롯이 이들뿐.

조용히 예를 올리고 뒤돌아 나오자… 댓돌 아래 서 있던 사람이 비로소 인사를 건넸다.

"수고하셨습니다. 매번 폐를 끼치는군요."

"이게 내 일이니, 수고인가 폐인가 생각해 본 적 없소. 다녀오셨소이까, 궁주."

이만은 담담하게 인사를 받으며 정엽 앞을 지나쳐갔다. 정엽은 쓴웃음을 지으며 그 뒤를 따랐다.

이만이 쌀쌀맞은 것은 딱히 정엽에게만이 아니다. 원래 성격이 그런 것일 뿐. 기실 냉담한 성품도 아니다. 그러나 이만을 대할 때마다 정엽이 내심 움츠러드는 것은, 필시 자격지심.

어려서 선도에 입문하여 황 노사의 사사를 받은 이만의 재간은 아는 사람들은 다 아는 터. 하지만 그보다 재주가 낫다고 단언할 수 없는 정엽이, 오로지 지존의 핏줄이라는 이유만으로 궁주의 인수印綬를 받고, 이만은 상인에 머무른다는 사실이… 더욱 정엽을 궁 밖으로 걸음하게 만드는 것인지도 모른다.

"그간 별고 없으셨습니까."

"평안무사. 궁주의 일만 아니면 말이오. 점괘에 나온 남쪽의 흉사는 어땠습니까?"

정엽이 황도를 잠시 떠날 수 있었던 구실… 하지만 구실로 치부하기에는 너무나 큰일이 되어버렸던 사건. 정엽은 천천히 어느 곳을 향해 걷기 시작했다. 무심한 표정의 이만도 몸을 돌려 그에 동행했다.

"급한 불은 껐으나 근본은 찾아내지 못했으니… 짐작컨대 황도의 고관대작 중에 터무니없는 생각을 하는 이가 있는 듯합니다."

"호오."

"패찰의 발부 기록을 보아야 하겠습니다."

황족이 부여받는 금패와 제후가 부여받는 은패, 그리고 고관이 부여받는 옥패와 관리가 부여받는 아패牙牌. 황궁에 배속된 장인이 심혈을 기울여 세공하는 것이지만 그것이 전부는 아니다. 패찰이 상된을 물리치고 요괴를 막아내는 신통력을 지니게 되는 것은 선원궁에서 축수하기 때문이다. 그 패찰을 흑의서생에게 맡긴 자는 무슨 이유를 대서든 패찰을 다시 발부받았음이 틀림없다.

"기령후, 연호백… 그리고 서규왕도 있군요. 청해 그 아이는 다소 야무지지 못한 데가 있으니."

"흉사를 꾸민 자로 보이는 이는?"

"이들 중에는… 그런 이유도 기반도 가진 이가 없습니다."

살아있는 자에 한정할 필요는 없을지도 모른다. 패찰을 가진 이가 변을 당하여 잃어버린 것이 서생의 수중에 들어갔을 뿐일지도 모르니. 하지만 가시지 않는 꺼림칙한 기분은 어째서인가.

"이 일은 계속 살피도록 하지요. 이만 공께서도 마음 써주시길 부탁드립니다."

"신경 쓰도록 하지요. 궁주는 늘 그렇지만 일이 번다한 것 같군요."

이만은 내실로 들어가는 정엽의 뒷모습을 바라보았다. 병풍 너머에서 사락거리며 정엽이 의관을 갈아입는 소리가 들린다.

"…번다하다고 할 정도는 아닙니다. 궁에서 의례가 있을 때 참석하는 것이 제 임무이니."

"선원궁에서 고개를 내밀어야 하는 의례가 최근에 있었는지?"

"책봉례입니다."

이만은 병풍을 물끄러미 바라보았다. 선원궁 궁주가 국가대사에 참례하는 것은 당연하다. 하지만 이만은 정엽이 그것을 꺼려한다는 것도 알고 있었다.

"무슨 좋은 일이라도 있었소이까?"

"딱히 없습니다다만. 어째서 그렇게 말씀하시는지요?"

"기분이 좋은 것 같은 목소리라."

"…설마요."

좋은 일이 있을 리 없지 않은가. 조정의 불온한 기운은 가시지 않고, 흉행을 꾸민 자는 잡지 못했다. 정엽은 앞으로도 일개 도사의 신분으로 손발이 묶인 거나 다름없이 전전긍긍하리라.

하지만….

"나머지는 천천히 듣도록 하지요. 시종을 불러드리리까?"

"아니요. 혼자서도 할 수 있으니."

이만은 보는 사람도 없는 병풍 건너편을 향해 가볍게 예를 표시하고, 홀가분한 듯이 그 자리를 떠났다. 얇은 입술에 미소를 새긴 채.

뚜―우―.

금과 은으로 상감한 나각이 높다랗게 울자, 수천의 악사가 박에 맞춰 일제히 하나의 음색을 연주했다.

황궁의 건원전 앞에서 이루어지는 조회. 수천을 헤아리는 왕후장상이 단 한 사람 앞에 도열하고 있다. 품계에 따라 한껏 차려입은 관복의 색색이 눈부시며, 손에 든 상아홀과 허리에 찬 옥패가 날빛을 받아 빛났다. 5군 10위, 지존을 위해 물불을 가리지 않는 용맹한 군사들이 받쳐 든 오색 군기가 하늘을 찬란하게 수놓았다.

뚜―우―.

다시 나각이 울자, 문무백관은 기다렸다는 듯 건원문을 쳐다보았다. 지존에게로 통하는 건원문을 마치 동네 사립문에 들어서는 것처럼 뚜벅뚜벅 걸어오는 이인을 맞이하기 위하여.

넓은 옷자락이 바람에 펄럭이고, 관에 장식한 상서로운 새의 깃이 쾌활하게 까닥거렸다. 평소에는 바람결에 마음껏 내맡기는 머리카락은 지금은 단정히 틀어 올려져 관으로 고정되어 있다. 몸에 걸친 것은 중원의 갑주와 전포. 찬연한 옥 장식에 화려한 금실 자수로 꾸며진, 도저히 전장에 둘 만한 물건이 아니었지만.

그는 건원궁 앞으로 나아갔다. 이미 한 번 걸어간 길이지만 그때와는 규모에 있어 비할 데가 못 된다. 중원의 대들보와 기둥 같은 인재가 모두 여기에 모여 있다. 중원 화하의 눈이 지켜보고 있다 해도 과언은 아니리라.

훗 하고 그는 웃었다. 궁의 정면, 까마득한 단 앞에 서서 그는 우렁차게 외쳤다.

"만세, 만세, 만만세! 신區 도가 황상을 뵙습니다!"

그것은 주위에 도열한 문무백관이 두터운 예복 속에서 어깨를 움츠릴 만큼 커다란 음성이었다. 이 자리에 서게 된 자들 중 고금에 이다지도 당당한 자가 있었던가.

멍하니 섰던 내관이 퍼뜩 정신을 차려 남자에게 다가왔다. 남자는 무심히 들고 있던 두루마리를 그에게 건네었다. 내관이 그것을 받아 시중에게 전달하고, 목소리 좋은 시중이 청산유수로 읽어 내려갔다.

일단 자신이 말하는 것으로 되어 있지만 남자는 그 내용에 일절 귀 기울이지 않았다. 이어지는 황제의 말—조칙도 그에게는 아무런 의미가 없었다. 그는 한쪽 무릎을 세워 꿇은 채 깜빡 졸지 않도록 애썼다.

그의 정신을 일깨워준 것은 오로지 하나뿐이었다. 문무백관의 열에서 벗어난… 건원궁의 기단 옆. 건물 그늘에 숨듯이 서 있는 한 사람.

후리후리한 윤곽을 드러내는 학창의. 틀어 올려 옥비녀로만 고정시킨 도사의 복식. 어깨로 물결치며 흘러내리는 머리카락은 윤기 도는 갈색. 최고의 도공이 혼신을 다해 빚어낸 백자 같은 용모에, 혼을 불어넣어 주는 눈동자는 선명한 파랑.

그의 시선은 남자를 향하고 있지 않다. 고의로 외면하고 있는지도 모른다. 하지만 같은 공간에 있는 것만으로… 자신의 숨결이 그의 것과 뒤섞이는 장소에 서 있다는 것만으로 남자는 기쁨을 느꼈다.

물론 그것만으로 만족하는 것은 아니지만….

일순 새파란 눈이 그를 향했다. 심장이 기뻐 날뛰려던 찰나, 수려한 미간이 자못 나무라는 듯이 찌푸려지는 것이 눈에 비쳐졌다. 그 의미를 눈치채고 남자는 마지못해 시선을 정면으로 잡아 돌렸다. 공교롭게도 그 순간 본론이 찾아왔다.

"…따라서 그대를 책봉하노라. 호북주총관 좌우림장군 소그드."

그것이―앞으로 그가 쓰게 될 이름. 허울만 좋은 껍데기이지만 중원에서 살아가기 위해서는 필요불가결이었다.

아무래도 좋다. 여기에, 그의 곁에 있을 수 있다면.

왕후장상과 문무백관의 하례 속에서 소그드는 시원스럽게 미소 지었다.

"몸을 잘 건사하거라. 제발 일 치지 말고."

"말하지 않아도 그쯤은 해."

"가죽 자르는 칼은 챙겼느냐? 신발을 젖게 하지 말아라. 여기에서는 좋은 말젖이 나지 않을 것 같아 큰일이로구나. 몸이 안 좋으면 말젖술을 충분히 마셔야 한다."

"아―아―적당히 하라구. 하스가 나이를 십 년은 거꾸로 먹은 것 같은데. 젊어졌다는 게 아니라."

소그드는 만 위인에도 불구하고 극히 기연스럽게 양손을 내들리 보였다. 하스는 쓴웃음을 머금었다. 소그드의 말이 옳다. 노인의 기분은 소그드가 아장아장 걷던 무렵, 아직 말을 타지도 못했을 때로 돌아간 것이었다.

황도의 서북문. 귀환길에 오르는 기족의 젊은이들은 어수선하게 들떠 있었다. 소그드를 남겨 두고 간다는 아쉬움이나 불안은 많이 흐려진 터. 전날 송별연을 열면서 작별인사를 마친 것이다. 고향에 대한 기대로 그들의 얼굴은 빛나고 있었다. 그러나 하스를 비롯해 바토르와 아르지만은 마지막까지 염려스러운 표정을 지우지 못한 참이었다. 바토르의 경우 그 염려의 색채가 달랐지만.

"알고 있겠지, 소그드. 네가 여기에서 어떻게 처신하느냐에 따라 중원이 우리 부족을 대하는 태도가 달라질 거다."

"그래그래, 조심할게. 너보다 훌륭한 잔소리꾼도 있으니까 걱정일랑 접어둬."

"…바꿔 말하면 우리 부족이… 기족이 어떻게 하느냐에 따라 네 신변도 결정된다는 거야."

아르지의 목소리가 낮아졌다. 소그드는 일순 대답하지 않았다. 말문이 막힌 것처럼, 혹은 무슨 뜻인지 모르는 것처럼 입가에 깊은 미소를 새기고서.

화약和約은 맺어졌다. 그러나 언제까지? 변경 부족이 당장 필요한 물자가 부족하면 맹세 따위 다 쓴 종이보다도 쉽게 찢어버린다는 것을 중원에서는 익히 알고 있는 터. 기족이 중원 화하와 맹약을 맺는 것은 처음이었지만 먼 조상과 주위 부족의 선례를 따르지 말라는 법도 없는 것이다. 호북주총관 좌우림장군 소그드—이름은 그럴싸하지만 결국 본질은 인질. 소그드의 아버지 일루베신이 족장일 때에는 그래도 조금은 안심할수 있다. 일루베신이 장남과 결코 살갑게 지내는 것은 아니지만, 그렇다고 구태여 죽이려 드는 것도 아니었으니.

그러나 아무리 일루베신이라 해도 언제까지나 족장으로 있을 수 있는 것은 아니다. 그도 소그드와 마찬가지로 따르는 사람이 많지만 적도 많다. 만약 일루베신, 혹은 그 가계를 증오하는 자가 족장 자리에 오른다면….

"엉뚱한 것을 걱정하고 있군."

이내 소그드의 입이 열리고… 태연자약한 목소리가 튀어나왔다.

"비가 안 와서 풀이 죄다 말라죽을 때가 있지. 눈이 너무 내려서 세 살배기 황소의 발굽으로도 땅을 파헤치지 못할 때도 있어. 그때야말로 발버둥 쳐서 살아남는 것이 사람의 지혜 아니던가?"

동그랗게 뜬 눈에 둘러싸여, 소그드는 시원스레 단언했다.

날씨도, 세상도 상관없다. 내가 디디고 선 이 땅 위에서 자신의 힘으로 살아간다….

"허허헛!"

웃음소리가 터졌다. 하스의 수염 속에서. 수십 년을 초원 위를 달려온 강철 같은 노인이 실로 오랜만에 즐겁다는 듯이 소리 내어 웃고 있다.

"뭐야. 재미있어?"

"아니다… 너답구만. 참말 기우였다. 건강하거라."

내 아들아—그 말은 아무도 듣지 못했지만, 모두가 들은 거나 매한가지였다.

바토르의 신호로 기족의 행렬이 움직이기 시작했다. 기족 남아의 표정은 밝고, 초원 망아지의 발걸음은 명랑하다. 모두 그리운 고향으로 돌아가는 길이기에.

마치 중원의 배신을 저어하기라도 하는 양—이제 와 중원에서 공격해 온 리 없거니와, 그렇게 한다고 해서 살아남을 길도 없건만—대열의 후미를 자처한 바토르가, 문득 말을 달리기 전에 뒤를 돌아보았다. 소그드는 바토르의 시선을 느긋하게 받아넘겼다.

"엉뚱한 짓으로 일 망치지 마라."

"안 그러겠다는 말, 수백 번째 하는 것 같은데."

"……."

과연 바토르도 몇 번이나 했던 말을 또 할 생각은 아니었다. 그는 주저했으나 말의 잰걸음이 생각지도 않게 목소리를 내뱉게 했다.

"넌 그래도 괜찮은 거냐?"

"뭐가?"

"앞으로 다시는 못 볼지도 몰라. 네가 태어나 처음 누웠던 땅, 너를 씻은 물을…."

기족이 일컫는 그 관용어는 두 글자로 줄일 수 있다. 고향.

소그드가 태연하게 비아냥거려도 바토르는 놀라지 않았을 것이다. 바토르가 아는 소그드란 그런 놈이었으니까.

그래서 소그드의 눈을 들여다봤을 때… 바토르는 놀라는 것 이상으로 경악했다.

"괜찮을 리가 없지."

소그드는 하늘을 우러러 보았다. 중원의 하늘은 높고 푸르다. 하지만 그 깊음도, 그 푸름도… 초원의 하늘에는 댈 바가 아니다.

"하지만 살아있다면 다시 볼 날이 올지도 모르니까. 벌써부터 걱정은 안 해."

그리고 그 푸른빛을… 이 중원의 대지에서 영영 볼 수 없는 것도 아니다. 바로 사랑하는 사람의 눈 속에 있으니….

"…뭐, 뜬금없이 뒈져서 사람 골치 아프게 하지나 마라."

"그렇게 되지 않도록 힘내지."

소그드는 웃는 얼굴로 동족, 형제들을 전송했다. 중원의 하늘 아래, 그

누런 대지 위에 홀로 서서.

"부탁합니다. 수성."

"네, 스승님."

정엽의 눈짓에 수성은 대문으로 다가갔다. 옻칠하여 윤이 나는 서함을 받쳐 들고서.

정엽은 망연한 시선을 들어 저택을 바라보았다. 타인의 거처에 손님의 자격으로 방문하는 것이 대체 얼마 만일까. 분명한 것은 정엽이 사리분별을 하고 나서는 처음이라는 사실이다. 괜히 친구를 사귀었다간 태자의 자리를 노리고 사사로이 무리를 짓는다… 그렇게 구설에 오를 것이 틀림없기 때문에.

그러나… 염려스러웠던 것이다.

초원에서 나고 자란 사내가 혈혈단신으로 중원에서 살아갈 수 있을 것인가—황도 삼조 우현방. 바로 소그드가 받은 저택이 있는 곳이었다.

시종을 자처한 수성이 대문으로 들어가고서도 제법 시간이 흘렀다. 정엽은 어린 제자를 시종 대신으로 부리는 것이 마뜩잖았으나, 어지간한 신분이 있는 자는 벗의 집을 방문할 때에도 격식이라는 것을 갖추는 법. 시종에게 명함을 들려 방문을 알리는 예의를 차리지 않으면 방문객은 물론이거니와 집주인의 격조차 의심받는다. 그래도 말이나 수레를 타고 오지 않은 것은 정엽 나름의 고집이었다.

이상할 정도의 시간을 들이고 나서야 끼익 대문이 열렸다. 그리 듬직하지 않은 인상의 남자가 어리둥절한 수성을 대동하고 얼굴을 내밀었다.

그 복색으로 봐서는 청지기일까.

"도사님… 이십니까?"

"그렇습니다만."

"저… 실례입니다만, 주인님은 취침 중이셔서….”

"이 정엽이 찾아왔다고 말만이라도 전해주십시오."

"에… 그것이….”

정엽은 문지기의 얼굴에 떠도는 불안감을 이내 간파할 수 있었다. 소그드와 이 저택에 딸린 가인家人들이 제대로 된 주종관계가 아니라는 것도.

소그드의 가인이라고 해도 조정에서 딸려 보낸 노복들. 거만한 대신이나 괴팍한 학자는 섬길지언정 변방의 기족… 오랑캐를 주인으로 시중들 날이 오리라고는 그들은 꿈에도 생각하지 못했을 것이다. 이 저택에서 무슨 일이 있었는지 정엽은 모른다. 아니, 아무 일 없었을지도 모른다. 그러나 가인들이 소그드를 사람 잡아먹는 귀신, 그리고 자신들의 신세를 그 귀신에게 바쳐진 산제물과 같이 여기고 있다는 것은 그 안색으로 미루어 짐작할 수 있었다.

"제가 깨우지요. 수성, 여기서 기다리십시오."

"아, 예!"

"잠깐만요! 도사 나리!"

소매를 붙들려는 청지기를 뿌리치고, 정엽은 표표히 저택에 발을 들였다.

우주의 이치는 한결같다. 황제의 궁성도 필부의 집도 그 구조는 마찬가지다. 손을 맞이하고 가인들이 거처하는 문방文房. 그곳을 거쳐 앞뜰을 지나면 나오는 것이 집주인이 거처하는 중방中房. 후원 너머에 있는 것이 주인의 처자가 지내는 상방上房. 여기에 거느린 이들이 많으면 동방, 서방을 따로 두지만, 홀몸인 소그드에게는 그리 으리으리한 규모는 필요 없으리라 여겼음인지 저택의 구조는 아주 단출했다. 어디까지나 고관대작의 그것에 비해서지만.

그렇다고는 해도 여염의 집과는 비할 바가 아니다. 고운 색의 단청에 무늬기와. 뜨락에는 기화요초가 만개하고 있다. 여기까지만 보면 가인들이 소그드를 꺼리고 일을 게을리 하는 흔적은 찾을 길이 없는데….

푸르르.

"……."

중방으로 올라서는 순간, 정엽은 우뚝 멈추어 서고 말았다.

열린 문 너머의 객실. 구멍 난 병풍 너머로 무엇인가가 서 있다. 그것은 길다란 얼굴에 달린 커다란 눈으로 정엽을 응시하더니, 이윽고 흥미를 잃었는지 청자분에 피어난 난초 잎을 한 움큼 뜯어먹었다. 백금을 주어도 값을 치르지 못할 옥란이 졸지에 말먹이가 되고 말았다.

"로그모… 아니, 게세르?"

정엽은 말의 불만스러운 푸릉거림을 듣고 재빨리 이름을 바꾸어 불렀다. 초원의 말은 자못 흡족한 양 태도를 누그러뜨렸다. 게세르의 악명을 들어본 일이 없는 정엽은 아무렇지도 않게 게세르에게 다가갔다.

"왜 여기 있는 겁니까? 마구간에 있지 않고."

아무리 소그드라고 해도 집안에 말을 풀어놓을 정도로 무작스러운 것은 아니다. 정엽으로서는 상상할 수 없지만 일족이 한 사람도 곁에 없다는 고독감에 못 이겨 그렇게 한다고 해도, 가인들이 이런 일을 내버려 둘 리 없다.

아니면 가인들은 이런 소그드의 행동도 방치할 정도로 소그드를 꺼리고 있는 것인가—.

생각에 잠긴 채 다가오는 정엽에게, 게세르는 길다란 목을 휘우듬하게 기울여 정엽에게로 얼굴을 가까이했다. 커다란 주둥이가 정엽이 내민 손에 와 닿았다. 따뜻한 숨결과 축축한 혀, 우단 같은 감촉의 코가 정엽의 손바닥에 느껴졌다.

"…난초보다 맛있는 것을 가지고 있지 않아서 미안합니다."

푸르릉. 정엽을 응시하는 커다란 눈은 별로 원망하는 빛을 담고 있지 않았다. 정엽은 조심스레 그 코끝과 이마, 뻣뻣한 갈기를 어루만졌다.

"당신의 주인은 어디 있습니까?"

말이 말을 알아들을 거라고는 정엽도 기대하지 않았지만… 놀랍게도 초원의 준마는 정엽의 말에 답하듯 몸을 돌렸다. 말의 거체가 쏘다니기에는 지나치게 호화로운 실내를 지나 게세르가 향한 곳은 상방으로 통하는 문.

"고맙습니다. 다음에 맛있는 당근으로 사례하도록 하지요."

정엽은 기쁜 듯이 발을 구르는 게세르를 뒤로하고, 후원 연못가에서 귀한 금억새를 뜯어 먹는 로그모 옆을 치나, 상방에 발을 들였다.

상방의 문이며 창문은 죄다 열려 있어 등불이 없어도 어둡지는 않았다. 먼지가 앉은 살림살이는 이리저리 흩어져 있고, 칼이니 화살이니 털가죽 같은 낯선 물건만이 여기저기 내던져져 있다. 어수선하고 인기척 없는 풍광은 폐가처럼 을씨년스러웠다. 가인들은 감히 중방 넘어서는 다가갈 생각도 하지 않은 듯하였다. 이것은 누구를 힐난해야 하는 것일까. 주인이 방치한다고 해서 마찬가지로 일을 손 놓아버린 가인들? 아니면 자신에게 딸린 식솔을 건사하지 않았던 소그드?

"……."

정엽은 소리 내어 소그드를 부르지 않았다. 그를 만나면 그가 어떻게 행동할지 짐작도 하기 어려웠기에. 하지만 그렇다 해도, 그는 대체 어디 있는 걸까?

낯선 집에서, 길 안내하는 시종도 없이, 정엽은 옅은 빛 도포 자락을 휘날리며 이 방 저 방 헤매어 다녔다. 사정 모르는 사람이 보았다면 이 저택에 괴담을 하나 더하였으리라.

그러나 그렇게 되기 전에… 정엽이 침실을 찾아내었다.

정교하게 짜 맞추어 섬세한 세공을 가미하고 구름무늬가 어룽진 옥 조각으로 장식한 가구들로 채워진 침방. 침상 또한 값진 흑단 기둥에 비단 휘장을 드리우고, 선경을 새긴 미닫이문이 실로 휘황하였다. 기족은 황제가 소그드를 홀대한다는 불평은 할 수 없으리라.

무신경하게 열려 있는 미닫이 문 사이로… 튀어나와 있는 사람의 발. 그것이 누구의 것인지는 생각할 필요조차 없다.

"……."

비로소 소그드를 찾아냈음에도 불구하고, 정엽은 여전히 입을 떼지 않았다. 명목상 벗을 만나러 온 것인데, 당사자가 눈앞에 있음에도 그는 어째서 망설이고 있는가.

정엽은 발소리를 죽여 침상으로 다가갔다. 과연 그였다. 침상에 시원스레 사지를 뻗고, 고대광실에 거할 때에도 하늘 아래에 있는 거나 진배없이 자유롭게. 바로 그 점을, 정엽은—.

어둑한 침상 안에서 문득 무엇인가가 빛났다. 불을 당긴 쌍심지 같은 것이.

그것이 무엇인가 생각하기도 전에, 소그드가 몸을 웅크렸다. 다음 순간 그는 일어나 앉아 있었다. 허리춤에서 번득이는 단도가 튀쳐나와, 단숨에 하얀 목을—.

"…정엽?"

"……."

정엽은 대답하지 않았다. 정확히는 할 수 없었다 말하느라 목울대를 움직이면 칼날이 살을 파고들 것 같았기에.

"정엽!"

그러나 소그드는 즉시 칼을 내던졌다. 겁도 없이 야수의 잠을 깨운 자를 처단하려던 팔이, 더없이 부드럽게 정엽을 끌어안았다.

"날 만나러 와준 거야? 무지 기쁜데."

뿌리쳐야 한다는 것을 알고 있는데….

자신을 올려다보는 얼굴의 표정이 기쁘고도 기뻐, 오히려 슬플 정도의….

결국 정엽은 소그드의 팔에 폭 감싸여, 벗어나는 것을 잊고 말았다.

"…백주 대낮에 뭘 하는 겁니까!"

"어? 하고 싶어서 잠자리까지 찾아온 거 아냐?"

"저를 당신과 같이 생각하지 말아주십시오! 당신이 중원 생활에 익숙해졌는지 살피러 온 것뿐입니다. 하지만 전혀 익숙해진 것 같지 않군요!"

정엽은 옷섶으로 파고들어 오는 소그드의 손을 호되게 때리고 성큼성큼 뒤로 물러났다. 소그드는 손을 내두르면서도 낄낄 웃었다.

"딱히 익숙해지지 않아도 상관없잖아?"

"당신은 상관없을지 몰라도, 세상의 평판은 그렇지 않습니다."

"남이 하는 말 죄다 귀 기울이고 있었더라면 지금쯤 장가라도 갔겠지."

소그드는 실없는 소리를 익살스러운 어조와 몸짓으로 내뱉어 정엽으로 하여금 헛웃음을 짓게 만들었다.

그 자유로운 태도를… 정엽도 정말로 나쁘다고 생각하는 것은 아니다.

하지만 중원이라는 세계는 그를 이해하지 못한다. 경멸하고, 혐오하고, 두려워하리라. 지금 소그드의 가인들이 그러한 것처럼.

물론 소그드는 그들을 거들떠보지 않는다. 하지만 정엽 본인은 어떤가? 소그드를 가리키는 갖은 조롱과 모욕을 귀에 담아도 낯빛을 바꾸지 않을 수 있는가?

북방과 중원의 무궁한 평화를 위해서 소그드를 지지해야 한다. 스스로에게는 그렇게 되뇌지만, 기실 정엽도 알고 있었다. 자신은….

…정엽은 침상 위에 방만하게 걸터앉은 소그드에게 하례의 몸짓을 하였다.

"…그러고 보니 책봉 의례를 무사히 마치신 것을 경하드립니다."

"아아, 고마워. 축하할 일이라고 생각한 적은 없지만 너한테 축하를 받으니 이거 기꺼운걸."

"중원의 전포도 퍽 잘 어울리셨습니다. 옛이야기 속의 장군과도 같던 걸요."

"어라, 반했어?"

"글쎄 어떨까요…."

정엽은 부드럽게 웃으며 검지를 입술 끝에 가져다대었다. 필승의 전략이라는 확신이 그에게는 있다. 이런 전법을 구사하는 것이 결코 달갑지는 않지만.

"저도 별 수 없는 중원 사람이 되어 놔서 병풍과 족자의 훌륭한 그림, 침구와 세간의 정교한 기술을 보면 절로 감탄하고 맙니다. 그러한 기물은 따져보면 하찮은 것인데도 쓰는 사람의 풍채를 더욱 빛나게 하니 말이지요. 물론 당신에게 가장 어울리는 것은 고향의 복색이겠습니다만, 여기가 조금만 정리가 된다면…."

"……."

소그드는 문득 벌떡 일어났다. 그리고 침실의 문간으로 걸어가 우렁차게 소리쳤다.

"어이. 아무도 없나?"

제법 시간을 들인 뒤에야 첫지기가 상방의 댓돌 아래 모습을 드러냈다. 아무도 가지 않으려는 것을 제비를 뽑은 결과 불운한 운수가 그에게 떨어진 것일까. 저 해괴한 이인이 무슨 해괴한 명령을 내리려고 부른 것인지 두려워하는 기색이 역력했다. 집주인도 손님도 여느 모습이 아니니, 가인들의 두려움만 커질 따름이었다. 하지만 소그드의 말은 다른 의미에서 뜻밖이었다.

"무… 무슨 일이십니까."

"벗이 찾아왔는데 집안이 엉망이어서 곤란하군. 치워주지 않겠어? 상급은 톡톡히 치를 테니까 말이야."

"예… 옛?"

"서둘러줬으면 좋겠는데."

아무리 주인이 명하지 않았다 해도 마땅히 해야 할 일을 방폐한 것은 가인들의 과실. 여느 주인이라면 호되게 치도곤을 안겨 초죽음을 만들어도 어디 호소할 데조차 없다. 하지만 소그드는 나무라지 않았을 뿐만 아니라, 너그러운 언사로 가인을 독려했다.

"예옙!"

청지기는 냅다 이마를 댓돌에 찧어 절을 올리고는 헐레벌떡 뛰어갔다. 그 모양에는 눈길조차 주지 않고, 소그드는 정엽을 돌아보았다.

"네가 충동질한 것이니까 말야. 값은 치를 거지?"

"…사람들이 오가는 동안에는 참으시지요."

열정을 아끼지 않는 소그드의 눈빛을 피하는 양 정엽은 짐짓 소매를 들어 얼굴을 가렸다.

결코 적지 않은 시간을 들여서, 한편으로는 최대한 빠른 시간 안에 적어도 중방만큼은 사람이 사는 모습을 갖추었다. 그것을 게세르와 로그모가 기뻐했는지는 알 도리 없지만.

정엽이 수서를 돌려보내고 난 뒤, 남은 두 사람은 중방의 객실에서 차

반案盤을 사이에 두고 상 위에 마주 앉았다. 한 사람은 단정히, 다른 한 사람은 한쪽 다리를 상 아래에 늘어뜨린 대조적인 모습으로.

차종에서 김을 피워 올리고 있는 것은 정엽이 선물로 가져온 운산의 차. 매화 가지가 그려진 백자 차종을 들어 흐르는 듯한 동작으로 입가에 가져가는 정엽의 모습은….

"그야말로 그림이로군."

"네?"

"아니, 그냥 감상."

소그드는 씨익 웃으며 차종을 입가로 가져갔다. 한 모금 마신 뒤의 표정은 무어랄지 기묘했다.

"왜 그러십니까. 입에 맞지 않으십니까?"

"씁쓸하네….."

"차는 보통 씁쓸하겠지요."

"우리 동네에서는 이렇게까지 쓰지 않아. 말젖과 소금을 넣으니까."

"차라기보다는 요리라는 느낌이군요. 부디 다음에 기회가 되면 대접해주십시오."

"얼마든지. 로그모가 새끼를 낳아야겠지만."

"어째서 로그모가?"

"그래야 말젖을 짤 수 있잖아?"

정엽은 극히 소그드다운 설명에 그만 웃고 말았다. 그리고 다음 순간, 그는 표정을 진지하게 다잡았다.

"지내시기는 좀 어떠신지요."

"뭐, 그럭저럭?"

"조정에서 당신의 평판도 걱정했던 것만큼 나빠지는 않다더군요. 책봉례 때 보여주신 훌륭한 모습 덕분이겠습니다만."

"그런 녀석들이 뭐라고 지껄여도 관심 없어. 네가 칭찬해주는 게 좋을 뿐이야."

"…하지만 당신이 특이한 언동을 보이는 이상, 장차 뒤에서 험담할 자도 있을 거라고 생각합니다."

"할 테면 하라지—."

"저도 그런 저열한 무리들을 신경 쓰진 않지만… 그런 자들의 부화뇌동에 귀 기울인 사람들이 기족에 대한 편견을 가지기라도 하면 그것은 곤란하지 않겠습니까."

"별 상관없지 않아? 내 고향과 여기와는 한참 떨어져 있고."

타인의 집에 방문하기 위해 다소나마 단장한 것일까. 귀밑에서 살짝 걷어 낸 치렁치렁한 머리카락을 뒤에서 틀어, 단순한 검은 비녀를 찌른 정엽의 모습은 산뜻한 것이 또한 아름답다. 멍하니 그런 것을 생각하던 소그드의 앞에 놓인 차반을, 정엽의 하얀 손이 가볍게 내리쳤다.

"당신은 이 평화가 조금이라도 길어지길 바라지 않는 겁니까?"

—이제부터 시작이다. 변방의 족속을 야만이라고 생각하는 데에서 벗어나, 동등한 천하의 백성으로 여기게 만드는 일은.

그 선두에 선 이가 소그드… 그가 어떻게 보이느냐에 따라 천하의 도표가 움직인다.

정엽은 크게 걱정하지는 않았다. 소그드라면 잘 해낼 수 있다. 왠지 모르게 그런 확신이 든다. 그 쾌도난마의 기질을 꺼림칙하게 여기는 이들도 적지 않겠지만… 매료되는 이가 더 많으리라. 기족의 동료들이 그러했듯이. 정엽이 그러한 것처럼.

하지만 정작 본인이 삐뚜름해서는….

초조한 빛을 감추지 못하는 정엽의 얼굴로, 돌연 소그드의 손이 뻗어 왔다. 옥 같은 살결이 흠칫 떨리는 것은 아랑곳 않고 살짝 뺨을 어루만진다.

"내가 바라는 것은 단순해. 무엇인지 모르겠어?"

"…말을 돌리려 하지 마십시오."

"돌리는 게 아닌데. 내가 바라는 것… 그건 바로 네가 기뻐하는 것. 그것을 위해서라면 난 뭐든지 해."

소그드의 손가락을 털어내려고 하던 손이 여지없이 허공에서 굳어버렸다. 백자와 겨룰 만큼 하얀 뺨이 신기하리만큼 붉어진다.

꽃잎 같은 입술이 벌어졌다 닫히길 수차례. 상당한 시간을 들여 정엽은 가까스로 목소리를 짜내었다.

"…사사로이 외출할 때는 상관없겠습니다만, 입궐을 할 때에는 제대로 중원의 의관을 갖추십시오."

"네, 네."

"아무리 상대하기 싫은 자라 해도 예의를 갖추세요. 그들도 험담을 하는 입은 있으니."

"뭐, 그쯤이야."

"중원의 글을 배우는 것이 어떻겠습니까. 황궁에 오르는 관인이 까막눈이어서야 체면이 서지 않습니다."

"바라시는 대로—."

소그드는 공중에서 헤매고 있는 정엽의 손을 잡아 입에 가져갔다. 조금 차가운 손가락의 감촉이 기분 좋았다.

"너도 내 소원을 들어주는 거지?"

"…바라는 것이 많군요."

"너만큼은 아닌데."

바라는 것은 사실 하나.

나를, 사랑해줘.

하지만 소그드는 그답지 않게 끝끝내 그 말을 입에 담을 수 없었다.

그 시간 안에 가능했던 것인지 중방의 내실 또한 말끔하게 정돈되어 있었다.

본래 소그드가 거처해야 하는 곳은 여기일 터. 상방은 여자나 어린아이의 처소다. 하지만… 정엽은 초조하여 몸을 비틀었다.

"왜 그래?"

"여기는 문방에 너무 가깝지 않습니까. 누가 오기라도 하면….."

"방해하지 말라고 단단히 일러뒀어. 어기면… 뼈라도 발라낼까? 다시는 엿보지 못하도록."

싱긋 웃는 소그드의 얼굴이 맹수의 그것을 연상시켜, 정엽은 몸을 떨었다. 하얀 피부가 파르르 떨리는 것이 감추려야 감출 수 없이 적나라하게 보였다.

몇 겹으로 드리운 병풍과 휘장. 그 안에 몰래 숨겨둔 것처럼 자리한 침상 안에… 정엽은 실오라기 하나 걸치지 않은 채 주저앉아 있었다.

수치스러운 것으로 말하자면 이미 정수리까지 터져 나올 지경이다. 그러나 옷을 입은 채로는 뒷수습이 감당이 안 된다. 따라서 부득불 자기 손으로 옷을 벗지 않으면 안 되었던 것이다.

정엽은 자신의 처지를 잊기 위해 어떻게든 시선을 돌려 정면을 바라보았다. 하지만 눈앞에 있는 것이 마찬가지로 가린 데 없는 소그드의 몸이어서야.

유연하게 움직이는 몸은 손을 대보면 생각 이상으로 다부지다. 마치 대장장이가 기를 쓰고 두드린 양 단단한 살집. 철들기도 전에 사냥과 전투에 몸 바쳐 온 그의 신체에는 곳곳에 상흔이 남아있었다. 그토록 단련된 몸에 어떻게 생겼을까 싶은—짐승의 발톱에 찢기고, 화살촉에 긁히며, 칼날이 스쳐 지나가고, 창에 찔린 자국들. 하지만 어느 상처 하나 소그드가 활개 치는 데에는 일호만큼의 거추장스러움도 되지 못했다. 이다지도 늠름한 사내가 여자에 관심 없다는 사실에 통탄해할 기족의 규수는 몇이나 될까.

"마음이 동해?"

"어째서 그런 말이 나옵니까."

"빤히 쳐다보고 있으니 말이지. 아무리 나라도 부끄러운걸."

"당치 않은⋯."

소그드는 킥킥 웃으면서 짓씹듯 내뱉는 정엽의 입술에 입을 맞추었다. 그만둘 줄 모르던 불평은 이내 끊어질 듯 애타는 허덕거림으로 바뀌어 갔다.

말고삐를 잡아 거칠어진 손이 정엽의 살갗을 감쌌다. 부서지는 것을 다루는 양 부드러운 손놀림. 오로지 체온과 굴곡을 확인하는 것처럼 조심스레 피부를 더듬어간다. 정엽은 소름이 돋는 것을 느꼈지만 불쾌하진 않았다. 다만 이 미적지근한 애무가, 오히려 무슨 꿍꿍이인지 싶어 꺼림칙하다.

"⋯빨리 끝내십시오."

"그건 아깝지. 이것저것 시험해 볼 참인걸."

"시험이라니⋯ 윽!"

비로소 정엽이 가장 두려워했던 감촉이 등골까지 달렸다. 소그드가 정엽의 눈밭 같은 맨가슴에서 유일하게 색을 머금고 있는 연홍의 돌기를 긁어 잡았던 것이다. 사내에게는 의미 없는 이 부위가 이렇게나 기묘한 감각을 이끌어 내는지는 아무리 박학한 정엽이라도 처음 아는 사실.

"아직 아픈가? 아니면 기분 좋은 거야? 어느 쪽이지?"

소그드는 정엽의 가슴팍에 고개를 수그리고 열중하여 손가락을 움직였다. 엄지와 검지 사이에서 데굴데굴 굴리기도 하고, 손톱 끝으로 간질이기도 하고, 손끝으로 살며시 쥐어보기도 하면서 좋을 대로. 그럴 때마다 맞닿은 맨살이 소스라치거나 떨리거나 하면서 재미있으리만큼 솔직한 반응을 전해주었다.

"뭘 하는 겁니까!"

"여길 만지는 것만으로 갈 수 있는지 해 보려고."

"…당치 않은 말은 그만두세요! 비켜주십시오. 이런 희롱에는 어울려줄 수 없습니다!"

"어라. 여기가 이렇게 되었는데도 괜찮아?"

소그드는 거칠게 밀쳐내려는 정엽의 팔을 살며시 내리누르면서 가슴팍에 돋아 오른 돌기를 덥썩 입에 물었다. 침상을 짚었던 정엽의 팔에 휘청 힘이 빠지면서 그는 무너져 내렸다. 정엽이 발버둥치는 것에 개의치 않고 소그드는 집요하게 돌기를 음미했다. 혀끝으로 부드럽게 쓰다듬고, 깊게 빨아들이는가 하면, 느닷없이 짓궂게 이빨을 들이댄다.

"하… 아…."

정엽은 어쩔 도리 없이 뜨거운 한숨을 토했다. 등골이 저릿저릿했다. 하반신이 뜨거워 불타버릴 것 같다. 하지만 그는 결코 절정에 도달하지 못했다. 소그드는 결정적인 데에는 손대지 않았다. 벌벌 떨리는 허리며 허벅지를 달래는 양 살며시 어루더듬을 뿐. 그러면서도 부러 소리 나도록 빨아올리는 것이 악질. 정말로 그가 선언한 대로 할 참인가. 눈시울이 젖어드는 것은 분명 분하기 때문이다.

"큭…."

정엽은 이를 악물고 스스로 위로해볼까 생각했다. 하지만 소그드라면 도리어 그 추태를 즐겁게 감상할지도 모른다. 그것은 상상하는 것만으로도 머리에 핏기가 오르는 광경이었다. 빨리 끝내는 방법은… 정엽도 익히 아는 하나뿐이었다.

정엽은 팔을 들어 소그드의 목에 감았다. 어깨에 얼굴을 묻자 소그드의 얼굴이 보이지 않아 다소간은 용기가 솟는다. 그는 그렇게 매달린 채, 꺼져가는 목소리로 속삭였다.

"……."

어쩌면 정엽이 그렇게 무리하지 않아도 되었는지 모른다. 소그드도 달뜬 정엽을 감상하기만 하는 것은 누구보다 스스로에게 고행이었으니까. 무엇보다 정엽 자신은 깨닫지 못한 것이지만… 정엽은 무심코 다리를 소그드의 허리에 감고 움찔움찔 문지르고 있었다. 살갗이 맞부벼질 때마다 소그드의 이성도 한 꺼풀씩 벗겨져 가는 판이었다.

소그드는 고개를 들었다. 진미를 맛보는 양 입술을 핥는 그의 얼굴을 정엽은 반사적으로 외면했다. 하지만 그것도 일순이었다.

"야아. 이렇게 젖어선… 어서 내고 싶어?"

"천박한 말은, 그만…."

"나는 본 그대로 이야기하는 것뿐이지만?"

"하윽…!"

정엽은 소그드에게 떠밀려 침상 위에 엎드렸다. 소그드는 드러난 그 등에, 그리고 엉덩이에 냅다 향유병을 기울였다. 그리고 지체 없이 손가락을 정엽의 비부에 쑤셔 넣었다.

"흑… 웃…!"

정엽이 이미 몇 차례 경험한 감촉이었지만 심경적으로는 여전히 익숙해지지 않는다. 하지만… 유독 난폭하게 길들이는데도 위화감은 오히려 덜하다. 소그드의 손가락이 느끼는 곳을 괴롭힐 때마다 저도 모르게 허리가 튀어 오른다.

마음만은 흔들리지 않겠노라고 맹세했다.

하지만—.

"딴생각 하다니 너무하잖아."

"아윽…!"

손가락과 비할 수 없는 것이 정엽의 안쪽으로 짓쳐들어왔다. 정엽은 익사하는 사람처럼 팔다리를 허우적거렸지만 힘을 잃어가는 저항일 뿐. 소그드는 조용히 그 모습을 내려다보았다. 정엽의 헐떡거림이 잦아들 때까지. 그리고 다소나마 진정되었다고 여겨지자—.

"자아…!"

"아, 으, 흑…!"

소그드는 정엽의 허리에 팔을 걸어 당겨 안았다. 정엽은 소그드의 무릎 위에 주저앉은 모양새가 되었다. 연결된 채로.

"무… 엇, 을…."

"이렇게… 하면, 잘 보이지? 자신이 어떻게… 되어 있는지."

오로지 소그드의 팔에 매달려 금방이라도 앞으로 고꾸라질 것 같은 위태로움에 정엽은 부지불식간에 눈을 떴다. 그리고 그는 자신의 추태를 적나라하게 볼 수 있었다. 맨가슴도, 배도, 다리 사이도….

"아…! 아픕… 니다!"

"모처럼 보여주는 건데… 그렇게 외면하고 있으니, 아쉽다고? 그만 보이는 데에 자국 남겨버릴 것 같잖아…?"

하얀 어깨를 이빨 자국이 선연히 남을 정도로 깨문 소그드는 잇자국 난 곳에 얼굴을 대고 소리 내어 웃었다. 무심코 고개를 돌렸던 정엽은 가늘게 떨면서 시선을 되돌려야 했다. 소그드의 행위로 환희하는 자신을 향해. 욕지기가 나올 만큼 음란한 광경으로.

"자… 이렇게 끝을 문질러주면… 기분 좋지?"

"하지 말아주세요…!"

"지금 그만두면 곤란해지는 건 너일 텐데?"

짓궂은 말에, 애무에, 생각할 힘을 빼앗긴다. 체면이든 도리든… 무엇이든 간에.

"소, 그드… 소그드…."

정엽은 홀린 듯이 되뇌이며 그의 팔에 매달렸다. 자신의 치부를 소그드의 몸에 대고 문지르며 빈손을 잡아 자신의 것을 가져간다. 맑은 눈동자가 눈물에 젖어 혼탁하게 흐려졌다. 그 모습을… 아무렇지도 않게 봐넘겨버릴 인내심이 소그드에게는 존재하지 않았다.

"하… 앗! 아아!"

날뛰는 말과 같은 움직임에 정엽은 절규를 토했다. 뇌리 한구석에 가라앉아 있는 이성의 경고에 간신히 소리는 죽였지만 그뿐. 요염하게 감탕질하는 그 몸을, 소그드는 있는 힘껏 끌어안았다.

격렬하게 얽혔던 두 몸뚱이가 침상에 겹쳐 쓰러지는 데에는 그리 오래 걸리지 않았다.

소그드는 사지를 뻗고 드러누운 채 휘장 너머의 사람 그림자를 멍하니 바라보았다.

팔 안에 가두었던 체온이 빠져나가는 것을 끌어안아 막고 싶지 않았던 것은 아니다. 하지만 정엽의 기색이 분명히 언짢았기에 그답지 않게 막을 수가 없었다…. 정교情交를 마치고 나면 정엽은 늘 화가 나 있다. 그것이 그 나름의 고집이라는 것은 알고 있으나, 때로는… 아니 언제나 입맛이 쓰다.

정엽은 시종의 도움도 받지 않고 척척 옷차림을 갖추었다. 세숫대야의 물로 말끔하게 몸을 닦고, 횃대에 걸린 옷을 몸에 꿰어 단정하게 옷깃을 여미고, 흐트러진 머리카락을 언제 그랬냐는 듯이 빗어 단장한다. 청신

한 모습의 이 도사가 방금 전까지만 해도 어떤 미태를 보였는지 짐작할
수 있는 자는 없으리라. …마치 모든 흔적을 지워버리려는 듯한 철저함.

"…다음에는 언제 또 놀러올 거야?"

"놀 시간은 없습니다."

정엽은 겨울바람보다도 싸늘하게 대꾸했다. 물론 그에 굴할 소그드도
아니었다.

"글은 안 가르쳐주는 건가?"

"저 말고도 훌륭한 스승이 많이 계십니다."

"난 너한테 배우고 싶은데. 성가신 늙은이들은 상대하고 싶지 않아."

"…학문에 정진하시는 때에 파렴치한 일은 삼가신다면."

"뭐—한두 번은 참을 수 있겠지."

"한두 번입니까…."

소그드는 킥킥 웃으면서 그 자신도 옷을 걸쳤다. 언제 침상에서 정사
에 열중했냐는 듯이, 정엽과는 다른 의미로 태연스러운 그 모습을 보며
정엽은 한숨을 토할 수밖에 없었다.

"그러고 보니 마두금은 만져보았나? 중원의 악기와 비교하면 어때?"

"아… 아니요. 그만 잊고 있었군요."

"모처럼 선물한 건데 섭섭하잖아. 언제든 말해, 가르쳐줄 테니."

"예에… 그것은 부탁드리겠습니다."

"너네 집에 놀러가서 가르쳐줘도 돼?"

"제 처소는 선원궁에 있습니다만."

"상관없잖아, 어디든."

"…추잡한 일만 하지 않으면 괜찮겠지요."

"쳇…."

"할 생각 만만입니까!"

내실을 나서는 정엽의 뒤를, 소그드는 배웅해준다며 희희낙락 쫓아왔다.

이런 미적지근한 관계로 괜찮은 걸까.

괜찮다면, 이 정도는 견딜 수 있을지도 모른다는….

정엽은 이루어질 리 없는 감상을 품고 말았던 것이다.

"웃차―."

도동道童 차림의 소년이 허리를 폈다. 말끔하게 빗자루로 쓸고 먼지가 일어나지 않도록 물을 뿌린 초당의 앞마당이 눈앞에 펼쳐져 있다. 사람 발길이 닿은 듯 닿지 않은 듯 산뜻하고 청정한 풍경. 마음을 쓸 수밖에 없다―소년의 스승은 이것을 가장 마음에 들어 하였기에.

허나 정작 스승은 초당을 비운 참이었다. 늘 그러하듯 편력을 떠났는 가 하면 그것은 아니다. 스승은 황도에 머무른 채였다…. 그리고 전에 없이 자주 외출을 나간 참이었다.

이러한 변화가 어린 도동에게는 그리 싫은 것이 아니었다. 천애고아인 자신을 거두어 준 스승. 그 은혜로 말할 것 같으면 아버지와 같다고 할진대, 소년으로서는 그 스승이 언제나 어려웠다. 경국의 미녀와 비견하다 고 할 정도로 아름다우면서도 빈틈이 없고, 바늘로 찔러도 피 한 방울 안 나지 않을까 회자될 정도로 냉정하다. 고마운 마음으로 말할 것 같으면 한량없지만 곁에서 섬기기에는 기껍지도 편하지도 않다.

그런 스승이 변한 것은 언제부터였을까―.

이따금 웃게 되었다. 사사로운 잡담도 곧잘 한다. 벗이라고 할 만한 사람과 왕래하고 있다. 남의 험담을 하는 스승을, 어린 도동은 처음 보았다.

그것이 좋은 일이라고 믿어 의심치 않았는데—.

"너, 시종."

소년은 고개를 들었다. 사립문 밖에 웬 남자가 서 있다. 무뚝뚝하게 굳어진 얼굴에 개라도 부르는 것 같은 어조. 소년이 반가워할 인물은 아니었다.

"…송구스럽습니다만 전하, 제게는 수성이라는 이름이 있습니다."

"형님은?"

"출타하셨습니다."

"어디로?"

"글쎄요. 그건 왜 물으시는지—."

숨이 턱 막혔다. 어느새 눈앞에 남자가 우뚝 서 있다. 그 손아귀는 소년이 모르는 사이에 멱살을 쥐어 올리고 있었다. 질식하기 직전, 수성은 폐부에 남은 숨을 죄다 써서 간신히 부르짖었다.

"화… 황태자 전하의 거처에…! 뭔가 배운다고 나가셨습니다…!"

손아귀가 떨어져 나갔다. 사과는 물론이거니와 치하 또한 기대할 수 없다. 남자는 귀담아 들었다는 일언반구의 말조차 없이, 어린 시종을 내팽개치고 등을 돌렸다.

수성은 콜록거리며 멀어져 가는 남자의 등을 쏘아보았다. 등에 눈이 붙어 있지 않은 바에야 거슬린다고 두들겨 맞을 일은 없을 테니.

스승의 변화는 고마운 일이나—주위에 모여드는 이들이 대체로 저런 작자인 것은 어찌 된 영문일까.

수성은 자신이 답을 낼 수 없는 문제에 골똘히 고민하기 시작했던 것이다.

투박해 보이는 손이 두 줄의 현 사이를 날랜 제비처럼 넘나들었다.

어쩌면 당연한 일일지도 모른다. 그 손은 백발백중의 명사수의 것. 쏘아붙이는 활과 현악기의 활은, 그 이름만큼은 같았으니까.

손의 움직임에 따라 활은 현과 얽히면서 절묘한 소리를 자아냈다. 달리는 말안장 위에 올라앉은 양 율동적인 선율. 활과 현이 어우러져서 초원의 풍광을 연상케 하는 소리를 한참 자아내다가, 문득 입죽을 젖히고 활을 길게 문지르면—그것은 마두금이라는 이름에 어울리는, 말의 구성지게 토하는 울음소리와 꼭 같은 소리를 길게 뽑아내는 것이다.

"허어…."

정엽은 자신의 목소리가 아닌 감탄사를 듣고 살며시 눈을 떴다. 정자 입구에 황태자가 서 있었다. 황태자의 얼굴에 소년 같은 경탄의 표정이 떠오르는 것을 보고 정엽은 미소를 지었다. 연주자 쪽은 어떤가 하면 둘만의 시간이 방해받은 것이 싫어서 견딜 수 없다는 얼굴이었지만 정엽은 시원스레 무시했다.

"언제 들어도 신기하구료. 영락없이 후원에 말이 한 마리 있는 줄로만 알았으니. 소그드 공, 이런 멋진 연주를 공으로 들어서 미안하구료."

"미안하다고 생각한다면—"

"형님이야말로 이런 연주에 어울리는 자리를 마련해 주셨잖습니까. 어서 앉으시지요."

중원의 상床이 소그드에게는 불편하리라 여겨 호상胡床과 높은 탁자를 벌여놓은 태자비의 씀씀이가 정답이었다. 정엽은 탁자 밑에서 소그드의 정강이를 호되게 걸어차 입 다물게 만들면서 마음속 깊이 형수에게 감사했다.

"마두금이라니 정녕 잘 지은 이름이 아닌가. 소그드 공의 고향에서 만든 악기라고?"

"아아, 그렇게 부르게 된 것이 말 울음소리가 나서인지, 말뼈로 만들어서인지, 말머리장식을 해서인지는 나도 모르겠지만 말야. 망아지가 먼저인가 어미 말이 먼저인가 하는 격이지."

"그것은… 사연이 있을 것 같군요."

하지만 소그드도 오래 못마땅한 낯을 하지는 않았다. 마두금 연주를 가르치기 시작한 이래 시종일관 즐거워하는 정엽을 보고 있자면 뚱한 기분 따위는 눈 녹듯 스러지는 것이다.

"대단한 이야기는 아냐. 불세출의 명마를 가진 사내가 음모에 휘말려 자신의 말을 잃어버리거든. 사내는 슬픔을 이기지 못해 애마의 뼈를 추려 악기를 만들었고, 그게 이 마두금이었더라… 하는 이야기지."

"정말로 기족다운 이야기입니다."

"우리만 알고 있기 아까울 정도가 아니냐. 자, 정엽. 답례로 너도 한 곡 켜드리지 않겠느냐? 너의 이호二胡 솜씨도 천하제일이니."

"대단찮은 솜씨입니다. 너무 추어올리지 말아주십시오. 일단 가지고 오긴 했지만…."

"우와! 그런 건 빨리 말해!"

소그드의 환호와 황태자의 갈채를 받으며, 정엽은 멋쩍은 듯이 비단을 두른 버들가지 궤에서 손에 익은 악기를 꺼냈다. 생김은 마두금과 그리 다르지 않다. 울림통이 작은 원통 형태이고, 줄감개가 한쪽으로 뻗어 있는 것이 다소간의 차이. '복숭아꽃이 만개한 봄날 울려 퍼지는 이호의 소리. 창가에 기대어 님을 기다리는 꽃단장한 여인의 노래'라고 옛 시인이 읊은 것 같이 호리호리한 모습이었다.

"아직 부족한 점이 많습니다. 너무 추켜세우지 말아주십시오."

수줍어하는 모습도 실로 사랑스럽다. 희희낙락 탁자에 턱을 괴고 바라보던 소그드는—이내 숨 쉬는 것을 잊었다.

똑같은 악기로 똑같은 사람이 연주하는 데에도 어째서 음색이 이전과 다른 걸까. 우아한 하얀 손가락이 좌우로 움직일 때마다 요염한 소리가 흘러나왔다. 꽃을 희롱하는 나비의 날갯짓처럼, 봄을 만끽하는 새의 비행처럼… 흘러내리다가 튀어 오르고, 나는가 하면 떨어져 내리는 음률의 속삭임. 그것은 연주하는 사람의 자태를 포함하여 그 자체로 절경이었다.

"…귀를 더럽혔습니다."

"몇 번을 들어도 훌륭한 연주로구나."

정엽은 부러 곡을 짧게 마무리 지었다. 이전의 연주는 중원의 웅대한 기상을 노래한 아악雅樂이었으나 이번에 연주한 곡은 세간에 떠도는 속가俗歌에 가까웠다. 평소에는 거의 연주하지 않는 곡이지만 소그드에게는 이것이 더 듣기 좋지 않을까. 나름대로의 배려였건만, 문제의 남자는 묘하리만치 조용했다. 미심쩍어하며 고개를 든 정엽은—거의 탁자를 뛰어넘을 듯이 고개를 들이민 소그드와 맞닥뜨려 그야말로 기겁을 했다.

"뭐뭐뭐뭡니까!"

"어째서 가르쳐달라고 한 거야?! 엄청 잘하잖아!"

"어째서 호들갑을 떠는 겁니까?! 일전에도 들었지 않습니까! 탁자에 기어오르지 마십시오!"

"그건 그거고 이건 이거지! 다시 한번 반했어!"

"…웃을 수 없는 농담은 하지 마시라고 몇 번이나 말씀드렸을 텐데요!"

눈앞에서 벌어지는 아수라장에 현섬은 어리둥절해 있다가… 그만 웃음을 터뜨렸다. 그 웃음을 무슨 뜻으로 해석한 것인지 정엽은 얼굴을 붉히며—물론 이호로 소그드의 머리를 내리쳐 겨우 떼어내고 난 후에—자세를 바로잡았다.

"사이가 좋구나. 잘됐어 잘됐어."

"…이게 사이가 좋은 것으로 보이시는 겁니까, 형님께선."

"너는 지나칠 정도로 예의가 바르지 않으냐. 그것도 훌륭한 일이긴 하지만, 이렇게 허물없이 어울려주는 분이 한 분쯤 계셔도 좋은 게지."

"그래, 그래! 정엽은 어깨가 굳어 있으니 말야!"

"당신은 뭘 또 득의만만한 겁니까!"

정엽은 한숨을 푹 내쉬고는 화제를 바꾸었다. 단순히 말을 돌리고 싶었던 것일지도 모르지만.

"애초에 이호를 켤 줄 안다고 해서 마두금을 능숙하게 연주할 수 있는 것은 아니지 않습니까. 또한 이호 하나만 켠다고 해서 음률의 깊음을 알 수 있는 것도 아니지요. 그렇게 보면 전 피리도 불 줄 압니다만."

"아—그것도 근사했지. 다시 한번 듣고 싶은데."

"그것은 다음 기회에. 참, 방금 전의 곡조를 다시 한 번만 켜주시겠습니까?"

"음? 뭐, 네 부탁이라면 얼마든지."

굳이 한마디 덧붙일 필요는 없는데—아미를 살풋 찌푸리는 정엽에게 웃어 보이고, 소그드는 내팽개쳤던 악기를 다시 손에 들었다. 소그드가 활을 당기는 순간에 맞추어, 정엽도 이호의 현에 활을 얹었다.

"어…?"

"방해되는가요?"

"아, 아니, 그건 아니지만…."

"아무쪼록 계속해 주십시오."

소그드의 마두금 선율에—정엽이 연주하는 이호의 소리가 섞여들었다. 한 번도 합주하지 않았음에도 두 가닥 선율은 절묘하게 어우러졌다. 태어난 땅이 다르고, 연주하는 곡조가 다르고, 곡에 담긴 시상이 다르다. 하지만 처음부터 하나였던 음색으로 들리는 것은—오히려 다르기 때문인가.

"훌륭하구료···."

연주가 끝나자 현성이 넋 나간 듯이 찬사를 토했다. 소그드도 나지막한 한숨과 함께 곡조의 끝자락을 수습했다. 그야말로 뜻밖의 기습. 정엽의 이런 면을 볼 때마다, 마음이 더욱 들끓어 오른다. 겹치고 싶은 것은 음률만이 아니라—.

그런 속내를 알 리 없는 정엽은 쑥스러움을 감추지 못하고 말을 덧붙였다.

"요즘은 이런 연주에 흥미가 생겨서요. 그러기 위해서는 마두금의 깊은 음도 배우지 않으면 안 되겠지요."

"얼마든지 가르쳐줄게! 아암, 그 밖에도 얼마든지!"

"···언제나 쓸데없는 한마디를 덧붙이시는군요··· 음?"

정엽이 문득 후원 입구에 시선을 던졌다. 우아한 수목으로 없는 듯이 가려진 후원의 담장. 그 입구에 사람 그림자가 우두커니 서 있었다. 정엽이 눈치채고, 소그드가 깨닫고, 이어 현성도 알아차렸다.

"청해? 청해가 아니냐."

"아니, 갑자기 웬일이냐. 마침 잘되었다만. 정엽이 마두금을 배우는데 너도 같이 배우지 않으련?"

같은 형제라고 해도 현성과 청해 간은 정엽과 청해 사이만큼 살갑지 않았다. 정엽을 거치지 않으면 찾아오는 일도 거의 없다. 그런 청해가 소식두 없이 불쑥 나타나다니 현성으로서는 반가웠지만, 놀랍지 않은 것도 아니었다.

"아니요… 잠깐 들러보았습니다."

"청해?"

"바쁘신 것 같으니 이만."

하지만 청해의 반응은 더욱 뜻밖이었다. 그는 그대로 몸을 돌려 나가 버렸던 것이다. 붙잡고 싶어도 집주인이 아닌 정엽이 망설이던 찰나 청해는 나타났을 때와 마찬가지로 홀연히 사라져버렸다.

"대체 무슨 일이지….."

"가르쳐주는 나는 쏙 빼고 멋대로 이야기해도 돼?"

"아, 미안하오. 기분 상하셨는지?"

"그런 건 아니지만. 어차피 저쪽에서 싫다는데 상관있어? 정엽, 연주나 계속 들려줘."

"…연주를 배우러 온 건 저입니다만."

"뭐, 급한 건 아니잖아?"

"어물쩍 넘어가려 하지 마십시오! 이래선 날이 가고 해가 넘어도 배우지 못하겠습니다."

"하하하하."

현성은 찻잔을 채우면서, 즐거운 빛을 지우지 못했다. 청해의 일은 이미 잊어버린 지 오래.

잘되었다―잘된 일이라고 현성은 믿어 의심치 않았다.

그것이 착각인 것을 깨닫는 데에는, 그리 시일이 필요하지 않았다.

가진 것을 빼앗겼을 때의 감정을 질투라 한다. 가지지 못한 것을 바라볼 때의 기분을 시기라 한다.

그가 가슴 안쪽에 숨겨둔 가마에서 업화처럼 이글이글 태우고 있는 것은—그 둘 모두였다.

"……."

눈앞의 탁자에 자리하고 있는 자들은, 각자가 감추고 있던 감정을 화롱의 숨결처럼 토해내고 있었다. 그것이 의분인지 야심인지 대의인지, 그는 아무런 흥미가 없었다.

그가 흥미를 가지는 것은—단 하나.

이 일이 성사되었을 때, '그 사람'은 어떤 얼굴을 할까?

아아, 한시라도 빨리 보고 싶구나.

그는 부지불식간에 일그러진 미소를 지었다.

서풍기연담 1

초판 1쇄 발행 2017년 4월 28일

글 청령

발행인 원종우
발행처 이미지프레임

주소 (13814) 경기도 과천시 뒷골1로 6, 3층
영업부 02-3667-2653 편집부 02-3667-2654 팩스 02-3667-2655
메일 mm@imageframe.kr 웹 mmnovel.com

ISBN 978-89-6052-041-7 03810